Jørn Precht

**Die Heilerin vom Rhein**

JØRN PRECHT

# Die Heilerin vom Rhein

Hildegard von Bingen – In der
Naturheilkunde fand sie ihre Berufung,
den Menschen zu helfen

ROMAN

PIPER

*Mehr über unsere Autorinnen, Autoren und Bücher:*
*www.piper.de*

Wenn Ihnen dieser Roman gefallen hat, schreiben Sie uns unter Nennung des Titels »Die Heilerin vom Rhein« an *empfehlungen@piper.de*, und wir empfehlen Ihnen gerne vergleichbare Bücher.



Von Jørn Precht liegen im Piper Verlag vor:
*Bedeutende Frauen, die die Welt verändern:*
Die Heilerin vom Rhein (Hildegard von Bingen)
Die Jungfrau von Orleans (Jeanne d'Arc)

ISBN 978-3-492-06370-8
5. Auflage 2025

Für direkten Kontakt und Fragen zum Produkt
wenden Sie sich bitte an: *info@piper.de*
Dieser Roman wurde vermittelt durch die
Literaturagentur Lesen & Hören, Anna Mechler.
Redaktion: Kerstin von Dobschütz
Satz: Uhl + Massopust, Aalen
Gesetzt aus der Adobe Devanagari
Druck und Bindung: CPI Books GmbH, Leck
Printed in the EU

*»Dem König gefiel es,*
*eine winzige Feder emporzuheben.*
*So bin ich: eine Feder*
*auf dem Atem Gottes …«*

# TEIL I

## Anno Domini 1136

# 1. Kapitel

Die betörende Melodie kam irgendwo aus dem üppigen Grün. Hier, wo der Fluss Glan in die Nahe mündete, war das Land äußerst fruchtbar. An diesem Hochsommertag hatte man Elisabeth, die alle nur Lieschen nannten, zum Beerensammeln geschickt. Die Zehnjährige hielt inne, als sie den himmlisch klingenden Gesang hörte. Neugierig folgte das Kind der unbekannten hohen Stimme. Vorsichtig linste es durch einen Busch – und erblickte eine Nonne. Die schlanke Frau mochte ungefähr zehn Jahre älter sein als Lieschens Mutter, also Mitte dreißig. Die Haarfarbe war nicht zu erkennen, da die Klosterschwester Ordenskleidung mit Schleier trug. Man nannte diese schlichten Gewänder »Habit« – das wusste Lieschen von den Leuten auf dem Hof des Freibauern. Dort arbeitete ihre Mutter Griseldis als Magd, und auch das Kind musste schon auf dem Acker und in den Ställen mithelfen. Sein Vater war Stallknecht gewesen – doch der Tod hatte ihn so früh ereilt, dass Lieschen sich nicht an ihn erinnern konnte.

Die Nonne pflückte einige Pflanzen und sang dabei weiter, in dieser geheimnisvollen Zaubersprache der Kirche, die das Mädchen nicht verstand.

Plötzlich unterbrach die Christusbraut ihr Lied und blickte genau in Lieschens Richtung.

»Guten Morgen, junges Fräulein«, grüßte sie freundlich lächelnd. »Suchst du auch nach Heilpflanzen?«

Lieschen war so erstaunt über die Frage, dass sie ganz vergaß davonzulaufen, stattdessen trat sie aus dem Gebüsch.

»Nein, ich suche nach Beeren«, antwortete sie wahrheitsgemäß.

Sie konnte nun sehen, dass die Klosterfrau leuchtend blaue Augen hatte. »Meine Mutter sagt, Kamille hilft gegen Bauchweh. Können auch andere Pflanzen heilen?«

»O ja, man muss nur herausbekommen, welche von ihnen gegen welches Leiden helfen«, erklärte die Nonne. »Das alles verdanken wir der *Viriditas.*«

»*Vi-ridi-tas?*«, wiederholte Lieschen. »Ist das Lateinerisch?«

Die Nonne schmunzelte. »Ja, Lateinisch, genau. *Viriditas* bedeutet Grünkraft – diese Macht ist ein Gottesgeschenk.« Sie ließ ihren Blick zufrieden über die üppige Landschaft der zwei Flusstäler und die gegenüberliegenden bewaldeten Höhen schweifen. Dann sah sie dem Mädchen wieder in die Augen. »Ich bin übrigens Hildegard von Bermersheim. Und du?«

»Ich bin Elisabeth … von Freibauer Burkhards Hof drüben. Aber alle sagen Lieschen zu mir«, antwortete sie.

»Dann nenne ich dich auch so«, schlug Schwester Hildegard vor. »Möchtest du mich zum Kloster begleiten? Vor unserer Frauenklause gibt es nämlich einige Beerensträucher.«

Lieschen konnte ihr Glück kaum fassen, denn bisher war die Suche eher erfolglos gewesen. »Aber braucht Ihr und Eure Schwestern die Beeren nicht selbst?«

»Ach, wir haben innen im Klausengarten genug Sträucher mit Holunder und Johannisbeeren«, entgegnete die Nonne abwinkend. »Die an der Außenmauer sind noch recht voll.«

Wahrscheinlich traute sich niemand, Beeren unmittelbar an einem Kloster zu pflücken, dachte Lieschen, aber sie selbst hatte nun ja die ausdrückliche Genehmigung dafür. »Dann begleite ich Euch gern, es ist ja gar nicht weit. Habt Ihr denn genug Heilpflanzen gefunden?«

»Ja, Wollkraut, Anis und Mutterkraut«, bestätigte Hildegard, während sie nebeneinander auf die Klosteranlage zugingen.

»Warum heißt der Disibodenberg eigentlich so seltsam?«, fragte Lieschen.

»Er ist nach dem heiligen Disibod benannt«, erzählte die Nonne. »Das war ein irischer Mönch, der vor knapp fünfhundert Jahren viel gewandert ist um Christi willen. Nachdem er dessen müde war, fand er hier eine letzte Bleibe. Als er seinen Wanderstab neben einer Quelle in den Boden steckte, trieb der Blüten.« Sie machte die Bewegung des ausschlagenden Baumes mit den Armen nach. »Darin erkannte der alte Mönch ein göttliches Zeichen. Deshalb errichtete er unterhalb der Bergkapelle eine Einsiedelei. In dieser ärmlichen Hütte hat er dann seinen Lebensabend verbracht. Er hat sein ganzes Leben in vorbildlicher Weise Gott gewidmet. Seine Überreste liegen noch heute im Männerkloster.«

Der Berg war also ein Ort der Wunder? Lieschen fiel wieder ein, dass der Freibauer einmal gesagt hatte, es gebe keine Wunder. »Ein wahres Wunder wäre es, wenn mein Gesinde einmal fleißig arbeitet, ohne dass ich es dazu ermahnen muss.«

Lieschens Blick fiel auf Schwester Hildegards Kräutersäckchen. »Ich hab gar nicht gewusst, dass Nonnen sich mit Heilpflanzen auskennen.«

In der Tat war sie davon ausgegangen, dass die Menschen im Kloster den größten Teil der Zeit beteten und in kostbaren

Kopien der Heiligen Schrift lasen, die zu erstellen laut Lieschens Mutter Jahre dauerte.

»Eigentlich hat uns der Abt die Heiltätigkeit tatsächlich verboten«, gestand Hildegard, »und unsere Vorsteherin in der Frauenklause ist auch nicht begeistert von ihr.«

»Aber wieso?«, wunderte sich das Mädchen. »Leute gesund zu machen ist doch etwas Gutes.«

»Ja, trotzdem hat man die klösterliche Heilkunst bei der Synode von Clermont vor sechs Jahren verboten«, berichtete Hildegard.

»Was ist eine Synode?«, hakte das Kind nach.

»Ein Treffen von ganz wichtigen Männern der Kirche. Unter anderem werden dort neue Regeln und Verbote festgelegt.«

Lieschen verstand das Verhalten der Geistlichen noch immer nicht. »Aber wieso wollen die Männer keine Medizin? Die werden doch auch mal krank.«

»Sie schätzen wohl allein die Heilkräfte eines demütigen Gebets. Viele Kirchenfürsten meinen, Gott allein sei für die Heilung zuständig. Und unsere Vorsteherin Jutta findet das ebenfalls«, sagte Hildegard und beugte sich verschwörerisch zu ihrer kleinen Begleiterin hinunter.

»Aber das meint Ihr nicht?«

Die Nonne schüttelte den Kopf. »Ich denke, Gott hat uns die Pflanzen geschenkt, damit wir uns selbst emsig damit helfen. Deshalb habe ich mir vom alten Bruder Antonius heimlich zeigen lassen, wie man aus den Kräutern im Garten und am Fluss Heilmittel braut. Er war früher der Infirmar.«

Immer diese Kirchensprache, dachte Lieschen und fragte: »Was ist ein Irfir...«

»Er war vor dem Verbot für die Kranken und den Klostergarten zuständig. Ich habe im Stillen dann auch lange selbst in Gottes Schöpfung geforscht – und mittlerweile kann ich Pflaster fertigen, Salben und Tinkturen rühren. Gestern hat mir einer der Mönche anvertraut, dass er unter peinlichen Blähungen leidet.« Sie deutete auf ihr Beutelchen mit den eben gepflückten Pflanzen. »Und ein Sitzbad mit diesen drei Kräutern hilft dagegen. In dem Fall kommt die Heilkunde also auch Abt Folkard und seinen Brüdern zugute. Sie sorgt schließlich für … frischere Luft im Kloster.«

Lieschen musste kichern. Da ließ ein Knacken aus dem Waldrand sie herumfahren. Ein riesiger Bär brach aus dem Gestrüpp hervor! Das Mädchen stieß einen spitzen Schrei aus und stolperte zurück, Hildegard stand ganz starr da.

»Beweg dich auf keinen Fall!«, wisperte die Nonne und umschloss die Hand des Kindes fest mit der ihren. »Bleib ganz ruhig stehen, zeig ihm keine Angst!«

Der Bär kam knurrend und schnaufend nähergetrottet. Lieschen fühlte sich mit einem Mal wie in einem Albtraum. Warum nur war keiner der starken Knechte in der Nähe? Sie hätten das große Tier mit ihren Mistforken in die Flucht geschlagen. Ja, zu Hause, zu Hause. Nur nicht an den Bären denken! Zitternd sah Lieschen geradeaus, fühlte, wie das große Tier an ihren Füßen schnüffelte, spürte den heißen, feuchten Atem. Würde es nun gleich seine Tatzen und Zähne in sie schlagen? Sie war einer Ohnmacht nahe. Plötzlich kam der Bär wieder in ihr Gesichtsfeld: Er richtete sich vor Hildegard auf! Dann legte er der Betschwester eine Pranke auf ihre Schulter. Was sollte Lieschen tun? Wie konnte sie der armen Nonne bloß helfen? Das ungeheure Gewicht des Tiers musste die zerbrechliche Frau jeden Augenblick umwerfen, und dann wäre es gewiss um sie geschehen! Hildegard tat derweil etwas völlig Unglaubliches: Sie grub ihre rechte Hand in das Fell hinter den Ohren des Bären. Er wandte ihr die Schnauze zu, und sie sah ihm in die Augen: Das Tier gab ein schauerlich kehliges Brummen von sich, welches Lieschen durch Mark und Bein ging. Es klang fast klagend und seltsam weinerlich.

Bitte, lieber Gott, hilf uns! Ich werde auch nie mehr ungehorsam gegen meine Mutter sein!, dachte Lieschen.

Da ließ der Bär von der Nonne ab, trottete zurück in den Wald. Hildegard, nass im Gesicht, folgte dem Tier mit ihrem Blick. Dann wandte sie sich dem zitternden Kind zu. »Geht es? Kannst du laufen?«

Obwohl sie sich nicht sicher war, ob sie dazu wirklich in der Lage war, nickte Lieschen. Doch an der Hand der Nonne gelangen ihr dann tatsächlich kleine, wackelige Schritte. Die Angst verließ das Kind dennoch nicht. Selbst, als sie mit Schwester Hildegard an dem kargen Steingebäude auf dem Disibodenberg angekommen war, zitterte Lieschen noch. Die Frauenklause war an die Klosterkirche der Mönche gebaut worden. Anders als die meisten Gebäude des Männerklosters war das der Nonnen nicht von Baugerüsten umgeben. Und Hildegard hatte nicht zu viel versprochen: Die Sträucher an der Mauer der Klause waren voll von kleinen roten und dunklen Beeren. »Den schwarzen Johannisbeerstrauch nenne ich auch den Gichtbaum«, erläuterte sie, »seine Früchte schützen nämlich vor Knochenschmerzen und Altersvergesslichkeit.«

»Euer Haus hat ja nur zwei Fenster«, stellte Lieschen fest.

»Ja, das vergitterte oben im Schlafsaal ist für frische Luft. Ganz am Anfang gab es hier keine Vordertür. Aber wir konnten nicht alles in unserem ummauerten Gärtchen anbauen und hatten kein eigenes Vieh. Deshalb wurde uns, was wir sonst brauchten, durch das zweite Fenster hier unten gereicht.«

»Meine Mutter hat erzählt, dass hier viele Menschen herkommen und Eure Meisterin Jutta um Rat fragen«, erinnerte sich das Mädchen.

Hildegards Miene wurde ernst. »Früher zumindest, und sie fand stets strenge Worte. In der Klause selbst spricht sie aber nur das Nötigste.«

Während sie nun zusammen Beeren pflückten, sah Lieschen immer wieder beunruhigt zum Waldrand hinüber. »Warum hat uns der Bär wohl nicht gebissen?«

»Ich weiß es nicht«, gab die Nonne zu. »In seinem Blick war etwas … Trauriges. Gott offenbart sich durch seine Schöpfung. Aber was er uns durch diesen Bären mitteilen wollte … Zum Glück hat niemand mitbekommen, dass ich dort draußen in Gefahr geraten bin. Eigentlich darf ich die Klause nämlich gar nicht verlassen. Ich bin hier vor über zwanzig Jahren eingemauert worden.«

Lieschen sah erschrocken auf, und die Nonne ergänzte: »Aber in unserem vierten Jahr bekamen wir diese Tür – zum Glück, denn in unserem kleinen Garten wachsen ja, wie gesagt, nicht alle Heilpflanzen. Anfangs nutzte ich jeden freien Augenblick zwischen den Gebeten, um die neue Klausentür von außen zu betrachten. Ich habe oft liebevoll über ihr frisches Holz gestrichen, es roch nach Harz, nach der Freiheit endloser Märchenwälder. Und natürlich habe ich mir heimlich das Kloster von außen angeschaut.«

Lieschen blickte eingeschüchtert an der Mauer der Klause hinauf. »Warum hat man Euch hier eingesperrt? War das eine Bestrafung?«

Hildegard schüttelte den Kopf. »Du weißt doch, dass Bauer Burkhard jedes Jahr den zehnten Teil seiner Ernte an den Landbesitzer abgeben muss?«

Das Mädchen nickte eifrig. »Ja, da ärgert er sich immer sehr.«

Im Gegensatz zu Hörigen oder Leibeigenen durfte Burkhard als Freibauer seinen Wohnort, sein Eheweib und sein Gesinde selbst wählen. Da er den Großteil seines Landes aber von einem Grundherrn gepachtet hatte, musste auch er Abgaben an diesen abführen.

»Er sagt, der Lehnsherr ist ein gieriger Halsabschneider.«

Die Nonne schmunzelte. »Siehst du, und weil ich ihr zehntes Kind war, haben mich meine Eltern mitsamt meiner Aussteuer *Ihrem* Herrn gegeben. Sie sind von hohem Stand und besitzen selbst Land, deshalb ist Gott ihr Herr.«

Lieschen war so erstaunt, dass sie endlich den Bären vergaß. Ein kleines Mädchen als Ernteanteil für die Kirche? »Ach so, dann seid Ihr Nonne, weil Ihr die Zehnte seid?«

»Genau. Schon als ich etwa so alt war wie du sollte ich auf das spätere Nonnenleben vorbereitet werden. Und als ich vierzehn war …«

In diesem Augenblick öffnete sich eine in der Klausentür angebrachte Sprechluke, und eine sommersprossige Nonne, die etwas jünger als Hildegard aussah, linste heraus. »Hier bist du«, sagte sie, und es klang vorwurfsvoll. Sie öffnete die Tür, kam heraus und sah Lieschen misstrauisch an. »Was tust du mit dem Kind?«

»Ich schenke ihm die Beeren, die wir vergessen haben«, verkündete Hildegard.

»Vergiss bloß die Non nicht!«, mahnte die andere und wirkte etwas ängstlich.

»Was ist eine Non?«, erkundigte sich Lieschen neugierig.

»Das ist eines unserer Stundengebete. Siebenmal täglich rufen uns die Glocken dazu«, antwortete Hildegard, und ihre Mitschwester ergänzte mit leidgeprüfter Miene: »Die Morgenandacht heißt Laudes und endet schon mit der aufgehenden Sonne.«

»Sie meint, wir stehen zu früh auf«, erläuterte Hildegard lächelnd, und die andere erwiderte mürrisch: »So lange vor Sonnenaufgang! Und dann neun Stunden ohne Nahrung – völlig übertrieben!«

Hildegard seufzte. »So lauten nun einmal die Regeln unseres heiligen Benedikt. Und die haben sich seit über dreihundert Jahren bewährt.«

»Wie heißen denn die anderen Stundengebete?«, erkundigte sich Lieschen.

»Nach der Laudes am frühen Morgen folgen im Abstand von je drei Stunden Terz, Sext und Non«, zählte Hildegard auf. »Zu der wird demnächst geläutet. Bei Einbruch der Abenddämmerung wird dann die Vesper gefeiert, und abends gegen neun Uhr klingt der Tag mit der Komplet aus. Danach herrscht Sprechverbot, und eine Stunde nach Mitternacht läuten die Glocken die Vigilien ein.«

Nach dieser Erklärung stellte sie Lieschen ihre Mitschwester vor: »Das ist übrigens Hiltrud, wir nennen sie Trude. Sie ist die Base unserer Klostervorsteherin Jutta. Vor knapp einem Vierteljahrhundert kam sie als vierte Schwester hier zu uns in die Klause. Sie war damals erst so alt wie du jetzt und besaß die widerspenstigsten Locken, die man sich nur vorstellen kann. Sie haben die Farbe von Kastanien.«

»Inzwischen ist mein Kopf aber kurz geschoren«, sagte Trude wehmütig. »Wie bei allen Frauen hier.«

Das Kind sah mit großen Augen auf die Schleier der beiden Nonnen. »Warum sind Eure Haare abgeschnitten?«

Trude seufzte. »Weil wir der irdischen Schönheit entsagt haben.«

»Ich finde euch trotzdem schön«, sagte Lieschen.

Die beiden Nonnen sahen sich schmunzelnd an, und Hildegard strich dem Mädchen liebevoll über den Kopf.

Vom Männerkloster aus hörte man schon die ganze Zeit ein Hämmern. Nun fuhr in Richtung des Portals ein vierspänniger Ochsenkarren, der neue Steinmassen geladen hatte.

»Wird bei den Mönchen drüben gebaut?«

Hildegard bejahte. »Der Ausbau des Männerklosters hatte schon begonnen, als ich hier angekommen bin. Anfangs war noch nicht mal die Kirche ganz fertig.«

Und Trude erzählte: »Das Hämmern der Steinmetze, das Ächzen der Winden – all das ist für uns zur Begleitmusik unseres Klosteralltags geworden.«

»Das Bild des Bauens hat sich uns im Laufe der Jahre nachhaltig ins Gedächtnis eingeprägt«, bestätigte Hildegard, während sie weitere Rispen roter Johannisbeeren in Lieschens Korb warf. »Stein auf Stein, immer größer, höher und weiter!«

»... und niemals fertig werden«, ergänzte Trude spöttisch.

Lieschens Korb war fast voll, da kam auf einem einspännigen Pferdefuhrwerk ein großer Mann mit Lederschürze vorbei. Das Kind erkannte den massigen blonden Kerl, es war der Hufschmied, dessen Dienste auch der Bauer öfters in Anspruch nahm.

»Grüß Euch, Schwester Hildegard, befindet Ihr Euch wohl?«, erkundigte er sich.

»Ulrich!«, rief die Nonne erfreut. »Plagt dich dein Zahnfleisch noch?«

Er schüttelte den Kopf. »Nein, Eure Tinktur hat geholfen, nichts ist mehr wund. Gott segne Euch dafür!«

In diesem Augenblick läuteten die Klosterglocken.

»Die Non«, erinnerte sich Lieschen stolz.

Hildegard nickte anerkennend und wandte sich wieder an den Schmied: »Kannst du mir einen Gefallen tun und Elisabeth hier zum Hof von Bauer Burkhard mitnehmen? Wir sind vorhin einem etwas erschreckenden Bären begegnet.«

»Das muss das Viech sein, das dem Schäfer gestern ein Lamm gerissen hat«, mutmaßte der Schmied.

Lieschen erschauderte bei der Vorstellung.

Glücklicherweise fügte Ulrich hinzu: »Ich werde die Kleine heil nach Hause bringen, keine Angst!«

Hildegard streichelte zum Abschied die Wange des Mädchens. »Mit Ulrich an deiner Seite wird dir nichts geschehen«, gab sie sich überzeugt. »Ich bin mir sicher, wir sehen uns wieder.«

Das hoffte Lieschen zwar, doch den schützenden Bauernhof würde sie in nächster Zeit bestimmt nicht so schnell verlassen.

## 2. Kapitel

Lieschen hatte Freude daran, die Zeit ein wenig festzuhalten. Neben ihrer Lagerstatt über dem Kuhstall verwahrte sie mehrere Stücke Leder, die ihr der gutmütige alte Knecht Ortwin geschenkt hatte. Mit verkohlten Hölzchen zeichnete sie auf die helle Rückseite Landschaften, Tiere und Menschen, um sich an besondere Ereignisse in ihrem Leben auf dem Bauernhof zu erinnern. Ihrem Alter entsprechend waren die Darstellungen recht einfach, aber ihre Mutter Griseldis fand sie gut erkennbar. »Schade, dass wir hier nichts damit anfangen können. Wenn du ein Mann wärst und Abschriften des Gottesworts mit Bildern schmücken dürftest – dann wäre deine Begabung ein Geschenk des Herrn«, hatte sie einst gesagt. »Als ich so alt war wie du, hat mein Vater mich einmal mit nach Mainz genommen, in der Kirche dort gab es wunderschöne Bilder.«

Lieschen wusste, dass ihre Mutter selbst gern Nonne geworden wäre, doch das war für nicht adelige Frauen unmöglich.

»Es ist traurig, dass du deine Fähigkeiten nicht nutzen darfst, aber ich bin mir sicher, du bist ebenso begabt wie jene Künstler.«

Wahrscheinlich lobten alle Mütter ihre Töchter. Ob sie wirklich gut zeichnete, war Lieschen aber auch gar nicht so wichtig; sie freute sich einfach nur über die Gedächtnisstütze, die ihre Zeichnungen darstellten. An diesem vorletzten Spätnachmittag im Windumemanoth, dem zehnten Monat des Jahres, fröstelte Lieschen am offenen Fenster beim Zeichnen des Schnees, der draußen höher lag, als sie es jemals erlebt hatte. Und Griseldis hatte ihr bestätigt, dass auch sie nie zuvor solche Massen der weißen Pracht gesehen hatte, schon gar nicht im Weinlesemonat.

Da sah Lieschen ihre Mutter durch das Tor des Gehöfts kommen. Sie war vom Besuch bei Winzer Georg zurück, wo sie eine Bestellliste von Burkhard hatte abgeben sollen. Griseldis mochte den Weinbauern nicht sonderlich, er mache Frauen gegenüber unziemliche Bemerkungen, hatte sie gesagt. Lieschen verstand zwar nicht genau, was eine »unziemliche Bemerkung« war, aber ihr war auch aufgefallen, dass der Weinbauer immer grimmig dreinblickte und seine Mitmenschen oft anbrüllte. Dennoch war sie neugierig auf Geschichten vom Weingut, weshalb sie beschloss, ihrer Mutter entgegenzugehen.

Kaum hatte sie jedoch den Stall verlassen, musste sie mitansehen, wie Griseldis ausrutschte und stürzte. Diese tückischen Eisflächen unter dem Neuschnee! Voller Sorge eilte sie zu ihrer Mutter und versuchte dabei, nicht auch noch selbst hinzufallen. Die Witwe mit den blonden Locken wimmerte vor Schmerz. »Ich kann mein Bein nicht bewegen«, brachte sie in einer hilflosen Mischung aus Lachen und Weinen hervor, als sich ihre kleine Tochter bei ihr niederkniete. »Ich glaube, es ist gebrochen, das tut so weh.«

»Ich hole jemanden!«, rief Lieschen aufgeregt und bemühte sich, die Tränen niederzukämpfen. Ihre Mutter, ihre arme Mutter! Das Leben des Mädchens, das seinen Vater nie gekannt hatte, bestand von einem Augenblick auf den nächsten nur noch aus blanker Angst! Zum ersten Mal überhaupt hörte sie sich selbst um Hilfe rufen.

Sie fand den alten Ortwin beim Ausmisten des Stalls und erzählte ihm aufgeregt, was geschehen war. Er folgte ihr sogleich. Der Knecht musste sehr vorsichtig sein, als er ihre verletzte Mutter zu deren Bett trug, denn bei der kleinsten Bewegung schmerzte ihr Bein derart, dass sie nur mit Mühe Schreie unterdrücken konnte.

»So, wie das aussieht, ist es wirklich gebrochen«, mutmaßte der Knecht, nachdem er die keuchende und schweißnasse Griseldis auf ihrer Bettstatt abgelegt hatte. »Man müsste es wahrscheinlich schienen, aber ich weiß nicht, wie das geht.«

Da kam Lieschen eine Idee. »Ich hole Schwester Hildegard.«

Sie hatte die heilkundige Nonne seit ihrer ersten Begegnung im Sommer nicht mehr gesehen, war sich jedoch sicher, dass diese bereit wäre, ihrer Mutter zu helfen. Unsicher war nur, ob es auch deren Vorsteherin und die Mönche erlauben würden.

Der hohe Schnee und der scharfe Wind machten das Vorankommen derart mühsam, dass Lieschen sich fragte, ob sie es überhaupt bis zur Frauenklause schaffen würde. Und sie konnte nur hoffen, dass der Bär sich inzwischen im Winterschlaf befand.

Trotz der Kälte schwitzte das Mädchen. Der Aufstieg zum Kloster Disibodenberg wirkte an diesem Abend unendlich steil und weit, die immer höheren weißen Massen schienen sich an ihren Füßen festzukrallen. Als sie endlich die Klause erreichte, begann sie verzweifelt zu weinen, denn die einzige Tür war bis zur Höhe ihres Kinns zugeschneit. Sie musste sich strecken, um ihre Fäustchen gegen das Holz zu schlagen, und rief um Hilfe, doch es erschien ihr angesichts des heulenden Windes viel zu leise. Erneut rief sie um Hilfe.

Wider Erwarten öffnete sich schließlich der Ausguck in der Tür. Das Mädchen erkannte das sommersprossige Gesicht von Schwester Trude, die erstaunt zu ihr hinabsah.

Obwohl Lieschens Stimme sich vor Aufregung überschlug, machte sie der Nonne klar, was mit Griseldis geschehen war – und dass sie Schwester Hildegard sprechen musste.

Im Nachhinein konnte sich das Mädchen gar nicht mehr genau an die Einzelheiten erinnern, aber es gelang ihr, die heilkundige Nonne zu überzeugen, sie auf den Bauernhof zu begleiten. Hildegard bat die unwillige Trude mitzukommen. Zum Glück hatten sich Wind und Schneefall endlich ein wenig gelegt.

Kaum waren sie bei Lieschens Mutter an deren Lagerstatt angekommen, bestätigte Hildegard den Verdacht, dass Griseldis' Bein gebrochen war. Es müsse in der Tat geschient werden, damit der Knochen wieder richtig zusammenwachsen könne.

Als die Nonne damit fertig war, drückte die Verletzte ihr dankbar die Hand. Inzwischen war auch Bauer Burkhard, ein Berg von einem Mann mit rotblondem Haar und blasser Haut, in die Kammer über dem Stall gekommen, und Lieschen bemerkte, wie argwöhnisch er die beiden Nonnen musterte.

Hildegard mahnte Griseldis: »Du musst dich aber schonen.«

Dann wandte sie sich an Burkhard: »Sie wird einige Wochen bettlägerig sein.«

»Ich kann aber keine nutzlose Magd durchfüttern«, knurrte der Bauer verstimmt.

Lieschen war verzweifelt. Wenn er sie verstieß, würden ihre Mutter und sie verhungern.

»Bitte, Herr, ich werde auch für zwei arbeiten«, flehte sie.

Ehe Burkhard antworten konnte, verkündete Hildegard: »Wir nehmen Griseldis und Lieschen mit zu uns, bis das Bein verheilt ist.«

Schwester Trude sah sie erschrocken an. »Aber Hildegard, das wird Mutter Jutta doch nie erlauben.«

Die Ältere zuckte mit den Schultern. »Wir haben schon öfter Herrgottsgäste aufgenommen.«

»Ja, damals waren wir auch noch weniger Schwestern und besaßen deshalb eine Gästezelle. Außerdem waren jene Besucher zumeist adelig«, argumentierte Trude. »Und sie haben großzügige Geschenke für Abt Folkard mitgebracht. Auch er wird es verbieten.«

»Dazu ist er im Augenblick zu krank«, erwiderte Hildegard.

»Das Kind könnt ihr meinetwegen hierlassen«, bot nun Burkhard an, »es ist fleißig.«

»Wir trennen es nicht von seiner Mutter, wir nehmen beide mit«, entgegnete Hildegard zu Lieschens Erleichterung.

»Und wie wollt Ihr die Verletzte in Euer Kloster bekommen?«, fragte der Bauer mürrisch.

Lieschen wusste, dass ihr Herr natürlich ein Fuhrwerk zur Verfügung stellen konnte, ahnte aber, dass er dazu nicht die geringste Lust verspürte.

»Ich werde zu Ulrich hinübergehen«, verkündete Hildegard. »Er hilft uns gewiss.«

Das Mädchen mochte den Schmied. Auf dem Rückweg

vom Kloster seinerzeit im Sommer hatte er sie beruhigt, dass der Bär sich nicht auf den Bauernhof trauen würde. Dazu sei er zu schüchtern. Lieschen hatte lachen müssen – ein schüchterner Bär!

Wie Schwester Hildegard vermutet hatte, war Ulrich sofort bereit zu helfen. Er trug Griseldis vorsichtig auf sein Fuhrwerk. Lieschen packte für sich und ihre Mutter rasch deren wenige Besitztümer in einen alten Mehlsack und folgte den Erwachsenen.

Auf dem Disibodenberg öffnete Hildegard ihnen die Tür zum Klausengebäude. Nun würde Lieschen es also betreten! Die Nonne führte sie und den Hufschmied, der ihre Mutter wieder behutsam auf dem Arm trug, in eine Speisekammer hinter der großen Feuerstelle der Küche im Erdgeschoss.

Eine sehr junge Nonne sah die Neuankömmlinge verwundert an.

»Adelgundis, wo ist Jutta?«, erkundigte sich Hildegard bei ihr.

»Ich glaube, sie ist noch in der Kapelle und …«

»Nein, ich bin hier«, kam es von der Küchentür.

Lieschen erschrak, als sie die ausgemergelte Frau in ihrer Nonnenkleidung dort stehen sah. Sie musste gut ein halbes Jahrzehnt älter als Hildegard sein. Mit ihren großen braunen Augen war sie bestimmt einmal sehr hübsch gewesen, doch jetzt war ihr Gesicht eingefallen, wirkte ein wenig wie ein mit Pergament überzogener Totenkopf.

Zitternd vor Aufregung hörte Lieschen zu, wie Hildegard ihrer Vorsteherin von Griseldis' Unfall erzählte und darum bat, sie und deren Tochter hinter der Küche wohnen zu lassen, bis das Bein verheilt war.

Mit einer merkwürdigen Gleichgültigkeit in der Stimme

sagte Jutta nur: »Ich werde Abt Folkard um Erlaubnis bitten – wenn es ihm wieder besser geht.«

Lieschen fiel auf, dass die Klausenleiterin auf die Arbeitstasche des Schmieds starrte, aus der sein großer Hammer ragte.

»Ich gehe zurück in die Kapelle«, murmelte Jutta schließlich geistesabwesend und verließ, einer Schlafwandlerin gleich, die Küche.

Kurz darauf half Lieschen Hildegard, Trude und Adelgundis, die wenigen Vorräte aus der Speisekammer, in der ihre Mutter auf einem der beiden Strohlager ruhte, in einer Küchentruhe zu verstauen. Sie wandte sich an Hildegard: »Was tut Eure Vorsteherin in der Kapelle? Betet sie?«

»Unter anderem«, antwortete Hildegard vage. »Sie leistet dort Nachtwachen.«

»Bei eisiger Kälte«, ergänzte Trude mit Bitterkeit in der Stimme.

»Aber was gibt es dort zu bewachen?«, wunderte sich Lieschen.

»Sie quält sich. Manchmal geißelt sie sich auch mit einer Peitsche«, wisperte die Sommersprossige und sah sich ängstlich um.

Das Kind erschauderte. »Warum tut sie das?«

»Sie hofft, durch die Qual Jesus nahezukommen«, erläuterte Hildegard.

»Weil der auch am Kreuz gelitten hat?«, erinnerte sich Lieschen an die traurige Karfreitagsgeschichte.

Trude nickte. »Ja, unsere Mutter Oberin hofft auf die *Unio mystica.*«

Wieder dieses Lateinerisch! Hildegard bemerkte den ratlosen Blick des Mädchens und übersetzte: »Geheimnisvolle

Vereinigung bedeutet das. Jutta sehnt sich sehr nach göttlichen Zeichen.« Mit düsterem Blick fügte sie hinzu: »Dabei können einen solche Visionen sehr beunruhigen, wenn man sie bekommt.«

»Was sind Visionen?«, erkundigte sich das Kind.

Trude warf Hildegard einen Hilfe suchenden Blick zu.

Die erklärte: »Das sind Bilder, die Gott einem zeigt. Aber nur die Person, die eine Vision bekommt, sieht all das, andere Menschen nicht. Man nennt sie auch Gesichte oder Schauungen.«

Lieschen spürte, dass dieses Gespräch die Nonne sehr traurig machte, und sie fragte sich, warum das so war.

Während sich die Nonnen zum Tageswechsel ihrem Matutin-Stundengebet widmeten, lag Lieschen neben ihrer Mutter auf der rasch mit Stroh eingerichteten Lagerstatt. Griseldis' ruhiges, gleichmäßiges Atmen beruhigte die Tochter zwar, aber sie hatte trotzdem Schwierigkeiten einzuschlafen. Es mochte an diesem Ort liegen, den sie unfreiwillig gegen den vertrauten und sicheren Bauernhof eingetauscht hatten.

Diesen seltsamen Ort, an dem die Nonnen mehrmals am Tag miteinander beten mussten, dafür auch mitten in der Nacht aufstanden – mit einer Vorsteherin, die sich selbst quälte, um Jesus näher zu sein.

*

Einige Tage später wurde Lieschen vom Gesang der Christusbräute geweckt. Es klang himmlisch, wie seinerzeit Hildegards Melodie bei ihrem ersten Aufeinandertreffen im Sommer, nur diesmal vielstimmig. Dabei wurden die Schwestern von einem Instrument begleitet, das dem Mädchen unbekannt war. Sie richtete sich auf und sah, dass ihre Mutter ebenfalls aufgewacht war und Tränen in den Augen hatte.

»Hast du Schmerzen?«, fragte Lieschen besorgt.

Griseldis schüttelte den Kopf. »Der Gesang ist so wundervoll. Das Schönste am Klosterleben. Ich habe früher oft vor der Klause gestanden, um ihn zu hören.«

Ihre Tochter lauschte weiter der Musik. »Was ist das wohl für ein Instrument?«

»Ich denke, es ist ein Psalterium, eine Art Holzbrett mit Saiten darauf.«

»Ich könnte mich in die Kapelle schleichen und nachschauen«, schlug Lieschen unternehmungslustig vor.

»Mach das«, stimmte ihre Mutter zu und deutete auf ihr Bein. »Ich kann es nicht – noch nicht.«

Als Lieschen kurz darauf in den Gebetsraum lugte, sah sie die Nonnen ganz in ihren Gesang vertieft. Schwester Trude spielte das Instrument, auf das in der Tat Griseldis' Beschreibung zutraf.

Schließlich beendeten die Schwestern ihren Gesang und verließen die Kapelle. Lieschen ging auf Schwester Adelgundis zu. Die gutmütige Tochter eines Herzogs war sechzehn Jahre alt. Wie Schwester Trude hatte sie hellgrüne Augen und Sommersprossen. Ob ihre kurz geschorenen Haare unter dem Schleier wohl kastanienfarben oder rot waren?

»Na, bereit für deine neue Aufgabe?«, fragte Adelgundis gutmütig lächelnd.

Da Lieschen gebeten hatte, sich in der Klause nützlich machen zu dürfen, war sie von Mater Jutta der jungen Adelgundis als Hilfe in der Küche zugeteilt worden.

»Ja, das bin ich«, antwortete Lieschen.

Nicht alle der adeligen Mitschwestern waren so freundlich zu ihr wie Adelgundis. Die ältere Beata beispielsweise hatte sich beschwert, dass sie gleich zwei »Bauerntrampel« beherbergten, wie sie es ausdrückte. Als Hildegard abgelehnt hatte, Lieschen und deren Mutter fortzuschicken, war Beata laut Trude sogleich zu Jutta gegangen, um ihr Ziel zu erreichen – zum Glück bisher vergeblich.

»Das Instrument, das Schwester Trude gespielt hat, ist das ein Psalterium?«, fragte Lieschen.

Adelgundis bejahte. »Mater Jutta musste angeblich monatelang beim Abt betteln, dass wir es bekommen. Am Ende konnte Klosterschreiber Volmar ihn dazu überreden.«

Plötzlich wurde den beiden Mädchen der Weg zur Küche durch einen hochgewachsenen, ziemlich jungen Mönch versperrt. Er hatte wache Augen, und seine hervorstechende Nase erinnerte Lieschen an einen Raubvogel. Davon abgesehen war er eigentlich recht hübsch. Doch im Blick des drahtigen Mannes zeigte sich ein derartiger Zorn, dass sie erschrocken zurückwich. Was hatte er hier in der Frauenklause zu suchen?

»Wo ist Schwester Jutta?«, knurrte der Mönch.

»In der Kapelle«, entgegnete Lieschen hastig. »Ich bringe Euch zu ihr.«

Sie wollte dem Ordensbruder vorausgehen, doch am Eingang des Kirchleins stieß er sie grob zur Seite. Sie beobachtete, wie er mit großen Schritten auf die betende Vorsteherin zuging.

»Mater Jutta, ihr dürft ab sofort nicht mehr singen!«, rief er aufgebracht.

Die erschöpft aussehende Nonne drehte sich zu ihm um. »Bruder Helenger«, erkannte sie und fragte mit bangem Blick: »Ist es so weit?«

»Ja, die Stunde seiner Abberufung ist nah.«

Jutta schien von dieser Nachricht zutiefst schockiert. Sie stützte sich schwer atmend an der Mauer ab. Bruder Helenger warf Lieschen einen bösen Blick zu und verscheuchte sie mit einer einzigen Bewegung seines Kinns.

Abt Folkard musste im Sterben liegen, Lieschen hatte bereits Gerüchte unter den Nonnen darüber gehört, dass er todkrank war. Rasch eilte sie in die Küche. Vielleicht konnte sie von Adelgundis mehr erfahren.

»Es ist ein schweres Erbe hier in der Küche, Schwester Walburga muss die beste Köchin der Welt gewesen sein«, erzählte die junge Nonne beim gemeinsamen Zubereiten einer Linsen- und Bohnensuppe. »Gott hat sie viel zu früh zu sich gerufen.«

»Und jetzt liegt wohl euer Abt im Sterben?«, versuchte Lieschen das Gespräch umzulenken. »Ich habe sein Husten gestern Nacht bis hierher gehört.«

Adelgundis nickte seufzend. »Ja, leider. Er hat das Kloster acht Jahre lang weise geführt und seine Pfründe ausgebaut.«

»Es ist wirklich gut, dass wir hier immer genug zu essen haben«, meinte Lieschen.

»Oh, glaub mir, drüben im Vaterkloster haben sie wesentlich mehr. Wir Nonnen sind ganz und gar von den Almosen der Mönche abhängig. Wegen Meisterin Juttas gutem Ruf schließen sich uns ja immer mehr adelige Schwestern an, aber all ihre üppigen Mitgiften gehen an das Männerkloster.«

In diesem Augenblick ertönte zu Lieschens Erstaunen von den Mönchsgebäuden her die Glocke. Die Klausnerinnen durften zwar nur durch ein kleines Fenster bei der Messe und den Gebeten der Mönche zusehen, doch Lieschen wusste, dass es zu dieser Stunde keinen Anlass gab, die Kirchenglocken zu läuten. Warum also erklangen sie nun so unerwartet? Adelgundis war beim ersten Schlag erstarrt, hatte das Reinigen der Bohnen unterbrochen und hauchte: »O Gott, das ist die Totenglocke.«

Lieschen erschauderte, und in diesem Augenblick betrat Trude aufgebracht die Küche. »Habt ihr das gehört?«, wisperte sie. »Abt Folkard muss gestorben sein. Jetzt ist das ganze Kloster in tödlicher Gefahr.« Sie schluchzte auf, und dann war sie auch schon wieder hinausgeeilt.

»Was meint sie damit?«, fragte Lieschen.

»Bis zur Wahl eines fähigen Nachfolgers ist das Kloster schutzlos den weltlichen Vögten ausgeliefert«, erinnerte Adelgundis mit ernster Miene. »Es heißt, die warten nur darauf, es gierig auszusaugen wie ein Blutegel. Wir Schwestern haben ja keinerlei eigene Mittel – wenn es dem Mönchskloster also schlecht geht, ist unser Leben in Gefahr.«

Lieschen begann zu zittern. Ihre Mutter war immer noch nicht in der Lage zu laufen. Sie waren völlig von den Nonnen abhängig, und mit ihrer Sicherheit konnte es jetzt wohl jeden Augenblick zu Ende sein!

# 3. Kapitel

Mitten in der Nacht drang ein gequälter Frauenschrei durch die Räume der karg eingerichteten Klause.

Lieschen hatte bei Griseldis in der winzigen Kammer hinter der Küche keinen Schlaf gefunden und schließlich durch das vergitterte Fenster im Erdgeschoss hinaus in die Winterlandschaft gesehen. Wie in jener Nacht, als Mutter und Tochter hier Zuflucht gefunden hatten, tobte ein Schneesturm; heute allerdings blitzte und donnerte es sogar gelegentlich. Gewitter im Winter, das hatte Lieschen noch nie erlebt. Sie war schon vor dem Unwetter unruhig gewesen, dabei sollte sie eigentlich erleichtert sein. Gestern Abend hatten die Mönche endlich – wie von Meisterin Jutta prophezeit – Folkards bisherige rechte Hand, den Cellerar Bruder Kuno, zu seinem Nachfolger gewählt.

Lieschen hatte sich zunächst einmal von Adelgundis erklären lassen, was ein Cellerar überhaupt tat. »Das ist der Kellermeister des Klosters«, hatte sie erläutert. »Er kümmert sich um die Vorräte und die Bekleidung der Mönche.«

Lieschen ging davon aus, dass jemand mit diesen Aufgaben das Kloster ja bestens kennen müsse. Insofern war die Wahl des bisherigen Cellerars also eigentlich ein Grund zur Erleichterung. Hildegard hatte auch zuversichtlich erklärt, der neue Abt werde mindestens so wehrhaft sein wie Folkard. Kuno werde den Weltlichen, die mit gierigen Händen nach dem Kloster und seinen Pfründen griffen, verlässlich trotzen.

Doch nun dieser grässliche Schrei!

Da Griseldis friedlich zu schlafen schien und von dem beunruhigenden Laut nichts mitbekommen hatte, begab sich ihre Tochter allein zur Treppe, die zur Kapelle, Juttas Einzelzelle und dem Schlafsaal der übrigen Nonnen hinaufführte. Dort stand Hildegard besorgt inmitten des Raums.

»Kam das von hier?«, flüsterte Lieschen besorgt.

Hildegard schüttelte den Kopf, da erhob sich Schwester Trude von einem der zehn Strohlager, auf denen ihre Mitschwestern lagen. Offensichtlich war sie als Einzige der anderen Nonnen aufgewacht.

»Was für ein Höllenschrei! Das war bestimmt ein Dämon«, hauchte Trude voll Grausen. »Er kommt, um uns zu holen.«

Doch die Ältere schüttelte energisch den Kopf. »Nein, das war Juttas Stimme.«

Gefolgt von der ängstlichen Schwester Trude und Lieschen eilte Hildegard in die Einzelzelle der Klausenvorsteherin hinüber. Sie war leer, doch das Winseln der Frau war trotz der Windgeräusche deutlich zu hören. Dann ein Klopfen und erneut ein markerschütternder Schrei!

»Das kam aus der Kapelle«, erkannte Trude.

Als sie in den Gebetsraum stürzten, bot sich den Nonnen und der Küchenhilfe ein schrecklicher Anblick: Ihre geliebte Meisterin Jutta von Sponheim lag auf einem mannshohen Holzkreuz. Sie hatte sich offenbar einen schweren Nagel in die linke Handfläche geschlagen, alles war voller Blut, es floss in Strömen. Auch in den übereinandergelegten Füßen steckte ein monströser Nagel. Lieschen fragte sich, wie Jutta es bei den gewiss unerträglichen Schmerzen noch fertiggebracht hatte, sich einen weiteren in die Handfläche zu schlagen.

»Was tust du nur?«, rief Hildegard. »Trude, bring Verbandszeug, schnell! Und Essig und Wein!«

Lieschen versuchte, einen Grund zu finden, warum ein Mensch sich so etwas antat. Sie hatte mitbekommen, dass Jutta von Sponheim vor Trauer um Abt Folkard wie von Sinnen gewesen war. Dies hatte die zehn übrigen Nonnen in noch größere Unruhe versetzt.

Trude war vor Entsetzen erstarrt und reagierte nicht sofort auf Hildegards Bitte. Für einen Augenblick schien die Zeit stehen geblieben zu sein. Die klirrende Kälte ließ den Atem kleine Wolken bilden. Endlich stürzte Trude los, um das Geforderte zu holen.

Hildegard kniete bei der halbseitig gekreuzigten Jutta nieder, um sich die Wunden anzusehen, doch die Vorsteherin packte sie mit der rechten Hand am Ärmel, zog sie zu sich herunter und drückte ihr den schweren Holzhammer in die Hand. »Auf, Hildegard, vollende es!«

Die kämpfte mit den Tränen.

Jutta verdrehte entrückt die Augen. »Die Wunden des Herrn, der heilige Schmerz«, faselte sie wie im Taumel. »Meine Abberufung ist nah.«

Hildegard versuchte vergeblich, an den Nägeln zu zerren. Da fiel Lieschens Blick auf die Ledertasche mit Werkzeug, die neben Jutta lag. Darin fand sie eine große Eisenzange, die sie Hildegard mit fragendem Blick reichte. Die nickte dankbar und begann sogleich, die Nägel aus den Füßen und der linken Hand Juttas zu ziehen. Anfangs wollte die Meisterin sich wehren, glitt dann aber rasch in die Arme einer gnädigen Ohnmacht. Trude kam mit Leinenstoff, Essig und Wein zurück, und Hildegard begann, damit die tiefen Wunden zu waschen und zu verbinden.

Inzwischen waren auch die anderen acht Schwestern erwacht und hereingekommen. Unterdrückte Schreie, Schluchzen, Entsetzen. Die Nonnen trugen die bewusstlose Klausenleiterin in ihre Zelle.

»Wir müssen im Männerkloster Bescheid geben«, bestimmte Hildegard.

»Ich gehe!«, rief Trude beflissen, offenbar froh, dem schrecklichen Anblick ihrer verwundeten Herrin zu entkommen.

Verzweifelt sah Hildegard durch das Fenster in die Landschaft hinaus. Der Wind wirbelte die Schneeflocken wild durcheinander, alles war in seltsam rötliches Licht getaucht. Die Baugerüste am Männerkloster ächzten und knirschten, schienen dem Sturm aber standzuhalten.

Schließlich näherten sich schwere Schritte der Kammer der Verwundeten. Trude brachte den frisch gewählten Abt Kuno herein. Es war ein stämmiger Mann mit Schnauzbart und stattlichem Bauchumfang. In dessen Gefolge befanden sich sein junger Gehilfe Bruder Helenger und der bärtige Klosterschreiber Volmar.

»Was habt Ihr mit Eurer Praeposita angestellt?«, rief Helenger vorwurfsvoll.

Lieschen hatte sich auch den Begriff Praeposita bereits von Adelgundis erklären lassen: Es war das lateinische Wort für Vorsteherin.

»Wir Schwestern haben gar nichts getan«, verteidigte sich Hildegard. »Mater Jutta hat versucht, sich selbst zu kreuzigen.«

»Wie sollte ihr das gelingen?«, hakte der Gehilfe des Abts

argwöhnisch nach. Lieschen wusste von Hildegard, dass man die rechte Hand der Klosterleitung als »Adlatus« bezeichnete, was natürlich wieder ein lateinisches Wort war.

»Lieber Bruder Helenger«, mischte sich der Klosterschreiber ein. »Wir haben keinen Grund, Schwester Hildegards Worte anzuzweifeln. Es ist uns wohlbekannt, dass Mater Jutta sich in der Vergangenheit schon oft selbst kasteit hat.«

Hildegard sah Bruder Volmar dankbar an. Seiner bleichen Haut nach zu urteilen, hielt sich der Schreiber selten an der frischen Luft auf. Er hatte große Ohren, einen drahtigen Vollbart und einen lockigen Haarkranz, war von eher kleinem Wuchs und etwa in Hildegards Alter.

Der neue Abt stimmte seinem Schreiber zu. »Jutta zwingt sich häufig, nachts wach zu bleiben. Unzählige Gebete für die Lebenden und die Verstorbenen – weit mehr, als es die Regel Benedikts verlangt.«

Hildegard nickte. »Jeden Tag den gesamten Psalter, oft sogar zwei- oder dreimal. Auch in der größten Winterkälte mit nackten Füßen – bis zur völligen Erschöpfung. Deshalb wird sie oft todkrank.«

»Wegen ihrer Selbstkasteiungen ging es ihr vor acht Jahren schon einmal so schlecht, dass sie zu sterben drohte«, fiel Volmar ein. »Abt Adalhaun schob ihren schlechten Zustand damals auf das Fehlen von Fleisch in ihrer Ernährung. Er befahl ihr, welches zu essen, sie behauptete, das dürfe sie nicht.«

»Aber die sechsunddreißigste Regel unseres Vaters Benedikt erlaubt Kranken ausdrücklich Fleischspeisen zu ihrer Genesung«, entgegnete Abt Kuno. »Daran hat mein seliger Vorgänger Jutta seinerzeit erinnert. Die hat aber in ihrem Fieber behauptet, das treffe auf sie nicht zu.«

»In der Dämmerung geschah dann etwas Wunderbares: Ein großer Wasservogel setzte sich an ihr Fenster, der ist hier in der Gegend eigentlich sehr selten«, erinnerte sich Hildegard. »Als wir Nonnen ihn morgens fanden, machte er keinerlei Anstalten zur Flucht, blickte uns nur ganz ruhig an – wie ein zahmes Haustier.«

Volmar lächelte. »Und dann habt ihr Vater Adalhaun überzeugt, er könne so Jutta zum Essen überreden. Er war dankbar für euren verzweifelten Einfall. ›Jutta, es steht Euch jetzt wohl an, mit dem Gottesgeschenk dieses Wasservogels gestärkt zu werden‹, hat er sie ermahnt. ›Das Fleisch des Vogels gilt ja als reiner als das der Landtiere. Weil sie nicht nackt, sondern mit einer Eierschale bedeckt aus der Mutter kriechen.‹«

Hildegard ergänzte: »Den großen Wasservogel haben wir dann für Jutta zubereitet – und bald nach diesem Mahl ging es der Meisterin besser.«

Kuno furchte die Stirn. »Allerdings hat sie damals dem Abt das Versprechen abgenommen, dass weder er noch seine Nachfolger sie je wieder zum Fleischverzehr zwingen dürfen. Daran bin ich gebunden. Dabei würden nahrhafte Speisen ihr sicher Kraft geben, damit diese schauderhaften Wunden heilen. Essen hält schließlich Leib und Seele zusammen.«

»Darf ich versuchen, die Verletzungen mit einer Salbe zu behandeln, damit sie sich nicht entzünden?«, bat Hildegard kleinlaut.

Doch der hagere Klostervorsteher schüttelte den Kopf. »Hier kann nur noch der Herr helfen. Wir werden für Mater Jutta beten.«

Lieschen blieb Hildegards enttäuschter, fast verzweifelter Gesichtsausdruck nicht verborgen.

»Und Ihr bleibt hier, Bruder Volmar!«, wandte sich der Abt

an seinen Schreiber. »Erstattet uns regelmäßig Bericht über Juttas Befinden!«

Kaum waren Kuno und sein Adlatus gegangen, wandte sich Volmar an Hildegard: »Ihr habt Heilmittel, um die Wunden zu behandeln?«

»Ja, aber Abt Kuno hat mir ja …«, setzte sie an.

Doch der Schreiber unterbrach sie sogleich: »Ich werde die Schuld auf mich nehmen, falls er es herausfindet. Behandelt Ihr Jutta, wir haben keine Zeit zu verlieren. Wir dürfen nichts unversucht lassen, sie zu retten.«

»Danke Euch, Bruder Volmar«, freute sich Hildegard. »Lieschen, magst du mich in die Küche begleiten und mir mit den Salben helfen?«

Das ließ sich das Mädchen nicht zweimal sagen.

»Die Wundsalbe besteht vor allem aus Veilchen, Wermut und Ringelblumen«, erzählte Hildegard, während sie kurz darauf ein kleines Tongefäß aus dem Küchenregal nahm.

»Darf ich Euch etwas fragen?«

»Ja, gewiss.«

»Weshalb habt Ihr vorhin Juttas Verletzungen mit Wein und Essig ausgespült?«

»Die reinigen Wunden besser als abgekochtes Wasser allein. Das hat mir der Bruder Infirmar verraten. Zum Glück hat Abt Kuno es nicht mitbekommen. Ich bin mir nicht sicher, ob eine Wundreinigung nicht bereits als Heilkunde gilt.«

Als Hildegard mit dem Töpfchen zu Volmar und der Verletzten zurückgegangen war, beschloss Lieschen, der besorgt wirkenden Schwester Trude beim Fegen der Kleiderkammer zu helfen. Die Nonne hatte ganz rot geweinte Augen.

»Ich wollte immer nur, dass sie mich liebt«, flüsterte sie irgendwann mit versagender Stimme.

»Das habe ich mir auch gewünscht«, kam es von der Tür. Dort stand Hildegard. »Aber Jutta liebt nur den einen.« Dann berichtete sie: »Bruder Volmar ist eingeschlafen. Ich decke ihn besser zu.«

»Und ich dachte immer, du und Jutta redet über alles miteinander«, wunderte sich Trude.

Hildegard lächelte freudlos, während sie ein Schaffell aus einer großen Holztruhe nahm. »Reden ist nicht gerade etwas, das Jutta schätzt.«

»Dabei hätte sie viel Aufregendes zu erzählen«, flüsterte Trude daraufhin schwatzhaft. »Ich habe gehört, dass sie als junge Frau von einem Adeligen entführt wurde, der aus Liebe zu ihr närrisch geworden war. Angeblich hat ihr großer Bruder Meinhard sie damals aus den Fängen des Liebeskranken befreien müssen. Was für ein Jammer, dass sie so schweigsam ist.«

Hildegard schmunzelte. »Sie lebt eben nach den Worten des heiligen Benedikt: Wer viel redet, entgeht der Sünde nicht. Tod und Leben sind in der Gewalt der Zunge.«

Trude schwieg auf diese sanfte Spitze hin verstimmt.

Kurz darauf machte sich Lieschen auf den Weg zur Küche, um dort Schwester Adelgundis zu helfen. Sie kam an Juttas Kammer vorbei, in der Hildegard inzwischen den schlafenden Klosterschreiber behutsam mit dem Schafspelz zugedeckt hatte und vor der Lagerstatt ihrer Meisterin auf die Knie gegangen war.

»Verzeih mir, Jutta«, hörte das Mädchen die Nonne verzweifelt flüstern. »Ich bin wohl schuld an deinem Zustand.«

»Wieso denkst du, dass du schuld an ihrer Kreuzigung bist?«

Erschrocken über die Männerstimme trat Lieschen einen Schritt zurück.

Volmar war erwacht, hatte sie auf dem dunklen Gang aber wohl nicht bemerkt; er sah Hildegard fragend an.

Die gestand dem Mönch mit belegter Stimme: »Juttas großes Ziel war es, Visionen vom Herrn zu empfangen, eins mit ihm zu werden. Bisher ist das nie gelungen. Aber eines Tages habe ich ihr gestanden, dass ich …« Ihre Stimme stockte.

»Ja?«, hakte Volmar nach. »Was war mit Euch?«

»Ich empfange Visionen – schon seit ich Kind bin.«

Lieschen hielt den Atem an. Das war es also, was zwischen Hildegard und Jutta gestanden hatte! Volmar beugte sich neugierig nach vorn, und das Mädchen befürchtete, dass er nach ihrem Geständnis Hildegards Richter werden und sie dem Henker ausliefern konnte.

Doch die Augen des Klosterschreibers wirkten gutmütig, als er ermutigend die zitternde Hand der Nonne drückte. Er schien ihre bangen Gedanken zu erraten.

»Wenn Ihr es wünscht, behalte ich Euer Geheimnis für mich, ehrwürdige Schwester«, verkündete er mit seiner eigentümlichen, sehr deutlichen Stimme. Vielleicht las der Klosterschreiber ja häufig laut vor, wenn er Schriften auf Fehler durchsuchte. »Wisst Ihr, der Geist des Herrn weht, wo er will. Es kann also gut sein, dass er sich Euch mitteilt und Jutta eben nicht.«

»Und wenn meine Gesichte gar nicht von Gott stammen?«, gab Hildegard zu bedenken.

Derart niedergeschlagen hatte Elisabeth die sonst so emsige Nonne noch nie erlebt.

»Möchtet Ihr mir etwas über Eure Visionen erzählen?«, fragte Volmar. »Von der ersten Schauung an?«

Nach kurzem Zögern nickte Hildegard. »Wegen der Gesichte war meine Kindheit trotz meiner großen Familie sehr einsam.

Dabei ging es mir – verglichen mit den meisten anderen Kindern – ja sehr gut. Rings um mein Elternhaus auf dem reichen Gutshof meines Vaters Hildebert von Bermersheim erstrecken sich Weiden, Äcker und Weingärten. In der Ferne gab es Hänge, teils sanft, teils steil, teils mit auffällig geformten Felsen. Im Wald mit den vielen Eichen habe ich als Kind Pflanzen und Tiere beobachtet. Der Hosenbach fließt mit vielen Windungen durch den Ort und das malerische Tal in den Fischbach unserem Fluss Nahe entgegen. Meine Schwestern und ich sahen beim Melken zu, beim Kalben der Kühe; und wir lernten reiten wie alle adeligen Mädchen. Aber ich…« Hildegard zögerte.

»Aber Ihr wart anders als die übrigen Kinder?«, vergewisserte sich Volmar.

Hildegards Gesichtsausdruck verdunkelte sich bei der Erinnerung. »Das zeigte sich schon, als ich fünf war. Damals sollte Jutta von Sponheim in mein Leben treten. Meine noch lebenden Geschwister Clementia, Rohrich, Drutwin, Hugo, Judda und Odilia tobten ausgelassen herum. Ich stand wie so oft abseits, starrte zum Himmel und murmelte vor mich hin. Rohrich bemerkte mein scheinbares Selbstgespräch und wollte wissen, mit wem ich mich da unterhalte. Na, mit dem Riesen, sagte ich. Meine Geschwister rannten davon. Zunächst befürchtete ich, meine Vision habe sie verschreckt. Doch der Grund war diesmal bloß das Eintreffen des Pferdefuhrwerks aus Sponheim.«

Lieschen war sehr gespannt auf den Bericht über das erste Treffen der liebenswürdigen Nonne und der religiös besessenen Vorsteherin.

»Ihr seid mit Meisterin Jutta verwandt«, erinnerte sich Volmar.

Hildegard bejahte. »Sophia von Sponheim war eine Base und gute Freundin unserer Mutter Mechthild. An jenem Tag brachte die Gräfin ihre elfjährige Tochter Jutta mit. Als sie mir vorgestellt wurde, musste ich kichern. Das Mädchen mochte das Lachen schon damals nicht und fragte mit ernster Miene, was mich so erheiterte. ›Na, eine meiner Schwestern heißt genau wie du‹, sagte ich. ›Nun, vielleicht können wir dann auch wie Schwestern sein‹, schlug Jutta vor. ›Möchtest du das?‹ Ich nickte, starrte fasziniert auf ihren Ring mit der Aufschrift »Dolores« und fragte sie nach der Bedeutung des Wortes. Schmerzen! Dass sie gern leide, sagte sie.«

»Dann war das schon so, als die Meisterin elf Jahre jung war?«, wunderte sich Volmar und sah zur Klausenvorsteherin hinüber, die nach wie vor bewusstlos dalag.

»Ja, und um es mir zu erklären, spielte Jutta mir dann mit den Puppen die Geschichte der Kreuzigung vor. Wie von Sinnen hämmerte sie am Ende mit den Strohhänden der einen Puppe auf die auf dem Kreuz liegende ein. Dabei geriet sie in eine Art Verzückung, machte die Schmerzensschreie Jesu nach. Erst nach einer Weile hat sie bemerkt, dass ich weinte und mir mit zugekniffenen Augen die Ohren zuhielt. ›Weine nicht, freue dich, kleine Hildegard‹, meinte sie. ›Es ist dieser Schmerz, der uns Gott näherbringt.‹«

Die Nonne und der Bibliothekar sahen beklommen auf die Vorsteherin hinab, die sich heute, fast drei Jahrzehnte nach dem grausigen Puppenspiel, selbst hatte kreuzigen wollen. Lieschen begann in ihrem Versteck auf dem Gang zu frösteln. Wie unheimlich diese Jutta schon als Kind gewesen sein musste!

# 4. Kapitel

Eine eindrucksvolle erste Begegnung«, kommentierte Bruder Volmar.

Hildegard nickte. »Seitdem konnte ich das ernsthafte Mädchen nicht vergessen. Immer öfter kam es zu Besuch und erzählte aus der Heiligen Schrift. Die Geschichten waren nicht jedes Mal so grausam. Und einige schöne Bilder daraus erinnerten mich sehr an die aus meinen Visionen. Aber mir war schon klar geworden: Keines meiner sieben Geschwister konnte die seltsamen Dinge sehen, das beunruhigte mich. Ich hörte auf, ihnen oder der Amme Ruth von meinen Schauungen zu berichten – sie reagierten ja immer mit Unverständnis und Angst. Mir wurde klar, dass diese Gesichte nur ich selbst hatte; sie waren ein Geheimnis, das mich von den anderen Menschen trennte. Deshalb jagten sie mir zunehmend Angst ein.«

»Wann habt Ihr zum ersten Mal mit jemandem darüber gesprochen?«, begehrte Volmar zu wissen.

»Eines Tages war ich mit der Amme bei der Kuhweide unterwegs, da erblickte ich wieder so ein helles Licht. Ich war derart beeindruckt, dass ich einfach nicht mehr schweigen konnte«, erzählte Hildegard. »Alle Angst war vergessen, und ich wurde von einem geheimnisvollen Glücksgefühl durchströmt. ›Frau Amme, seht Ihr auch das schöne Licht?‹ Die wollte davon nichts wissen: ›Nichts sehe ich, gar nichts. Hör endlich auf mit dem Unfug!‹ Sie zerrte mich grob weiter, blieb dann aber vor einer hochträchtigen Kuh stehen. ›Schau mal, kleine Hildegard! Diese Kuh ist ganz dick, weil sie bald ein Kälbchen bekommt.‹ Ich war begeistert. ›Wie schön das Kleine ist!‹, rief ich, ›an Stirn, Rücken und Füßen gefleckt, sonst aber weiß.‹ Die Kinderfrau beäugte mich misstrauisch. ›Woher willst du das wissen?‹ ›Na, ich sehe es doch!‹ Die Amme schüttelte den Kopf. Ich muss ihr so unheimlich gewesen sein – insgeheim verfluchte sie bestimmt den Tag meiner Geburt.«

Lieschen war erleichtert, als Volmar Hildegard die Frage stellte, die ihr selbst auch durch den Kopf ging. »Welche Farbe hatte das Kälbchen denn, als es zur Welt kam?«

Hildegards Stimme war sehr leise, kaum hörbar für die Lauscherin, als sie zugab: »Weiß – nur an Stirn, Rücken und Füßen gefleckt.«

»Oh«, kam es von Volmar, doch er wirkte dabei weder zornig noch ängstlich.

»Meine Mutter Mechthild von Merxheim und die Amme waren sehr beunruhigt, dass meine Vision sich bewahrheitet hatte. Die Amme bekreuzigte sich und bat die Heilige Jungfrau um Beistand. Ich legte mich an jenem Tage verzweifelt vor den Stall und schlug mit meinem Kopf immer wieder gegen die Steinwand, flehte, diese Gesichte mögen endlich für immer aus meinem Hirn verschwinden. Schließlich bin ich mit einer blutenden Wunde am Kopf erschöpft wimmernd liegen geblieben.«

»Als Geschenk hast du die Visionen nie empfunden?«, erkundigte sich Volmar mitleidsvoll.

Hildegard verneinte. »Eher wie eine heimtückische Krankheit. Zweites Gesicht. Drittes Auge. Allerlei Namen hörte ich die Leute dafür wispern. Wohl deshalb dachten meine Eltern, dass ich eine besondere Art der Erziehung benötigte. Und Gott gab ihnen drei Jahre später durch meine Cousine Jutta von Sponheim dazu die Möglichkeit.«

»In unserem Kloster hier«, mutmaßte Volmar, doch Hildegard schüttelte den Kopf.

»Noch nicht. Eines Abends hörte ich, wie sich meine Eltern über Jutta unterhielten. Ihr Vater, der edle Graf Stephan von Sponheim, hätte seine Tochter ursprünglich gern mit einem irdischen Mann verheiratet. Vor einem Jahr war Stephan jedoch gestorben. Jutta hoffte, sie könne ihren großen Wunsch vorantreiben – sie wollte unbedingt ein geistliches Leben führen, ein Leben für Gott. Mein Vater zweifelte daran, dass dieses Mädchen mit ihren vierzehn Jahren sich als Lehrerin für mich eignete. Doch Mutter hat diesen Einwand nicht gelten lassen. Die Grafenwitwe Sophia habe ihr tiefgläubiges Kind in der Heiligen Schrift unterweisen lassen. Voriges Jahr sei es fast an einer Krankheit gestorben. Man hatte Jutta wohl schon aufgegeben, da habe sie Gott geschworen, dass sie ein Leben als Nonne führen werde, falls er sie überleben ließ. ›Viele reiche und edle Männer – sogar aus fernen Gebieten – begehren Jutta wegen ihrer Schönheit zu heiraten‹, so erzählte meine Mutter dem Vater. ›Aber sie hat alle zurückgewiesen. Sie will ihr Leben Gott widmen. Jutta hat von Sophia eine neue Erzieherin an die Seite gestellt bekommen. Die kluge Ute von Göllheim. Die wäre auch in der Lage, die ungewöhnlichen Begabungen der kleinen Hilde in die richtige Richtung zu lenken. Wie soll unsere einfache Amme ein Kind erziehen, das ihr unheimlich ist? Nur auf

Burg Sponheim kann man unsere Kleine angemessen behandeln. Sie bekommt dort die beste Vorbereitung auf das Klosterleben.‹«

»Und was sagte Euer Vater dazu?«, fragte Volmar.

Lieschen wartete gespannt auf Hildegards Antwort.

»Er konnte schlecht ablehnen«, erwiderte die Nonne. »Meine Mutter wäre bei meiner Geburt beinahe gestorben. Damals hat mein Vater den Schwur geleistet, mich als Zehnten der Kirche zu übergeben, wenn wir beide überleben. ›Für Hildchen ist es ohnehin gut; sie ist viel zu kränklich und schwach für ein weltliches Leben. Außerdem ist das Kind klug‹«, zitierte Hildegard Mechthilds Worte. »Ich war sehr ängstlich, als ich das hörte. Meine Mutter hat zwar behauptet, sie wünsche das Beste für ihr zehntes Kind, aber sie wollte mich fortgeben – deshalb habe ich mich verraten gefühlt. Sie redete weiter auf den Vater ein: Es sei angesichts meiner großen Begabungen schade zu warten, bis ein Edelmann käme, mich zu freien. ›Und nachher hat der seine Liebschaften im Dorf‹, hat Mutter bitter hinzugefügt. ›Seit dem Kreuzzug gibt es zu wenig Männer und zu viele Frauen, das weißt du selbst am besten.‹ Sie hat Vater mit einem seltsam vorwurfsvollen Blick angesehen, nach kurzem, unangenehmem Schweigen hat er schließlich genickt. ›Also gut. Versuchen wir es‹, hat er gesagt. ›Aber wenn das Leben auf der Burg Hildegard nicht gefällt, dann kommt sie sofort hierher zurück.‹ Meine Mutter hat zuversichtlich gelächelt, gesagt, es werde mir schon gefallen – und sie hat recht behalten.«

»Die Burg Sponheim soll ja sehr schön sein«, meinte Volmar.

»Ja, aber am meisten beeindruckt haben mich die Geschichten, die unsere Lehrerin Ute aus der Heiligen Schrift vorlas.«

»Und kasteite sich die Meisterin schon in jungen Jahren selbst?«, erkundigte sich Volmar.

Hildegard sah nach, ob die Vorsteherin noch immer bewusstlos war, und gab dann mit leiser Stimme zu: »Sie war derart heiß gepackt von dem Gedanken an ihren Herrn, dass ihr irgendwann Gebete als Liebesbeweis nicht mehr ausreichten. Es begann damit, dass sie sich vor meinen Augen ihre schönen Haare abschnitt. Auch die Prügel, die sie dafür von ihrer erzürnten Mutter erhielt, brachten sie nicht zur Vernunft. Sie wollte aller Welt zeigen, wer ihre einzige Liebe war. Deshalb ließ sie sich gegen den Willen ihrer Familie vom Mainzer Erzbischof Ruthard den Schleier überreichen. Sie erklärte mir, dass sie nun mit Jesus verheiratet und darüber sehr glücklich sei. Aber kein Zeichen des Herrn kam als Antwort auf Juttas Frömmigkeit. Daher fasste sie bald den Entschluss, trotz ihrer jungen Jahre eine Wallfahrt zu unternehmen. Wenn die Wunder des Herrn nicht zu ihr kommen wollten, dann würde sie eben zu ihnen reisen. Und sie hatte vor, mich mitzunehmen!«

Lieschen zitterte mittlerweile auf dem unbeheizten Gang zwar vor Kälte, doch sie war viel zu neugierig, um einen möglichen aufregenden Reisebericht zu verpassen.

»Hat Euch das nicht verängstigt?«, wunderte sich Volmar. »Ihr wart damals ja noch sehr jung.«

»Natürlich, aber ich war so dankbar, endlich eine Freundin zu haben – deshalb bemühte ich mich, begeistert zu wirken«, gestand Hildegard. »Umso erleichterter war ich insgeheim, als Juttas Mutter Sophia uns diese Wallfahrt verbot. Viel zu gefährlich, sagte sie. Erst das ständige Fasten, die Nachtwachen und endlosen Gebete – und jetzt das!«

Volmar schmunzelte. »Aber wie ich Jutta kenne, gab sie so schnell nicht auf?«

Hildegard erwiderte sein Lächeln. »Am Abend nach dem Verbot kam sie traurig zu mir ans Bett. Ihre Mutter wisse nicht, was Gottes Wille sei, flüsterte sie. Sie werde ausreißen müssen, damit sie seinen Befehl befolgen könne. Ich dürfe niemandem von ihrem Plan erzählen. Ich versprach es. Was war ich stolz, dass Jutta so viel Vertrauen zu mir hatte! Die Angst blieb natürlich: von zu Hause auszureißen und ganz allein auf den Spuren des Allmächtigen durch die Welt zu pilgern. Aber vielleicht lag ja dort draußen irgendwo sogar die Antwort auf die Ursache meiner Visionen? Jutta war die letzten Jahre so sehr mit ihren Plänen für ein geistliches Leben beschäftigt gewesen und mit ihren eigenen Versuchen, Zeichen des Herrn zu erhalten – meine ungewöhnlichen Schauungen hatte sie noch gar nicht bemerkt.«

»Und Ihr habt es ihr auch nicht erzählt?«, mutmaßte Volmar.

»Irgendetwas hat mich immer im letzten Augenblick daran gehindert«, gab Hildegard zu. »Da war auch die Angst davor, dass Jutta mir sagen könnte, die Visionen kämen nicht vom Herrn, sondern vom Teufel.«

»Wurde denn aus der Wallfahrt noch etwas?«, hakte Volmar nach.

Doch Hildegard schüttelte den Kopf. »Sämtliche Versuche Juttas, sich heimlich davonzustehlen, wurden von ihrer Mutter verhindert. Die kannte eben den Starrsinn ihrer Tochter und war deshalb besonders wachsam. Als im Jahr 1108 unsere Lehrerin Ute von Göllheim starb, wollte Jutta sogar das dadurch entstandene Durcheinander in der Burg nutzen – zum heimlichen Aufbruch. Aber auch bei diesem dritten Fluchtversuch wurde sie erwischt, und Sophia von Sponheim tobte vor Wut.«

»Wohl nicht zu Unrecht«, meinte Volmar grinsend.

Hildegards Gesicht blieb ernst. »Ich höre Juttas Worte noch wie heute: ›Du darfst den Befehl Gottes nicht missachten, Mutter! Sonst wird sein Zorn dich vernichten.‹ Diese Drohung machte mir Angst – zu Recht, wie sich zeigen sollte! Drei Monate nach Juttas unheimlicher Prophezeiung standen wir am Grab der Gräfin. Ein plötzliches Fieber hatte sie dahingerafft. Fünf Jahre nach meiner Ankunft auf Burg Sponheim war der Grafensitz zu einem Ort der Trauer geworden. Jutta war nunmehr Vollwaise. Ihren Plan, das Elternhaus dem Herrn zuliebe zu verlassen, hat sie trotzdem nicht vergessen. Ihr Bruder Meinhard reagierte äußerst unwillig auf ihre Sehnsucht nach einer Wallfahrt. Nach dem Tod der Mutter könne er die Abwesenheit der Schwester nicht auch noch ertragen, sagte er. In seiner Not wandte sich Meinhard an meine Eltern und den Erzbischof von Bamberg.«

»Bamberg?«, wunderte sich Volmar.

»Der eigentlich zuständige Erzbischof Adalbert war seinerzeit zwischen die Fronten des Streits zwischen Papst und Kaiser Heinrich V. geraten«, erzählte Hildegard.

»Ach ja, ich erinnere mich«, fiel Volmar ein. »Adalbert wurde damals im Kellergewölbe der Festung Trifels gefangen gehalten.«

»Genau, deshalb musste Bischof Otto von Bamberg Adalberts Aufgaben übernehmen«, setzte Hildegard ihre Erzählung fort. »Eines Abends saßen Juttas Bruder und meine Eltern mit dem Bischof im Speisesaal der Burg Sponheim, um zu beraten. Jutta hatte mich gebeten zu lauschen, weil ich kleiner war und mich besser verstecken konnte. Tatsächlich habe ich es geschafft, mich unbemerkt in den Raum zu stehlen und hinter einer Truhe das Gespräch mitanzuhören.«

Lieschen musste in ihrem Versteck schmunzeln. Dass auch Hildegard in ihrer Kindheit hinter einer Truhe gelauscht hatte, beruhigte ihr Gewissen ein wenig.

Die Nonne fuhr fort: »Mein Vater hatte Juttas guten Einfluss auf mich ja nie so recht glauben wollen, er war erzürnt. ›Jetzt ist Hildegard auch völlig von der Wahnidee dieser Wallfahrt besessen.‹ Und Meinhard jammerte, seine Schwester fühle sich mit ihren zwanzig Jahren zu alt, sich von ihm noch etwas sagen zu lassen. Dabei lauerten für uns junge Frauen da draußen Tausende tödlicher Gefahren. Meine Mutter hatte mehr Verständnis: ›Die frommen Mädchen haben sich nun einmal für Christus entschieden, und sie sind bereit, die Folgen dieser Entscheidung zu tragen.‹ Der Bischof von Bamberg gab meiner Mutter recht. ›Es geht den Töchtern nicht um willkürlichen Ungehorsam, sondern einzig um ein Leben für unseren Herrn.‹ Er habe eine Idee, wie man uns diesen Wunsch erfüllen und uns gleichzeitig für immer vor Gefahr beschützen könnte.«

»Der Disibodenberg!«, vermutete Volmar.

Hildegard nickte lächelnd. »Bischof Otto erzählte, dass Abt Burkhard und er seit Längerem mit dem Gedanken spielten, beim neuen Benediktinerkloster eine Frauenklause zu errichten. Einige Jahre zuvor habe der damalige Mainzer Erzbischof Ruthard das Kanonikerstift auf dem Berg aufgelöst und dort Benediktinermönche einquartiert. Die hatten mit der Errichtung einer großen Klosteranlage begonnen. Doppelklöster wurden zu jener Zeit ja gerade sehr beliebt. Disiboden werde dereinst eine wichtige Gottesstadt sein, Otto selbst habe dort vor vier Jahren den Grundstein für den Bau einer großen Abteikirche gelegt. Die Bauarbeiten kämen gut voran, der Ort genieße Gottes Segen in besonderem Maße. ›Das wäre doch genau das Richtige für Jutta und ihre junge Freundin‹, meinte

Bischof Otto. Meine Mutter, Juttas Bruder – sie waren allesamt begeistert.«

Da begann der Magen des Klosterschreibers zu knurren. Das mochte daran liegen, dass schon seit einer Weile der verlockende Duft von Adelgundis' vor sich hin köchelnder Linsen- und Bohnensuppe durch die Klause wehte, der auch in Lieschen die Esslust geweckt hatte.

»Ihr solltet Euren Hunger stillen«, sagte Hildegard zu Volmar.

Das lauschende Mädchen zuckte erschrocken zusammen, als die Nonne plötzlich rief: »Lieschen, hol doch Bruder Volmar ein wenig von der Suppe und bring ihm auch ein Stück Brot mit.«

Mit hochrotem Kopf trat sie vor. »Jawohl, Herrin.«

Hildegard musste also die ganze Zeit gewusst haben, dass sie vom Gang aus zugehört hatte. Wieso sie es wohl zuließ? Wollte sie vielleicht, dass Lieschen ihre Lebensgeschichte mitbekam? Aber weshalb?

Als das Mädchen kurz darauf mit der Suppe und dem Brot die Treppe heraufkam, hörte sie Volmar sagen: »Laut unserem seligen Abt Folkard war es vor ziemlich genau vierundzwanzig Jahren, dass Ihr hierherkamt.«

»Ja, am Tag vor dem Allerheiligenfest des Jahres 1112«, bestätigte Hildegard. »Meine Eltern und alle sieben noch lebenden Geschwister ritten bereits in den eiskalten Morgenstunden in einem großen Tross in Richtung unseres Berges. Ich zitterte vor Kälte, Müdigkeit und Aufregung, meine Zähne klapperten mit den Hufen der Pferde um die Wette. Außer mir nahm Jutta von Sponheim noch eine ihrer Cousinen mit. Die hieß ebenfalls Jutta, daher riefen wir sie der Einfachheit halber schlicht ›Base‹.«

»Wie weit ist Sponheim von hier entfernt?«, erkundigte sich der Klosterschreiber, während er Lieschen dankbar zunickte, die ihm Brot und Suppe überreichte. Er begann sogleich zu löffeln.

»Knapp einen Tagesritt«, antwortete die Nonne. »Auf Disiboden sollten die beiden Juttas und ich also am nächsten Tag ›mit Christus begraben‹ werden. Dieser Ausdruck machte Juttas junger Base Angst. Ich versuchte, das Kind zu beruhigen. Die Kleine ahnte ja nicht, was sie später erwarten könnte, wenn sie Jutta nicht in die geistlichen Mauern folgen würde. Mit einem Mann vermählt zu werden, den sie wahrscheinlich nicht liebte und der sie brutal behandelte – dies würde ihr nun erspart bleiben.«

Lieschen schickte sich an, den Raum wieder zu verlassen, doch Hildegard bot ihr an: »Setz dich gern zu uns, du darfst meine Suppe haben, ich habe keinen Hunger.«

Mit hochrotem Kopf bedankte sich Lieschen und setzte sich mit Holzschüssel und Löffel stumm auf einen kleinen Schemel in der Ecke des Raumes. Bruder Volmar lächelte zum Glück mild in ihre Richtung, ihn schien ihre Anwesenheit also nicht zu stören.

Die Nonne fuhr indes mit ihrer Erzählung darüber fort, wie sie damals Juttas kleine Base bei der Einmauerung beruhigt hatte: »›Christus liebst du doch‹, habe ich das zitternde Mädchen erinnert. ›Den kennst du ja aus Frau Utes schönen Bibelgeschichten.‹«

»Sehr lieb von Euch, das Kind zu beruhigen«, sagte Volmar und sah Hildegard mit so viel Zuneigung an, dass diese ein wenig verlegen den Blick senkte.

»Genutzt hat es wenig«, schränkte sie ein. »Obwohl meine Zuwendung die Base etwas beruhigte, fand das Kind in meinen Worten wenig Trost. Eingeschlossen zu werden, weit weg von den Freunden auf Burg Sponheim, das erfüllte ja selbst mich nicht nur mit Freude. Für immer fort von der Familie und den Tieren auf Gut Hosenbach … Meine drei Jahre ältere Schwester Clementia hatte zwar hoch und heilig versprochen, eines Tages nachzukommen, doch das tröstete mich in jenen Augenblicken kaum. Zumal es ohnehin einen Edelmann gab, der sie zu heiraten begehrte – ihrer rundlichen Formen wegen, wie er gern und oft betonte.«

Volmar lächelte, doch dann schien ihm etwas Ernstes eingefallen zu sein, und sein Gesichtsausdruck verdunkelte sich. »Es gab Gerüchte, Jutta habe kurz nach ihrer Ankunft hier eine Todesprophezeiung erhalten?«

Lieschen ließ den Suppenlöffel sinken und hielt den Atem an.

»Ja, eine solche Warnung gab es damals tatsächlich«, sagte Hildegard betrübt. »Und wenn jene Prophezeiung stimmt, wird Jutta noch dieses Jahr sterben!«

# 5. Kapitel

»In der Nacht vor der Einmauerung waren wir mit unseren Familien im Gästehaus Eures Klosters untergebracht. Wir wollten uns gerade zur Ruhe begeben, da klopfte es laut an die Tür unserer Zelle, und wir zuckten erschrocken zusammen«, erzählte Hildegard.

Volmar beugte sich gespannt nach vorn.

Die Nonne erzählte weiter: »Wer mochte das um diese Zeit noch sein? Ich öffnete die Tür, davor stand eine vornehme ältere Dame mit besorgtem Gesichtsausdruck. ›Entschuldigt die späte Störung, liebes Kind‹, sagte sie, ›ich muss die Jungfrau Jutta sprechen.‹ Sie wirkte so aufgeregt, dass ich unsere junge Meisterin ohne Zögern aus der eiskalten Kapelle holte. Ich war sogar froh über diese Ausrede, denn schon damals war Jutta wegen ihrer Nachtwachen auf kaltem Steinboden oft krank. Die Fremde hatte einen Weidenkorb voll mit guten Speisen und Honigwein dabei und wünschte uns für unseren Einzug Gottes Segen. ›Der Herr vergelte dir deine Großzügigkeit‹, sagte Jutta – aber ich wusste bereits, dass die Meisterin die Geschenke später nicht anrühren, sondern an Bedürftige weitergeben würde. Im Grunde hasste Jutta jede Form von leiblichen Genüssen. Sie fastete lieber. ›Wer bist du, gute Frau?‹ Sie heiße Trutwib, erklärte die Fremde und sah sich fast ängstlich um. Jutta hatte bereits von ihr gehört. ›Abt Adalhaun lobt deine Frömmigkeit. Er hat betont, dass du seit dem Tod deines Mannes dem Herrn Tag und Nacht durch Fasten und Beten dienst.‹ In Juttas Stimme schwang aufrichtige Anerkennung mit. Die Frau wirkte jedoch wenig glücklich über ihren guten Ruf. ›Dieses eine Mal wünschte ich, der Glaube wäre mir versagt.‹ Ich konnte die Verzweiflung in ihrem Blick erkennen. ›Eigentlich wollte ich Euch gar nicht stören, die Geschenke nur beim Bruder Pförtner hinterlassen. Als ich aber auf das Hoftor des Klosters zuging, erschien mir die Gestalt eines sehr schönen Mannes. Er war wohl vom Herrn gesandt. Der Anblick drohte mir die Sinne zu rauben.‹«

Hildegard stockte kurz. Erst nach einer kurzen Pause sprach sie weiter: »Ich kannte Visionen ja gut und wurde augenblicklich von Mitleid für die fromme Witwe erfasst. Man würde sie ausgrenzen und ihr keinen Glauben schenken. Jutta hingegen blickte eher misstrauisch. Wieso sollte eine weltliche Frau jene Himmelsbotschaften erhalten, die ihr selbst bisher verwehrt geblieben waren? Trutwib hat ihre Erzählung aber unbeirrt fortgesetzt. ›Nachdem ich mich gefasst hatte und wieder zu Kräften gekommen war, hörte ich, wie der Engel sprach: Du sollst wissen, dass die Frau Jutta, die heute in diesem Kloster eingeschlossen werden soll, hier vierundzwanzig Jahre leben wird. Im fünfundzwanzigsten Jahr jedoch wird sie glücklich aus dieser Welt scheiden. Damit du mir aber vollkommen glaubst, so wisse, dass du selbst in einigen Tagen sterben wirst.‹«

Volmar stieß besorgt den Atem aus.

Hildegard brachte mit heiserer Stimme hervor: »Nicht einen Augenblick zweifelte ich daran, dass sich Trutwibs Todesprophezeiung erfüllen würde. Jutta aber war anderer

Auffassung. ›So schnell schickt der Herr keine Boten‹, sagte sie mit scharfer Stimme und duldete keinerlei Widerspruch. ›Zu viel von deinem guten Honigwein wird die Ursache deiner Vision sein. Wenn du in Zukunft weniger davon trinkst, wirst du gewiss hundert Jahre alt.‹ Trutwib war verstört und enttäuscht wegen Juttas Antwort. Wie ich selbst hatte sie von ihr wohl mehr Bereitschaft zum Glauben an göttliche Zeichen erwartet. Doch sie blieb eisern, bat die Frau zu gehen. ›Ich muss zurück zum Gebet, ich will morgen mit unbeflecktem Geist der Vermählung mit dem wahren Herrn entgegensehen.‹«

Hildegard seufzte. »Im Nachhinein wundere ich mich, dass ich Trutwibs Prophezeiung all die Jahre habe verdrängen können. Die Erinnerung an die feierliche Einmauerung hat sich einfach in den Vordergrund gedrängt.«

»Ich selbst kam ja erst vier Jahre später nach Disiboden«, berichtete Volmar. »Aber man sagte mir, es sei eine sehr bewegende Zeremonie gewesen.«

»O ja, das war sie«, erwiderte Hildegard. »Das gesamte Mönchskloster hat an der Eröffnung der neuen Einsiedelei teilgenommen. Die Mönche hatten uns Töchter sehr fröhlich empfangen.«

»Abt Adalhaun hat sich gewiss auch über eure Mitgiften gefreut«, scherzte Volmar. »Ihm war ja immer sehr am Wohlstand unseres Klosters gelegen. Das heißt, auch an Eurer Aussteuer und der der Grafentochter …«

»Allerdings«, stimmte Hildegard zu. »Juttas Bruder Meinhard hat dem Kloster das große Dorf Nunkirchen übergeben.«

Volmar grinste. »Dass es einiges einbringt, Frauen das klösterliche Leben zu eröffnen, hatte Abt Adalhaun schon beim befreundeten Kloster Hirsau sehen können. Dort war das zuvor sehr erfolgreich gelungen.«

»Ja, die Freude war groß. Ich sehe es noch vor mir, als sei es gestern gewesen. Die Stimmung war sehr feierlich, alle guten Bekannten und Verwandten waren anwesend und auch viele Leute aus der Umgebung des Klosters«, schwärmte Hildegard. »Sie waren ganz neugierig, weil jemand dem mühseligen Alltag entrinnen wollte, um ganz nah bei Gott zu sein. Sowohl Bekannte als auch Fremde freuten sich aufrichtig für uns Mädchen. Juttas kleine Base hatte trotzdem Angst. Die Kirche war mit Fackeln und Kerzen beleuchtet – wie damals zur Totenfeier ihrer Großmutter. Das Kind spürte wohl, dass sein bisheriges Leben hier zu Grabe getragen werden sollte. Als ich mit Jutta und der kleinen Base eintrat, sangen die Anwesenden: ›Hier ist meine Ruhe in Ewigkeit, hier ist die Wohnstätte, die ich gewählt.‹ Ich hielt eine Pergamentrolle in Händen, die war in ein Altartuch gewickelt. Hinter mir standen meine Eltern Hildebert und Mechthild. Meine Schwester Clementia verharrte mit meinem Lieblingshund Artus am Eingang – von beiden würde ich mich trennen müssen. Clementia war gezwungen, das Tier am Halsband festzuhalten, es spürte wahrscheinlich den nahenden Abschied und wimmerte erbärmlich. Mein Vater sprach dann die Übergabeformel – feierlich und gerührt: ›Ich halte es für billig, dass wir unserem Schöpfer auch von unserer Frucht geben. Deshalb will ich diese unsere Tochter namens Hildegard, welche die Opfergabe und die Bitturkunde um Aufnahme in der Hand hält und deren Hand in das Altartuch gewickelt ist, im Namen der Heiligen, deren Reliquien hier sind, im Beisein des Abtes und anderer Zeugen der Klausnerin Jutta übergeben, dass sie der Regel gemäß hierbleibe. Sie darf also von diesem Tage an ihren Nacken nicht mehr dem Joch der Regel entziehen.‹ Aus Bischof Ottos Mund hörte ich dreimal die Stimme Jesu: ›Komm, Tochter, höre mich, die Furcht des Herrn will ich dich lehren.‹ Demütig, aber in klarer Entschlossenheit antwortete ich: ›Ja, ich folge aus ganzem Herzen. Ich fürchte dich, und doch suche ich dein Antlitz zu schauen. Herr, lass mich nicht zuschanden werden, sondern tue nach deiner Milde an mir und nach deinem übergroßen Erbarmen.‹ ›Ich vermähle dich Jesu Christo, dem Sohn des höchsten Vaters‹, das verkündete der Erzbischof dann in feierlichem Ton. Es war der schönste Augenblick meines bisherigen Lebens. Die Visionen hatten mich bisher ja von allen lieben Menschen getrennt, jetzt konnten sie vielleicht in eine neue Form von Nähe münden – Nähe zum Schönsten überhaupt. Ich wurde Benediktinerin. Die dunkle Nonnentracht erleichtert mich wie eine Heil bringende Medizin, das habe ich später meiner Schwester Clementia geschrieben. Sie umkleidet mich mit dem schimmernden Licht der himmlischen Geister und erhebt mich wie auf leichten Schwingen. Ich redete mir ein, ich würde bald mit Jutta mein größtes Geheimnis teilen – meine Visionen. Gewiss würde sie mich als erster Mensch verstehen. In einer feierlichen Prozession gingen wir mit Kerzen in den Händen von der Kirche über den Klostervorplatz zur Klause, ein Einzugslied wurde gesungen. ›Das Reich der Welt und alle Erdenschönheit habe ich verachtet um der Liebe unseres Herrn Jesus Christus willen. Ich habe ihn gesehen, ihn geliebt, ihm habe ich mich verlobt, ihn habe ich erwählt. Mein Herz wallt auf zu gutem Wort; ich sage: mein Werk dem König, den ich gesehen, den ich geliebt, dem ich mich anverlobt, den ich erwählt.‹ Schließlich kamen wir hier vor der eigentlichen Einsiedelei an. Sie war an den Chorbereich der Kirche angebaut, damit wir Eingemauerten dem Gottesdienst der Mönche folgen konnten. Die Kirche war damals allerdings noch gar nicht ganz fertiggestellt, alles war noch im Bau befindlich. Allein unser dunkler Steinbau war schon vollendet. Er sollte uns Mädchen dem Himmel näherbringen, aber im Herzen der kleinen Base raste offenbar große Angst, so als sei sie auf dem Weg in die dunkelste Hölle. Bisher hatte sie die Tränen tapfer niedergekämpft, doch als wir vor dem düsteren Gebäude standen, in das wir eingemauert werden sollten – da fing das Kind bitterlich zu weinen an und weigerte sich weiterzugehen. Jutta bückte sich zu ihrer Cousine hinunter und sah ihr ernst in die Augen. ›Hör zu, kleine Base! Ich verspreche dir, dass alles gut wird. Du wirst all deine Freunde wiedersehen, und wir werden mit Christus das schönste, hellste Leben teilen, das du dir vorstellen kannst.‹ Zu meinem Erstaunen beruhigten die Worte der Freundin das Kind, und es ließ sich zum Weitergehen bewegen. Am Ende der Feier stand Jutta für ihr Gelübde barfuß vor Abt Adalhaun, der sie nochmals fragte, ob sie das Klausnerleben frei und bewusst wähle. Sie sprach ein lautes Ja, der Abt legte ihr ein großes Kreuz auf die Schulter – der einzige Schatz, den sie mit in die Einsiedelei nehmen durfte.«

Lieschen fragte sich, ob es sich bei dem Kreuz um jenes handelte, an das Jutta sich heute hatte nageln wollen.

Hildegard berichtete indes weiter von ihrer Anfangszeit in der Klause. »In der ersten Nacht sah ich sehnsüchtig aus dem Fenster. Das stille Schluchzen der kleinen Base steckte an, auch mir liefen Tränen über das Gesicht. Ich freute mich zwar, Christus zu dienen, trauerte aber auch um das zurückgelassene Leben auf der Burg und dem Landgut – und tat kein Auge zu. Jutta schwieg. Erst am nächsten Tag hatte sich die Kleine so weit beruhigt, dass sie sich in der Klause umsah.

Keine Trauer der Welt kann wohl auf Dauer kindliche Neugier unterdrücken.«

Lieschens Wangen glühten. War das eine Anspielung auf ihr Lauschen vorhin?

»Der Regel entsprechend war der eigentliche Wohnraum nur zwölf Fuß lang und breit. Die Einrichtung bestand beim Einzug nur aus der Feuerstelle, drei einfachen niedrigen Betten, Schüssel, Napf und Krug. Aber auch damals gab es zum Glück immerhin schon den kleinen Kräutergarten. Der war zwar nach außen abgeschlossen, aber er ermöglichte den Aufenthalt an der frischen Luft. Natürlich gab es auch eine Waschstelle und eine Latrine, Frömmigkeit soll nach den Regeln Benedikts dem Menschen ja nie körperlich schaden.«

»Hat sich denn die erste Prophezeiung Trutwibs bewahrheitet?«, hakte Volmar nach.

Hildegard nickte ernst. »Einige Tage nach unserer Einmauerung kam von den Mönchen die Nachricht, dass die fromme Witwe mitten im Gottesdienst tot umgefallen war. Das erfüllte mich mit Trauer und Sorge. War ihr wirklich der Engel des Herrn erschienen? Wenn auch der zweite Teil der Prophezeiung wahr wird ...«

Sie sah hilflos auf ihre weiterhin leblos daliegende Meisterin.

»Vierundzwanzig Jahre – das war aus meiner jugendlichen Sicht eine scheinbar endlos lange Zeit, zehn Jahre mehr, als ich bis dahin auf der Welt verbracht hatte. Und nun sind sie vergangen. Es ist wohl besser für ein unbeschwertes Leben, weder Ort noch Stunde des Heimgangs eines geliebten Menschen zu kennen.«

»Wie hat Jutta denn von Euren Visionen erfahren?«, wollte Volmar wissen.

»Ein paar Tage nach Trutwibs Tod klagte mir die kleine Base ihr Leid. Wie sehr sie die Burg vermisse, wie sehr sie diesen Ort hier hasse. Es sei alles so eng, es gebe keine Tiere. Ohne recht zu wissen, warum, behauptete ich seinerzeit, dass es nicht für immer so bleiben würde. Dass wir irgendwann ein richtiges Kloster für die Frauen haben würden. Ich nahm kleine Holzstücke aus dem Korb mit Feuerholz und versuchte, die Base mit einem Spiel zu beruhigen. ›Am besten, man fängt mit dem Brunnen an‹, sagte ich und deutete dessen Bau mit einem Kreis aus winzigen Holzstückchen an. Ein größeres Scheit – ›und das wird der Stall‹. Vor den Augen der ganz gebannt lauschenden Base entstand ein Spielzeugkloster. ›Viel gibt es in unserer Einsiedelei nicht‹, sagte ich, ›aber eine unserer Arbeiten ist das Nähen‹ – und so nahm ich aus dem Nähkorb drei Tücher. Ich legte zwei lange blaue neben das Klosterabbild. Und mir wurde allmählich klar, dass ich hier den Inhalt einer meiner Visionen wiedergab. ›Das sind die zwei Flüsse. Sie machen unser Land fruchtbar und bringen Gäste mit vielen Geschichten zu uns.‹ Ich breitete ein großes grünes Tuch auf dem mit Stroh ausgelegten Boden aus. ›Und das ist unser Klostergarten‹, sagte ich. Die kleine Base lächelte erstmals seit unserer Ankunft wieder. Sie sagte: ›Der ist aber viel größer als unser Klausengarten hier, gelt?‹ Und ich erklärte: ›Wir müssen dort ja auch viele Heilpflanzen anbauen. Mit denen helfen wir dann den Kranken im Siechenhaus. Bei uns wird nicht nur gelesen und geschrieben – bei uns wird jeder geheilt, egal ob arm oder reich. Und auch unsere Nonnen sind aus allen Ständen. Nicht mehr nur adelig. Bei uns geht es nicht um die Mitgiften, sondern einzig um die Liebe zum Herrn.‹«

Lieschen ahnte, dass Hildegard sich mit dieser Vision

um Kopf und Kragen reden konnte, doch sie schien Bruder Volmar genug zu vertrauen, ihn in ihre Geheimnisse einzuweihen. Und sie war stolz, dass sie selbst dabeisitzen durfte.

»Ich stellte drei Holzklötze nebeneinander, ein vierter wurde senkrecht als Turm aufgerichtet. Unsere Kirche! Dort singen die Nonnen zum Lobe des Herrn. Die Base fragte nach den Mönchen, doch in meiner Vision gab es in dem Kloster außer dem Priester nur Frauen. Das Kind fragte mich mit großen Augen, woher ich all dies wisse. Ich zögerte, erklärte dann aber, ich habe es gezeigt bekommen. Von wem? Ja, von wem? Von Gott…? ›Was bildest du dir ein?‹ Ich fuhr erschrocken herum – und sah in Juttas Gesicht. Es war vor Wut ganz verzerrt. Ich wollte schweigen, doch wie hätte ich in unserem neuen Zuhause etwas wie meine Schauungen auf Dauer vor ihr verbergen können? Es war doch so winzig und eng! Ich gestand ihr unter Tränen alles. Dass ich seit meiner Kindheit Visionen hätte. Es ist ein Fluch.«

»Wie hat die Meisterin reagiert?«, fragte Volmar.

»Sie… sie ist zurückgetaumelt, als sei sie geohrfeigt worden. Dann packte sie mich grob am Haar und zerrte mich mit sich zum Nähkorb. ›Ich kasteie mich seit Jahren ohne Antwort!‹, rief sie. ›Und dir soll sie der himmlische Bräutigam schenken?‹ Ihre Stimme war schrill und fremd. Ob ich meiner Mutter nicht genug Kummer bereitet hätte mit meinen teuflischen Lügen? Ich war entsetzt. Jutta hatte es die ganze Zeit gewusst! ›Und was für Flausen setzt du meiner Base da in den Kopf? Arm und Reich unter einem Dach! Die Unterscheidung der Stände kommt von Gott!‹ Mit diesen Worten riss sie den Nähkorb auf. ›Ein Kloster ohne Männer! Du überhebliches Ding!‹ Sie war ganz aufgebracht und wühlte im Nähzeug. ›Das Weib ist schwach und blickt zum Manne auf, um von ihm versorgt zu werden – so wie der Mond seine Stärke von der Sonne empfängt. Deshalb ist die Frau auch dem Manne unterworfen.‹ Da zückte Jutta eine Schere, ich hatte Angst vor ihr. ›Das Weib muss jederzeit zum Dienen bereit sein.‹ Damals wagte ich nicht zu widersprechen. Aber die Frau bildet in meinen Augen das Haus der Weisheit. In ihrem Wesen kommen ja Himmlisches und Irdisches zur Verwirklichung.«

Volmar erhob erstaunt eine Augenbraue, zumindest äußerlich merkte Lieschen ihm aber keinen Zorn an.

»Jutta hat mir meine langen Haare abgeschnitten«, setzte Hildegard ihre Erzählung fort. »Es sei ein Glück, dass meine Mutter mich zu ihr geschickt habe. ›Vielleicht ist hier an diesem geheiligten Ort deine Seele noch zu retten‹, hat sie gefaucht. ›Hoffen wir, dass der Satan dich hinter den heiligen Mauern mit seinen Einflüsterungen verschont.‹ Mit Tränen in den Augen sah ich auf meine blonden Haarsträhnen, die wie Federn sanft zu Boden fielen. So sehe ich mich selbst. Eine Feder auf dem Atem Gottes, seinem Wohlwollen ausgeliefert – und hier drinnen dem Willen meiner Meisterin.«

Volmar rieb sich nachdenklich den Bart. »Und deshalb habt Ihr über Eure Visionen geschwiegen?«

Hildegard nickte.

In Lieschen kämpften nach dieser Erzählung widerstreitende Gefühle. Einerseits hatte sie Mitleid mit Jutta – sie rang hier in ihrer Kammer ja mit dem Tode –, andererseits hasste sie die Vorsteherin für das, was diese sich selbst und der gutmütigen Hildegard angetan hatte. Sogleich erfasste sie ein schlechtes Gewissen. Sie würde heute Nacht für Jutta beten!

# 6. Kapitel

Diese Dinge, die Ihr schaut – sehen sie aus wie in der Wirklichkeit?«, wollte Volmar wissen. »Ich meine, glaubt man, sie berühren zu können?«

Hildegard zögerte. »Gott kann man eigentlich nicht direkt anschauen; er wird vielmehr durch die Schöpfung erkannt – einzig und allein durch den Menschen, der wie ein Spiegel aller Wunder des Herrn ist«, wagte sie einen Erklärungsversuch. »Ich nehme diese Dinge nicht mit den körperlichen Augen und Ohren wahr, sondern allein in meiner Seele, bei vollem Bewusstsein.«

Volmar räusperte sich. »Es gibt ja Nonnen, die mit dem Klosterleben nicht fertigwerden und ihre Sorgen mit der vernebelnden Wirkung des Weines zu verdrängen suchen. Andere können ihre Triebe nicht zähmen und nehmen ihre Ehe mit Jesus zu wörtlich, geraten über den Gedanken an ihren Heiland in körperliche Verzückung. Und so mancher Dienstbote im Kloster glaubt bisweilen, berauscht von Pilzen oder von vergorenem Gerstensaft, Dinge zu sehen, die kein nüchterner Mensch sehen kann.«

»Ich weiß, dass es all das gibt«, räumte Hildegard ein. »Aber nicht bei mir.«

»Und die vielen Pflanzen, die Ihr kennt? Unterstützt deren

Wirkung bisweilen Eure Schau?«, erkundigte sich der Klosterschreiber behutsam.

»Nein, nein. Ich erleide bei meiner Schau niemals Bewusstlosigkeit oder Rausch. Ich bin immer hellwach dabei. Die Visionen kommen sowohl bei Tag als auch bei Nacht. An ganz alltäglichen Orten, gerade dann, wenn es Gott gefällt.«

»Kannst du dieses Licht in Worten beschreiben?«

Hildegard zeigte aus dem Fenster, durch das inzwischen der Mond hereinschien. »Es ist viel, viel heller als Mond oder Sonne – und nicht an den Raum gebunden. Die Stimme nennt das Licht ›Schatten des Lebendigen Lichtes‹. Darin sehe ich Schriften, Reden und gewisse Taten der Menschen – etwa so, wie sich Sonne, Mond und Sterne in Wassern spiegeln. In diesem Licht sehe ich manchmal ein anderes Licht. Das wird dann ›das Lebendige Licht selbst‹ genannt.«

»Und wie sieht das aus?«

»Das kann ich kaum beschreiben. Aber solange ich es schaue, wird alle Traurigkeit und alle Angst von mir genommen. Ich fühle mich dann wie ein einfaches junges Mädchen und nicht wie eine kranke Frau. Meine Seele steigt in meinen Visionen bis in die Höhe des Himmelszelts und der verschiedenen Sphären empor. Sie hält sich bei fremden Völkern auf – auch wenn sie weit von mir entfernt sind. Und wenn ich das in meiner Seele so sehe, kann ich auch die Bewegungen der Wolken beobachten. Ach, es ist ein Fluch.«

Volmar widersprach erregt. »Nein, es geschieht ganz gewiss nach Gottes Willen«, befand er zu Hildegards fassungslosem Erstaunen und Lieschens Erleichterung. »Deine Visionen sind ein Geschenk des Herrn. Sie sollen dich zur Prophetin berufen.«

Lieschen fiel auf, dass er Hildegard nun duzte. Er fühlte

sich ihr wohl durch ihre Lebensbeichte sehr nah. »Gott spricht und handelt durch dich«, fügte er eindringlich hinzu.

»Könnte das möglich sein?«, flüsterte Hildegard aufgewühlt.

Volmar nickte überzeugt. »Er offenbart dir seine Geheimnisse in bildhafter Verhüllung, das ist ein großartiges Wunder. Du kannst damit vielen Menschen helfen.«

Diese Aussicht rührte Hildegard zu Tränen, die Zweifel schienen jedoch zu bleiben. »Aber ich bin doch nur eine Frau.«

Volmar sah ihr ernst in die Augen und wiederholte: »Der Heilige Geist weht, wo er will! Erzähl aber vorerst nur mir davon, wenn dir dies erneut widerfährt – niemandem sonst. Auch Jutta nicht, falls es ihr wieder besser gehen sollte. Neid kann gefährlich sein, denk an die Geschichte von Kain und Abel! Es ist besser so, glaub mir. Von heute an soll nur ich deine Geheimnisse kennen, ich bin dein Symmysta.«

Wieder dieses Latein, dachte das Mädchen. Sie erschrak, als Volmar sich plötzlich an sie wandte. »Lieschen! Auch du darfst nie mit irgendwem über das reden, was uns Schwester Hildegard anvertraut hat. Versprichst du uns das?«

Sie hob feierlich ihre Hand. »Ich schwöre.«

»Braves Mädchen.« Volmar nickte zufrieden.

»Es tut gut, sich jemandem anzuvertrauen. Nach all den Jahren, in denen Jutta mir verboten hat, auch nur ein Wort über meine Schauungen fallen zu lassen«, gab Hildegard zu.

»Das Schweigegelübde in allen Ehren. Aber nie zu sprechen und sich zu geißeln – das macht den Menschen auf Dauer krank«, meinte Volmar. »Zum Glück bliebt ihr seinerzeit ja nicht lange zu dritt in eurer Frauenklause, nicht wahr?«

Hildegard bejahte. »Schon im Dezember nach unserem Einzug kam als erste weitere Schwester Juttas Nichte Trude zu uns auf den Berg, und ihr liebes Lachen erfreute die Base und mich immer wieder aufs Neue. Unsere Magistra wurde in der Einsiedelei allerdings mit jedem Tag ernster.«

Und wieder ein lateinisches Wort, doch Lieschen wusste, dass Magistra so etwas wie Meisterin oder Lehrerin bedeutete.

»Aber ihr Ruf war großartig«, erinnerte sich Hildegard. »Deshalb waren wir ja schon am ersten Weihnachtsfest in der Klause zu viert. Bald folgten noch sieben weitere Schwestern. Es musste auch bei uns ein wenig angebaut werden.«

»Daran erinnere ich mich, damals begann ich als junger Novize hier auf Disiboden«, sagte Volmar. »Seither war eure Jutta Vorsteherin eines echten kleinen Frauenklosters. Unterrichtet hat sie euch aber trotz ihrer Verschwiegenheit?«

»Ja«, sagte Hildegard, »in ihren Lektionen erläuterte sie uns alle Glaubensdinge sorgfältig. Ich spürte immer deutlicher, dass die Geschichten der Heiligen Schrift etwas mit meinen seltsamen Wahrnehmungen zu tun haben mussten. Ich dachte, vielleicht konnte ich dort den Schlüssel zu ihrer Erklärung finden. Ich sog alles Wissen so gierig auf, dass sich Jutta manchmal wunderte. Später bekamen wir ja sogar eine eigene Schreibstube.«

»Nur recht und billig«, fand der Klosterschreiber. »Das Vervielfältigen der Texte für Gottesdienst und Chorgebet gehört schließlich zu den wichtigsten Aufgaben in unseren Gottesstädten. Hatte Jutta dir hier Lesen und Schreiben beigebracht?«

Hildegard schüttelte den Kopf. »Das habe ich bereits auf Burg Sponheim gelernt, nun kamen die Grundkenntnisse des Lateins hinzu. Unterricht in den sieben freien Künsten wie Ihr und Eure Brüder in den Domschulen erhielt ich nicht. Aber ich verschlang alles über die Regula Benedicti, die Bibel und die Geschichten der Heiligen, was ich in die Finger bekam. Manchmal legte ich Texte mit den Bildern aus meinen Visionen so neuartig aus, dass Jutta wütend den Kopf schüttelte. ›Woher hast du nur immer diesen kühnen Unsinn?‹ Oft wurde ich wegen ihres Tadels krank. Die Magistra betete und hungerte dann für mich. Sie liebte ja offenbar Selbstkasteiungen, fand stets Gründe dafür. Ich mag mir nicht vorstellen, dass so etwas einem liebenden Schöpfer gefallen würde.«

Volmar seufzte. »Sogar bei uns im Männerkloster gehorcht man Juttas Ermahnungen und Ratschlägen; und von ringsumher kommen ja ihretwegen die Leute – Adelige, Gemeine, Reiche und Arme, Pilger und Gäste. Wie einem himmlischen Orakel wollen alle Jutta ihre Aufwartung machen.«

Hildegard ergänzte: »Sie zitiert oft Matthäus: ›Eine Stadt, die auf dem Berge liegt, kann nicht verborgen bleiben.‹ Von weit her schicken die Menschen Boten, zumeist mit Briefen und der Bitte um Unterstützung und Gebet. Jutta ist bei ihren Ratschlägen immer ehrlich. Keiner mit müßigem Geist bekommt Lob von ihr, den reinen Wein herben Tadels mischt sie nur maßvoll mit demütiger Tröstung. Eines Tages waren sogar über drei Dutzend Menschen auf einmal zum Kloster gekommen und wollten Rat oder Heilung bei ihr bekommen.«

»Ich weiß. Durch ihre Hilfe haben sich die Spenden für das Kloster verdoppelt, der Abt war begeistert.«

»Jutta geht neben all den seelsorgerischen Aktivitäten aber auch der körperlichen Arbeit emsig nach«, erzählte Hildegard. »Wir haben bei ihr Weben, Bandwirken, Nähen und Stricken gelernt. Außerdem liest die Magistra fleißig, wenn auch niemals laut. Das Schweigegebot des Benedikt nimmt sie vielleicht etwas zu ernst. Wir Schwestern reden und lachen gern, doch Jutta verlangt, dass es in der Klause keinen Klatsch gibt und wir nicht aus Müßiggang Scherze machen. Juttas Strenge hat mich immer mehr von ihr entfernt.«

»Hildegard«, hörten sie plötzlich eine matte Stimme, kaum mehr als ein Hauch. Zu ihrem Erstaunen war die Meisterin erwacht. Lieschen zitterte vor Angst. Jetzt, da sie so viel über die Vorsteherin wusste, kam diese ihr noch beängstigender vor.

»Erinnerst du dich noch an die Vision der frommen Trutwib?«, wisperte Jutta.

»Natürlich! Sicher hat sie sich getäuscht... Kein Mensch kennt die Zukunft so genau«, erwiderte Hildegard bestürzt.

Lieschen fand allerdings nicht, dass es überzeugend klang.

»Doch, Hildegard, ich weiß es. Der Herr hat wirklich entschieden, meinen Mühen ein Ende zu setzen. Er will mir den ewigen Lohn schenken«, brachte Jutta zuversichtlich hervor. »Meine Seele dürstet nach Ihm, nach Gott, dem Lebendigen Licht. Ich will gerne zu Ihm kommen und Sein Antlitz schauen.«

Sie berichtete Hildegard und Volmar, dass ihr in ihrem fiebernden Dahindämmern jener schöne junge Mann erschienen sei, der schon Trutwib seinerzeit deren Heimgang prophezeit hatte. »Fürchte dich nicht, ich bin Oswald, einst König des Volks der Angeln«, hatte er angeblich gesagt. »Ich komme nun zu dir, um dir den Tag deines Ausgangs anzukündigen. An der Krankheit, die dich jetzt auf das Lager zwingt, wirst du sterben.« Nach Juttas Angaben sagte er ihr angeblich noch ihren Todestag genau voraus und verschwand.

Lieschen beschloss, endlich nach unten zu gehen. Sie hatte zwar versprochen, nichts von dem Erfahrenen weiterzuerzählen – aber aufgewühlt, wie sie war, wollte sie von ihrer Mutter in den Arm genommen werden. Hildegard hatte Visionen, Jutta hatte sich selbst zu kreuzigen versucht – und es gab eine

Todesprophezeiung durch einen Geist. Die sonst so sichere Klause war zu einem unheimlichen Ort geworden!

*

Ob das Erscheinen des Geistes ein Fiebertraum war oder die lang ersehnte Vision – nach weiteren zwanzig Tagen schweren Fiebers lag Jutta von Sponheim im Sterben. Sie rief die zehnköpfige Schar ihrer Schülerinnen zu sich. Auch Lieschen war im Raum, da sie der Vorsteherin regelmäßig Wasser gebracht hatte.

»Die Zeit meines Aufbruchs ist nah«, presste Jutta keuchend und kaum hörbar hervor. »Bringt mir die Wegzehrung und lest mir die Leiden des Herrn!«

Die Schwestern stöhnten bestürzt auf, einige schluchzten.

»Hildegard«, keuchte Jutta kaum hörbar, »ich habe mich an dir versündigt. Aber ein einziges Mal will ich es richtig machen.«

Ehe Hildegard sichs versah, hatte Jutta ihr deren Ring mit der Aufschrift »Dolores« übergestreift. Ängstlich versuchte sie, das Schmuckstück wieder zu entfernen. Doch es ließ sich nicht mehr bewegen.

Dann verlangte Jutta, ihr umgehend ihren heiligen Schleier zu bringen. Sie legte ihn auf ihr Haupt und befahl zum Befremden aller, sie mit Asche zu bestreuen.

Als sie nach einigem Widerspruch ihrer Töchter weiterhin darauf bestand, bat Hildegard Lieschen, sie möge Asche aus der Feuerstelle in der Küche holen.

Kurz darauf kam das Mädchen mit einem gefüllten Rußeimer in das Zimmer der Sterbenden zurück. Tatsächlich gab Jutta keine Ruhe, bis Hildegard mit feuchten Augen das schwarze Pulver über ihr ausgeschüttet hatte. Bei diesem entwürdigenden Anblick brachen einige der Nonnen in Tränen aus.

»Hört mit dem Weinen auf!«, bat Jutta ihre Töchter. »Eure Tränen hindern mich daran, zu unserem Schöpfer aufzubrechen.«

Schließlich wiederholte sie noch einmal eine Anweisung, die sie den Schwestern laut Trude schon zuvor tagelang immer wieder gegeben hatte: »Denkt daran, nach meinem Tod soll mein Körper nicht vor allen Schwestern zum Waschen entkleidet werden!«

Den Anblick ihres geschundenen Körpers wollte Jutta wohl vor allem den jüngeren Schwestern nicht zumuten. Als Nächstes ordnete die Meisterin an, mit Glockengeläut die Mönche zu rufen.

Kuno war wie die Nonnen in tiefer Trauer – schließlich verdankte er seine Wahl nicht zuletzt Juttas Fürsprache. Da die Klausenvorsteherin über und über mit Asche bestreut war, sah der Abt Hildegard fragend an; sie beteuerte flüsternd, dass dies Juttas ausdrücklicher Wunsch gewesen sei.

Die Sterbende raunte dem geistlichen Vater eindringlich zu: »Kuno, ich verlasse nun das Sklavenhaus dieser Welt. Wer sich erniedrigt, wird erhöht werden. Begrabt mich unter dem Boden Eurer Kapelle! Dann werde ich täglich getreten.«

Lieschen erschauderte. Sogar über den Tod hinaus wollte Jutta die selbst gewählte Erniedrigung nicht missen.

Das Mädchen bemerkte, dass sich in diesem Augenblick ein großer Schwarm Vögel im Baum vor dem Schlafkammerfenster der Vorsteherin niederließ. Sie wunderte sich, dass die Tiere mitten im Winter so wild zwitscherten.

Als die Brüder die Litanei sangen, schmetterte der junge

Adlatus Helenger dabei so laut, dass Lieschen – ebenso wie einige Mönche und Nonnen – erschrocken aufschaute. Jutta bekreuzigte sich ein letztes Mal, und bald endete ihr Röcheln. Als die Meisterin ihren letzten Atemzug tat, verstummten die Vögel vor ihrem Fenster, und es wurde ganz still. So starb Jutta von Sponheim im Alter von vierundvierzig Jahren drei Tage vor dem Weihnachtsfest im Jahre des Herrn 1136. Lieschen beobachtete, wie Hildegard erneut vergeblich versuchte, Juttas Ring von ihrem Finger zu streifen.

*

Am Morgen nach Juttas Tod bekam Lieschen mit, wie Hildegard und Trude mit gesenkten Stimmen beschlossen, den Letzten Willen der Praeposita zu erfüllen.

»Am besten wir sperren die anderen Schwestern aus«, flüsterte die Ältere der Jüngeren in der kleinen Kapelle zu. »Lass uns die Türe verriegeln und Jutta allein für das Begräbnis herrichten. Wir sollten auf das Schlimmste vorbereitet sein – bestimmt wollte sie aus gutem Grund nicht, dass mehr als zwei von uns ihren geschundenen Leib sehen.«

Man merkte Trude deutlich an, dass sie Angst vor der bevorstehenden Aufgabe hatte. Und obwohl Lieschen dieses Gefühl teilte, war ihre Neugier zu groß. Sie beobachtete, von ihrem Versteck hinter der Truhe auf dem Gang aus, wie Hildegard und Trude sich mit den Waschutensilien in Juttas Kammer einschlossen. Nach einiger Zeit kamen sie mit bleichen Gesichtern und verweinten Augen wieder heraus.

»Ich hole den Essig«, murmelte Hildegard.

»Ich die sauberen Lappen«, ergänzte Trude mit versagender Stimme.

Was war nur mit Juttas Körper geschehen, dass er mit Wasser und den zuerst mitgebrachten Tüchern nicht zu reinigen gewesen war? In ihrem offensichtlichen Entsetzen hatten die beiden Nonnen die Tür nur angelehnt. Nach kurzem Zögern nutzte Lieschen die Gelegenheit, einen Blick auf die Verstorbene zu richten. Diese lag nackt auf ihrer Lagerstatt. Sie war von den Narben ihrer Selbstkasteiungen übersät – zudem hatte ein Keuschheitsgürtel drei tiefe Furchen rings um ihren Leib hinterlassen. Im Laufe der Jahre musste das Eisen für grässliche Entzündungen gesorgt haben, es hatte sich regelrecht ins Fleisch gefressen. Was für unfassbare Schmerzen musste Jutta erlitten haben! Die Tücher, die Hildegard und Trude bisher verwendet hatten, lagen mit Blut und Eiter verschmiert neben der Leiche. Doch so schlecht Lieschen beim Anblick der Wunden auch wurde, sie konnte nicht wegsehen: Juttas Körper schimmerte nämlich heller als verharschter Schnee in der Sonne. Es war, als leuchte die Meisterin von innen heraus.

Da hörte Lieschen die Schritte der Schwestern, die mit Essig und frischen Tüchern zurückkehrten, und versteckte sich erneut hinter der Truhe.

»Dieses leuchtende und glitzernde Weiß ist ganz bestimmt ein Zeichen Gottes«, mutmaßte Trude.

Hildegard nickte nachdenklich. »Wer weiß? Vielleicht hat der Herr sich zur der Zeit ihres Todes ja wirklich entschieden, Juttas Gebete endlich zu erhören – und erweist ihr jetzt die Ehre seiner Wunder.«

Lieschen war sich diesbezüglich alles andere als sicher. Wenn Hildegards Visionen laut Jutta möglicherweise vom Teufel stammten, wer konnte dann wissen, ob nicht auch die seltsamen Geschehnisse rund um die Verstorbene sein Werk waren?

# 7. Kapitel

Der Kapitelsaal des Männerklosters war gut gefüllt. Die Nachricht vom Tod des »lebenden Orakels« hatte sich wie ein Lauffeuer im Nahetal verbreitet, so hatte Bruder Volmar Hildegard berichtet. Das einfache Volk, die benachbarten Adelsfamilien, Priester und Äbte anderer Klöster waren herbeigeströmt. Im Beisein von vielen Gläubigen verschiedenen Standes, Berufes, Geschlechtes und Alters fand die Trauerfeier statt. Auch Lieschen durfte dabei sein – es war das erste Mal, dass sie das Männerkloster betreten hatte. Laut Hildegard rührte der Name »Kapitelsaal« vom alten Brauch der Mönche her, die dortigen Versammlungen mit der Lesung eines Kapitels aus der Ordensregel oder aus den Schriften der Kirchenväter zu beginnen. Jetzt im Winter trafen sich die Mönche auch für das Stundengebet in diesem befeuerbaren Raum – und die Wahl des neuen Abtes Kuno hatte ebenfalls hier stattgefunden. Wie von Jutta gewünscht ließ dieser ihren Leichnam unter den Platten des Saals beisetzen.

Ein letztes Mal schließt man sie hinter Stein ein, dachte Lieschen beklommen.

Auch in den Augen des Abts glaubte sie, es bei der feierlichen Zeremonie feucht schimmern zu sehen.

Angeblich hatte Gott Jutta kurz vor und nach ihrem Tod mit Wundern seine Gunst erwiesen. Der verstummende Vogelschwarm und der leuchtende Körper waren nicht die letzten herrlichen Zeichen gewesen. Die abergläubische und tratschsüchtige Trude hatte Lieschen kurz vor der Trauerfeier erzählt: »Einer der Mönche hat Jutta nach ihrem Tod verspottet; inzwischen ist er so schlimm erkrankt, dass er seit drei Tagen nicht mehr sprechen kann.«

»Das kann auch ein Zufall sein. Zwei unserer Schwestern sind doch ebenso heiser«, hatte Hildegard zu bedenken gegeben.

Tatsächlich hatte sie Lieschen erst heute Morgen gebeten, einen heißen Heiltrank aus Kamille für die erkälteten Nonnen Adelgundis und Walburga aufzubrühen.

*

Am Samstag nach der Trauerfeier kam Trude aufgeregt in die Küche, wo sie Hildegard und Lieschen beim Zubereiten einer Salbe antraf.

»Ein weiteres Wunder ist geschehen. Ich habe gerade mit dem Hufschmied geplauscht«, haspelte sie. »Ulrich war vorhin drüben im Männerkloster. Er hat berichtet, dass es bei den Mönchen einigen Aufruhr gibt: Als die heute im Kapitelsaal beisammen waren, entstieg eine Wolke wunderbaren Wohlgeruchs dem Boden – an der Stelle, unter dem Juttas Leichnam ruht. Die Brüder scheuen sich seither, darauf zu laufen. Der Abt will Jutta umbetten – in einen Ruheort vor dem Altar der Marienkapelle ihrer Kirche.«

»Aber das darf er nicht«, stieß Hildegard hervor. »Es war doch Juttas Letzter Wille, täglich getreten zu werden.«

»Dann sag das Kuno lieber!«, riet Trude ängstlich. »Nicht, dass uns noch der Zorn des Herrn trifft.«

»Das kann ich nicht«, widersprach Hildegard kleinlaut. »Ich darf als nichtswürdige Frau den Männern keine Vorschriften machen. Ich habe zu schweigen.«

Lieschen wusste, dass Jutta Hildegard verboten hatte, je wieder über ihre Gesichte und Eingebungen zu sprechen.

»Habt Ihr immer noch Visionen?«, fragte das Mädchen vorsichtig, als Trude gegangen war.

Hildegard nickte ernst. »Gleich in der Nacht nach Juttas Tod erlebte ich eine weitere Schauung. Es ging um ihren Einzug in den Himmel. Ich sah, wie Johannes und Jakobus den Teufel vertrieben. Der hatte Juttas Seele eingefordert – als Strafe für den Raubbau, den sie zu Lebzeiten an ihrem Körper betrieben hatte. Gerade weil der Körper der Tempel des Herrn ist, sei es verboten, ihn selbst zu kasteien. Jutta erklärte daraufhin, sie sei sich der Sünde nicht bewusst gewesen, aber natürlich habe sie trotzdem das Fegefeuer verdient. Sie bestand sogar ausdrücklich darauf. Doch Johannes und Jakobus verdammten sie zu ewiger Glückseligkeit im Himmel.«

»Es würde zu Jutta passen, dass sie auch nach dem Tod noch leiden will«, befand Lieschen. »Wollt Ihr Eure Vision Bruder Volmar mitteilen?«

Hildegard nickte nachdenklich. »Vielleicht hast du recht. Er hat nämlich von Abt Kuno den Auftrag erhalten, Juttas Lebensgeschichte aufzuschreiben. Da sollte dieser letzte Triumph ja nicht fehlen: die Botschaft, dass Gott Jutta zu sich genommen hat – und der alte Feind besiegt ist!«

»Wann findet eigentlich die Wahl für ihre Nachfolgerin statt?«, erkundigte sich Lieschen.

»Morgen, und mir ist, ehrlich gesagt, etwas bang davor«, gab Hildegard zu.

»Weshalb?«

»Nun, viele Schwestern haben angedeutet, dass sie Juttas Wunsch erfüllen möchten – und mich erwählen.«

»Aber das passt doch sehr gut«, meinte Lieschen arglos. »Als Jutta dauernd gebetet hat und krank war, habt Ihr ja schon einige von ihren Aufgaben übernommen.«

»Aber nur als ihre rechte Hand. So ein verantwortungsvolles Amt...«, erwiderte Hildegard. »Ich bin doch bloß eine schwächliche Frau. Es gibt hier ja zwei weitere fromme Schwestern, die wie ich Ende dreißig sind. Trude würde zwar auch ablehnen, aber Beata ist genauso alt. Und sie ist mutiger und steht zu ihrer Meinung.«

Lieschen wurde bei dieser Aussicht von Entsetzen gepackt. Sie wusste, dass Beata im Fall ihrer Wahl zur Vorsteherin als erste Amtshandlung sie und ihre Mutter aus der Klause vertreiben würde. Für Griseldis, die noch immer kaum laufen konnte, würde dies das Ende bedeuten.

»Aber Ihr könnt doch nicht aus Angst Juttas Letzten Willen übergehen!«, rief Lieschen deshalb aufgebracht.

»Es ist ja nicht nur wegen meiner Angst«, entgegnete Hildegard. »Du hast doch mein Gespräch mit Bruder Volmar mitbekommen, möglicherweise habe ich Jutta mit meinen seltsamen Visionen in den Tod getrieben.«

Lieschen wagte zu widersprechen: »Ihr könnt nichts für Eure Visionen. Und schon gar nicht seid Ihr schuld an Juttas Neid darauf. Sie hat ihn doch auf dem Sterbebett bereut. Außerdem lieben euch die Schwestern viel mehr als die harsche Beata.«

Hildegard strich dem Mädchen sanft über den Kopf. »Du

bist sehr gutmütig, Kind. Möge es dir das Lebendige Licht tausendfach vergelten.«

Sosehr Lieschen dieses Lob auch schmeichelte – sie befürchtete, dass sie Hildegard nicht überzeugt hatte und diese die Wahl zur Vorsteherin ablehnen würde.

*

Am nächsten Tag lauschte Lieschen gebannt an der Tür zur Kapelle der Klause, wo die Entscheidung der Nonnen stattfand. Schließlich brandete innen Jubel auf, und das Mädchen war voller Hoffnung, dass sich die bescheidene Hildegard gegen Beata durchgesetzt hatte. Doch dann folgte aufgebrachtes Stimmengewirr, ja, es gab sogar wütende Schreie. Schließlich stürmte Schwester Trude aus dem Raum.

»Was ist geschehen?«, fragte Lieschen angstvoll.

»Hildegard will die Wahl nicht annehmen«, brachte Trude mit Tränen in den Augen hervor. »Beata hat recht: Wenn wir Juttas Letzten Willen missachten, wird uns Gottes Zorn treffen. Ich muss Abt Kuno unterrichten, damit er Hildegard zwingt.«

»Nein, tut das nicht!«, rief Lieschen in Panik. Sie ahnte, dass Beata Trude in Wahrheit nicht zum Abt geschickt hatte, um ihre Mitbewerberin zur Annahme der Wahl zu zwingen. Vielmehr wollte sie Kuno wohl verdeutlichen, dass Hildegard nicht geeignet für Juttas Amt war.

Doch Trudes Angst vor dem Zorn des Herrn war zu groß, sie machte sich in der Tat auf den Weg ins Männerkloster.

Kurz darauf kehrte sie mit dem jungen Adlatus Helenger zurück. Der riss wütend die Tür zur Kapelle auf, wo die enttäuschten Schwestern immer noch auf Hildegard einredeten.

»Vater Kuno verlangt, Euch zu sprechen«, verkündete Helenger barsch. »Folgt mir jetzt, ich bringe Euch zu ihm, sofort!«

Hildegard zitterte merklich, während sie dem drahtigen Mönch gottergeben ins Männerkloster folgte.

Als Adelgundis später in der Küche Suppe an die wartenden Nonnen verteilte, meinte Beata: »Wenn Hildegard sich weiterhin weigert, wird Kuno sie vom Disibodenberg entfernen.«

Lieschen vermutete, dass die machtgierige Nonne genau darauf hoffte. Da kam Griseldis auf zwei Krücken gestützt aus dem Hinterzimmer der Küche.

»Mutter, wieso stehst du denn auf?«, rief das Mädchen erschrocken.

»Ich habe eure Stimmen gehört und wollte es nicht versäumen, die gütige Mutter Hildegard zu ihrer Wahl zu beglückwünschen«, sagte Griseldis strahlend.

Da bemerkte sie die ernsten Mienen ihrer Tochter und der Nonnen.

»Gut, dass du wieder auf den Beinen bist«, zischte Beata. »Dann kannst du mit deinem Balg umso schneller in den Kuhstall zurückkehren.«

»Das können sie nicht«, widersprach Trude mit brüchiger Stimme. »Ulrich hat mir offenbart, dass der Bauer längst Ersatz für Griseldis und Lieschen gefunden hat und sie nicht zurücknehmen wird. Die beiden wird der Zorn Gottes also als Erste treffen. Und so wird es bald uns allen ergehen.«

Lieschen warf ihrer Mutter einen bestürzten Blick zu. Was sollte nur aus ihnen werden?

In diesem Augenblick waren Männerstimmen an der Tür der Klause zu hören. Kamen die Mönche, um den Frauenkonvent aufzulösen?

Hildegard trat mit eingezogenen Schultern ein, an ihrer Seite waren Kuno und Adlatus Helenger.

Alle Nonnen erhoben sich rasch.

»Meine lieben Schwestern«, wandte sich der Abt an sie. »Wie ihr wisst, hat unsere demütige Hildegard befürchtet, sie sei es nicht wert, Juttas Nachfolgerin zu werden. Sie sei nur eine unwürdige Frau …«

»Da hat sie völlig recht«, knurrte Helenger kaum hörbar.

Kuno fuhr von diesem Einwurf unbeirrt fort: »Doch inzwischen hat sich Hildegard daran erinnert, was ihr von unserer seligen Mater Jutta beigebracht wurde: dass eine Frau dem Manne niemals widersprechen darf. Gott ist als Mann zum Menschen geworden, und dies ist der untrügliche Beweis, dass Frauen zu gehorchen haben, wenn die Männer befehlen.«

»Unser ehrenwerter Vater Kuno hat genug Unbill mit dem Klosterausbau«, ergänzte Helenger. »Da kann er nicht auch noch in eurem Hühnerstall für Ordnung sorgen.«

»Kurzum, ich bin gekommen, um euch mitzuteilen, dass Hildegard ihre Wahl annehmen wird«, verkündete Kuno. »Morgen wird sie geweiht – durch unseren Bischof höchstpersönlich!«

Jubel brach unter den Schwestern aus. Dem Befehl eines Abtes konnte Hildegard sich nicht länger widersetzen – auch wenn er ihrer Überzeugung nach damit das Kloster ins Unglück stürzen würde. Die Mitschwestern stürmten auf ihre neue Vorsteherin ein, um sie zu beglückwünschen, allein Beata senkte enttäuscht den Blick.

Lieschen sah, wie Bruder Helenger den Kopf schüttelte und Kuno zuraunte: »Dieses verschrobene Mauerblümchen wird nie ein himmlisches Orakel sein wie Mater Jutta.«

*

In der Abteikirche wurde Hildegard am folgenden Tag zur Praeposita geweiht. Diesmal durften ihre Töchter sogar im Kirchenschiff sitzen. Bevor das Evangelium verlesen wurde, musste Hildegard einen Eid leisten und sich auf den Stufen zum Altar auf den Boden legen – mit ausgebreiteten Armen und nach unten gerichtetem Gesicht. Nachdem sie der Bischof durch Handauflegen geweiht hatte, übergab er ihr die Ordensregel und Juttas abgenutzten Stab. Hildegard brachte zwei brennende Opferkerzen dar, und nach dem Schlusssegen durfte sie ihre Töchter, die alle viel glücklicher als die neue Meisterin schienen, zum Friedenskuss empfangen.

Nach der Zeremonie saßen die Schwestern noch in ihrem kleinen Speisesaal zusammen, um zu feiern. Lieschen wusste inzwischen, dass man diesen Essraum Refektorium nannte. In größeren Klöstern gab es laut Adelgundis auch ein zusätzliches, nicht befeuerbares Sommerrefektorium, doch ihre Klause war zu klein dafür.

»Es tut mir leid, wenn ich euch durch mein Zögern Angst eingejagt habe«, entschuldigte sich Hildegard bei ihrer kleinen Herde.

»Du musst noch deine Stellvertreterin erwählen«, erinnerte sie Beata.

Hildegard nickte. »In der Tat habe ich den Herrn heute Nacht um Hilfe bei einigen Entscheidungen ersucht, und er hat mir die Gnade einer Antwort gewährt. Ich wähle Trude als meine rechte Hand.«

Die ängstliche Nonne gab ein erschrockenes Kieksen von sich.

»Außerdem möchte ich, dass wir eigenes Vieh anschaffen«, verkündete Hildegard. »Dafür werden wir Griseldis und die kleine Elisabeth bei uns behalten.«

Erfreutes Gemurmel machte sich unter den Schwestern breit, und Lieschen konnte ihr Glück kaum fassen. Sie und ihre Mutter waren gerettet! Doch als ihr Blick auf Schwester Beata fiel, die am Rand der fröhlichen Ansammlung von Nonnen sitzen geblieben war, sah sie in deren Gesicht nicht nur Enttäuschung – nein, da war blanker Hass!

# TEIL II

## Anno Domini 1142

# 8. Kapitel

Im Mai Anno Domini 1142 ritt der sechzehnjährige Schildknappe Siger bei Magdeburg durch ein Meer von blühenden Obstbäumen in Richtung des Anwesens derer von Stade. Fünf Jahre war es her, dass er den Ort verlassen hatte, an dem es ihm vergönnt gewesen war, den Großteil seiner Kindheit zu verbringen.

Eigentlich war er in Wavra in der Grafschaft Brabant geboren worden. Seine früh verstorbene Mutter hatte er nie kennengelernt, und kurz nach Sigers fünftem Geburtstag war sein Vater Robert nach Jerusalem gezogen, um dessen besten Freund Graf Fulko von Anjou zu unterstützen. Der war dort König geworden – und hatte viele Feinde. Vor der gefährlichen Reise in den Kreuzfahrerstaat hatte Robert von Wavra seinen einzigen Sohn nach Magdeburg in die Obhut der Witwe eines Großcousins, des Markgrafen von Stade, gegeben.

Hier waren Siger sechs glückliche Jahre mit den Kindern der einflussreichen und wohlhabenden Gräfin Richgard beschieden gewesen. Vor allem mit ihrer zweiten Tochter Richardis hatte er sich blendend verstanden. Doch 1137 war Sigers Vater aus Jerusalem zurückgekehrt und hatte seinen Sohn wieder mit ins heimatliche Brabant genommen. Dennoch war es

Siger und seiner Ziehschwester Richardis möglich gewesen, ihre Verbindung aufrechtzuerhalten. Es gab ja die ständig auf der Wanderschaft lebenden Boten, die einen Rucksack voller Schreiben bei sich trugen und in bestimmter Reihenfolge von einem Kloster zum anderen zogen, Briefe austauschten und mündlich alles Neue berichteten, das sie erfahren – oder dazuerfunden – hatten. So hatten Richardis und Siger einander über die Abteien in ihrer Nähe – Magdeburg und Gembloux – Botschaften senden können. All das war jedoch kein Ersatz für das persönliche Gespräch, daher brannte Siger darauf, seine Ziehschwester endlich wieder in Fleisch und Blut zu sehen.

In einem Monat sollte es für Robert von Wavra zurück an die Seite des in Bedrängnis geratenen Königs von Jerusalem gehen – und diesmal durfte sein Sohn ihn als Schildknappe begleiten! Vor Antritt dieser gefährlichen Reise wollte Siger noch einmal seine Familie bei Magdeburg besuchen.

Von Weitem erblickte er eine nobel gekleidete junge Frau mit dunklem Haar auf einer der Obstwiesen. Konnte diese Schönheit etwa seine kleine Ersatzschwester »Riri« sein? Als er sie das letzte Mal gesehen hatte, war sie kaum dreizehn Jahre alt gewesen, und jetzt stand dort eine wunderschöne Frau. Er band sein Pferd am Stamm eines Apfelbaums fest und beschloss, sich vorsichtig zu Fuß zu nähern, denn bei der Grafentochter stand ein Mann, dessen Kleidung auf ebenfalls adelige Herkunft schließen ließ.

Richardis hatte sich in ihren Briefen bei Siger bitter beklagt, dass ihre Mutter sie dauernd verheiraten wolle. Ihr Vater, Markgraf Rudolf I., war bereits kurz nach ihrer Geburt gestorben, seither bestimmte die machthungrige Witwe Richgard ihr Leben.

»Wie viele adelige junge Männer will sie noch einbestellen,

bis sie endlich versteht, dass ich keinerlei Interesse an einer Heirat verspüre?«, hatte Richardis ihm kürzlich geschrieben. »Gewiss, ihrem eigenen Geschmack entsprechend sind die Anwärter, die Mutter mir darbietet, nicht nur stets reich, sondern zumeist auch ausgesprochen wohl gebaut. Aber soll sie sich doch selbst mit diesen Spielzeugen vergnügen!«

Siger wusste jedoch nicht, ob der hübsche Herr, mit dem sich Richardis da gerade unterhielt, ihr vielleicht ausnahmsweise gut gefiel. Um zu erfahren, ob er die Großcousine mit seinem Auftauchen stören oder sie es als Rettung empfinden würde, beschloss der Knappe, sich anzuschleichen, hinter einem Baumstamm zu verstecken und das Paar zunächst zu belauschen.

Der Adelige glotzte Richardis dümmlich-erfreut an.

»So seid Ihr also nur gekommen, um mich zu sehen?«, fragte diese, und es klang ein wenig gereizt.

»Nun, wenn ich ehrlich bin, ich hatte mir nach dem Gespräch mit Eurer werten Frau Mutter etwas mehr erhofft«, gab der Mann zu.

Richardis hob eine Augenbraue. »Und zwar?«

Er fiel unvermittelt auf die Knie, die mit einem schmatzenden Geräusch ein wenig in den morastigen Wiesenboden einsickerten.

»Darf ich es wagen, Euch um die Heirat zu ersuchen?«, brachte er mit Inbrunst hervor.

Richardis sah ihn voll Mitleid an. »Lieber Freund Lothar, erhebt Euch! Ich befürchte, meine Mutter hat Euch zu viel versprochen.«

Mal wieder also! Siger schmunzelte in seinem Versteck hinter dem Baumstamm.

Richardis reichte dem Mann, der mit einer Mischung aus

Verwirrung und Enttäuschung zu ihr aufsah, die Hand, um ihm aufzuhelfen. »Ich habe bereits einem anderen Bräutigam ein Gelöbnis gegeben.«

Hass trat in Lothars Augen, und ohne ihre Hand loszulassen, fragte er: »Wer ist es? Kenn ich ihn?«

Richardis hob die Schultern. »Es ist der Herr Jesus«, erklärte sie. »Mein größter Wunsch ist es, ein Leben im Kloster zu führen.«

Das hatte sie auch in ihren Briefen an Siger betont. Die Grafentochter hoffte, als Nonne Zugang zu Bibliotheken und Wissen zu erhalten. Zu übersetzen, zu schreiben – statt Kinder großzuziehen. Viele Dutzend Bücher – Tore zu Gottes weiter Welt.

Lothar riss ihre Hand an sich, küsste sie verzweifelt – und etwas zu feucht. »Das dürft Ihr mir nicht antun – und Euch selbst auch nicht. Euren schönen Körper in kalte, karge Klostermauern einschließen. Eure prächtigen Haare werden sie abschneiden, Eure reifen Knospen in den Habit zwängen, Eure ...«

Seine weiteren Beschreibungen ihrer sichtbaren und verhüllten Geschlechtsmerkmale konnte Siger kaum verstehen, da Lothar nun Richardis' ganzen Körper an sich zog und jede der genannten Stellen mit Küssen überhäufte.

Sofort trat der Schildknappe einen Schritt hinter dem Baum hervor, die Hand an seinem wertvollen Schwert, das ihm sein Vater zum vierzehnten Geburtstag geschenkt hatte.

»Lasst gut sein, lieber Lothar, bitte!«, rief indes Richardis und versuchte, sich loszumachen. »Mehr als wie einen Bruder kann ich Euch nie lieben. Himmel, wie viele Hände habt ihr eigentlich?«

»Ich liebe Euch!«, rief Lothar – er schluchzte fast.

Als er sie züngelnd küssen wollte, wurde es Siger endgültig zu viel. Selbst wenn Richardis den Kerl wider Erwarten mochte – er hatte kein Recht, sie derart zu bedrängen! Noch bevor Siger ihr jedoch zu Hilfe eilen konnte, zog sie blitzartig ihr rechtes Knie hoch. Lothar riss die Augen auf und entließ sie sofort aus seiner fordernden Umarmung. Nach Luft schnappend krümmte er sich und griff sich wimmernd zwischen die Beine.

Siger musste sich zusammenreißen, um nicht laut loszulachen. Seine Ziehschwester hatte sich noch nie etwas aufzwingen lassen, und daran hatte sich offenbar nichts geändert.

»Oh!« Die Grafentochter wirkte erschrocken über sich selbst. »Verzeiht mir!«

»Richardis!«, fauchte plötzlich eine empörte Frauenstimme.

Siger wandte den Blick zur Seite und sah eine Dame mittleren Alters herbeieilen – seine Tante mütterlicherseits: Richgard aus dem Kärntner Zweig derer von Sponheim, Witwe des Markgrafen Rudolf I. und Richardis' Mutter. Die Gräfin trug wie immer ein extravagantes Kleid. Das glänzende Grün des edlen Stoffes harmonierte hervorragend mit ihren kunstvoll gerichteten roten Locken.

»Wie kannst du nur so mit dem armen Grafen von Tonna umgehen?«, schalt sie ihre Tochter und tätschelte dem immer noch nach Luft ringenden Adeligen die Schulter.

»Es … es geht schon wieder, Frau Markgräfin«, brachte er hervor und versuchte tapfer, sich aufzurichten.

»Sag bloß, du hast seinen Antrag abgelehnt?«, wollte die Gräfin von ihrer Tochter das Offensichtliche bestätigt bekommen.

»Das hättest du dir wirklich denken können, Mutter«, zischte Richardis. »Warum machst du den armen Männern immer wieder falsche Hoffnungen? Du kennst doch meinen Entschluss.«

»Und du den meinen«, konterte die Gräfin. »Du bist jetzt achtzehn, höchste Zeit, dass du unter die Haube kommst. Und jetzt auf! Erzbischof Heinrich von Mainz muss jeden Augenblick eintreffen. Vielleicht stillen seine Berichte deinen Hunger nach dem Kirchenbrimborium etwas.«

»Der Erzbischof ist heute allerdings nicht Euer einziger Besuch, werte Markgräfin«, machte schließlich Siger auf sich aufmerksam.

Richgard, ihre Tochter und der junge Graf von Tonna fuhren herum. Wider Erwarten erkannte Richardis den Schildknappen auf Anhieb. Sie stieß einen erfreuten Schrei aus und flog in dessen Arme. Er wirbelte sie herum, als sei sie leicht wie eine Feder – ein altes Ritual zwischen den beiden.

»Von wegen dem Herrn Jesus versprochen!«, fauchte Lothar von Tonna und stapfte davon. »Alles Lug und Trug!«

»Graf Tonna!«, rief Richardis' Mutter ihm hinterher. »Sie sind wie Geschwister aufgewachsen, alles ganz harmlos!«

Doch der junge Adelige ließ sich nicht mehr aufhalten.

Weder Richardis noch Siger kümmerten sich um ihn.

»Sei gegrüßt, Riri«, sagte er grinsend. »Schön, dich endlich wiederzusehen.«

»Du hast ja richtige Muskeln bekommen – ein starker Mann«, stellte sie fest, während sie ihren Großcousin mit den sinnlich geschwungenen Lippen musterte, der sein schulterlanges braunes Haar schüttelte, um es von weißen Blütenblättern zu befreien.

»Und du hast richtige …«, setzte er an, während er den Blick von ihrem hübschen Gesicht nach unten richtete. »Na ja, jedenfalls bist du eine stattliche Frau geworden.«

»Egal – für mich bist du immer noch der schmächtige Junge, mit dem ich aufgewachsen bin«, meinte Richardis.

»Ich hingegen sehe ein Bild von einem Mann, der den Seldschuken und anderen Feinden der Christen Furcht einflößen wird«, lenkte da Markgräfin Richgard die Aufmerksamkeit auf sich.

»Tantchen!«, rief Siger, ging zu ihr und küsste ihr sanft die Wangen. Sie war offenbar noch ganz die Alte: eine quicklebendige Dame, die Verbindungen zu Edelleuten im ganzen Reich pflegte und deren eigene Ländereien sich von der unteren Weser bis zur Eder in der Nordmark erstreckten. Sie war zwar fromm und unterstützte viele Klöster, hatte sich jedoch selbst nie dazu durchringen können, das höfische Leben aufzugeben, das sie so sehr liebte. Ihre Kleider aus den buntesten Stoffen aus aller Herren Länder sorgten stets für Aufsehen, sie widmete sich Kunst, Spiel, Musik und Tanz. Die Gräfin war geradezu besessen vom beruflichen Aufstieg ihrer Kinder. Ihr dritter Sohn Hartwig etwa war Domherr zu Magdeburg. Richardis hatte Siger geschrieben, wie sehr sie ihren Bruder vermisste. »Durch Hartwig hatte ich jedenfalls Gelegenheit gehabt, über Glaubensdinge zu sprechen – mit Mutters Hoftratsch habe ich ja noch nie etwas anfangen können.«

»Und du willst wirklich deinen Vater begleiten und Ritter für König Fulko werden?«, fragte die Markgräfin ihren einstigen Ziehsohn.

»Nun, Ritter darf ich erst mit einundzwanzig sein«, stellte Siger klar, »aber helfen kann ich auch als Schildknappe. In zwei Wochen geht es für mich nach Mainz, dort treffe ich dann meinen Vater. Von da aus beginnt unsere Reise nach Jerusalem.«

»Ungefährlich wird das gewiss nicht«, entgegnete Richgard. »Es heißt, Komnenos, der byzantinische Kaiser Johannes II., strebe nach der Herrschaft über die Kreuzfahrerstaaten.«

»Deshalb wollen wir König Fulko ja helfen«, erklärte Siger und wechselte das Thema. »Ich habe noch nicht gefrühstückt. Habt ihr in der Küche was für mich?«

»Gewiss. Es sind noch ein paar Schlegel von gestern Abend da, die sollte eigentlich der Hund bekommen«, erzählte Richardis mit keckem Lächeln. »Komm mit!«

*

Nachdem Siger sich gestärkt hatte, brachte Richardis ihn von der Küche hinauf zum Gemach ihrer kleinen Nichte Adelheid. »Sie wird sich auch freuen, dich wiederzusehen.«

»Wenn sie sich überhaupt noch an mich erinnert«, meinte Siger. »Als sie mich das letzte Mal gesehen hat, war sie doch gerade mal sieben.«

»Ich finde, Mutter hat recht – eure Reise ist zu gefährlich! Mir wäre lieber, Onkel Robert und du trätet sie gar nicht erst an«, betonte Richardis besorgt. »Ich würde es nicht ertragen, wenn euch etwas zustieße.«

»Ach, Unkraut vergeht nicht«, meinte Siger abwinkend.

»Was wird aus deiner hübschen Eva?«, fragte sie.

»Na ja, die ist sehr besorgt und traurig«, berichtete Siger und fügte grinsend hinzu: »Genau wie Maria und Regine.«

Richardis musste schmunzeln. »Du Weiberheld!«

»Ich kann nichts dafür, dass diese Jungfrauen mir gewogen sind«, verteidigte sich Siger. »Außerdem bleibe ich stets artig und entehre keine von ihnen. Die viel besungene Liebe ist mir noch nicht widerfahren. Dass ich eine Frau sehe und plötzlich alles andere für mich an Bedeutung verliert oder dergleichen – bei mir kam das nie vor.«

»Vielleicht gibt es ja in Jerusalem eine Jungfer, bei der es dir so ergeht«, meinte Richardis. »Wenn du heil dort ankommst.«

Schließlich betraten sie das Gemach von Richardis' Nichte Adelheid, deren nussbraune Augen Siger erfreut musterten. Offenbar schien ihr der junge Mann an der Seite ihrer Schwester zu gefallen.

»Na, erkennst du unseren verlorenen Ziehbruder wieder?«, fragte Richardis lächelnd.

»Du bist Siger?«, staunte Adelheid.

Und auch er war verblüfft, welch weibliche Formen Richardis' erst zwölf Lenze junge Nichte in dem edlen Gewand hatte.

»Du siehst aus wie eine Dame. Was für ein schönes Kleid.«

Adelheids Gesichtsausdruck verdunkelte sich. »Es hat Mutter gehört.«

»Du vermisst Luitgard bestimmt sehr?«, fragte Siger.

Adelheid nickte. »Ob es ihr wohl gut geht – als Königin von Dänemark?«

»Bestimmt denkt sie oft an dich«, behauptete Richardis und drückte ihre Nichte tröstend an sich.

Auch Siger war von Mitleid für das Mädchen gepackt. Es war so ungerecht! Die Markgräfin hatte Richardis' ältere Schwester Luitgard nach deren Scheidung von ihrem ersten – natürlich ebenfalls adeligen – Mann, mit dem dänischen König Erik vermählt. Um Luitgard für den König anziehender zu machen, hatte Richgard deren minderjährige Tochter aus erster Ehe, Adelheid von Sommer-Eschenbach, zu sich genommen. Mit Erfolg! König Erik hatte die nunmehr wieder »kinderlose« Luitgard geheiratet. So war es der Gräfin gelungen, einen echten König in das Geschlecht derer von Stade zu bringen.

Richardis und Siger waren darüber zutiefst verärgert gewesen. Sie hatte ihm oft geschrieben, wie sehr die kleine Adelheid unter der Trennung von ihrer Mutter Luitgard litt. Aber an so etwas dachte die Markgräfin nicht. Für sie zählten nur Macht und Einfluss. Allerdings hatte die Dame auch die dunklen Seiten dieses prunkvollen Lebens kennengelernt: Zwei von Richardis' Brüdern waren bereits vor über zehn Jahren Opfer politischer Mordintrigen geworden. Als Trost blieben der Mutter neben ihrem Sohn Hartwig also nur noch die beiden Mädchen.

»Wirst du heute Abend auch bei dem Essen mit Erzbischof Heinrich dabei sein?«, erkundigte sich Adelheid bei Siger.

»Ja, deine Großmutter besteht darauf«, erklärte er und fügte grinsend hinzu: »Sie will mich in Kleidung ihres seligen Gatten packen, damit ich angemessen aussehe.«

»Ich bin schon gespannt, mit was für einem ausgefallenen Kleid sie selbst für das Treffen aufwartet«, meinte Richardis seufzend. »Gewiss wird sie es völlig übertreiben.«

Tatsächlich starrten die drei am Abend fassungslos auf die Markgräfin, als diese die Treppe zum Speisesaal herunterkam: Sie trug ein königsblaues Seidenkleid, dass viel zu tief ausgeschnitten war.

Richgard bemerkte die Blicke ihrer Tochter amüsiert. »Genau das Richtige für so einen hohen Herrn wie Heinrich, nicht wahr?«

Richardis schüttelte den Kopf. »Er ist Erzbischof, Mutter. Ein Mann Gottes.«

Die Gräfin zuckte unschuldig mit den Schultern. »Trotzdem hat er Augen im Kopf. Außerdem hat mir dein Bruder Hartwig verraten, dass Heinrich weltlichen Annehmlichkeiten alles andere als abgeneigt ist.«

In der Tat verfehlte das Kleid beim wohlgenährten Erzbischof Heinrich von Mainz, dessen Gewänder und Pelze ebenfalls sündhaft teuer aussahen, seine Wirkung nicht. Aber auch Richardis stierte der Geistliche bei der Vorstellung hingerissen an.

»Meine Tochter wurde von ihrem Schöpfer mit prächtigen Gaben ausgestattet, nicht wahr, Eure Exzellenz?«, gurrte die Gräfin stolz.

»Gewiss«, gab der Erzbischof zu. »Aber am erstaunlichsten ist, wie unglaublich ähnlich sie ihrer Base sieht.«

Die Gräfin wirkte fast enttäuscht.

Siger wusste, dass Richardis schon oft eine verblüffende Ähnlichkeit mit ihrer Cousine Jutta von Sponheim nachgesagt worden war. Mit Juttas Bruder hatte die Markgräfin im Jahre 1124 – kurz nach dem Tod ihres Mannes – die Gründung des Klosters von Sponheim unterstützt. Siger hatte diese Jutta nie persönlich getroffen. Aber aus den Reaktionen derjenigen, die sie gekannt hatten, schloss er, dass die Ähnlichkeit mit Richardis weit über das hinausging, was mit ihrer entfernten Verwandtschaft zu erklären gewesen wäre. Außerdem kursierten über Juttas Tod die wildesten Gerüchte. Hinter vorgehaltener Hand sprach man von einer Selbstkreuzigung und unheimlichen Wundern. Dank der Verschwiegenheit der Schwestern und Brüder auf dem Disibodenberg kannten jedoch nur wenige den wahren Grund ihres Ablebens. Auch Siger konnte nur darüber rätseln, wie die entfernte Verwandte wirklich gestorben war.

»Ach ja, die gute Jutta«, säuselte die Gräfin. »Gott sei ihrer armen Seele gnädig. Wie macht sich denn ihre Nachfolgerin, unsere Hildegard?«

Richardis sah neugierig auf. Da sie selbst ja schon lange

Zeit von einem Leben als Braut Christi träumte, hatte sie den Berichten der Mutter über die Nonne stets mit Begeisterung gelauscht. Siger wusste, dass die Markgräfin Hildegards adelige Familie sehr schätzte und des Öfteren mit deren Mutter Mechthild verreist war. Jene Hildegard hatte vor sechs Jahren das Amt von Richardis' verstorbener Base Jutta als Vorsteherin der Nonnenklause auf dem Disibodenberg übernommen.

»Keine einfache Aufgabe«, befand die Gräfin. »Wird die gute Hildegard ihr gerecht?«

Heinrich nickte. »Nun, sie ist noch etwas schüchtern. Aber die Menschen in unserer Gegend schätzen sie trotzdem fast noch mehr als unsere selige Jutta«, meinte der Erzbischof und biss herzhaft in einen Hähnchenschlegel. »Sie ist auch mindestens genauso geheimnisvoll. Letztes Jahr hat sie einen nahezu tödlichen Schauder erlitten – und ihr Abt Kuno sagt, sie leide noch heute unter den Folgen.«

»Was war das für ein Schauder, Eure Exzellenz?«, mischte sich Siger erstmals in das Gespräch ein.

»Gott hat sich der guten Frau Hildegard in einer Stärke offenbart, die all ihre bisherigen Visionen in den Schatten gestellt hat. Zum ersten Mal glaubte sie, den Gottesauftrag zur Niederschrift des ihr Gezeigten zu hören. In unserem gesamten Gebiet spricht man nun von Hildegards Schauungen. Ich habe mir sogar überlegt, ihre Schriften dem Heiligen Vater vorzulegen.«

Jetzt horchte auch die Markgräfin auf. Ihrer Base sollte solch unglaublicher Ruhm zuteilwerden? »Ein großartiger Einfall, Eure Exzellenz!«

Gleich nachdem der von der Reise erschöpfte Erzbischof zu Bett gegangen war, nutzte Richardis die Gunst der Stunde.

»Hast du das gehört, Mutter?«, wandte sie sich an die Gräfin. »Sogar der Papst wird von Hildegards Ruhm erfahren. Es stünde dem Banner derer von Stade gut an, künftig ebenfalls in dieser berühmten Gottesstadt zu hängen!«

»Durch weitere Spenden?«

Doch Siger ahnte, was Richardis vorhatte.

Die schüttelte den Kopf. »Indem du Adelheid und mich in dieses Kloster gibst. Unmittelbar an Hildegards Seite!«

Die Gräfin sah ihre Tochter erstaunt an. »Du willst wirklich den Schleier nehmen? Und warum soll Adelheid mit?«

»Wir sind wie Schwestern. Sie wird mich nicht auch noch verlieren wollen. Hier erinnert sie ohnehin alles an ihre verschwundene Mutter. Du hast an Adelheid eine Menge gutzumachen. Und wo wäre sie besser aufgehoben als bei mir und dieser berühmten Frau?«

»Der Weg dorthin ist viel zu gefährlich«, gab die Gräfin zu bedenken. »Der Erzbischof hat von Überfällen rund um den Disibodenberg berichtet. Die Ernten waren schlecht in letzter Zeit, die Menschen hungern und werden mörderisch.«

Siger beschloss, Richardis bei der Erfüllung ihres größten Wunsches zu helfen. »Ich könnte den beiden Begleitschutz geben, nach Mainz muss ich ja ohnehin. Mein Vater hat mir ein gutes Schwert geschenkt – und dank seiner Ausbildung weiß ich damit auch bestens umzugehen.«

Die Gräfin blickte nachdenklich in die Flamme einer Fackel. Siger sah zu Richardis. Die schien so gespannt auf die Antwort ihrer Mutter, dass sie den Atem anhielt.

# 9. Kapitel

Eine Karawane von Zeltern und Mauleseln schritt durch die rheinhessische Landschaft. Richardis von Stade saß mit ihrer Mutter Richgard und Adelheid auf einem Fuhrwerk, das von zwei prächtig geschmückten Pferden gezogen wurde. Außer ihrem Ziehsohn Siger von Wavra, der dem Tross vorausritt, hatte die Markgräfin noch zwei kräftige Diener zu ihrem Schutz mitgenommen, die ihnen auf ihren Rössern Rückendeckung gaben. An diesem warmen Sommertag sollte es also so weit sein: Adelheid und Richardis wurden in die Obhut der Klausenvorsteherin Hildegard gebracht. Die Gräfin war von Richardis' Vorschlag zunehmend begeistert gewesen. Frauen konnten in Klöstern schließlich zu großem Ruhm gelangen. Auch ein weiteres mit ihr verwandtes Kind, Mechthild von Luchtenau, sollte ihnen deshalb einen Monat später ins Kloster folgen.

In einem Brief an Richardis' Mutter hatte Hildegard mitgeteilt, sie sei froh, dass der bevorstehende Besuch ihr etwas Aufheiterung bei ihrem schwierigen göttlichen Schreibauftrag bescheren würde.

Richardis hatte Siger anvertraut, wie sehr sie sich freute, künftig von dieser gewiss äußerst gebildeten Nonne zu lernen, die angeblich vom Heiligen Geist gegrüßt war. Endlich würde sie sich mehr mit dem Wort Gottes und anderen Schriften beschäftigen können statt mit heiratswütigen Jünglingen!

Schließlich kam die Gruppe auf dem Disibodenberg an. Sie machten vor dem Tor der Einsiedelei an der Südwestseite des Klosters halt. Die zwei Diener hoben eine schwere Truhe vom Wagen.

Siger hatte erwartet, von einer knorrigen alten Betschwester begrüßt zu werden, doch stattdessen empfing sie eine wunderschöne blonde Frau in Laienkleidung, die wie er selbst keine zwanzig Lenze zählte. Sie lächelte offen und freundlich, als sie sich vorstellte. »Ich hoffe, Ihr hattet eine angenehme Reise, werte Frau Markgräfin. Ich bin Lieschen, Mater Hildegards Wirtschafterin.«

Zu Sigers Bedauern stellte die reisemüde Markgräfin ihre Begleitung nicht vor, sondern sagte nur kurz angebunden: »Wunderbar, dann bring uns doch bitte zu ihr.«

Die junge Schönheit nickte und führte den Schildknappen und die drei Frauen in das Gebäude, die Diener trugen ihnen die Truhe hinterher. Lieschen brachte sie durch das Erdgeschoss der überraschend kleinen Klause in den Garten auf der Rückseite des Gebäudes.

Dort saß sie auf einer Mauer in der Sonne – Hildegard von Bermersheim. Die Frau, die man allenthalben Prophetin des Herrn nannte. Siger fand, dass die schlanke Nonne wesentlich jünger als Mitte vierzig aussah. Ihre Vorsteherinnenkleidung bestand aus einem schwarzen Gewand und einem braunen Umhang, unter dem man ein weißes Untergewand ahnte, dessen Ärmel ihre Handgelenke umhüllten. Sie schien die Ankunft der Gäste noch nicht bemerkt zu haben. Die Christusbraut drehte ineinandergeflochtene Blumen wie eine Gebetskette zwischen den Fingern.

»Hildegard!«, zerriss die Markgräfin mit ihrer schrillen Stimme die friedliche Stille des Klostergartens.

Als die Vorsteherin sich umdrehte, schien ihr der Atem zu stocken: Aus ihren hellblauen Augen starrte sie Richardis fassungslos an.

Siger mutmaßte, dass seine Ziehschwester auch Hildegard sehr an deren verstorbene Vorgängerin Jutta von Sponheim erinnerte.

Sie fing sich und streckte der Gräfin die Arme entgegen. »Richgard, herzlich willkommen! Wie schön deine Töchter geworden sind!«

Die blonde Adelheid und die dunkelhaarige Richardis machten artige Knickse.

Hildegard lächelte indes deren Ziehbruder an. »Und wer ist der stattliche Mann?«

»Siger von Wavra«, sagte er hastig, um der Markgräfin zuvorzukommen. Er wollte, dass vor allem Lieschen, die neben ihrer Herrin stand, den Namen zuerst aus seinem Mund hörte. »Ich bin der Ziehsohn.«

»Ah, der junge Recke, der mit seinem Vater König Fulko in Jerusalem helfen möchte«, wusste Hildegard. Offenbar hatte Richgard ihn in einem Brief erwähnt. Zufrieden bemerkte er, dass nicht nur die Praeposita, sondern auch die schöne Wirtschafterin sich interessiert zeigte.

»Im Morgenland soll es ja viel Wissen über Heilmittel geben, die bei uns unbekannt sind«, sagte Hildegard.

»Davon hat mein Vater berichtet, ja«, bestätigte Siger. »Die Ärzte dort haben angeblich ganz erstaunliche …«

»Hach«, unterbrach ihn die Markgräfin mit einem lauten Seufzer. Sie nahm die Haube ab und rückte mit ihrer rechten Hand ihre kupferrote Lockenpracht zurecht, die mit aufgereihten Edelsteinen und Perlenketten hochgesteckt war. Ein Schwall von Lavendelduft wehte aus ihren Haaren. »Das war eine anstrengende Reise, Hildegard.«

Die Vorsteherin des Frauenkonvents schien ebenso wie Lieschen und Richardis ein wenig verstimmt über die Unterbrechung.

»Ich soll dich von meinem Sohn Hartwig grüßen«, sagte Richgard.

»Danke, wie geht es ihm?«

»Noch ist er Domherr zu Magdeburg«, berichtete die Markgräfin stolz und senkte dann verschwörerisch die Stimme. »Aber wenn es nach mir geht, soll er spätestens nächstes Jahr den kranken Dompropst in Köln ablösen.«

Siger bemerkte, wie Richardis die Augen verdrehte.

»Und Adelheids Mutter Luitgard hast du zur Königin von Dänemark gemacht«, ergänzte Hildegard. »Du verstehst es, deine Kinder zu weltlichem Ruhm zu bringen.«

»Nicht nur *weltlichem* Ruhm«, entgegnete die Markgräfin. »Oder was glaubst du, warum ich sowohl Luitgards Tochter als auch meine eigene in deine Obhut gebe? Richardis hat mir allmählich schon Sorgen bereitet. Anscheinend schlägt sie ihrer Base Jutta nicht nur im Aussehen nach. Die reichsten und schönsten Männer haben um ihre Hand angehalten, aber keiner war ihr gut genug. Nichts als die Heilige Schrift und die schönen Künste im Kopf. Dabei ist sie schon achtzehn Lenze alt. Nun, dann wird sie eben in den Dienst des Herrn treten. Nicht wahr, Kind?«

Richardis wich der tätschelnden Hand der Markgräfin aus und sagte einsilbig: »Ja, Mutter.«

»Willst du die Truhe gar nicht öffnen, Hildegard?«, fragte die Gräfin.

Ein Lächeln überflog das Gesicht der Vorsteherin. »Ich war schon neugierig, wollte aber nicht unhöflich erscheinen.«

Richgard von Stade lachte auf. »Na, Neugier ist doch wohl eine der hochhöfischsten Eigenschaften überhaupt!«

Hildegard öffnete die Truhe, die randvoll mit Kostbarkeiten war: Weißmehl, Wein, Honig und Pfeffer. Sie fand zudem Decken aus Schafwolle, Leinen, Kupfergefäße, Metalllöffel und sogar zwei Ballen weißer Seide. Die Praeposita hob irritiert die Augenbrauen. Weiße Seide? Ihr Blick verriet Siger, dass sie sich fragte, was sie im Kloster wohl damit anfangen sollten. »Gott vergelte dir deine Großzügigkeit. Darf ich dir und Herrn von Wavra einen Becher Wein anbieten – und eine Schale Milch für deine schönen Töchter?«

Richgard nickte. »Gern, vielen Dank!«

Lieschen eilte davon, um den Willkommenstrunk zu holen.

Die Markgräfin setzte sich mit ihren schweigsamen Töchtern auf eine Bank, Siger blieb stehen. Da kam aus dem Inneren der Klause der Abt des Männerklosters herbeigeeilt. Richgard seufzte wenig erfreut, als sie ihn heranwatscheln sahen. Schon auf dem Weg hierher hatte sie über diesen Kuno gelästert: Vor seiner Wahl war der beleibte Geistliche Cellerar gewesen, hatte sein Leben mit viel Ehrgeiz dem Erstellen von Listen der Besitzungen des Klosters gewidmet. Noch heute war er von dem Wunsch besessen, Vorräte und Reichtümer anzuhäufen.

»Liebste Frau Markgräfin, gerade erfahre ich von Hildegards Magd, dass Ihr schon da seid«, begrüßte Kuno sie außer Atem. »Warum seid Ihr nicht zuerst zu mir gekommen? Ich hätte Euch doch gebührend …«

»Ich habe es eilig«, unterbrach die Gräfin ihn unwirsch.

Kuno sah enttäuscht aus. »Dann bleibt Ihr gar nicht über Nacht? Morgen ist hier doch das große Fest. Der Neubau unseres Männerklosters wird eingeweiht.« Und stolz fügte er hinzu: »Über dreißig Jahre haben wir daran gearbeitet.«

Siger ging davon aus, dass der bekanntermaßen habgierige und faule Mann bei den Bauarbeiten keinen Finger gekrümmt hatte.

Als erfahrene Taktiererin überspielte Richgard ihre Abneigung gekonnt. »Das wird sicher nett, aber ich muss leider noch heute weiter nach Worms, ich bin dort zu einem Hoffest eingeladen. Nur Siger wird noch ein paar Tage bei meinen Mädchen bleiben.«

Da fiel Kunos Blick auf die immer noch offene Truhe, und er konnte seine Gier kaum verbergen.

»Das gehört Hildegard«, klärte die Markgräfin den Abt unmissverständlich auf. »Aber keine Angst – auch die Mitgift für Euch habe ich nicht vergessen.«

Sie warf ihm einen Beutel Münzen absichtlich so unerwartet und ungezielt zu, dass Kuno vergebens danach griff. Das Säckchen landete in einer schlammigen Pfütze neben einem Kräuterbeet. Der Abt wollte sich zunächst rasch danach bücken, zögerte dann aber. Siger erahnte seine Gedanken: War es für einen Mann seines Rangs entwürdigend, Geld aus dem Dreck zu holen, zeigte es seine Liebe zum Mammon zu offensichtlich? Die demütige Hildegard nahm ihm die Entscheidung ab und griff für ihn in den Morast. Kuno nahm den verschmutzten Beutel mit spitzen Fingern von ihr entgegen.

»Entschuldigt mich kurz, ich muss das Geld rasch wegschließen. Heutzutage ist man nicht einmal in den Klostermauern vor Diebesgesindel sicher.«

Die Gräfin lächelte herablassend. »Da mögt Ihr allerdings recht haben.«

Im Gegensatz zu Siger schien Kuno den Spott in ihrer Stimme nicht zu bemerken.

»Geht nur! Ich statte Euch nachher noch einen kurzen Besuch ab«, behauptete sie, und Siger ahnte, dass sie log.

Der Abt ging eilends davon, wobei er fast Lieschen umgeworfen hätte, die auf einem Tablett Milchschalen für die beiden angehenden Novizinnen und zwei Weinbecher für die Gräfin und ihren Ziehsohn brachte.

»Danke sehr«, sagte Siger lächelnd, als die junge Cellerarin ihm seinen Wein reichte.

Sie nickte schüchtern. Ob sie ihn wohl ihrerseits anziehend fand? Verwirrt über sich selbst musste er sich eingestehen: Seit er Lieschen erblickt hatte, schien alles andere um ihn herum unwichtig geworden zu sein. Er nahm einen kräftigen Schluck von dem roten Rebentrank und stellte fest, dass er besonders gut schmeckte.

Die Markgräfin kostete vorsichtiger. »Hm, ganz leckeres Tröpfchen. Bei uns in der Nordmark wächst der Wein ja kaum. Aber wir haben eine Fischzucht angelegt. Über zwanzig Sorten.«

»Man müsste ein Buch über die vielen Fischsorten schreiben«, merkte Hildegard nachdenklich an. »Es gibt viel zu wenige Zusammenfassungen des Wissens über die Natur. Und darin fehlt der Großteil der vielen Kenntnisse, die bisher nur mündlich von einem Menschenalter zum nächsten weitergegeben werden.«

»Vielleicht schreibt *Ihr* dieses Buch ja eines Tages«, mischte sich erstmals Richardis in das Gespräch ein. »Weder die Heil- noch die Naturkunde werden ja an den Kloster- und Domschulen gelehrt. Sie gehören eben leider noch nicht zu den sieben freien Künsten. Deshalb ist es wohl an Euch, Eure eigenen Naturbeobachtungen und das Euch bekannte überlieferte Wissen aufzuschreiben.«

Hildegard seufzte. »Das würde ich gern, aber ich arbeite mit unserem Klosterschreiber ja schon an einem anderen Werk. Mein Symmysta wäre wohl wenig erfreut, wenn wir ein neues Buch beginnen, bevor das alte abgeschlossen ist. Und ohne Volmars Verbesserungen käme ich mit meinem ›Küchenlatein‹ nicht weit.«

»Ach, ein guter Gedanke ist es doch immer wert, niedergeschrieben zu werden«, widersprach Richardis. »Sortieren kann man ja später noch. Wenn Ihr die Naturkunde so liebt, solltet Ihr unbedingt Isidor von Sevillas *Etymologiae* lesen, Mater Hildegard, das Buch ist ein wahrer Schatz von Wissen und prächtigen Bildern.«

»Oh, die Mönche drüben haben sogar ein Exemplar davon«, berichtete Hildegard. »Vor drei Jahren hat der Bischof Siward von Uppsala die Altäre im Männerkloster geweiht. Damals hat er den Brüdern dieses Werk mitgebracht. Und auch je ein Buch über Kräuter und Steine.«

»Und warum lest Ihr es nicht?«, wunderte sich Richardis.

Hildegard zuckte verdrießlich mit den Schultern. »Kuno würde das nie erlauben.«

Die Markgräfin mischte sich wieder ins Gespräch. »Vielleicht finde ich ja mal ein eigenes Exemplar für dich, wer weiß. Ich bin jedenfalls froh, dass du endlich deine falsche Scham überwunden hast und deine … Schauungen aufschreibst. Wir Frauen sind eben am besten für die schönen Künste geeignet. Nun ja, zugegeben, ich selbst verstehe vom Schreiben wenig, das weißt du ja.«

Hildegard schmunzelte. »Dafür kennst du dich ja mit anderen schönen Dingen aus. Willst du noch an der Vesper teilnehmen?«

»Würde ich gern, aber ich muss wirklich aufbrechen«, meinte die Gräfin. »Ich schaue bei Gelegenheit nach den Mädchen, aber bei dir weiß ich sie ja in besten Händen.«

Sie erhob sich und umarmte Siger. »Passt auf euch auf, dann tut der Herr das Seine!«, sagte sie, während sie die Hände von Tochter und Enkeltochter ergriff, die noch einmal höfliche Knickse machten.

»Leb wohl, liebste Großmutter«, sagte Adelheid mit glänzenden Augen.

Richardis sah ihre Nichte mitleidsvoll an. Siger wusste, dass die Kleine das Gefühl, verlassen zu werden, bereits kannte. Adelheid hatte laut Richardis' Briefen nie verstanden, warum ihre Mutter Luitgard sie zur Großmutter gegeben hatte, als sie Königin von Dänemark wurde. Und nun verstieß die Großmutter sie ebenso. Das Mädchen sah die rothaarige Dame in dem moosgrünen Samtkleid voll verzweifelter Liebe an. Richardis hingegen senkte ihren Blick und schwieg. Selbst als ihre Mutter mit den Knechten den Garten verließ, sah sie ihr nicht nach.

Stattdessen wandte sie sich an die Vorsteherin. »Herrin, ich weiß, dass hier unsere Haare kurz geschoren und mit Buchenasche verrieben werden. Mir ist das gleich, ich will ja nur dem Allmächtigen gefallen und nicht den Männern. Aber meine Nichte würde es erschrecken. Könntet Ihr bei ihr noch damit warten?«

»Ihr habt beide so schöne Haare«, stellte Hildegard fest. »Vielleicht reicht vorerst die Haube. Bei euch beiden. Auch lange Haare passen darunter.«

Siger freute sich für die Mädchen, Richardis wirkte erleichtert. »Danke, für Adelheid ist es schwer genug, ihre Großmutter zu verlassen …«

»Und für dich?«

Die angehende Novizin schüttelte den Kopf. »Es war meine Idee, zu Euch zu kommen.«

Nun berichtete Richardis von den Verkuppelungsversuchen ihrer Mutter. Und vom erlösenden Besuch Erzbischof Heinrichs und dem Einfall, Richgard zu ködern – mit der Vorstellung vom Wappen derer von Stade in diesem berühmten Kloster.

Hildegard sah sie erst verblüfft an, dann lächelte sie. »Du weißt, womit man deine Mutter überzeugen kann.« Und ernster fügte sie hinzu: »Es wird euch beiden hier gut gehen, das verspreche ich. Wenn ihr mögt, führe ich euch Mädchen ein wenig herum, damit ihr wisst, wo alles ist.«

»Das wäre sehr schön«, befand Richardis, und ihre Nichte wirkte ein wenig verängstigt.

»Lieschen, würdest du bitte Herrn von Wavra die Gästezelle zeigen?«, bat Hildegard.

Ihre junge Gehilfin nickte mit gesenktem Blick. Errötete sie etwa? Vielleicht fand sie ihn ja auch so betörend wie er sie? Jetzt freute er sich noch mehr darauf, mit Lieschen allein sprechen zu können.

## 10. Kapitel

Plötzlich verstand Lieschen es besser. Sowohl Schwester Adelgundis als auch die junge Novizin hatten ihr anvertraut, dass sie wegen eines schönen Jünglings fast ihr Nonnenleben aufgegeben hätten. Sie selbst war bisher noch nie von einem Mann derart in Gefühlsaufruhr versetzt worden – bis sie vorhin Siger von Wavra erblickt hatte. Er verwirrte sie zutiefst und erweckte eine seltsame Sehnsucht in ihr. Während sie den Ritterssohn zur Zelle für männliche Herrgottsgäste führte, bemerkte sie, dass ihre Hände leicht zitterten. Was war nur mit ihr los?

»Ihr seid hier Cellerarin?«, vergewisserte sich Siger.

Diese angenehme Stimme! Lieschen hoffte, dass die ihre nicht versagte, als sie antwortete: »Ja, ich verwalte unsere Vorratsbestände. Allerdings gibt es hier von allem viel weniger als im Männerkloster.«

»Dabei sieht Abt Kuno gar nicht so aus, als habe er in seiner Zeit als Cellerar mehr gearbeitet als Ihr«, entgegnete Siger schmunzelnd. »Wie kommt es, dass ein weltliches Mädchen in der Frauenklause arbeiten darf?«

»Meine Mutter hat schon immer davon geträumt, Nonne zu werden. Das ist ohne adelige Herkunft natürlich nicht möglich, aber als sie sich im Winter vor fünf Jahren auf dem

Bauernhof das Bein gebrochen hat, kam sie ganz unfreiwillig hierher – zur Behandlung. Mein Vater ist schon lange tot, und Bauer Burkhard hatte schnell Ersatz für uns gefunden, zu ihm konnten wir nach Mutters Genesung nicht zurück. Mater Hildegard setzte dann bei Abt Kuno durch, dass wir beide hier als Gehilfinnen bleiben dürfen.«

Das erstaunte Siger. »Wie ist ihr denn das gelungen?«

»Sie hat es ein wenig zur Bedingung für die Annahme ihrer Wahl zur Vorsteherin gemacht«, erzählte Lieschen und fühlte, wie ihre Begeisterung für Siger allmählich von ihrer großen Sorge verdrängt wurde. »Aber ob Mutter und ich noch lang hierbleiben können, ist inzwischen leider unsicher.«

»Wieso das?«

»Nun, mit den Neuankömmlingen Richardis und Adelheid sind wir insgesamt fünfzehn Frauen in der kleinen Klause. Letztes Jahr ist nämlich Hildegards leibliche Schwester Clementia noch hinzugekommen. Und die Markgräfin von Stade möchte bald noch eine weitere Verwandte bei uns unterbringen. Abt Kuno erlaubt es Mater Hildegard nicht, neue Töchter abzulehnen. Er kassiert ja immer ihre üppigen Mitgiften, darauf will er natürlich nicht verzichten.«

»Er kassiert *was?*«, wiederholte Siger entrüstet.

»Ja, so ist das nun mal«, bestätigte Lieschen seufzend. »Andererseits gönnt er uns aber keinen Ausbau.«

Der Ziehsohn der Markgräfin schüttelte empört den Kopf. »Und was sagt eure Vorsteherin dazu?«

»Das, was die selige Mater Jutta ihr beigebracht hat: Frauen müssen den Männern gehorchen«, zitierte Lieschen.

»Na, wenn das meine Schwester Richardis erfährt …«, meinte Siger. »Sie hasst Ungerechtigkeiten – und sie ist ein Dickkopf.«

»Aber gegen den Dickkopf von Abt Kuno und vor allem dem von seinem Bibliothekar Helenger wird auch sie nicht ankommen«, prophezeite Lieschen.

»Abwarten«, entgegnete Siger.

Inzwischen waren sie vor der Gästezelle angekommen, und sie öffnete die Türe. »Das ist Eure Kammer. Ihr habt durch die hintere Tür Zutritt zum Männerkloster und könnt dort Latrine, Baderäume und den Speisesaal nutzen. So bleibt bei uns der Abstand zu den männlichen Herrgottsgästen gewahrt.«

Er lächelte etwas verlegen. »Verstehe.«

Auf Lieschen wirkte er aufgrund seiner Muskeln zwar durchaus männlich, in seinem Gesicht war jedoch auch noch etwas Jungenhaftes, Zerbrechliches. Sie mochte ihn sich nicht in einer Schlacht mit mörderischen Seldschuken oder anderen Feinden des Königs von Jerusalem vorstellen. »Darf ich Euch etwas fragen, Herr von Wavra?«

»Jederzeit.« Er sah sie gespannt an.

»Habt Ihr keine Angst, die Reise ins Morgenland anzutreten?«, begehrte sie zu wissen. »Hildegards Schwester Clementia hat ihren Mann verloren, weil er ein Gefecht mit den Ägyptern nicht überlebt hat.«

»Gott hat mir bisher immer Glück im Leben geschenkt«, erwiderte Siger. »Mir wird schon kein Leid geschehen.«

Lieschen hatte von dem schrecklichen Blutbad gehört, das die Ritter beim ersten Kreuzzug vor einem halben Jahrhundert in Jerusalem angerichtet hatten.

»Und wenn *Ihr* einen Menschen töten müsst?«, hakte sie deshalb nach. Sie erschauderte bei der Vorstellung, wie er mit seinem schönen Schwert ein Leben beendete.

Mit dieser Frage hatte Siger wohl nicht gerechnet. Er antwortete erst nach einigem Überlegen: »Ach, die Heiden werden schon Reißaus nehmen, wenn die mein Schwert sehen. Und wenn nicht, haben sie Pech gehabt.« Dann wechselte er den Gesprächsgegenstand: »Ich hätte auch eine Frage an Euch. Heißt Ihr wirklich Lieschen – oder ist das nur ein Spitzname?«

»Letzteres«, gab sie zu. »Eigentlich heiße ich Elisabeth.«

»Das gefällt mir besser, ehrlich gesagt«, gestand er und sah ihr in die Augen. »Es klingt erwachsener. Und das seid Ihr ja.«

»Na ja, ich bin erst sechzehn.«

»So seht Ihr aber nicht aus«, meinte er, und seine Stimme klang ein wenig heiser.

Was war das nur für eine Macht, die in ihr die Sehnsucht weckte, ihn an sich zu ziehen und seine sinnlichen Lippen zu küssen? Rasch beschäftigte sie ihren Mund mit Sprechen: »Dann nennt mich doch einfach Elisabeth, Herr von Wavra!«

»Wenn Ihr mich dafür Siger nennt«, schlug er vor.

Sie standen einander einen Augenblick lang stumm gegenüber; obwohl vieles unausgesprochen war, fehlten ihnen die Worte. Doch es fiel ihr auch unsagbar schwer, sich von ihm zu entfernen. Und ihm schien es nicht anders zu ergehen.

»Na gut, dann gehe ich mal zu den Mönchen und wasche den Straßenstaub ab«, brach er schließlich doch das Schweigen.

»Und ich schaue nach unserem Pferd«, verkündete Elisabeth hastig. »Hildegards Schwester hat es mitgebracht – und ausdrücklich betont, dass es der Frauenklause gehören soll.«

»Dann bis bald, Elisabeth.«

»Bis bald, Herr … Siger.«

Er lächelte zufrieden, und Lieschen hoffte, dass er nicht bemerkte, wie sehr ihre Knie zitterten, als sie seine Kammer verließ.

Von der Frauenklause aus konnte man die Pferde lediglich durch einen Verschlag im Garten anschauen und füttern, sie herauszulassen war nur vom Männerkloster aus möglich. Als Elisabeth im Klausengarten ankam, streichelte Sigers Ziehschwester Richardis gerade ohne jede Furcht einem riesigen schwarzen Hengst den Hals. Bei ihr waren ihre kleine Nichte und Hildegard.

»Ihr habt zu Hause ja gewiss viele Pferde«, meinte diese. »Reitest du gern?«

»Ich mag unsere Zeltern sehr«, bestätigte Richardis. »Aber ich glaube, mein Lieblingstier ist der Hund. Zu Hause in Magdeburg hatte ich einen – aber er ist letztes Jahr gestorben. Ich habe sehr getrauert.«

Hildegard nickte versonnen. »In seinem Wesen hat der Hund etwas von uns Menschen. Deshalb liebt er seinen Herrn und ist ihm ein treuer Gefährte. Auch drüben im Männerkloster gibt es zwei Wachhunde, die ich sehr schätze. Aber ich werde wohl nie wieder einen Hund so lieben können wie meinen Artus. Er hat Unredlichkeit bei Besuchern sogleich erkannt und dann darüber geknurrt. Außerdem spürte er immer, wenn bei uns zu Hause Hass oder Zorn herrschten. Wenn Freudiges bevorstand, hat er fröhlich mit dem Schwanz gewedelt, und bei traurigen Ereignissen hat er geheult – seine Empfindsamkeit ist der des Menschen wirklich sehr ähnlich.«

»Bei manchen von uns ist die Aufrichtigkeit sogar weniger gut ausgeprägt als bei einem Hund«, ergänzte Richardis bitter, und Lieschen fragte sich, ob sie damit auf ihre Mutter, die Markgräfin, anspielte.

»Ich sehe, Ihr habt hier vieles angepflanzt, was als Heilmittel taugt«, stellte Richardis fest.

Hildegard wirkte etwas verlegen. »Ich weiß nicht, ob unser

ehrenwerter Abt das durchschaut. Vielleicht hat er das – und drückt ein Auge zu.«

Lieschen wunderte sich, dass ihre Vorsteherin der schönen Grafentochter mit der alabasterfarbenen Haut und den pechschwarzen Haaren auf Anhieb zu vertrauen schien. Sie selbst war sich bezüglich Richardis' Charakter noch eher unsicher.

Die urteilte nun: »Das Verbot der Klostermedizin ist Unfug! Maria, die allergrünste Jungfrau, ist die Mutter der Heilkunst. Und ihr sollten wir als Frauen doch folgen.«

Hildegard nickte anerkennend, und Richardis sprach weiter: »Bei dem, was Kuno an Eurem hervorragenden Ruf verdient, tut er gut daran, Euch zumindest dieses bescheidene Gärtchen mit den Heilmitteln zu lassen.«

»Natürlich ist unser Garten winzig im Vergleich zu dem der Mönche«, gab die Vorsteherin zu.

»Ach, Größe und Pracht hatten wir zu Hause im Übermaß«, winkte Richardis ab. »Trotzdem war es mein sehnlichster Wunsch, hierherzukommen. Ich will besser schreiben lernen, mehr Bücher lesen. Ich liebe den Psalter und die Gebete... und ich singe gern.«

»Dann könnte es dir hier gefallen. Wir singen sehr viel«, erklärte Hildegard zögerlich. »Aber Bücher dürfen wir nur ausleihen, wenn Kunos Adlatus Helenger gute Laune hat. Also eigentlich nie.«

Elisabeth musste schmunzeln. Fröhlich hatte sie den Bibliothekar in der Tat noch nie erlebt.

»Ihr habt keine eigenen Bücher?«, vergewisserte sich die Grafentochter mit merklichem Entsetzen.

Hildegard schüttelte den Kopf. »Wir sind eben nur Frauen. Für eine eigene Bibliothek hätten wir hier ja ohnehin keinen Platz.«

Richardis sah sichtlich enttäuscht drein, Hildegard wollte sie aufheitern: »Aber natürlich bekommen wir Schreibaufträge.«

Die Praeposita ging unvermittelt in die Knie, grub eine Wurzelknolle aus und reinigte sie mit den Fingern von der Erde. »Schau mal! Das kann gegen dein krankes Zahnfleisch helfen.«

Richardis hielt sich ertappt die Hand vor den Mund. »Das habt Ihr bemerkt?«

Hildegard bejahte. »Ich litt früher auch oft an solchen Entzündungen. Doch diese Pflanze kann als Pulver die Zähne reinigen. Wenn man sie regelmäßig putzt, wird das Zahnfleisch nicht mehr krank.«

»Danke, ich werde es anwenden«, sagte Richardis.

»Jetzt müsst ihr mich entschuldigen, Volmar und ich sind in der Schreibstube verabredet«, erklärte die Vorsteherin. »Wir wollten vor der Vesper noch ein Kapitel beenden. Lieschen, bringst du die beiden ins Dormitorium?«

Elisabeth nickte. Sie wollte die Mater baldmöglichst bitten, sie künftig bei ihrem richtigen Namen zu nennen. Denn eigentlich hatte Siger ja recht: Sie war kein Kind mehr.

*

Elisabeth blieb der erschütterte Blick der Grafentöchter auf die dicht an dicht liegenden zwölf Strohlager nicht verborgen. Das viel zu kleine Dormitorium, in dem alle Nonnen außer Hildegard schliefen, hatte eher die Bezeichnung Kammer als Saal verdient.

»Abt Kuno pfercht uns ja ein wie Vieh«, erboste sich Richardis und presste ihre paar Habseligkeiten fest an sich.

»Aber seine Mönche haben geräumige Einzelzellen, möchte ich wetten!«

»Da hast du recht, Richardis«, stimmte Elisabeth zu, der die Grafentochter angeboten hatte, sie beim Vornamen zu nennen. »Leider hat er den Nonnen auch nach dem Ausbau nur ein paar Ellen mehr gegönnt.«

Richardis schüttelte verärgert den Kopf. »Dabei besitzt er durch die Mitgiften mehr als genug, um das hier anständig auszubauen!«

»Eure Plätzchen sind da drüben«, sagte Elisabeth beschämt.

»Und wo schläfst du?«, erkundigte sich Adelheid. Richardis' Nichte schien Elisabeth zu mögen und war in der ihr neuen Welt wohl auf der Suche nach Verbündeten.

»Als Laien sind meine Mutter und ich nicht bei den Nonnen untergebracht«, antwortete sie. »Wir teilen uns die kleine Gesindekammer neben der Küche.«

Die Glocke erklang.

»Zeit für die Vesper«, erklärte Elisabeth. »Da ihr euren Schleier noch nicht genommen habt, müsst ihr nicht daran teilnehmen.«

»Ich empfinde das nicht als Zwang«, erwiderte Richardis. »Ich freue mich schon sehr darauf, mit den Schwestern zu singen. Und im Kapitelsaal ruht ja meine selige Base Jutta, sie ist also in gewisser Weise auch mit dabei.«

»Na ja, sie liegt drüben im Männerkloster«, stellte Elisabeth richtig. »Mater Hildegard und ihre Töchter führen die Gebete aber hier in der winzigen Kapelle durch. Am Stundengebet der Mönche in der Klosterkirche dürfen die Nonnen nur durch ein Gitter teilnehmen.«

Richardis wirkte erneut zutiefst enttäuscht. »So habe ich mir das Gotteslob nicht vorgestellt – als ausgesperrter Zaungast!«

»Laut Bruder Volmar wurde das schon vor einigen Jahren

bei einem Laterankonzil beschlossen: Frauen dürfen nicht mehr mit den Mönchen und Kanonikern zusammen Psalmen in der Kirche singen«, berichtete Elisabeth.

»Gibt es eigentlich gar keine Möglichkeit für uns, das Männerkloster zu betreten?«, erkundigte sich Richardis nachdenklich.

»Na ja, gewiss könntet ihr eine Audienz bei Abt Kuno beantragen«, mutmaßte Elisabeth.

Richardis schüttelte den Kopf. »Die Pforte ist doch sicher Tag und Nacht bewacht, oder?«

»Guntram, der Bruder Pförtner, hat scharfe Augen, mit ihm ist nicht gut Kirschen essen«, bestätigte Elisabeth. »Angeblich hat Abt Kuno ihn zur Strafe an die Pforte versetzt. Es gibt Gerüchte, dass Guntram zu vielen einsamen Kreuzzugswitwen der Gegend Trost gespendet hat – nicht nur mit den Worten des Herrn.«

»Und einen anderen Zugang zum Kloster gibt es nicht?«, hakte die Grafentochter nach.

»Na ja, von der Gästezelle deines Bruders aus kommt man in den Latrinenbereich des Männerklosters«, fiel Elisabeth ein.

Richardis lächelte zufrieden. »Na, dann werde ich doch gleich mal mit Siger sprechen.«

Elisabeth war etwas beunruhigt. »Was hast du vor?«

»Ich will Mater Hildegard etwas geben, was ihr schon längst zugestanden hätte«, sagte Richardis mit entschlossenem Blick. »Kannst du mich zu Sigers Zelle bringen?«

Elisabeth freute sich so sehr darauf, den schönen Knappen wiederzusehen, dass sie gleich zustimmte.

Richardis bedankte sich und bat ihre Nichte: »Bleib du hier und verstaue unsere Habseligkeiten an unseren Lagern.«

Adelheid nickte gottergeben.

Auf Richardis' Klopfen hin öffnete ihnen kurz darauf Siger die Zimmertür. Er trug nur eine Hose, noch kein Wams, und sein Haar war nass. So konnte Elisabeth seine Muskeln, die bisher nur zu erahnen gewesen waren, aus der Nähe bewundern. Warum musste sie denn jetzt erröten? Sie wandte den Blick nach unten – hoffentlich hatte sie nicht allzu offensichtlich hingestarrt.

»Na, was kann ich für dich tun, Riri?«, erkundigte Siger sich bei seiner Ziehschwester.

Ehe sie antworten konnte, schüttelte er absichtlich seinen gesenkten Kopf, sodass er sie nass spritzte.

Sie quietschte auf und trat einen Schritt zurück. »Ach, Siger, du Kindskopf.«

Er grinste unschuldig, und auch Elisabeth musste schmunzeln. »Du warst doch schon drüben im Männerkloster. Hast du da zufällig mitbekommen, wo sich die Bibliothek befindet?«, wollte Richardis wissen.

Siger bejahte. »Ich war sogar drin. Ich habe Bruder Helenger getroffen, und er hat mich ein wenig herumgeführt. Sehr beeindruckend, dieser Bau.«

»Er hat dir eine Führung angeboten?«, wunderte sich Elisabeth. »So freundlich kenne ich ihn gar nicht.«

»Mich scheint er wohl zu mögen«, meinte Siger schulterzuckend.

Richardis hob argwöhnisch eine Augenbraue. Ob es ihr aufgefallen war, dass Elisabeth den Knappen geduzt hatte?

»Bei der Gelegenheit hättest du Helenger gleich fragen können, ob du Isidor von Sevillas *Etymologiae* für Hildegard ausleihen darfst.«

»Das habe ich sogar getan, stell dir vor«, antwortete Siger

seiner Ziehschwester. »Aber Bruder Helenger hat das rundheraus abgelehnt. Die Frauen dürften grundsätzlich keine Bücher entleihen.«

»Das werden wir ja noch sehen«, presste Richardis verstimmt hervor.

# 11. Kapitel

Es war kurz nach Mitternacht, als Elisabeth aus einem Albtraum erwachte, in dem eine Gestalt in ihrer dunklen Kammer gestanden und ihr Körper ihr nicht mehr gehorcht hatte, sodass es ihr unmöglich gewesen war, um Hilfe zu rufen. Sie sah sich ängstlich in der Finsternis des Raumes um – doch da war zum Glück niemand außer ihrer friedlich schlummernden Mutter. Allerdings hörte sie ein leises Geräusch auf dem Gang draußen. Waren das Schritte? Um diese Zeit? Sie nahm all ihren Mut zusammen, öffnete vorsichtig die Kammertür – und sah tatsächlich jemanden im Zwielicht auf dem Flur.

Es war Richardis von Stade! Sie schlich, eine Kerze in der Hand und nur mit ihrem leinenen Nachtgewand bekleidet, in Richtung der Tür zur Gästekammer. Elisabeth ahnte, was die junge Frau vorhatte: Sie wollte durch das Zimmer ins Männerkloster schleichen, um dort das Naturbuch für Hildegard zu stehlen. Sie durfte nicht zulassen, dass die angehende Novizin sich einer solchen Gefahr aussetzte. Sie konnte sie aber um diese Zeit ja auch nicht rufen. Daher beschloss Elisabeth, Richardis hinterherzugehen, um sie aufzuhalten.

Doch als sie Sigers Zimmer betrat, war die Grafentochter bereits durch die hintere Tür ins Männerkloster entwischt.

Zu allem Übel erwachte der Knappe in diesem Augenblick und blinzelte Elisabeth im hereinflutenden Mondlicht ungläubig an.

»Du bist tatsächlich gekommen«, murmelte er schlaftrunken, aber mit einem glücklichen Lächeln.

»Nein, ich…«, setzte sie an zu widersprechen, da hatte er sich aber schon erhoben und stand mit nacktem Oberkörper ganz dicht vor ihr.

»Dann bin ich dir also auch nicht ganz egal«, sagte er zärtlich und streichelte ihre Wange. »Ich hatte es so gehofft.«

Ihre Haut brannte auf ganz wunderbare Weise, dort, wo sein Handrücken sie berührte. Und sie hatte nicht nur mit ihrer Scham zu kämpfen, mitten in der Nacht im Zimmer des einzigen Mannes in der Klause erwischt worden zu sein: Fast noch größer war die Sehnsucht danach, ihn zu küssen und sich einfach in seine starken Arme fallen zu lassen – und dann auf seine zerwühlte Lagerstatt. Doch sie musste jetzt unbedingt an seine Ziehschwester denken.

»Nein, also ähm… doch«, haspelte sie aufgewühlt. »Du bist mir nicht egal, aber Richardis auch nicht. Und die ist gerade durch dein Zimmer ins Männerkloster geschlichen. Ich habe sie gesehen.«

Jetzt erfasste Siger, warum Elisabeth hier war. »Ach, dann bist du ihr gefolgt?«, vergewisserte er sich enttäuscht.

Sie nickte.

»Die und ihr Dickkopf«, erboste er sich. »Bestimmt möchte sie dieses Buch holen.«

»Das dachte ich mir auch, ich muss sie aufhalten, sie bringt sich in große Gefahr«, flüsterte Elisabeth.

»Ich hole sie«, bot er an. »Es reicht, wenn *eine* Frau die Regel bricht.«

Doch kaum war er durch den Durchgang im Männerkloster verschwunden, hielt sie die Anspannung nicht mehr aus und folgte ihm.

Im Halbdunkel sah sie Siger auf dem Gang, an dessen Ende gerade Richardis mit drei dicken Büchern aus der Bibliothek geschlichen kam, deren Tür viel zu laut quietschte.

»Heda!«, zerriss plötzlich eine barsche Stimme die nächtliche Stille. Siger und Elisabeth versteckten sich gleichzeitig hinter einer Säule, doch für Richardis war es zu spät: Sie war dem hochgewachsenen Pförtner Guntram in die Arme gelaufen.

Er glotzte die dürftig bekleidete Frau fassungslos an. Als sei ihr bloßes Hiersein nicht verstörend genug, sprach sie nun, als seien ihre Worte das Selbstverständlichste der Welt. »Guten Morgen, Bruder Guntram. Mater Hildegard wünscht *Etymologiae*, das Steinbuch und das Kräuterbuch zu leihen.«

»Was fällt Euch ein? Wer seid Ihr überhaupt?«, rief der Pförtner empört.

»Richardis von Stade. Meine Mutter hat viel Einfluss. Erzbischof Heinrich geht in unserer Burg ein und aus.«

Die grazile junge Frau umkreiste den verwirrten Hünen wie eine Raubkatze.

Siger und Elisabeth sahen sich hinter der Säule ratlos an. Besser war es wohl, vorerst nicht einzugreifen – vielleicht schaffte es Richardis ja, sich selbst aus dieser misslichen Lage zu befreien.

»Der Erzbischof wird sehr ungehalten sein, wenn er erfährt, dass sich der Bruder Pförtner vom Disibodenberg…«, sie zerriss ihr Schlafgewand, »… an einer Novizin vergangen hat.«

Der Pförtner gaffte erschrocken ihren makellosen jungen Körper an, der unter dem zerrissenen Leinennachthemd zu sehen war. Schließlich raunte er Richardis etwas zu, was die beiden Lauscher aufgrund der Entfernung nicht verstanden.

Wenig später eilte die Grafentochter an ihnen vorbei zur Tür in Sigers Kammer – die drei Bücher unter dem Arm.

Als unmittelbar nach ihr Elisabeth und Siger in den Raum huschten, sah sie die beiden erstaunt an.

»Was machst du denn hier?«, wandte sie sich argwöhnisch an Elisabeth, die im Nachthemd neben ihrem halb nackten Ziehbruder stand.

»Was wohl?«, rief der verstimmt. »Sie ist dir gefolgt, weil sie Angst um dich hatte. Du hast Hildegard und ihre gesamte Schwesternschaft in Gefahr gebracht.«

»Es ist doch nichts passiert«, entgegnete Richardis abwinkend. »Außer dass Hildegard diese drei wunderbaren Bücher für eine Woche behalten darf.«

»Das ist pures Glück, weil Bruder Guntram ohnehin einen schlechten Ruf hat, was Frauen betrifft«, gab Elisabeth zu bedenken. »Eine solche Erpressung wäre dir nicht gelungen, wenn Bruder Helenger dich erwischt hätte. Dann wäre jetzt die gesamte Frauenklause in Gefahr.«

Richardis senkte schuldbewusst den Blick. »Ich wollte der Mater doch nur eine Freude machen. Es ist so ungerecht, dass die Mönche durch Hildegards guten Ruf so viele Vorteile haben, ihr aber keine Weiterbildung gönnen.«

Nun bekam Elisabeth etwas Mitleid mit der frechen Grafentochter. »Ich bin mir auch sicher, dass sie sich freuen wird«, sagte sie deshalb. »Morgen früh nach der Terz werde ich sie wieder in der Schreibstube unterstützen, da kannst du mich begleiten und die Bücher übergeben. Bruder Volmar wird auch dabei sein, ihm fällt bestimmt etwas ein, damit wir keinen Ärger bekommen.«

Richardis sah ihr voller Zuneigung in die Augen. »Danke, Elisabeth.«

Und auch Siger nickte ihr mit einem liebevollen Lächeln zu, das sie mit einem tiefen Glücksgefühl erfüllte. Wie schade, dass er in wenigen Tagen nach Jerusalem aufbrechen würde.

*

Als Richardis am nächsten Morgen wie verabredet in die Küche kam, um Elisabeth abzuholen, hatte sie tiefe Ränder unter den Augen und gähnte.

»Hast du nicht gut geschlafen?«

Richardis schüttelte den Kopf. »Trude hat ständig gehustet. Und Hildegards stämmige leibliche Schwester …«

»Clementia!«

»Genau, die hat furchtbar geschnarcht. Irgendwann war ich so verzweifelt und müde, dass ich an ihre Lagerstatt gegangen bin und ihr die Nase zugehalten habe.«

»Hat sie das gemerkt?«, fragte Elisabeth.

»Sie fing an zu schmatzen, zu keuchen und wäre beinahe aufgewacht«, antwortete Richardis. »Ich bin dann schnell zu meinem Schlafplatz zurück. Und wenige Augenblicke später hat das Schnarchen von Neuem angefangen. Irgendwann habe ich es aufgegeben einzuschlafen.«

»Oje, du Arme.«

Inzwischen waren sie an der Schreibstube angekommen. Der Raum war, streng nach der Vorschrift der klösterlichen Geschlechtertrennung, zweigeteilt. Elisabeth betrat mit der Grafentochter die »weibliche« Hälfte. Die – natürlich viel größere – »männliche« Hälfte sah man lediglich durch ein vergittertes Fenster. Hildegard blickte von den Wachstafeln mit

Entwürfen ihrer Schriften auf, die auf dem hölzernen Schreibpult vor ihr lagen. Sie lächelte zunächst erfreut, da bemerkte sie erstaunt die drei schweren Bücher, die Richardis mitgebracht hatte.

»Die Mönche haben zugestimmt, dass wir sie sieben Tage behalten dürfen«, sagte die Novizin vage.

Hildegard war verblüfft. »Wie hast du das geschafft?«

Richardis zuckte mit den Schultern. »Die Überredungskunst ist wohl das einzig Gute, das ich von meiner Mutter übernommen habe.«

Die Magistra blätterte gebannt in der *Etymologiae* – so achtsam, als habe sie einen wertvollen Schatz in der Hand. Sie freute sich über die prächtigen Bebilderungen. »Wie schön es ist, in einer so vielfältigen Welt leben zu dürfen!«

Während Hildegard weiter in den erbeuteten Naturbüchern stöberte, begann Elisabeth die Schreibfedern zu reinigen, wofür die Vorsteherin ihr dankbar zunickte.

»Die Bilder sind unfassbar schön«, schwärmte Elisabeth angesichts der Zeichnungen der Tiere und Pflanzen.

»Schade, dass wir sie nicht lange bei uns haben werden«, meinte Hildegard bedauernd.

Elisabeth kam eine Idee, und sie tunkte aufgeregt eine der Federn in die Tinte. »Ich könnte die Bilder nachzeichnen«, sagte sie und begann sofort mit der Kopie eines Einhornes.

»Das ist ja großartig«, kommentierte Richardis verblüfft. Sie entdeckte weitere Tintenzeichnungen auf dem Regal an der Wand: Darstellungen des Weltalls, mit Engeln, mit Höllenfeuer … »Sind die auch von dir?«

Elisabeth nickte bescheiden, und Hildegard ergriff für sie das Wort: »Ja, sie zeichnet ganz wunderbar. Wenn ich Volmar meine Visionen diktiere, erstellt Lieschen häufig Bilder davon.«

»Du solltest Farben haben, damit du sie ausmalen kannst«, fand Richardis.

»Dafür haben wir hier in der Klause nicht genug Geld«, erklärte Elisabeth.

Nun betrat Bruder Volmar die männliche Hälfte der Schreibstube. »Guten Morgen, Schwestern«, grüßte er durch das Gitterfenster. »Aus unseren Schreibarbeiten wird heute leider nichts. Baumeister Arnold wünscht, dass ihr helft, die Klostermauern mit Blumen zu schmücken – für das Einweihungsfest des Neubaus.«

»Tja, ihr habt es gehört«, sagte Hildegard, »machen wir uns an die Arbeit.«

Wenig später stand ein Großteil der Nonnen am Portal des Männerklosters und schmückte die Mauern.

»Wer ist eigentlich dieser Baumeister Arnold?«, erkundigte sich Elisabeth, die den etwa vierzigjährigen schlaksigen Mönch unruhig umherlaufen und Anweisungen erteilen sah.

»Ein ehemaliger Priester aus Rudesheim in Schwaben, kennt sich sehr gut in der Kunst der Architektur aus«, erklärte Hildegard. »Bruder Helenger stammt auch aus Rudesheim. Nach dem Tod des ersten Baumeisters hat er Arnold unserem Abt als Nachfolger empfohlen.«

»Natürlich dürfen wir an der eigentlichen Feier selbst nicht teilnehmen«, flüsterte Trude missmutig, »allenfalls den Blick durch unsere Fenster erlaubt man uns.«

»An diesem Ort sollte sich wirklich einiges ändern«, befand Richardis und musste schon wieder gähnen.

»Heute Abend stopfen wir dir Wachs ins Ohr, damit du in Ruhe schlafen kannst«, schlug Elisabeth vor, während sie eine Blumenkette an einen Haken hängte.

»Das ist eine gute Idee«, meinte Richardis. »Es heißt ja immer, es erwartet einen das, was man in der ersten Nacht an einem neuen Ort träumt. Wenn der Aberglaube stimmt, erwartet mich hier auf dem Disibodenberg: gar nichts. Da ich keinen Schlaf gefunden habe, konnte ich auch von nichts träumen.«

Hildegard wurde beim Schmücken von einem abgemagerten Knecht gestört, der einen etwa zehnjährigen Jungen dabeihatte. Der Mann flehte die Praeposita an, sich den entzündeten Rachen des Kindes anzusehen. Elisabeth war in den letzten Jahren Zeugin geworden, wie Hildegard ihre Fähigkeiten als Heilerin noch ausgebaut hatte. Und obwohl es ihr gelungen war, es vor den Mönchen geheim zu halten, hatte es sich bei der Bevölkerung der Gegend doch rasch herumgesprochen. Immer wieder klopften Kranke an das Fenster der Frauenklause.

»Esst ihr denn genug?«, fragte Hildegard den Knecht besorgt.

Der ausgemergelte Mann schüttelte den Kopf. »Oft bleibt nicht ein einziges Brotkrümelchen übrig. Kein Wunder, dass mir das Kind krank geworden ist.«

Sie forderte den Jungen auf, den Mund zu öffnen, und betrachtete dessen Rachen. Dann flüsterte sie dem Vater zu: »Mach eine Tinktur aus Süßwein mit Andornkraut, Fenchelkörnern, Dillkraut und Königskerzenblüten. Lass deinen Jungen einmal täglich damit gurgeln. Das wird helfen.«

»Mir misslingen Tinkturen immer«, jammerte der Knecht. »Könnte nicht Eure Schwester Clementia noch einmal …?«

»Sie ist gerade im Klostergarten, ich werde sie darum bitten. Kommt morgen vorbei!« Hastig kramte Hildegard indes ein Stück Brot aus der Tasche. »Mehr habe ich leider nicht. Abt Kuno hat unsere Rationen nochmals gekürzt. Der Klosterumbau hat wohl alle Einnahmen verschlungen.«

Der Knecht verbeugte sich dankbar und ging mit dem Jungen davon. »Gott segne Euch, heilige Mutter, Gott segne Euch!«

Trude sah ihre Vorsteherin in einer Mischung aus Strenge, Mitleid und Liebe an. »Du darfst nicht ständig deinen Anteil herschenken. Sagst doch selbst immer, dass Fasten schadet.«

»Was hier am meisten schadet, ist die Tatsache, dass der Abt Euch die Tätigkeit als Heilerin verbietet!«, wandte sich Richardis verärgert an die Vorsteherin.

»Kuno wäre es lieber, wenn Hildegard strenge Ratschläge in Glaubensdingen geben würde – wie früher Jutta«, berichtete Trude. »Er meint, dann würden anstelle der kranken Erwachsenen und Kinder endlich wieder um ihr Seelenheil besorgte Menschen kommen – mit großzügigen Spenden statt leeren Mägen und schlechter Gesundheit.«

»Wer bin ich schon, anderen Belehrungen zu erteilen?«, gab Hildegard zu bedenken.

»Nun, ich würde Euch jederzeit mit vollem Vertrauen um Hilfe bitten. Ihr solltet Eure falsche Bescheidenheit ablegen«, riet Richardis und setzte Hildegard lächelnd einen für die Wand bestimmten Blumenkranz auf den Kopf. »Ihr seid doch eine großartige Praeposita.«

»Da hat sie recht«, bestätigte Elisabeth – und bekam von Richardis ihrerseits Blütenschmuck aufgesetzt.

Heute, fünf Jahre nach ihrer Ernennung, musste wohl auch Hildegard zugeben, dass ihr die Führung des Klosters besser gelang, als sie selbst erwartet hätte, dachte Elisabeth. Mittlerweile trat alle sechs Monate eine neue Tochter in das Frauenkloster mit dem immer noch hervorragenden Ruf ein. Und Adelheid und Richardis schienen die Krönung der Neuzugänge zu sein!

Doch die Vorsteherin sah sich wegen der Blumenkränze auf ihren Köpfen ängstlich um. »Wenn das Kuno oder Helenger mitbekommen… Das Gebot des Paulus verbietet doch jeden Schmuck.«

»Die Schönheit, die Gott selbst erschaffen hat, wird er wohl kaum verachten«, erwiderte Richardis.

Hildegard nickte versonnen. »Es führte mich der König in den Weinkeller. Erquicket mich mit Blumen, labt mich mit Früchten. Denn ich bin krank vor Liebe«, zitierte sie flüsternd eine ihrer Visionen.

»Wie hat eigentlich Erzbischof Heinrich von Euren Schauungen erfahren?«, wollte Richardis wissen.

Die Klostervorsteherin schmunzelte. »Mein sonst so verschwiegener Symmysta Volmar hat es nach Juttas Tod Abt Kuno weitererzählt. Und dann nahm es seinen Lauf.«

»Männer sind so schwatzhaft«, befand Richardis. »Aber in dem Fall hatte es ja sein Gutes.«

»Findest du?«, versicherte sich Hildegard zweifelnd. »Mit jemandem darüber zu sprechen – das habe ich nie gewagt. Ich bin ja nur eine unwürdige Frau.«

»Und doch seid Ihr es, an die sich der Herr mit seinen Botschaften gewandt hat«, erinnerte sie Elisabeth.

»Ja, seine Wege sind wahrhaft unergründlich«, räumte Hildegard ein. »Ein schwaches Federchen bringt er zum Schreiben.«

Richardis blickte sie nachdenklich an. »Heinrich berichtete, ein großes Schaudern habe Euch dazu gezwungen.«

Die Vorsteherin nickte ernst. »Als ich zweiundvierzig Jahre und sieben Monate alt war, kam ein feuriges Licht mit Blitzesleuchten vom offenen Himmel herab. Es durchströmte mein Gehirn und durchglühte mir Herz und Brust wie eine Flamme.«

Das war für Elisabeth schwer nachzuvollziehen. Und auch Richardis schien es so zu gehen, denn sie hakte nach: »Ein Blitz?«

»Ja, aber sein Feuer brannte nicht, das Licht hat mich nur gewärmt wie die Sonne diesen Garten. Eine himmlische Stimme kam aus diesem großen Glanz. Die hat zu mir gesprochen: ›Gebrechlicher Mensch, Asche von Asche, Moder von Moder, sage und schreibe, was du siehst und hörst!‹ Da hat sich mir plötzlich der Sinn aller biblischen Schriften erschlossen.«

Elisabeth zweifelte daran, dass Gott ein so vorzügliches Geschöpf wie Hildegard tatsächlich »Moder von Moder« genannt haben könnte, und schob diese Behauptung auf die manchmal übertriebene Demut der Magistra. Was dies betraf, hätte Hildegard wirklich etwas von Richardis' Mutter, der Gräfin, lernen können. Und die Nonne hätte weit mehr Grund für Selbstvertrauen gehabt als die machthungrige Adelsdame.

»War das der Tag, an dem du anfingst aufzuschreiben, was dir gezeigt wurde?«, fragte Richardis.

»Nein, nein, anfangs weigerte ich mich noch. Ich wollte nicht ungehorsam sein, aber ich empfand mich als unfähig. Außerdem sind die Menschen ja voller Zweifelsucht und Missachtung und tratschen gern – vor allem dann, wenn eine schwache Frau wie ich von derlei Dingen zu sprechen wagt. Dann hat mich aber Gottes Geißel auf das Krankenlager geworfen. Die körperlichen Leiden zwangen mich, am Ende doch mit dem Schreiben anzufangen. Ich habe Volmar alles gebeichtet. Als ich ihn fragte, was ich tun solle, sagte er nur: ›Was wohl? Schreiben!‹«

Richardis lachte. »Recht hatte er.«

Auch Hildegards Gesichtsausdruck hellte sich auf. »Er meinte, ich sei nur todkrank geworden, weil ich wie einst Jona gezögert habe. ›Mein Latein ist jämmerlich‹, sagte ich. ›Meines nicht‹, sagte er. ›Ich helfe dir.‹«

Da kam aus Richtung der Frauenklause Siger auf sie zu, und Elisabeth spürte sogleich einen sehnsuchtsvollen Stich in der Magengegend. »Guten Morgen zusammen«, grüßte er die Frauen, doch zu ihrer Freude hatte sie den Eindruck, dass er dabei nur sie ansah. Dann nahm ihn zu ihrer Enttäuschung jedoch seine Ziehschwester Richardis zur Seite und flüsterte ihm etwas ins Ohr. Bei ihrer Unterhaltung sahen beide einmal in Elisabeths Richtung. Zu gern hätte sie gewusst, was da besprochen wurde.

# 12. Kapitel

Siger von Wavra sorgte sich ein wenig um seine Ziehschwester. Auch am heutigen Tag war Richardis schwindelig vor Müdigkeit. Sie hatte ihm entmutigt auseinandergesetzt, dass in der zurückliegenden Nacht Clementias Schnarchen selbst das Wachs in den Ohren durchdrungen und ihr erneut keinen Schlaf gegönnt hatte. Ihrer Erschöpfung zum Trotz war Richardis an diesem Morgen mit Siger in das Dorf Sobernheim geritten. In ihrem Auftrag hatte er nämlich bei Bruder Volmar in Erfahrung gebracht, dass die Mönche des Disibodenbergs bei einem dort angesiedelten Händler die Rohstoffe zur Farbherstellung für ihre Buchillustrationen kauften. Richardis wollte Elisabeth mit der Möglichkeit überraschen, künftig selbst bunte Zeichnungen zu erstellen, und deshalb hatte sie Siger gefragt, ob er sie heimlich hierherbringen könnte. Wenn es darum ging, Hildegards schöner Helferin eine Freude zu bereiten, musste man ihn nicht lange bitten.

»Ich hoffe, diese Farben werden Elisabeth fürs Erste genügen«, sagte die Grafentochter, als sie das Geschäft des Händlers verließen.

»So bescheiden, wie sie ist, wird sie überglücklich sein, überhaupt welche zu bekommen«, vermutete Siger.

Auf dem Weg zu seinem Pferd kamen sie am Haus eines Baders vorbei.

»Schon eine Schande, dass es den Badern erlaubt ist, als Ärzte der kleinen Leute tätig zu sein – und Hildegard verbietet man es«, beklagte sich Richardis.

Siger wusste, dass die Bader in der Tat neben der Körperpflege auch Zähne, Augen und Verwundungen behandelten – bei all jenen, die sich keinen studierten Arzt leisten konnten.

Die beiden wunderten sich, als plötzlich eine ihnen wohlbekannte Nonne mittleren Alters mit ihrer jungen Helferin aus dem Gebäude trat.

»Hildegard, Elisabeth«, erkannte Richardis verblüfft und klammerte rasch mit den Händen das Säckchen mit den Farben zu, um die Überraschung nicht zu verderben.

»Jetzt habt ihr uns erwischt«, sagte Hildegard, und sie wirkte ebenso verlegen wie ihre Begleiterin.

»Wart ihr hier zum … Baden?«, fragte Siger vorsichtig.

Hildegard schüttelte den Kopf. »Ich unterstütze den Bader öfter mit Salben und Tinkturen, damit er die Kranken besser behandeln kann. Elisabeth hilft mir dann freundlicherweise beim Tragen. Ich hoffe, ihr denkt jetzt nicht schlecht von uns.«

»Wieso sollten wir das?«, wunderte sich Richardis.

»Na ja, wegen der körperlichen Berührung gilt der Beruf des Baders doch als unrein«, erläuterte Hildegard.

In der Tat war in einigen Badestuben auch die Prostitution verbreitet, das wusste Siger aus Magdeburg, aber dieses verruchte Gewerbe hatte es ja von jeher ebenso vor den Kirchen gegeben.

»Gott scheint das anders zu sehen, es gibt ja sogar Heilige, die Bader waren«, gab er zu bedenken.

»Wirklich?«, hakte Elisabeth nach.

Er nickte eifrig. »Vor über einem halben Jahrtausend lebten in Aleppo zwei berühmte Bader, Zwillingsbrüder. Von denen hat mir mein Vater erzählt. Ihre Mutter Theodota war Christin, nannte ihre Söhne Kosmas und Damian. Die beiden sollen als Ärzte in Kilikien tätig gewesen sein, insbesondere im Sohn-Gottes-Hospital von Pheremma. Sie haben Unglaubliches geschafft. Angeblich konnten sie einem weißen Verwundeten sein verfaultes Bein ersetzen – durch das eines verstorbenen schwarzen Menschen!«

Elisabeth wirkte beeindruckt. »Wenn das stimmt, wäre es ein medizinisches Wunder.«

»Na ja, wie bei unserem Herrn Jesus haben auch in dem Fall die Wunder römische Neider auf den Plan gerufen«, ergänzte Siger. »Unter Kaiser Diokletian gab es eine Christenverfolgung. Damals hat der römische Präfekt Lysias versucht, die Zwillinge zu ertränken, zu verbrennen sowie mit Steinen und Pfeilen zu töten – aber der Legende nach überlebten sie das alles. Heute verehrt man sie als Heilige, weil sie erst …«

»Seht ihr, Hildegard!«, rief Richardis begeistert. »Wer gegen jeden Widerstand anderen mit seinem medizinischen Wissen hilft, der wird von Gott geschützt.«

»Wie man's nimmt«, widersprach Siger. »Nachdem die anderen Tötungsarten versagt haben, hat Lysias Kosmas und Damian eben köpfen lassen – und das hat dann doch noch zu ihrem Märtyrertod geführt.«

»Oh, wie traurig«, kam es bedauernd von Elisabeth.

»Eigentlich will Hildegard ja auch nicht in der Badestube Menschen heilen, sondern in der Klause«, meinte Richardis und fragte die Vorsteherin: »Habt Ihr Euch nie überlegt, ein eigenes Kloster zu gründen?«

Elisabeth sah sich ängstlich um. So einen ungeheuerlichen Vorschlag sollte wohl besser niemand hören.

»Das geht doch nicht. Den Mönchen verdanken wir alles«, warf Hildegard ängstlich ein.

Richardis wirkte wegen der Gutgläubigkeit der Praeposita verstimmt. »Viele Männerklöster werfen aber die Frauen hinaus, nachdem sie ihre Mitgiften kassiert haben. Wer sagt Euch, dass Kuno nicht auch einmal so handeln wird? Und wer sagt, dass wir Frauen keine Träume haben dürfen?«

Hildegard zögerte. »Wenn ich ganz ehrlich bin, hatte ich einmal einen Traum von einem eigenen Kloster.«

»Und wenn es kein Traum war, sondern ein weiterer Gottesauftrag?«, gab Richardis zu bedenken.

»Dann hätte mir Gott nicht nur das Frauenkloster gezeigt, sondern auch den Ort genannt, an dem ich es errichten soll.«

Hildegards raschen Rückzug in die bequeme Unterwürfigkeit ließ Richardis, die ja vom weiblichen Ehrgeiz in Person erzogen worden war, nicht gelten. »Vielleicht will Gott, dass Ihr den geeigneten Ort selbst findet.«

Hildegard sah sie versonnen an. »Du bist so ganz anders als deine Base Jutta …«

Elisabeth erinnerte sich an ein einzelnes Bild aus der Vision, die ihr Hildegard einmal anvertraut hatte: ein allein stehendes Frauenkloster zwischen zwei Flüssen.

»Seid Ihr auch mit dem Pferd gekommen?«, erkundigte sich Siger.

Hildegard schüttelte den Kopf. »Auf dem Hinweg hat uns Ulrich, der Schmied, auf seinem Fuhrwerk mitgenommen. Zurück wollten wir zu Fuß gehen.«

»Ihr könnt auf meinem Ross sitzen«, schlug Siger vor. »Ich gehe gern nebenher.«

»Ja, lasst uns alle zusammen zurückgehen«, fügte Richardis begeistert hinzu.

»Ich kann Euch doch nicht Euer Pferd streitig machen«, meinte Hildegard. »Mein Kopf mag häufiger schmerzen, aber ich habe zwei durchaus gesunde Beine.«

»Und ich kann unmöglich mein Ross nehmen, während Ihr lauft«, entgegnete Siger schmunzelnd. »Ich mag ein einfacher Knappe sein, aber ich habe ein durchaus gesundes Gefühl für Anstand. Es brächte mich in Verruf, Euch zu Fuß gehen zu lassen.«

Hildegard schmunzelte. »Das kann ich natürlich keinesfalls verantworten. Also nehme ich das großzügige Angebot an, auf Eurem edlen Pferd zu sitzen.«

»Was habt ihr eigentlich im Dorf zu tun gehabt?«, erkundigte sich Elisabeth, als sie an der Seite von Richardis und Siger neben dessen Pferd mit der Praeposita darauf in Richtung Disibodenberg ging.

»Wir … ähm … wollten etwas kaufen.«

»Und was?«

»Das verrate ich dir im Kloster.«

Warum konnte Richardis es nicht hier sagen, fragte sich Elisabeth. In ihre Gedanken versunken achtete sie nicht auf den Weg und stolperte über einen Stein. Sie wäre gewiss gestürzt, wenn sich Siger nicht geistesgegenwärtig zu ihr hinuntergebeugt hätte, um sie aufzufangen. Verwirrt bemerkte sie, dass genau in diesem Augenblick etwas mit einem sirrenden Geräusch knapp über ihm vorbeischoss. Zu ihrem Entsetzen stellte sie fest, dass es sich um einen Pfeil handelte, der nun in einem Baumstamm steckte. Hätte Siger sich nicht zu ihr hinuntergebeugt, wäre er wohl tödlich getroffen worden!

»Alle hinter mich!«, rief er und zückte sein Schwert.

Da traten zwei Gestalten zwischen den Bäumen hervor. Es waren Kerle in schmutziger Kleidung, der eine hatte ebenfalls ein Schwert in der Hand, der andere richtete Pfeil und Bogen auf die vierköpfige Gruppe.

»Weg mit dem Schwert!«, brüllte der Größere der beiden Siger zu. »Werft sämtliche Taschen hierher, sonst seid ihr alle des Todes.«

Elisabeth sah den entschlossenen Gesichtsausdruck in Sigers Gesicht und packte ihn ängstlich am Arm. Er sollte nicht auf die Männer losstürmen und sein Leben aufs Spiel setzen!

»Ich kenne dich doch«, bemerkte Hildegard in diesem Augenblick unvermittelt. »Du bist Karl, der Sohn des Schusters. Du hast als Dreikäsehoch bei der seligen Schwester Jutta ständig Brotreste erbettelt.«

Der Angesprochene senkte seinen Bogen. Hildegard stieg vom Pferd und ging ohne Angst auf die Räuber zu.

»Und du bist Urs, deiner Mutter habe ich den kranken Unterleib behandelt«, wandte die Vorsteherin sich an den Zweiten.

Elisabeth dachte voller Angst, dass es vielleicht gar nicht so klug war, den Männern zu verraten, dass man sie erkannt hatte. Doch Hildegard ging weiter auf die zwei zu und blieb erst kurz vor der Spitze des Schwerts stehen. »Was fällt euch ein, Klosterbewohner zu bedrohen? Bildet ihr euch ein, wir hätten Geld dabei? Wir haben doch Armut gelobt!«

»Und was hat die noble Jungfer da in der Tasche?«, verlangte der Räuber mit dem Schwert zu wissen.

»Darin sind Farben für Bilder zum Lob des Schöpfers!«, rief Richardis mit lauter und erstaunlich fester Stimme.

Sie entriss ihrem überrumpelten Ziehbruder das Schwert, wobei ihr der Beutel mit den Farben zu Boden fiel. »Und ich schwöre, ihr werdet den Schöpfer selbst ganz schnell treffen, wenn ihr diese Tasche auch nur anrührt.«

Die Wegelagerer sahen sich kurz an, der Größere zuckte mit den Schultern – hier war offenbar nichts zu holen. Dann verschwanden die zwei wieder zwischen den Bäumen. Elisabeth bückte sich nach dem Sack und legte die herausgefallenen Farbbehälter wieder hinein.

»Die schönen Farben«, sagte sie und reichte sie Richardis, die Siger mit zitternden Händen das Schwert zurückgegeben hatte. »Zum Glück wurde nichts beschädigt.«

»Ja, sonst hättest du deine Zeichnungen weiterhin nur unbunt gestalten können«, sagte Richardis mit einem müden Lächeln.

»Ich?« Elisabeth sah sie überwältigt an. Das war ein Geschenk für sie?

»Ja, es ist doch gerecht, wenn du deine Gottesgabe nutzen kannst – genau wie die Mönche«, sagte die Grafentochter.

»Du hast die Farben für mich gekauft«, wiederholte Elisabeth fassungslos, während sie an all die Möglichkeiten dachte, die sich ihr plötzlich boten, Hildegards Visionen noch genauer und prächtiger darzustellen. »Oh, ich danke dir tausendfach, Richardis.«

Hildegard sah die angehende Novizin ihrerseits voller Liebe an. »Das war sehr gütig von dir, mein Kind – und eine großartige Idee.«

Da bemerkte sie besorgt, dass Richardis sich mit verzerrtem Blick die Stirn rieb. »Hast du Kopfschmerzen?«

»Ich kann schlecht mit vielen Menschen in einem Raum schlafen«, antwortete Richardis vage.

Zu ihrem merklichen Erstaunen erriet die Magistra die genaue Ursache: »Clementia schnarcht recht laut, daran erinnere ich mich nur zu gut. Du solltest ein wenig die Wiese dort anstarren.«

Richardis wirkte über diesen seltsamen Ratschlag verwirrt. »Wieso?«

»Das hilft gegen Kopfschmerzen«, erklärte Hildegard. »Wenn man eine grüne Wiese so lange anstarrt, bis die Augen feucht werden, wird durch das Grün der Blick wieder sauber und klar. Sancta viriditas!«

»Was meint Ihr damit?«

»Die heilige Grüne, die Herzkraft aller himmlischen Geheimnisse. Wenn du dich umsiehst, erkennst du diese mächtige Grünkraft überall in der Schöpfung. Sie kommt aus der Ewigkeit. Himmel, Erde und alle Schönheit sind aus diesem lichten Grün geschaffen! Und daraus ist auch der Mantel, den die weibliche Gestalt der Weisheit Gottes in meinen Visionen trägt. Du wirst ab jetzt auf Sigers Ross sitzen, ich bestehe darauf.«

Nach ihrer Rückkehr ins Kloster brachte Siger sein Pferd in den Stall, und Hildegard wandte sich an Richardis: »Lass uns meine Schwester Clementia im Garten besuchen. Ich würde dir gern mehr über die Heilpflanzen beibringen.«

Richardis lächelte schwach. »Gern.«

Abgesehen von deren Schnarchen schätzte sie Clementia. Auch wenn diese oft barsch war, hielt Richardis sie für eine im Kern herzensgute Frau.

Hildegard ging voraus in Richtung Klostergarten. Da Elisabeth bemerkte, dass die übermüdete Richardis leicht schwankte, folgte sie den beiden zur Sicherheit.

Als sie im Gärtchen ankamen, war Clementia gerade im Begriff, einige Pflanzen zu beschneiden, da rief Hildegard ihr zu: »Clemma! Für Heilmittel ist es besser, wenn man die Gewächse bei zunehmendem Mond schneidet.«

»Dieser Mondglaube ist verboten«, ertönte plötzlich eine männliche Stimme mit beißender Strenge.

Die vier Frauen fuhren erschrocken herum – und erblickten einen drahtigen, spitznasigen Mönch Mitte zwanzig.

»Richardis, das ist der Bibliothekar, Bruder Helenger. Die rechte Hand unseres ehrenwerten Abts«, sagte Hildegard unbeirrt freundlich. »Bruder Helenger, das ist …«

»Götzendienerei!«, fiel er ihr ins Wort. »Der verdammte Mondglaube ist schon vor dreihundert Jahren untersagt worden!«

Richardis richtete das Wort mutig an den Adlatus: »Die Frauen beten den Mond ja nicht an, sie erkennen nur die besondere Stärke, die der Herr ihm gibt.«

»Der Bruder Pförtner hat mir berichtet, wie du ihn erpresst hast«, fauchte Helenger. »Wenn unser Abt nicht so viel mit der Verabschiedung der Eröffnungsgäste zu tun hätte, er würde dir persönlich die Leviten lesen. Aber ich habe in seinem Namen bereits deine Mutter unterrichtet. Mach nur so weiter, und du wirst des Klosters verwiesen!«

Als er bemerkte, dass die Grafentochter seine Worte gar nicht recht wahrgenommen hatte, wurde der Bibliothekar noch wütender. »Wo sind die Bücher? Ab heute wird hier keine Nonne auch nur eine Zeile lesen!«

Da sackte Richardis bewusstlos in Elisabeths Armen zusammen.

# 13. Kapitel

Richardis lag krank danieder. Laut Siger war sie bereits in den Tagen vor der Abreise zum Disibodenberg so aufgeregt gewesen, dass sie nachts kaum Ruhe gefunden hatte, der Schreck über den Überfall hatte ihre Verfassung noch verschlimmert. Und nun hatte der tagelange Schlafentzug wohl seinen Tribut gefordert. Hildegard hatte die erschöpfte Grafentochter in ihrem eigenen Bett untergebracht und deren Platz im Schlafsaal eingenommen.

»Nur bis sie wieder gesund ist«, hatte sie Volmar auf dessen Stirnrunzeln hin erklärt.

Aber auch ihre Vertrauten Elisabeth und Trude waren befremdet über die besondere Behandlung, die Hildegard Richardis angedeihen ließ. Mit Siger wachte die Vorsteherin bereits seit Stunden an ihrer Lagerstatt, hatte zwei Chorgebete verpasst.

Schließlich betrat Hildegard den Klostergarten, wo Elisabeth und Trude Clementia bei der Gartenarbeit halfen.

»Schön, dich zu sehen, Hildchen«, knurrte die beim Anblick ihrer Schwester bissig. »Deine anderen Töchter brauchen dich auch.«

Doch Hildegard hörte kaum zu. »Richardis erinnert mich in so vielem an mich selbst – die Zeit, in der ich zu Jutta kam.«

Trude schmunzelte. »Nur scheint das Mädel weniger zu reden als du damals.«

Hildegard gelang ebenfalls ein Lächeln. »Jutta hat mir wegen meiner Geschwätzigkeit sogar einmal den Mund zugebunden.«

Plötzlich sah die Vorsteherin nachdenklich aus. »So etwas wie mit Jutta darf nicht noch einmal geschehen.«

»Auch wenn sie ihr ähnlich sieht, Richardis ist ganz anders als Jutta«, meinte Trude. »Sie braucht Weite, die passt nicht ins Kloster.«

Hildegard ignorierte diese Äußerung und begann, Blätter ihres Lindenbaums zu pflücken.

»Was willst du damit?«, fragte Clementia.

»Die werde ich Richardis aufs Gesicht legen. Sie machen die müden Augen wieder rein und klar«, erklärte Hildegard.

»Ich glaube, du bist diejenige, der es an klarem Blick fehlt«, erwiderte ihre Schwester. »Ein paar Lindenblätter werden das Problem mit Richardis nicht lösen. Das Kloster ist nichts für sie.«

»Und im Winter wird die Kälte hier sie noch kränker machen«, warf Trude ein.

Clementia nickte ernst. »Sie muss wieder zu ihrer Mutter zurück. Das Leben hier bringt sie um.«

»Nein, sie bleibt.« Hildegards Stimme war so ungewohnt eisern, dass ihre Schwester erstaunt eine Augenbraue hob.

»Ich habe eine Bitte an euch, Schwestern«, sagte Hildegard, bevor sie mit den Lindenblättern den Garten verließ. »Kümmert euch besonders um die junge Adelheid, das arme Kind ist in großer Sorge um seine Tante.«

Wenig später saßen Trude, Clementia und Elisabeth mit Adelheid im Handwerksraum, um sie zu trösten.

»Richardis wird wieder ganz gesund werden«, gab sich Elisabeth zuversichtlich. »Sobald sie ausreichend Schlaf bekommt, geht es ihr wieder besser, da bin ich mir ganz sicher.«

»Gut«, entgegnete das Kind mit leiser Stimme.

Schließlich kam Hildegard in den Raum.

»Ich habe eine schöne Überraschung für euch alle«, verkündete sie mit erstaunlich guter Laune. »Es geht um die Feier des Abendmahls. Adelheid, wir haben doch noch die Truhe mit der weißen Seide von deiner Großmutter, daraus werden wir uns Kleider schneidern.«

»Wozu denn das?«, fragte Clementia verständnislos. »Wir haben doch Armut gelobt. Seide ist unnötiger Schmuck. Wir sollten sie lieber verkaufen und etwas Nützliches dafür erstehen.«

Doch Hildegard ließ sich von ihrem Vorhaben nicht abbringen.

Wenig später standen sie also in der Abstellkammer und holten einen der beiden Ballen mit Seide aus der Truhe, lösten das Sacktuch und entfalteten ein paar Ellen des edlen Stoffes.

»Wunderschön«, befand Hildegard. »Daraus schneidern wir leuchtend weiße Gewänder für euch.«

Adelheid konnte es noch immer nicht fassen. »Kleider aus Seide? Für uns?«

»Gerade du und deine Tante Richardis habt es verdient, dass eure jungfräuliche Schönheit derart unterstrichen wird«, sagte Hildegard fast schwärmerisch. »Der Anblick wird bei der Feier der Kommunion ein Geschenk für Jesus sein. Das sollten wir ihm nicht vorenthalten.«

Trude schüttelte den Kopf. Und auch Elisabeth war ein wenig besorgt. Die Schwärmerei für die Stade-Töchter artete langsam wirklich aus!

»Dieser Bruder Helenger wartet doch nur drauf, dass wir hier gegen irgendwelche Regeln verstoßen«, schnauzte Clementia barsch.

»Die Schönheit, die Gott selbst erschaffen hat, wird er wohl kaum verachten. Also lasst uns jedenfalls Schleier daraus anfertigen«, lenkte Hildegard ein. »Nur für die Festtage!«

Clementia seufzte. »Also schön.«

»Und bis zum Boden sollen sie reichen!«, rief Hildegard fröhlich wie ein kleines Kind, das die Herstellung eines Spielzeugs in Auftrag gibt.

Trude und Elisabeth sahen sich seufzend an und zuckten mit den Schultern.

»Und was hast du mit der zweiten Bahn vor?«, wollte Clementia wissen.

*

Elisabeth und Siger halfen Hildegard dabei, ihr Schlafgemach mit einem Seidenvorhang in zwei Hälften zu teilen. Elisabeth genoss es zwar, mit dem schönen Knappen zusammenzuarbeiten – hin und wieder lächelten sie sich liebevoll zu –, doch sie sorgte sich auch, da die Vorsteherin Richardis offenbar dauerhaft in ihrer Kammer schlafen lassen wollte. Diese Bevorzugung könnte Neid und Unfrieden unter den Schwestern hervorrufen. Doch Hildegard schien diese Sorge nicht zu teilen. Sie wirkte fröhlich wie selten.

»Wer ist da?«, hörten sie schließlich Richardis' benommene Stimme. Offenbar war sie durch die Hammerschläge erwacht. Ihr Ziehbruder lugte mit der Vorsteherin und Elisabeth durch den Seidenvorhang in die Hälfte des Raumes, in der sich die Lagerstatt der Äbtissin befand.

»Du bist wach …«, freute sich Hildegard.

Richardis war noch ganz verwirrt. »Wie lange …?«

»Mehr als eine Nacht und einen Tag«, klärte Siger sie auf.

»Kannst du aufstehen?«, erkundigte sich Hildegard. »Ich muss dir etwas zeigen.«

Richardis bejahte und erhob sich mit neuer Kraft. Hildegard führte sie zum Seidenvorhang, zog diesen etwas zur Seite. In der anderen Hälfte ihrer Zelle standen ein behagliches Bett mit den Decken aus Schaffell der Gräfin und ein Nachtschrank, den ein Strauß Schwertlilien – das Sinnbild der Jungfräulichkeit – in einem Tonkrug zierte. Daneben lag ein Wachstäfelchen mit einem Ritzstift.

Hildegard prüfte Richardis' Blick, diese war zunächst vor Freude sprachlos. »Für mich?«

»Für wen sonst? Du bist doch selbst schön wie eine Lilie.« Richardis' Strahlen wich jäh einem ernsteren Blick.

Hildegard bemerkte es sofort. »Was ist?«

»Ich dachte nur gerade, wie peinlich es wäre, wenn sich herausstellt, dass ich selbst auch schnarche – und du meinetwegen nicht schlafen kannst.«

Hildegard, Elisabeth und Siger mussten bei der Vorstellung lachen.

»Das wäre mir völlig gleich«, beruhigte die Vorsteherin. »Ich schlafe ohnehin wenig.«

Richardis nahm bewundernd das Schreibtäfelchen in ihre feingliedrigen Hände. »Ist das auch für mich?«

Hildegard nickte verheißungsvoll. »Du wirst bald so viel zu lesen und zu schreiben haben, wie du dir erträumt hast.«

Elisabeth ahnte, was Hildegard vorhatte, und befürchtete, sie könne damit auch den gütigen Bruder Volmar kränken.

*

Am Nachmittag führte Hildegard Elisabeth und erstmals auch Richardis in die weibliche Hälfte der Schreibstube. In den anderen Teil kam soeben der bärtige Mönch Volmar, Hildegards Schreiber. Seine gutmütigen Augen blitzten durch das Gitterfenster, welches die einzige Verbindung der beiden Hälften darstellte.

»Richardis wird uns ab heute unterstützen, Volmar«, verkündete die Magistra dem Propst.

Dieser runzelte die Stirn. Elisabeth wusste, dass die Praeposita nicht mit ihm abgesprochen hatte, dass sie neben der Illustratorin auch eine Schreibhilfe hinzuziehen würde. Er wirkte etwas verärgert darüber, solchermaßen übergangen worden zu sein. Elisabeth hatte immer gespürt, wie viel ihm die Momente himmlischer Zweisamkeit mit Hildegard bedeuteten, in denen er an ihren Lippen hängen und den göttlichen Eingebungen lauschen durfte. Elisabeth selbst hatte bei dieser trotz des Gitters entstandenen Nähe kaum gestört, meist hatte sie sich ja schweigend im Hintergrund gehalten. Aber ob Richardis mit ihren vielen Ideen derart stumm bleiben würde?

»Das ist unser Propst Volmar.«

Die Novizin ging strahlend an das Gitterfenster und küsste zwischen den Stäben hindurch die Hand des Sekretärs. Volmar nickte nur kurz. Seine Zurückhaltung blieb gewiss auch Mater Hildegard nicht verborgen. Sie kannte ihren Symmysta viel zu gut, um die Eifersucht in seinem Blick zu übersehen. Vorwürfe würde sie dem Sekretär deshalb jedoch gewiss nicht machen.

»Die Versuchung zu spüren ist noch keine Sünde – erst derselben zu erliegen«, hatte sie Elisabeth einmal erklärt. Gott wolle eben, dass der Mensch sich selbst frei entschied. Vor allem jene, die freiwillig den Verzicht auf die fleischliche

Liebe gelobt hatten. Wenn ein Mensch die Versuchung nicht kannte, was wäre es dann für eine Leistung gewesen, ihr zu widerstehen? Die Heiligsten der Heiligen hatten die Verführung des Leibes sicher gekannt, ihr Verdienst bestehe ja gerade darin, der Versuchung nicht zu erliegen. Enthaltsamkeit sei keine Entscheidung, die man einmal fällte, man müsse sie jeden Tag von Neuem treffen.

Dass Volmar in seiner Herrin bisweilen mehr als die Klostervorsteherin sah, war in Elisabeths Augen nur natürlich. Gerade indem er dem Verlangen nie nachgab, erwies er sich als wahrer Diener Gottes.

Von Trude wusste Elisabeth, dass ihre Lehrerin Jutta in dieser Hinsicht strenger gewesen war. Angeblich hatte sie einst gesagt: »Wenn ein Priester in der Nacht einen unfreiwilligen Samenerguss hatte, soll er der Kirche fernbleiben und sich ausgiebig kasteien.«

Hildegard hatte einmal betont, dass sie selbst nicht das verzückte Verlangen einiger »Minnerinnen« nach Jesus teilte. Schließlich unterbrach die Vorsteherin Elisabeths Gedankenfluss: »Jetzt aber an die Arbeit!«

Hildegard wollte an diesem Tag nicht an ihrem Visionenbuch *Liber Scivias* arbeiten, sondern – wie von Richardis vorgeschlagen – eine eigene Naturkunde vorbereiten.

Volmar setzte an zu protestieren, doch Hildegard unterbrach ihn. »Ein guter Gedanke ist es immer wert, niedergeschrieben zu werden. Sortieren kann man doch später.« Sie zwinkerte Richardis zu.

»Ich bin ganz Ohr«, verkündete Volmar seufzend. »Wie immer.«

Mit einem spitzen Holzgriffel ritzte Hildegard ihr Manuskript in ihre aufklappbare Wachstafel. Diese war bis auf einen

Rand flach ausgehöhlt und mit dunkel gefärbtem Wachs aufgefüllt.

Richardis beobachtete das Elisabeth bereits vertraute Prozedere genau: Hatte die Vorsteherin sich einmal verschrieben, so musste sie lediglich mit dem flachen Ende des Griffels die weiche Oberfläche einebnen und neu ansetzen.

»Lass uns den Kastanienbaum beschreiben!«, meinte sie nach Durchsicht ihres ersten Konzeptes und begann zu diktieren. »Er ist sehr warm und enthält große Kraft. Er versinnbildlicht die Tugend der Zurückhaltung. Sein Saft und seine Frucht sind nützlich gegen jede Schwäche des Menschen.«

Richardis furchte die Stirn. Da diese schon vor ihrer Ankunft im Kloster Latein gelernt hatte, mutmaßte Elisabeth, dass die Grafentochter die vielen grammatikalischen Fehler in Hildegards Rohfassung erkannte.

Durch das Gitterfenster war zu sehen, dass Volmar seinerseits in einem Pergamentkodex schrieb, den er mit einem Lineal festhielt, während er seine Gänsefeder führte.

Mit einem Federmesser konnte er später die falschen Endungen und Wörter von dem wertvollen Pergament schaben. Erst dieses verbesserte Manuskript, so wusste Elisabeth, würde später in die Schreibwerkstatt des Klosters gehen, das sogenannte Skriptorium. Dort fertigten gelernte Schreiber dann die Reinschrift an.

Die Herstellung dieser endgültigen Fassung war ein mühseliger, zeitaufwendiger Arbeitsprozess, zumal die einzelnen Buchstaben von den Schreibern sehr kunstvoll gestaltet wurden.

Hildegard fuhr fort zu diktieren: »Wenn man aus dem Holz der Kastanie einen Stab schnitzt und ihn so in der Hand trägt, dass sie von ihm erwärmt wird, werden die Adern und alle Kräfte gestärkt. Das Riechen an dem Holz verschafft dem Kopf Gesundheit.«

Nachdem Richardis den beiden eine Weile fasziniert beim Diktieren und Schreiben zugesehen hatte, wanderte ihr Blick über die bereits fertiggestellten Pergamente. Sie las sie durch und wirkte immer begeisterter. Schließlich unterbrach sie Hildegard zu Volmars sichtlichem Ärger – genau das hatte Elisabeth befürchtet! »Du musst diese Visionen veröffentlichen«, rief sie eifrig.

Hildegard blickte erschrocken von ihrer Wachstafel auf. »Das könnte gefährlich sein. Erzbischof Heinrichs Einfluss schwindet«, warf sie ein. »Und viele hassen mich dafür, dass ich schreibe. Selbst unter unseren Mönchen hier.«

»Dann lass dir doch alles von einem höheren Würdenträger bestätigen«, schlug Richardis aufgeregt vor. »Deine Schriften sind ein wahrer Schatz, dafür hast du Anerkennung von höchster Stelle verdient!«

»Wen meinst du?«, fragte Hildegard unsicher.

»Schreib an Bernhard von Clairvaux!«

Hildegards Mund blieb offen stehen, und Volmar verschluckte sich. Elisabeth wusste von ihm, dass Bernhard von Clairvaux auf der ganzen Welt bekannt war. Er galt als »Wachhund der Christenheit« und war einer der einflussreichsten Männer des Abendlandes. Kaiser und Päpste schätzten ihn als Ratgeber und Vermittler in Glaubensstreitigkeiten – ein außergewöhnlicher Mensch, der fastete, sich auspeitschte und zu Nachtwachen zwang, um Buße zu tun und Gott nahe zu sein. So einem wäre wohl Jutta lieber gewesen als Hildegard, dachte Elisabeth. »Ist das nicht der Abt, der nur noch Milch mit Brot oder Gemüse mit Brei isst?«, erinnerte sie sich an eine Erzählung Volmars. »Es heißt doch, er kann die wenige Nahrung oft nicht mehr halten. Um den Chorgesang nicht zu stören, hat er ein Gefäß bei seinem Platz eingraben lassen, in das er … seinem schmerzhaften Drang nachgeben kann.«

Da mischte sich aufgebracht der Prior ein. »Ihm zu schreiben wäre Wahnsinn. Bernhard ist derart mächtig, ein abschätziges Wort von ihm, und Hildegard ist erledigt.«

»Bei ihm wird die Wahrheit siegen«, beharrte Richardis. »Und auf ihn würde selbst der Heilige Vater hören. Den hat Bernhard nämlich einst selbst ausgebildet. Dann wären Hildegards Gegner mundtot!«

Die Vorsteherin war ganz in Gedanken versunken. »Ich hatte einmal eine Vision von Bernhard«, murmelte sie. »Er war ein Adler, der in die Sonne blickt …«

Richardis strahlte begeistert. »Schreib ihm das!«

Volmar vergrub seufzend das Gesicht in den Händen, und Elisabeth erriet seine Gedanken: Wo sollte der Übereifer der neuen Schülerin nur hinführen?

*

Die Pferde zu streicheln beruhigte Elisabeth stets. Auch die Sorge darüber, dass Richardis gefährlichen Wirbel ins Kloster brachte, wurde von den edlen Tieren etwas in den Hintergrund gedrängt.

Da kam Siger von Wavra in den Garten, und sie spürte, wie ihr Herz augenblicklich schneller schlug.

»Schwester Trude sagte mir, dass ich Euch hier finde. Morgen früh breche ich nach Mainz auf«, erinnerte er sie.

Elisabeth nickte traurig. »Und dann geht es weiter nach Jerusalem.«

»Ich wollte Euch fragen, ob Ihr mir als Abschiedsgeschenk die Freude eines gemeinsamen Spaziergangs gewähren würdet.«

»Gern«, entgegnete sie mit einem scheuen Lächeln, und bald gingen sie zusammen durch die Sommerlandschaft. Sie erzählte ihm von der Begegnung mit dem Bären vor sechs Jahren, zeigte ihm die Stelle, wo sie Hildegard zum ersten Mal gesehen hatte.

Sie sah an einer Linde hinauf, blinzelte in das Sonnenlicht, das sich in den grünen Blättern des Baumes fing. »Hildegard hat mir erzählt, dass die Linde sehr warm ist. All ihre Wärme sitzt in den Wurzeln und steigt von da in die Zweige und Blätter auf. Sie sei ein Sinnbild der Zerbrechlichkeit. Es hilft wohl bei Herzbeschwerden, öfters ein Pulver aus dem Innern einer Lindenwurzel zum Brot zu essen.«

»Hilft das auch bei *gebrochenem* Herzen?«, fragte Siger.

Beide streichelten den Stamm des Baumes. Als sich dabei ihre Finger kurz berührten, zog Elisabeth verunsichert ihre Hand zurück.

Da fiel sein Blick zu Boden, und er schmunzelte. »Diese Linde wurde genutzt, um darunter der Minne nachzugehen.«

Nun bemerkte Elisabeth erst, worin sie standen: Ein Lager aus unzähligen Blütenblättern, das von Menschenhand stammen musste – und Platz für zwei bot.

»Da hat wohl jemand aus Blumen ein prächtiges Bett vorbereitet«, meinte Siger.

Elisabeth musste unwillkürlich daran denken, mit ihm in diesen Blüten zu liegen. Was war nur mit ihr los? Sie spürte, wie das Blut in ihren Kopf schoss, und wich seinem Blick aus, als sie sagte: »Die Rosenblüten haben wahrscheinlich als Kopfkissen gedient.«

Täuschte sie sich oder vermied auch er es, ihr in die Augen zu sehen? Und wenn ja – weshalb?

Dann endlich trafen sich ihre Blicke wie Schwertklingen in einem Duell.

»Es ist nicht leicht, dich anzusehen und dir nicht endlich zu zeigen, was ich für dich fühle«, sagte er heiser.

»Das geht mir genauso«, gab sie mit versagender Stimme zu.

Und dann küsste sie ihn innig, was er schließlich noch leidenschaftlicher erwiderte. Alles fühlte sich wunderbar neu an – und doch so selbstverständlich. Bald lagen sie in dem Blumenbett, das jemand für eine ihnen unbekannte Liebe erschaffen hatte. Es kam nicht zum Äußersten, dazu war Siger zu verantwortungsbewusst. Keinesfalls wollte er Elisabeth schwanger zurücklassen – und damit ihr Leben ruinieren. In dieser Hinsicht vertraute sie ihm sogar mehr als sich selbst. Denn seinen muskulösen Körper zu fühlen, seine Lippen und seine Zunge an ihrem Hals zu spüren, an ihren Brustwarzen – all das weckte in ihr die Sehnsucht, vollkommen eins mit ihm zu werden. Doch über ihnen im Geäst der Linde sang eine Nachtigall ohne Unterlass, fast klang es, als beschimpfe sie das junge Paar. Hildegard hatte Elisabeth einst erklärt, dass der Gesang der männlichen Nachtigall nachts der Balz und tagsüber in der Brutzeit im Frühsommer der Revierverteidigung diente. Irgendwann mussten sie und Siger über das aufgeregte Gezwitscher lachen. Obwohl Elisabeth erleichtert hätte sein müssen, dass es ihnen dadurch doch noch gelang, voneinander zu lassen, plagte sie auch das Gefühl eines großen Verlusts.

»Hoffentlich hat uns niemand gesehen«, murmelte sie ein wenig verlegen und sah sich um.

»Nein, keine Angst, da war nur die Nachtigall, die kann wohl verschwiegen sein«, scherzte er, und sie musste schmunzeln.

Mit glühenden Wangen gingen die beiden schließlich durch die Weide in Richtung Kloster zurück. Obwohl Elisabeth den Drang verspürte, ihre Gefühle für Siger in die Welt hinauszuschreien, sollte dieser leidenschaftliche und aufregende Abschied ihr Geheimnis bleiben. Sie hoffte nur, dass bei ihrer Rückkehr in die Klause niemand ihre roten, ganz wund geküssten Lippen bemerken würde.

*

Bei Siger von Wavras Abschied am nächsten Morgen regnete es in Strömen. Elisabeth fand es durchaus passend – und sie war froh, dass auf diese Weise ihre Tränen nicht auffielen.

Sogar Bruder Helenger war trotz des Wetters zur Verabschiedung des Schildknappen gekommen. Zu Elisabeths Erstaunen war ihrem Liebsten offenbar sogar der sonst so missgünstige Bibliothekar gewogen. »Ihr seid jederzeit willkommen auf dem Disibodenberg, mein teurer Siger«, sagte er ungewohnt feierlich.

»Dem kann ich nur zustimmen«, ergänzte Hildegard. Sie drückte den jungen Mann an sich und murmelte: »Pass auf dich und deinen Vater auf! Wir beten dafür, dass es der Herr ebenfalls tut.«

»Wenn dir was passiert, trete ich dir in den Hintern«, schniefte Richardis, als sie an der Reihe war, ihren Ziehbruder zu umarmen.

Und dann war Elisabeth an der Reihe. Wegen der vielen Zuschauer drückte Siger nur sanft ihre Hand, und sie nickten einander in stummem Einverständnis zu. Sie hatten ihren Abschied gestern zelebriert. Waren das Tränen oder Regentropfen in seinen Augen?

Schließlich musste er ihre Hand loslassen und sich auf sein Ross schwingen. »Auf Wiedersehen, meine Freunde!«, rief er noch einmal und ließ sein Pferd in die graue Wand aus Regen und Nebel galoppieren.

Als sie zurück in die Klause gegangen waren, versuchte Elisabeth, ihren Tränenstrom mit zuversichtlichen Gedanken zum Versiegen zu bringen. Sie würde Siger wiedersehen, es musste einfach wahr werden!

Doch Ruhe war ihr nicht vergönnt: Gerade kam Clementia wie ein Wirbelwind die Treppe heruntergeeilt und wandte sich empört an ihre Schwester: »Was soll das denn mit Richardis' Bett in deiner Zelle?«

»Das Schnarchen gewisser Nonnen verhindert ihren gesunden Schlaf«, antwortete Hildegard mit einem vielsagenden Schmunzeln. »Deshalb stelle ich ihr die Hälfte meiner Kammer zur Verfügung. Bis ... wir mehr Platz haben.«

Clementia kniff argwöhnisch die Augen zusammen. »Woher sollten wir denn mehr Platz bekommen?«

»Sobald mir Gott den Ort dafür mitgeteilt hat, gründe ich ein eigenes Kloster«, verkündete Hildegard, und sie wirkte selbst ein wenig erschrocken über ihre Worte.

Ihre Schwester rang nach Luft. Und auch Elisabeth wurde von tiefer Sorge gepackt. Sie konnten doch ihre sichere Welt hier nicht für ein derart gefährliches Abenteuer aufgeben!

# TEIL III

## Anno Domini 1147

# 14. Kapitel

Das nenne ich mal heiß«, seufzte Siger.

Seit nunmehr vier Tagen befand er sich mit seinem Vater auf einem Pferdewagen auf dem Rückweg aus dem Heiligen Land. Inzwischen waren sie kurz vor der Hafenstadt Akkon, von wo aus es mit dem Schiff nach Messana in Sizilien gehen sollte. Zu seinem Erstaunen kamen ihnen aus dem Hitzeflimmern eine Handvoll Tempelritter mit Stoffkreuzen auf der Kleidung entgegen. Einer der Gotteskrieger – er musste noch jünger sein als die einundzwanzig Jahre, die Siger mittlerweile zählte – ritt seiner Gruppe ein Stück voraus, um die beiden Männer auf ihrem Pferdewagen zu mustern.

»Gott zum Gruße, ich bin der Ritter Siger von Wavra«, sagte er nicht ohne Stolz. An seinem einundzwanzigsten Geburtstag hatte die Königin von Jerusalem persönlich bei ihm das Ritual der sogenannten Schwertleite durchgeführt: Sie hatte ihm feierlich einen wertvollen Gurt für seine Waffe umgelegt und Sporen überreicht. Diese waren die Symbole seiner neuen Ritterwürde.

Dann stellte er seinen Begleiter vor: »Und das ist mein Vater Robert.«

Dieser brachte nur mit Mühe ein gelalltes »Gottsumruß« hervor. Mit dem Sprechen haperte es noch, aber es war ein

Wunder, dass er es überhaupt wieder gelernt hatte, dachte Siger.

»Ich bin Rüdiger von Edrich«, stellte sich der Kreuzritter vor. »Wir gehören zur Vorhut des Heeres von König Konrad.«

»Er kommt hierher?«, staunte Siger.

»Ja, Bernhard von Clairvaux hat im Frühjahr zu einem weiteren Kreuzzug aufgerufen«, erwiderte der Templer.

Dann war es also so weit! Bereits im Herbst vor zwei Jahren hatte Königin Melisende von Jerusalem eine Delegation mit der Bitte um Unterstützung nach Rom gesandt. Die Araber hatten die Grafschaft Edessa, einen der vier Staaten, die im letzten Kriegszug eingenommen worden waren, nach einer Großoffensive zurückerobert – und alle dort angesiedelten fränkischen Christen niedergemetzelt. Inzwischen galten das Fürstentum Antiochia und die Landwege zum Heiligen Land als gefährdet.

Rüdiger von Edrich sah argwöhnisch auf Robert von Wavras halbseitig gelähmtes Gesicht. »Hat Euer Vater eine ansteckende Krankheit?«

Siger schüttelte den Kopf. »Nein, keineswegs. Vor einem Jahr hat ihn der Schlag getroffen, nach einer Kopfverletzung im Kampf gegen muslimische Mordbuben. Die wollten unserer Königin Melisende auflauern, aber wir haben sie zum Glück rechtzeitig entdeckt.«

Inzwischen waren auch die anderen vier Ritter herangeritten.

»Habt ihr die Königin persönlich getroffen?«, fragte Rüdiger zweifelnd.

»Das will ich meinen«, bestätigte Siger. »Mein Vater war einer der besten Freunde des seligen Königs Fulko. Um ihm gegen die Heiden beizustehen, sind wir vor fünf Jahren nach

Jerusalem gekommen. Er hat uns in die persönliche Leibgarde seiner Gattin berufen. Im November 1143, ein Jahr nach unserer Ankunft, ist der König in Akkon aber an den Folgen eines Jagdunfalls gestorben. Nach der Bestattung in der Grabeskirche zu Jerusalem musste seine Witwe Melisende die Regierung übernehmen. Sein ältester Sohn war nämlich noch unmündig.«

»Und seit dem Kampf mit den Meuchelmördern ist euer Vater … so?«, erkundigte sich Rüdiger mitleidsvoll.

Siger nickte. »Die Königin hat mir zur Belohnung für ihre Rettung erlaubt, dass ich ihn in unsere Heimat in der Grafschaft Brabant bringen darf. Dort wird er seinen Lebensabend verbringen. Wenn wir heil ankommen …«

Königin Melisende hatte Verständnis dafür gezeigt, dass auch Siger selbst im Anschluss an die Heimreise nach Brabant nicht nach Jerusalem zurückkehren, sondern im Kloster Disibodenberg nach seiner Ziehschwester Richardis und Elisabeth sehen wollte. Obwohl er es nicht ausgesprochen hatte, war der Regentin sofort klar geworden, wie viel ihm die beiden bedeuteten – jede auf ihre Weise.

»Wenn es eine Gelegenheit gibt, die wahre Liebe zu leben, sollte man sie nutzen«, war Melisendes Ratschlag für ihn gewesen.

Siger wusste, dass die einstige Königstochter mit Graf Fulko von Anjou seinerzeit eine reine Zweckheirat eingegangen war – auf Drängen ihres Vaters. Sie hatte nur aus Verantwortungsbewusstsein zugesagt, weil es für das Königreich Jerusalem wichtig gewesen war. Doch Siger hatte Gerüchte gehört, dass Melisende dafür gezwungen gewesen war, ihre große – nicht standesgemäße – Liebe aufzugeben.

»Dann führen unsere Wege also in verschiedene Richtungen«, fasste Ritter Rüdiger grinsend zusammen. »Ihr habt eure Tapferkeit gegen die Muselmanen schon bewiesen, und wir …«

Plötzlich war nach einem Sirren ein Knacken zu hören. Schockiert sah Siger, dass dem Ritter neben Rüdiger ein Pfeil mitten zwischen den Augen in den Schädel gedrungen war. Der Templer kippte vom Pferd und fiel wie ein schwerer Sack zu Boden. Für einen Augenblick fühlte sich Siger an den Überfall auf dem Disibodenberg erinnert, doch er merkte rasch, dass die Lage hier wesentlich hoffnungsloser war: Plötzlich waren ein gutes Dutzend Seldschuken um sie herum, viele hatten ihre Bögen gespannt und zielten auf Siger, seinen Vater und die vier übrigen Templer. Jede Hoffnung, sie könnten die Heimat erreichen oder auch nur den heutigen Tag überleben, war dahin.

*

Elisabeth fror erbärmlich in der ersten Stunde des 10. Dezember Anno Domini 1147. In der Nacht kroch die Kälte wie so oft durch die dicken Klostermauern in die Zellen, sodass ihr Gesicht eiskalt war, während sie ihren restlichen Körper in ihre Decke und das Schaffell gehüllt hatte. Im Männerkloster wurde ständig neu eingeheizt, nicht so hier in der kleinen Frauenklause. Ihre schlafende Mutter und Adelgundis – inzwischen mussten sie sich wegen weiterer Neuzugänge zu dritt die winzige Küchenkammer teilen – hatten es ihr gleichgetan. Die Situation der vormals adeligen Frauen war im Winter besonders quälend, sie steckten sich ständig gegenseitig mit Krankheiten an. Nur Hildegards großem Gespür für Reinlichkeit und Körperpflege sowie ihrem medizinischen Wissen hatten sie es zu verdanken, dass in der Enge der Nonnenklause noch keine Seuchen ausgebrochen waren.

Plötzlich klopfte jemand laut von außen gegen die Klausentür. In der Küche bellte die junge Hündin Astra, die Richardis Hildegard im Sommer zum neunundvierzigsten Geburtstag geschenkt hatte. Elisabeth richtete sich verwundert auf. Wer mochte das um diese Zeit sein? Es war doch bereits eine Stunde nach dem Nachtgebet.

Als sie in die Küche hinaustrat, bellte Astra erneut in Richtung Tür, wedelte aber bei Elisabeths Anblick mit dem Schwanz. Die beschloss, lediglich die Sprechluke zu öffnen und ihr Nachtgewand anzubehalten.

Zu ihrem Erstaunen stand der Bibliothekar vor der Tür. Seine Augen waren rot und sahen verweint aus.

»Bruder Helenger, was kann ich für Euch tun?«, fragte Elisabeth hastig und hoffte angesichts ihrer unangemessenen Kleidung, dass er nicht eingelassen werden wollte.

»Richte bitte Schwester Richardis aus, dass heute Abend ein Herrgottsgast bei uns eingetroffen ist, der frühere Tempelritter Rüdiger von Edrich. Wir haben von ihm erfahren, dass er und einige seiner Brüder im Sommer von Seldschuken überfallen worden sind – er befürchtet, er sei der einzige Überlebende«, berichtete Helenger mit belegter Stimme. »Leider befanden sich dort auch Siger und Robert von Wavra, die wohl auf dem Heimweg aus Jerusalem waren.«

Elisabeth wurde von Schwindel erfasst. Waren Siger und sein Vater wirklich tot? Hatte sie fünf Jahre umsonst auf ein Wiedersehen gehofft?

»Möchtet Ihr hereinkommen?«, fragte sie schließlich wie erwachend.

Helenger schüttelte wortlos den Kopf und wollte davongehen, als er über etwas im Schnee stolperte.

»Da liegt ein Mensch«, stellte er verblüfft fest.

»Was?«, fragte Elisabeth erstaunt.

»Da liegt jemand im Schnee«, wiederholte Helenger, und es klang so vorwurfsvoll, als hätte Elisabeth selbst die Person dort draußen liegen lassen.

Sie öffnete die Klausentür nun doch und trat zu Helenger hinaus – die Kälte und die Tatsache, dass der Mönch sie in ihrem Nachtgewand sah, waren ihr im Augenblick ziemlich gleichgültig.

Sie stellte fest, dass es sich bei dem Körper am Boden um eine junge Frau handelte. Sie war halb von Schnee bedeckt und bewusstlos – aber sie atmete noch.

Zu ihrer Erleichterung traten in diesem Augenblick Hildegard und die inzwischen dreiundzwanzigjährige Richardis aus der Klause.

»Wir haben Stimmen gehört«, berichtete Siger von Wavras Ziehschwester, und die Vorsteherin rief verblüfft: »Bruder Helenger!«

»Das ist eine Magd des Winzers«, erkannte indes die aufgewühlte Elisabeth.

Erst jetzt bemerkte Hildegard, dass ihre Gehilfin gerade einen Menschenkörper umgedreht hatte, und atmete bestürzt aus. »Ja, die kleine Isolde. Was tut sie hier im Schnee?«

Kurz darauf hatten sie die Fünfzehnjährige vor den Kamin getragen, in dem es noch wärmend glomm. Elisabeth und Richardis, der Helenger die Nachricht vom Tod der Wavra-Männer inzwischen selbst mitgeteilt hatte, schluchzten vor sich hin, Hildegard widmete ihre Aufmerksamkeit trotz ihrer eigenen Trauer der Behandlung der Verletzten.

»Wir müssen ihr die nassen Sachen ausziehen, hilf mir, Richardis! Hol du ein leinenes Wams und Decken, Elisabeth!«

Diese hoffte, dass die Aufgabe sie zumindest ein wenig von dem Gedanken an Siger ablenken konnte.

Als sie mit dem Gewünschten in die Küche zurückkam, hatten die Vorsteherin und Richardis soeben festgestellt, dass der Körper der inzwischen halbwegs wachen jungen Frau von Kratzern, Würgemalen und dunklen Flecken übersät war.

Hildegard begann, die blutenden Schrammen mit Essig und Wein zu reinigen. »Wer ihr das wohl angetan hat?«

Elisabeth sah zu Richardis, die sich auf die Fingerknöchel biss. Ob sie ein schlechtes Gewissen hatte, damals kurz nach ihrer Ankunft auf dem Disibodenberg einen Missbrauch vorgetäuscht zu haben, nur um an drei Naturbücher zu kommen? Durch solches Handeln glaubte man vielleicht irgendwann einer Frau nicht mehr, der dies wirklich widerfahren war – so wie nun der armen Isolde. Da trommelte erneut jemand gegen die Klausentür – so laut diesmal, dass gewiss jede Nonne davon erwachen musste. Dazu ertönte ein heiseres Bellen, die kleine Hündin Astra wimmerte eingeschüchtert.

»Ich sehe nach«, sagte Hildegard und eilte zur Tür. Draußen im Schneetreiben stand der feiste Winzer Georg, neben ihm zwei seiner kräftigsten Knechte; einer von ihnen hielt den bellenden und sich aufrichtenden Hund an einer Leine.

In Georgs Augen stand der blanke Hass, als er fragte: »Ist dieses Miststück Isolde bei euch?«

Elisabeth war klar, dass sich Hildegard in der Zwickmühle befand. Sie durfte keinesfalls lügen, das gebot ihr die Regel Benedikts. Doch die Wahrheit hätte Isoldes Auslieferung an ihren Herrn zur Folge gehabt – und konnte ihren Tod bedeuten.

Da trat Richardis neben Hildegard. »Es ist uns bei Todesstrafe verboten, Männer in unsere Klause einzulassen.«

Elisabeth bemerkte, wie die junge Nonne sich bemühte, ihre Stimme trotz ihrer großen Trauer um Siger fest klingen zu lassen. »Hier befindet sich kein Miststück. Wir sagen im Männerkloster Bescheid, sobald eines auftauchen sollte.«

»Aber – der Hund schlägt an«, wiederholte der Winzer wütend.

»Das mag daran liegen, dass wir hier eine Hündin haben«, sagte Hildegard, die mittlerweile wohl verstanden hatte, welchen Plan ihre Schülerin verfolgte: die Wahrheit sprechen, aber die Anwesenheit Isoldes verschweigen.

»Nun gut«, meinte Georg. »Dann fragen wir mal beim Abt nach.«

Kaum hatten sie die Tür verschlossen, atmete Hildegard tief durch. »Danke, Richardis.«

»Jetzt hängt es wieder von Kuno ab, ob wir der armen Frau über morgen Nacht hinaus Unterschlupf gewähren dürfen«, sagte die Schülerin traurig. »Wenn du endlich dein eigenes Kloster hättest, müssten wir sie nicht zu ihrem Peiniger zurückschicken, wenn die Wunden verheilt sind. Eigentlich hatte zu meiner und Adelheids Mitgift ein Weingut bei Bingen gehört. Dort hätten wir Isolde unterbringen können – dann wäre sie dem grausamen Gutsherrn nicht mehr ausgeliefert. Aber wie alle Mitgiften hat sich Kuno ja auch den Wengert und seinen Ertrag für das Männerkloster unter den Nagel gerissen.«

Elisabeth fühlte sich an jene Nacht vor elf Jahren erinnert, als sie selbst hier mit ihrer Mutter Zuflucht gesucht hatte. So etwas wäre heute nicht mehr möglich. Es war viel zu eng geworden, noch irgendwen in der winzigen Klause aufzunehmen, inzwischen war sogar das Gästezimmer für Herrgottsgäste mit zwei Nonnen belegt und der Zugang zum Männerkloster zugemauert.

»Ich werde für eine Lösung beten«, versprach Hildegard und machte sich wieder auf den Weg in die Küche, um die Verletzte zu versorgen.

»Setz ihr bloß keine Flausen in den Kopf!«, zischte Trude Richardis zu.

Die erwiderte unbeirrt: »Diese baufällige Baracke ist ihrer großen Fähigkeiten aber einfach nicht würdig.«

Elisabeth wusste, dass die Markgrafentochter über fünf Jahre nach ihrer Ankunft immer noch empört über das hier so eingeschränkte klösterliche Leben war, das sie sich früher stets als Hort der Bildung und des Wissens vorgestellt hatte. »Warum beschwert sie sich bloß nie bei Abt Kuno?«

Da hörte sie Clementia hinter ihnen freudlos lachen. Auch sie trug ihr Nachtgewand und die Haare offen. »Meine kleine Schwester und eine Beschwerde bei einem Mann? Um Gottes willen, etwas Derartiges würde sie nie tun. Deine Base Jutta hat sie viel zu gründlich zur Demut erzogen.«

Manchmal wünschte sich Elisabeth, es gelänge Richardis, Hildegard von der Idee eines unabhängigen Klosters zu überzeugen. Ein Ort der Heilkunde und Sicherheit für sie alle! Die Welt da draußen war voller Krieg, Seuchen, Leid und Tod – durch die vielen Armen und Kranken, die zum Kloster kamen und um Fürbitte und Heilung baten, war dies für Richardis wesentlich deutlicher geworden als in der sicheren Welt des Hochadels, der sie entstammte. Ihre bescheidene Klause hier war wirklich alles andere als ein Elfenbeinturm, in dem man die Augen vor der Wirklichkeit verschließen konnte.

Doch nicht nur Armut und Krankheit quälten die Menschen – ihr größter Feind waren sie wohl selbst. Sie bestahlen, folterten und vergewaltigten einander –, kein Raubtier war so grausam wie der Mensch, der doch das Abbild Gottes sein sollte. Was der Winzer der armen Isolde angetan hatte, machte dies erneut allzu deutlich: Elisabeth hatte das Blut in ihrem Schoß gesehen und ahnte, dass der feiste Georg der schönen jungen Frau die Unschuld geraubt hatte.

Am Kamin war diese inzwischen erwacht und weinte bitterlich.

»Was soll nur aus mir werden?«, wimmerte die Magd verzweifelt. »Ich habe meinem Herrn zwischen die Beine getreten, damit er endlich von mir ablässt. Er wird mich bestrafen. Und wenn ich schwanger werde? Mein Leben ist zu Ende.«

»Das ist es nicht«, widersprach Hildegard und streichelte tröstend Isoldes Wange. »Der Herr wird uns einen Ausweg für dich zeigen. Jetzt versuch, ein wenig zu schlafen. Du bist wieder völlig sauber – und in Sicherheit. Elisabeth wird dir noch etwas Honigwein bringen. Schlaf nachher gut, armes Kind.«

Dann wandte sie sich an ihre Töchter. »Lasst uns für ihre Rettung beten – und den seligen Siger von Wavra und seinen Vater.«

Erneut traf die Trauer Elisabeth und Richardis wie ein Keulenschlag.

*

Elisabeth erwachte nach kurzem Schlaf noch vor dem Frühgottesdienst. Sie hatte in der Nacht ihr Schlafgewand ausgezogen, da es im Schnee vor der Klause nass geworden war. Stattdessen hatte sie sich nackt in ihr Schaffell gewickelt. Der Schlaf hatte anfangs nicht kommen wollen. Ständig war ihr die Frage durch den Kopf gegangen, ob ihr geliebter Siger wohl sehr gelitten hatte, bevor er gestorben war. Sie zog sich an und ging hinaus in die Küche, während ihre Mutter Griseldis und Adelgundis noch schliefen. Zu Elisabeths Erstaunen kauerte Schwester Trude bei der schlafenden Isolde und Hündin Astra am Kamin, der inzwischen vollends erloschen war.

»Was machst du denn so früh schon hier, Trude?«, flüsterte sie ihr zu.

»Ich passe auf, dass die Kleine sich nichts antut«, meinte Trude mit belegter Stimme. »Wir mussten schon einmal erleben, wie sich eine Schwester das Leben genommen hat.«

»Wirklich?« Davon hatte Elisabeth noch nie gehört.

»Es ist auch schon fast drei Jahrzehnte her. Eines Tages kam Schwester Agnes in Tränen aufgelöst zu Hildegard und mir. Der Herr habe sie für ihre sündigen Gedanken gestraft, sie werde sterben, denn sie blute im Schoß. Sie war mit ihren vierzehn natürlich im richtigen Alter für ihre erste Monatsblutung. Ich habe sie beruhigt, gesagt, sie werde zur Frau – und da gehöre das eben dazu. Hildegard hat dann noch hinzugefügt, sie dürfe bis zum Ende der Blutungen nicht die Kirche betreten.«

»Eigentlich ja ungerecht«, meinte Elisabeth. »Wir Frauen können ja nichts dafür.«

»Ich weiß«, bestätigte Trude. »Aber so hat es Jutta uns nun einmal beigebracht. Doch bestimmte körperliche Veränderungen des Frauwerdens verwirrten Agnes wohl noch mehr. Einige Zeit später erwischte Jutta das Mädchen mit der gleichaltrigen Susanna in der Gerümpelkammer.« Sie senkte die Stimme noch weiter, bis diese nur noch ein Wispern war: »Sie lagen dort unbekleidet und in inniger Umarmung.«

Elisabeth verstand zunächst nicht. Doch dann ahnte sie, dass die beiden jungen Frauen miteinander die ihnen bis dahin unbekannte körperliche Lust erkundet hatten. »Wie hat Jutta reagiert?«

»Sie prügelte wie von Sinnen mit einem Besenstiel auf die Mädchen ein«, erinnerte sich Trude mit stockender Stimme. »Wie verzweifelt die beiden geheult und gefleht haben! Aber Jutta hat nicht von ihnen abgelassen. Sie hat geschrien. Den Tempel des Herrn hätten Agnes und Susanna besudelt – und die Todesstrafe verdient! Erst als Susanna von blauen Flecken übersät war und bei Agnes das rohe Fleisch hervortrat, ist die Herrin erschöpft zusammengesackt. Wir alle haben betroffen auf die drei Frauen gestarrt. Noch am selben Abend war Agnes spurlos verschwunden. Erst viele Tage später hat man ihre aufgedunsene Leiche eine halbe Meile flussabwärts am Ufer der Nahe gefunden. Die Mönche haben nie erfahren, warum die Novizin sich das Leben genommen hat. Außer Hildegard hatte danach keine der Schwestern mehr viel mit Susanna gesprochen; diese hat die Ächtung mit bewundernswerter Kraft ertragen. Jutta selbst hat sich nach Agnes' Tod so heftig kasteit, dass sie wie so oft schwer krank geworden ist. Und sie hat danach noch weniger gesprochen als sowieso schon.«

»Und wo ist Susanna jetzt?«, erkundigte sich Elisabeth.

»Sie hat unsere Klause zwei Jahre später verlassen, um den Hufschmied Ulrich zu heiraten«, ertönte plötzlich Hildegards Stimme hinter ihnen.

Elisabeth fuhr erschrocken herum, und Trude bekam einen hochroten Kopf.

»Da war Susannas adelige Familie gewiss nicht begeistert«, vermutete Elisabeth. Die Mitgift der Tochter war durch ihren Entschluss ja trotzdem dem Männerkloster geblieben. Das Mädchen hatte bewusst ein Leben an der Seite eines einfachen Hufschmieds gewählt.

»Manchmal ist das körperliche Begehren zu verführerisch«, meinte Hildegard.

»Die Wollust hast du in einer Vision ja einst als schrecklichen Lindwurm gesehen«, fiel Trude wieder ein.

Elisabeth kannte Zeichnungen von Lindwürmern aus Büchern. Es handelte sich dabei um Fabelwesen, die manchmal auch Drachen genannt wurden, bösartige, schlangenartige Kreaturen, die jedoch Beine aufwiesen und zum Teil als sehr groß dargestellt wurden.

Hildegard nickte und wirkte bei dem Gedanken an jene Vision sehr ängstlich auf Elisabeth, die nun fragte: »Wie sah das genau aus?«

»Eine Mischung aus Schlange und Drache, grässlich«, erwiderte Hildegard wortkarg. Sie schien nicht gern über diese Vision zu sprechen. »Aber heute früh hatte ich eine andere, schönere Schauung.«

»Was denn?«, fragten Trude und Elisabeth wie aus einem Mund – und so laut, dass auch die Magd des Winzers erwachte.

Die Vorsteherin zögerte, da antwortete Richardis für sie, die in dem Augenblick den Raum betrat: »Hildegard hat durch das Glitzern unseres Seidenvorhangs im Mondlicht etwas gesehen. Die Spiegelung eines Berges, umrahmt von zwei Flüssen. Das muss der Ort sein, wo sie ihr eigenes Kloster errichten soll. Und plötzlich kennt sie auch den Namen dieses Hügels!«

Elisabeth konnte kaum glauben, was sie da hörte. Schließlich hatte die Prophetin in den letzten Jahren vergeblich auf eine Schauung gewartet, die ihr den Ort für das ersehnte eigene Kloster offenbarte. Warum ausgerechnet heute? Wollte sie Hoffnung für Isoldes Zukunft wecken, Richardis über den Verlust ihres Ziehbruders hinwegtrösten, indem sie ihr die Erfüllung ihres sehnlichsten Wunsches in Aussicht stellte?

»Und wie hieß dieser Hügel?«, fragte Trude zweifelnd.

»Die Stimme nannte ihn Rupertsberg«, wisperte Hildegard.

Elisabeth hatte von diesem Ort noch nie gehört. »Wo ist das?«

»Bei Bingen! Ein Knotenpunkt wichtiger Handelsrouten«, pries Richardis den Berg begeistert an. »Die Wasser- und Landwege, die Köln, Mainz und Trier verbinden – sie alle treffen dort aufeinander. Es ziehen viele Kaufleute und Pilger vorbei; die bringen sicher viel neues Wissen mit.«

»Ich habe aber gehört, dass auf dem Berg ein unheimlicher alter Zauberer sein Gehöft hat«, gab Trude ängstlich zu bedenken.

Richardis meinte nur trocken: »Seit wann arbeiten Zauberer als Bauern?«

## 15. Kapitel

Elisabeth stand unter jener Linde, wo sie und Siger sich im Sommer vor fünf Jahren zum ersten und letzten Mal geküsst hatten. Nun war der Baum kahl, und statt eines Blumenbettes lag Schneematsch darunter. Die Nachtigallen befanden sich zu dieser Jahreszeit in wärmeren Gefilden – vielleicht dort, wo Siger und sein Vater gestorben waren. Endlich ließ sie ihren Tränen freien Lauf. Sie wusste nicht, wie viel Zeit vergangen war, als sie sich mit verweinten Augen auf den Rückweg zum Kloster machte. Die Stimmung dort war seit zwei Tagen sehr bedrückend. Schweren Herzens hatten sie auf Abt Kunos Anweisung hin die junge Isolde zu ihrem Peiniger zurückschicken müssen. Die Erkenntnis war grässlich ernüchternd gewesen, dass der Traum vom eigenen Kloster nicht erfüllbarer geworden war, seit Hildegard einen Ort dafür gezeigt bekommen hatte.

Als Elisabeth bei der Klause angekommen war, sah sie Klosterschreiber Volmar gegen die Tür poltern. Da ihm nicht sofort geöffnet wurde, verwendete er seinen eigenen Schlüssel, um sich Zutritt zu verschaffen. Sie hatte noch nie gesehen, dass er dies tat.

»Bruder Volmar!«, rief sie. »Was führt Euch in unsere Klause?«

Er drehte sich zu ihr um, und sie bemerkte augenblicklich, dass er völlig außer sich war. »Ich muss Hildegard sprechen – sofort!«

»Sie wollte ein heißes Bad mit Endivienblättern nehmen«, erklärte Elisabeth. Diese Ankündigung hatte sie ein wenig erstaunt, denn eigentlich waren Vollbäder nur zu Weihnachten und Ostern erlaubt, im Alltag wusch man sich im Kloster im Stehen. Sie eilte zur Badestube und klopfte an. »Mater Hildegard! Es ist dringend.«

»Herein!«, kam es von innen.

Elisabeth öffnete die Tür einen Spaltbreit und sah, dass die Vorsteherin noch in dem dampfenden Waschzuber saß. Im warmen Wasser schwammen zahlreiche Endivienblätter. Ihre Haut war stellenweise ganz rot geschrubbt.

»Bruder Volmar wünscht Euch sofort zu sprechen«, sagte die Cellerarin.

Hildegard entstieg der Wanne und wickelte sich ein Leinentuch um.

»Was gibt es, Volmar?«, rief sie, und er trat vorsichtig in den Türrahmen.

So hatte er Hildegard gewiss noch nie gesehen. Mit derart wenig Kleidung und den feuchten blonden Haaren wirkte sie jung und anziehend. Doch ihr bleiches Gesicht, so bemerkte Elisabeth, war voller Furcht.

»Der Bote aus Mainz hat unfassbare Nachrichten gebracht: Eine Prüfungskommission aus Trier ist hierher unterwegs. Seine Heiligkeit Papst Eugen hat sie geschickt.«

Die Vorsteherin stöhnte erschrocken auf. Und auch Elisabeth wurde von rasender Angst gepackt: Was, wenn die Gesandtschaft Hildegards Schriften zum Teufelswerk erklären würde? Gepresst brachte die Vorsteherin hervor: »Wie viele sind es?«

»Fünf angeblich«, antwortete Volmar. »Bischof Albero von Verdun, Pfalzgraf Hermann von Stahleck, unser früherer Baumeister, Bruder Helengers Lehrmeister Arnold von Rudesheim und Primicerius Adelbert.«

»Was ist denn ein Primicerius?«, erkundigte sich Elisabeth.

»Ein Kirchenvorgesetzter, der sich um Liturgie und Gesang kümmert«, antwortete Volmar. »Sie haben wohl auch von Hildegards Kompositionen gehört.« Als wäre das noch nicht genug der Hiobsbotschaften, fügte der Prior hinzu: »Ach ja, und als Begleitschutz ist auch noch ein schwarz gekleideter Ritter dabei.«

Hildegard war den Tränen nah. »Der schwarze Ritter! Ich hatte einmal eine Vision, dass er meinen Untergang will.«

Volmar packte sie besorgt am Arm. »Jetzt beruhige dich! Du hast doch bei Gott nichts zu verbergen.«

»Wenn du wüsstest«, murmelte die Praeposita kaum hörbar.

»Hildegard«, schrie plötzlich Trude von unten. »Da reitet ein schwarzer Ritter auf die Klause zu.«

»Jetzt schon?«, wunderte sich Volmar.

Elisabeth vermutete, dass er der päpstlichen Gesandtschaft vorausritt, um den Weg zu prüfen. In jüngerer Zeit hatten hier in der Gegend erneut Wegelagerer zugeschlagen.

»Ich werde ihm entgegentreten«, verkündete Hildegard gottergeben.

Da sie sich erst noch ihren Habit anziehen musste, erreichten Elisabeth und Volmar vor ihr die Tür der Klause. Der dunkel gekleidete Reiter hatte sich dem Gebäude bereits in wildem Galopp genähert. Just als Hildegard herauskam, zog die düstere Gestalt den Helm ab.

Elisabeth stieß einen spitzen Schrei aus. Welch böses

Spiel trieb Satan mit ihnen? Der Ritter hatte eine lange Narbe auf der linken Gesichtshälfte, aber ansonsten sah sein Antlitz aus wie das eines leicht gealterten Siger von Wavra. Sie spürte ihre Beine nachgeben, dann stürzte ihr der Boden entgegen.

*

Am 30. November Anno Domini 1147, zehn Tage vor der Ankunft des schwarz gekleideten Ritters auf dem Disibodenberg, erreichte ebenjener Zweiundzwanzigjährige in seiner Rüstung auf dem besten Pferd seines Vaters die Tore der Stadt Trier. Neben ihm ritt sein Spielkamerad aus Kindertagen, der zwei Jahre jüngere Mönch Wibert aus dem Kloster von Gembloux. Als Siger von Wavra nach monatelanger Irrfahrt und einigen lebensgefährlichen Abenteuern mit seinem Vater endlich auf dessen Gut in Brabant angekommen war, hatte er dort dafür gesorgt, dass man sich gut um den halbseitig gelähmten Ritter kümmerte. Vor seiner ersehnten Reise zum Disibodenberg hatte er dann noch seinen alten Freund Wibert in dessen Kloster besucht. Diesem war trotz seiner jungen Jahre die Ehre zuteilgeworden, zur Reichssynode nach Trier eingeladen zu werden, zu der Papst Eugen III. aufgerufen hatte. Da es Gerüchte gab, auf dem Weg lauere allerlei Diebesvolk, hatte Wibert seinen Freund Siger gebeten, ihn als Leibwächter zu begleiten. Mit der Begründung, Trier liege ja »nahezu auf dem Weg nach Disiboden«, hatte der junge Ritter rasch zugesagt.

Die düstere Stimmung der alten Stadt schlug dem seit Jahren die Sonne des Heiligen Landes gewohnten Ritter ein wenig auf das Gemüt. Ruinen des vor mehr als einem halben Jahrtausend untergegangenen Weströmischen Reiches ragten wie faule Zähne zwischen den neueren Bauten in den düsteren Himmel. Trier war zu einem Gräberfeld der alten Römerzeit geworden. Schnee tänzelte um den bekannten konstantinischen Dom, der nach zweimaliger Zerstörung erst vor zehn Jahren wiederaufgebaut worden war. Einige der herbfallenden weißen Flocken blieben in Wibert von Gembloux' dunkel gelocktem Haarkranz hängen.

»Aus Anlass der Synode hat man das mächtige Gebäude um einen neuen Ostchor erweitert«, berichtete der junge Klosterschreiber. »Erzbischof Adalbero von Trier hat die Räume dieser Aula Palatina hier wieder prunkvoll herrichten lassen, damit er all die teilnehmenden Würdenträger und die achtzehn Kardinäle unterbringen kann. Während draußen in der Welt Wanderprediger das Evangelium der Armut verkünden, stellt der Trierer Erzbischof hier schamlos Pomp, Prunk und Pracht zur Schau. Aber das kümmert die Brüder herzlich wenig. Vorhin am Stadttor haben einige von einer Hexe gesprochen, das fanden sie natürlich viel aufregender.«

»Eine Hexe?«, wunderte sich Siger.

»Ja, viele Geistliche haben im Flüsterton abergläubisches Zeug über eine geheimnisvolle Frau gesprochen – sie sei entweder Prophetin oder eben Hexe«, bestätigte der junge Mönch aus Brabant, während der eisige Wind an seiner Kutte zerrte. »Sollten Geistliche sich nicht mit den Fragen des Glaubens an Christus beschäftigen?«

»Na ja«, meinte Siger, »wahrscheinlich haben sie Angst, eine Hexe könnte diesen Glauben bedrohen. Wo soll diese Frau denn leben?«

»Im Kirchenbezirk Mainz, irgendwo in der Nähe des Rheins«, entgegnete Wibert vage.

Siger wusste nicht, wie seinem Freund dies gelungen war, doch der Klosterschreiber hatte dafür gesorgt, dass sein Begleitschutz nach dem Gebet am Mittagsmahl teilnehmen durfte. Der beeindruckend lange Tisch im Winterrefektorium war üppig gedeckt.

»Es müsste sich endlich jemand finden, der die Kleriker dazu ermahnt, sich wieder ihrer eigentlichen Aufgaben zu besinnen – statt Prunk und Völlerei zu frönen«, meinte Wibert.

»Welcher Rechenmeister könnte errechnen, was das alles gekostet hat?«, stimmte auch Siger zu.

Wiberts zweiter Sitznachbar, ein schlaksiger und sonnengegerbter Kleriker, der sich ihnen als Bruder Arnold aus Rudesheim im Schwabenland vorgestellt hatte, mischte sich mit vollem Mund ins Gespräch: »Na und? Hier sind eben die wichtigsten Geistlichen der Welt versammelt. Da kann es doch gar nicht prunkvoll genug sein.«

Wibert sah den ehemaligen Priester aus seinen dunklen Augen vorwurfsvoll an. »Aber für unsere Völlerei hungern die Armen.«

Doch Arnold lachte nur. »Ihr grübelt zu viel, Bruder Wibert. Das ist von Gott schon recht geordnet.«

Siger mochte diesen Arnold nicht, und Wibert schien es ähnlich zu gehen. Nach der Synode sollte der eitle Kerl als Prior das kirchliche Landgut zu Weiler übernehmen, wie er stolz erzählt hatte. »Ich war früher Baumeister für den Ausbau des Klosters auf dem Disibodenberg, und ich liebe die Gegend dort einfach.«

»Ich auch«, sagte Siger und dachte einmal mehr wehmütig an Elisabeth.

»Da ist Bernhard von Clairvaux«, rief Wibert aufgebracht

wie ein Kind und deutete auf einen hageren Mittfünfziger mit grauem Haarkranz und Bart in der Nähe des Kamins.

Siger hatte bereits gehört, dass dem berühmten Abt der Ruf von Wunderheilungen vorauseilte. Er trug zwar nur eine schlichte milchfarbene Kutte, wurde jedoch von allen um ihn herum hofiert.

»Der hat letztes Jahr im Dezember zum Zweiten Kreuzzug aufgerufen«, brummte Siger verstimmt. Tausende würden durch diese Fehlentscheidung sterben.

»Letztes Jahr war wegen ihm die Basilika in Frankfurt völlig von Heilung Suchenden überfüllt«, erinnerte Arnold. »Da hat König Konrad III. seinen Mantel abgeworfen und den Abt von Clairvaux höchstpersönlich hinausgetragen.«

»Was muss das für ein Spektakel gewesen sein«, meinte Wibert, »der König höchstpersönlich trägt den umschwärmten Geistlichen aus der Basilika!«

Bernhard von Clairvaux sprach nun mit einem anderen, viel prunkvoller gekleideten Kleriker. Mehr und mehr Männer lauschten seinem Gespräch, die Traube um den berühmten Mann wurde immer größer.

»Wer redet denn da so aufdringlich auf Bernhard ein?«, erkundigte sich Wibert.

»Das ist Heinrich – der Erzbischof von Mainz, den habe ich mal bei meiner Ziehfamilie in Magdeburg kennengelernt«, berichtete Siger.

»Ja, ihm verdanke ich meine alte und meine neue Aufgabe«, sagte Arnold und erhob sich. »Ich will wissen, worum es geht. Kommt!«

Auch Siger war neugierig geworden, Heinrich war schließlich der Erzbischof jener Diözese, in der seine Ziehschwester und die schöne Elisabeth bei Mater Hildegard lebten. Die würde nächstes Jahr bereits fünfzig werden. Ob sie wohl alle noch auf Disiboden und wohlauf waren? Doch der junge Wibert zögerte, dem machtgierigen Arnold zu den anderen Geistlichen zu folgen. »Wir können uns doch nicht einfach dazusetzen.«

»Warum nicht?«, fragte der schlanke Kleriker. »Weil Bernhard so überaus berühmt ist? Und wenn schon! Das werden wir eines Tages auch.«

Also setzten sie sich mit zu der illustren Runde um den Abt von Clairvaux, die es sich am riesigen Kamin gemütlich gemacht hatte. Aufmerksam lauschte der berühmte Geistliche dem Erzbischof von Mainz, der von einer Frau erzählte. Da das Erzbistum Mainz neben Köln das wichtigste des Reiches war, war Bernhard neugierig, was Heinrich zu berichten hatte. Siger war erstaunt, dass es erneut um die geheimnisvolle Hexe aus dem Rheinland ging. Wenn sich Männer von solch hohem Rang über die Frau unterhielten, waren die Geschichten, die sich um sie rankten, vielleicht doch mehr als Gerüchte und Schauermärchen. Offenbar hatte sie einen Brief an Bernhard von Clairvaux geschrieben.

»Diese Nonne hat tatsächlich Visionen – Schauungen, in denen sich ihr der Herr mitzuteilen scheint«, bestätigte Heinrich, »aber sie sind ihr nicht Grund zu selbstgefälliger Angeberei, nein, sie stellt sie sorgend infrage.«

Sofort war Siger klar, dass die Rede nur von Hildegard sein konnte.

»Daran tut sie als Frau auch gut«, ergriff Arnold vorlaut das Wort. »Schon bei mancher Frau mit angeblichen Visionen stellte sich heraus, dass sie mit dem Teufel im Bunde war.«

Wibert sah Arnold empört an, Siger schluckte eine bissige Bemerkung, die ihm auf der Zunge lag, herunter. Erzbischof

Heinrich von Mainz wandte sich schließlich – wesentlich höflicher als sein Vorredner – an den Abt von Clairvaux.

»Was genau schrieb Euch denn diese Christusbraut, hochehrwürdiger Vater Bernhard?«

Hildegard hatte diesem berühmten Abt geschrieben? Dahinter konnte doch nur die ehrgeizige Richardis stecken! Alle sahen Bernhard erwartungsvoll an, doch er ließ sich etwas Zeit mit der Antwort, was für eine spannende Pause sorgte. Der Abt nahm einen tiefen Schluck Milch aus einer Holzschüssel, murmelte ein kurzes Dankgebet an Maria und wischte sich die Reste der weißen Flüssigkeit vom Mund. Dann endlich sprach der Abt von Clairvaux. »Sie schrieb, sie sei äußerst besorgt wegen ihrer unerklärlichen Visionen. In ihrer Verzweiflung hat sie sich dann an mich gewandt, um mich zu fragen, was ich darüber denke.«

»Und was haltet Ihr davon?«, fragte Arnold – wiederum unaufgefordert.

»Urteilt nicht vorschnell über diese Frau!«, mahnte Bernhard von Clairvaux den forschen Kleriker. »Sie betont ja selbst, dass sie ein ungelernter Mund ist – und deshalb voller Zweifel. Diese Christusbraut weiß nur zu gut, dass viele so denken wie Ihr. Daher hat sie ihre Geheimnisse zunächst auch nur einem einzigen Mönch offenbart.« Der berühmte Abt wandte sich wieder an Erzbischof Heinrich aus Mainz. »Eure Exzellenz, Ihr sagtet, sie lebt in Eurer Diözese. Könnt Ihr uns denn mehr über diese mysteriöse Nonne sagen?«

Heinrich wirkte stolz, als er entgegnete: »Das will ich meinen. Diese gottesfürchtige Mutter lebt in der Klause auf dem Disibodenberg bei Abt Kunos Kloster. Wie es sich für eine Frau gehört, ist sie natürlich sehr demütig. Erst als sie von schwerer Krankheit auf das Lager geworfen wurde, begann sie, ihre Visionen niederzuschreiben. Da kehrten ihre Körperkräfte zurück. Das überzeugte Abt Kuno, dass etwas ganz Außergewöhnliches vor sich ging. Weil dem bescheidenen Mann sein eigenes Urteil aber nicht ausreichte, begab er sich zu unserer Mutterkirche in Mainz. Dort berichtete er dem Domkapitel und mir davon. Er legte uns auch Schriften vor, die jene Jungfrau verfasst hat. Die sind wirklich ganz außergewöhnlich.«

Bernhard von Clairvaux nickte. »Was diese Christusbraut an mich geschrieben hat, troff derart von Bescheidenheit und Schmeicheleien, dass ich den Brief zunächst kaum ernst genommen habe, das muss ich zugeben. Diese Nonne scheint fast zu gut zu wissen, dass Gott dem Stolzen widersteht, den Demütigen hingegen Gnade gibt. Ich will hier nicht allein urteilen. Ich denke, wir sollten in dieser Sache einen Schiedsspruch von höchster Instanz erhalten.«

Erzbischof Heinrich und die übrigen Geistlichen sahen den Abt von Clairvaux wie vom Blitz getroffen an. »Ihr meint ... den Heiligen Vater?«

Schon am Nachmittag ging das Gerücht unter den Geistlichen, dass der Fall tatsächlich Papst Eugen III. vorgelegt worden war. Als Siger, Arnold und Wibert den Pfalzgrafen Hermann von Stahleck, einen kräftigen Edelmann mit langen pechschwarzen Haaren, aus dem Besprechungszimmer kommen sahen, stürmte Arnold, der den Recken flüchtig kannte, auf ihn zu.

»Was hat der Heilige Vater zu den Schriften gesagt, Graf von Stahleck?«

Hermann amüsierte sich über die erwartungsvollen Blicke der drei Männer. »So neugierig?«

Arnold sah Hermann verdrießlich an. Offenkundig missfiel es ihm, dass der eingebildete Graf sich über ihn lustig machte. Der Teufel allein wusste, warum der Papst es ausgerechnet diesem weltlichen Würdenträger gestattet hatte, Zeuge bei der wichtigen Unterredung zu sein.

Endlich ließ sich Hermann von Stahleck, der auf so widerliche Weise den Überlegenen spielte, herab, etwas über den Inhalt der Besprechung zu verraten. »Also gut. Der Heilige Vater meinte, dass bei Gott wahrhaft nichts unmöglich sei. Bischof Albero von Verdun und der Primicerius Adelbert haben den Befehl erhalten, das Kloster dieser Frau aufzusuchen – unter meinem Schutz. Sie sollen dort die Vorgänge bei der Nonne selbst erforschen – ohne Aufsehen zu erregen. Es sind ja kundige Männer, die werden rasch herausfinden, ob diese Hildegard eine gläubige Christusbraut ist oder eine aufrührerische Ketzerin.«

Sowohl Wibert selbst als auch der heißblütige Philosoph Arnold wären zu gern bei diesem Untersuchungsgremium dabei gewesen, das sah ihnen Siger deutlich an. Er selbst sann nach einer Möglichkeit, Hildegard und seine Cousine rechtzeitig vorzuwarnen.

»Ich war jahrelang Baumeister auf dem Disibodenberg und übernehme für Abt Kuno bald die Verwaltung seines Kirchguts in Weiler. Ich eigne mich also bestens als Führer durchs Rheinland und Vermittler mit dem Kloster«, bot Arnold an.

Das war Sigers Chance! »Und ich diene euch gern als Begleitschutz. Ich habe Erfahrung als Leibwächter Königin Melisendes«, mischte er sich rasch ins Gespräch ein. »Meine Base ist Nonne bei Mater Hildegard. Ich habe zwischen Sobernheim und Disibodenberg schon einmal Wegelagerer in die Flucht schlagen können. Die schlechten Ernten lassen die Menschen hungern, und manche rotten sich zu Räuberbanden zusammen. Denkt nur an die große Hungersnot vor zwei Jahren, als eine solche Schar das Kloster Fulda überfallen und ausgeplündert hat.«

Der Pfalzgraf und Wibert sahen ihn verblüfft an. Siger betete, dass sie zustimmen würden. So konnte die Gesandtschaft ihn nicht überholen und er am Ende sogar vorausreiten.

# 16. Kapitel

Als Elisabeth die Augen aufschlug, sah sie in Sigers Gesicht, der bei ihr am Boden kniete. Die Narbe war neu, doch sein erleichtertes Lächeln wirkte vertraut.

»Du bist es wirklich«, murmelte sie.

»Und du hast mir einen ganz schönen Schrecken eingejagt«, sagte er zärtlich, während er ihr auf die Beine half.

»Na, und du uns erst«, erwiderte sie, nachdem sie mit wackligen Knien zum Stehen gekommen war.

Natürlich konnten sie sich hier vor Bruder Volmar und Mater Hildegard nicht küssen, außerdem fragte sie sich sofort, ob er in Jerusalem vielleicht ein Liebchen gefunden hatte. Sie musste so schnell wie möglich allein mit ihm sprechen!

In diesem Augenblick kam Richardis aus der Klause – und starrte ihren Ziehbruder ungläubig an.

»Riri!«, stieß er glücklich hervor.

Die Nonne schrie vor Freude auf – und fiel dem Ritter um den Hals.

»Wir haben gehört, du und dein Vater seid von Seldschuken überfallen worden«, berichtete sie, und es klang fast vorwurfsvoll.

»Man sagte Kunos Brüdern, ihr seid wahrscheinlich tot«, ergänzte Volmar.

»Wir sind in der Tat überfallen worden«, räumte Siger ein. »Einen der Templer haben sie vor unseren Augen mit einem Pfeil getötet. Aber der Allmächtige muss seine Finger im Spiel gehabt haben: Im Spital in Jerusalem habe ich einmal dem dortigen Arzt bei der Behandlung eines verletzten Arabers geholfen. Ausgerechnet der war bei den Seldschuken dabei – und er hat mich erkannt! Zum Glück konnte ich inzwischen genug Arabisch, um klarzumachen, dass ich nur meinen halbseitig gelähmten Vater nach Hause bringen wollte. Ich habe gesagt, die Templer seien Männer Gottes, da hat einer von den Rittern seinem Pferd die Sporen gegeben und ist davongeritten. Die anderen wollten hinterher, da sie ja in der Unterzahl waren. Die Seldschuken haben die Verfolgung aufgenommen, Vater und mich haben sie lebend zurückgelassen. Ich war mir sicher, dass die Seldschuken die Ritter einholen würden, und hatte ein schlechtes Gewissen, den bereits toten Templer in der Sonne liegen zu lassen, aber Vaters Sicherheit ging vor. Er hatte genug zu Ehren des Herrn gekämpft und einen hohen Preis für seine Tapferkeit gezahlt. Ich wusste, dass dort die Hölle los sein würde, sobald König Konrads Truppen einträfen, daher haben wir uns mit unserem Fuhrwerk aus dem Staub gemacht.«

»Onkel Robert ist gelähmt?«, vergewisserte sich Richardis.

Siger nickte ernst. »Nach einer Kopfverletzung hat ihn der Schlag getroffen. Aber wir haben es wie durch ein Wunder mit dem Schiff nach Sizilien und von da weiter nach Brabant geschafft. Dort kümmern sich jetzt seine Schwester und meine Großmutter liebevoll um ihn.«

»Dann wurden unsere Gebete für dich erhört«, freute sich Hildegard.

»Für Euch habe ich einiges dabei, liebe Mater«, verkündete

Siger und deutete auf seine am Sattel hängende Tasche. »Mein Vater wurde im Pilgerspital von Jerusalem behandelt, und der Medicus hat sehr viel Wissen über die Heilkunst des Morgenlandes mitgegeben.«

Hildegard lächelte. »Wie wunderbar, dass das Lebendige Licht dich zu uns zurückgeführt hat.«

Doch Sigers Gesichtsausdruck verdunkelte sich wieder. »Ich wollte euch warnen, dass eine päpstliche Gesandtschaft hierher unterwegs ist. Sie sollen prüfen, ob Eure Schriften wirklich vom Herrn sind.«

»Davon hat uns bereits ein Bote aus Mainz berichtet«, warf Volmar ein. »Dann seid Ihr der schwarze Ritter, der die Kommission begleitet hat?«

Siger bejahte. »Als ich hörte, dass eine Gesandtschaft in euer Kloster reist, habe ich mich als Begleitschutz angeboten, um am Ende vorauszureiten und Mater Hildegard zu warnen. Sie haben Zwischenhalt in Mainz gemacht und werden wohl morgen im Lauf des Vormittags eintreffen.«

Richardis streichelte vorsichtig über die Narbe auf seiner Wange.

»Wirst du nach Jerusalem zurückkehren?«, fragte Elisabeth bang, »jetzt, da Bernhard von Clairvaux zu einem zweiten Kreuzzug aufgerufen hat?«

Die Kunde davon war auch hierher auf den Disibodenberg gedrungen. Weihnachten letzten Jahres hatte Bernhard erwirkt, dass sich der deutsche König Konrad III. sowie dessen welfischer Gegenspieler Welf VI. zur Teilnahme am Kreuzzug bereit erklärt hatten.

Doch Siger schüttelte den Kopf. »Ich bleibe hier im Lande, und der Herr wird mir geben, was das Herz begehrt«, kündigte er zur Freude der anwesenden Frauen an. »Bernhard prangert die weltlichen Ritter ja ohnehin als verderbt an. Er verlangt ein geistliches Rittertum und will es bei den Templern verwirklicht sehen. Aber dieser Kreuzzug wird ein böses Ende nehmen. Es sind mehr Gegner als beim ersten Mal – und sie sind besser vorbereitet!«

»Was hast du stattdessen vor?«, erkundigte sich Richardis.

»Weinbauer würde ich gern werden«, antwortete er.

»Dann wüssten wir dir eine wunderbare Magd«, entgegnete Richardis, die wohl an Isolde dachte.

»Ich sage drüben im Männerkloster Bescheid, dass Ihr schon eingetroffen seid«, schlug Volmar vor. »Besonders Bruder Helenger wird sich freuen, dass Ihr wohlauf seid. Er war ganz niedergeschlagen, als ihm der einstige Templer Euer mögliches Ableben mitgeteilt hat.«

»Und ich möchte alles hören, was du im Pilgerspital in Jerusalem erfahren hast«, meinte Hildegard mit unverhohlener Neugier, nachdem Volmar losgeeilt war.

Die Aussicht auf neue Erkenntnisse in der Heilkunde schien bei ihr sogar die Furcht vor der päpstlichen Prüfungsgesandtschaft ein wenig verdrängt zu haben.

Wenig später bediente sich Siger im Refektorium von einer Tafel mit Brot, Käse und Wein, die Adelgundis ihm auf Hildegards Bitte hin aufgetischt hatte.

»Das Hospital ist Johannes dem Täufer geweiht«, erzählte der Ritter. »Die Versorgung der Kranken wird durch Ordensbrüder durchgeführt. Sie nennen sich die Johanniter. Von einem Verbot der Heilkunde merkt man dort nichts. Es stehen zahlreiche Gebäude zur Verfügung, dort werden eine Vielzahl von Schwachen und Kranken gepflegt und wiederhergestellt.«

»Davon können wir hier nur träumen«, seufzte Hildegard.

»Zumindest zurzeit noch«, entgegnete Richardis. »Das ändert sich ja vielleicht bald.«

»In der Zeit, in der mein Vater im Spital war, befanden sich dort über tausend Kranke, das habe ich von den dienenden Brüdern selbst erfahren«, fuhr Siger fort. »Vielen konnte geholfen werden, aber natürlich längst nicht allen. An manchen Tagen mussten mehr als fünfzig Tote hinausgetragen werden. Ich habe dort den Nachfolger des Ordensgründers kennengelernt: Raimund du Puy. Der hat die Spitalbruderschaft in den letzten zwei Jahrzehnten zum geistlichen Ritterorden umgewandelt. Sein Ziel war, dass die Mönche nicht nur die Pilger beherbergen und pflegen können, sondern das Hospital auch mit Waffen verteidigen. Das hat er sich vom Templerorden abgeschaut.«

Er griff in seine Satteltasche und holte mehrere Pergamentrollen hervor.

»Mein Vater wurde von einem wunderbaren arabischen Arzt behandelt, als alle anderen ihn schon aufgegeben hatten. Er hieß Selek Bei und schaffte es, dass Vater wieder laufen und sprechen lernte. Wir verstanden uns sehr gut, und ich habe ihn ständig über seine Heilkunde ausgefragt. Er hatte wirklich eine Engelsgeduld mit mir. Mein Arabisch war ja alles andere als vollkommen, doch er hat nie aufgegeben, bis ich alles verstand. Aus Dank habe ich dafür gesorgt, dass Königin Melisende dem Hospital eine großzügige Spende zukommen ließ, denn natürlich ist die Behandlung so vieler Kranker sehr kostspielig. Selek hat mir zum Abschied diese Pergamente für seine Kollegin im fernen Norden mitgegeben.«

Er reichte Hildegard die eng beschriebenen Rollen – sie,

Richardis und Elisabeth sahen etwas ratlos auf die arabischen Schriftzeichen.

»Keine Angst, ich werde es euch natürlich im Laufe der Zeit übersetzen«, beruhigte Siger sie.

Im Laufe der Zeit? Das klang wirklich, als hatte er vor, länger hierzubleiben, dachte Elisabeth, und eine Welle von Glücksgefühlen erfasste sie.

»Es sind Auszüge aus dem Kanon der arabischen Medizin, dem *al-Qānūn fī 'ṭ-Ṭibb*«, erläuterte er. »Das gesamte Gesetzeswerk der Heilkunde besteht aus fünf Teilen. Verfasst hat es ein Arzt namens Avicenna. Der ist zwar schon vor über hundert Jahren gestorben, aber sein Buch ist noch heute das wichtigste heilkundliche Nachschlagewerk der Araber und Perser.«

Hildegard strich ehrfürchtig über das Pergament. »Und diese Abschrift ist wirklich für uns Frauen?«

»Oh, ich bin mir sicher, dass es irgendwann auch Männern zugutekommt, wenn Ihr sie mit dem neuen Wissen behandelt«, meinte Siger schmunzelnd. »Was ich Euch mitgebracht habe, sind Auszüge aus dem zweiten, vierten und fünften Buch. Aus dem zweiten stammt eine Auflistung von Hunderten Arzneimitteln, die man aus Pflanzen, Mineralien oder Tieren gewinnen kann. Dem vierten Teil sind die Beschreibungen von Fiebern entnommen sowie von eitrigen Geschwüren, Nervenleiden, Verstauchungen und Knochenbrüchen. Außerdem werden Verdauungsprobleme, Stiche, Bisswunden, Vergiftungen und Hauterkrankungen behandelt. Sogar zur Schönheitspflege wird etwas erwähnt.«

Hildegard schien ihr Glück gar nicht fassen zu können. »Und was hat das fünfte Buch zu bieten?«, fragte sie strahlend.

»Das wird Euch am besten gefallen«, mutmaßte der junge Ritter. »Ein Rezeptbuch zur Herstellung von über sechshundert Heilmitteln, teilweise recht knifflig. Es geht unter anderem um medizinische Öle, Sirupzubereitungen, Pillen und Salben. Sogar eine Liste von Apothekermaßen und -gewichten ist mit dabei.«

»Tja, wäre das schön, wenn man eigene Räumlichkeiten hätte, damit all dieses Wissen den Kranken helfen könnte«, kam Richardis einmal mehr auf ihr Lieblingsthema zu sprechen.

Da klopfte es an die Tür der Klause, und wenige Augenblicke später führte Schwester Adelgundis einen schlanken Mönch herein.

»Bruder Helenger!«, rief Siger, und er war der Einzige der Anwesenden, der sich über den Anblick des Bibliothekars freute.

»Siger von Wavra«, entgegnete Helenger und drückte mit einem ungewohnt fröhlichen Lächeln die Hand des Ritters. »Ich konnte es kaum glauben, als Bruder Volmar mir die gute Nachricht mitgeteilt hat. Wir haben ja nichts mehr gehört von Euch und hatten alle Hoffnung fahren lassen. Tut uns das nicht noch einmal an!«

»Ich kann nichts dafür, dass dieser Templer voreilige Schlüsse gezogen hat«, verteidigte sich Siger. »Ich habe vernünftig mit den Seldschuken gesprochen, sie ließen uns ziehen, und so haben es Vater und ich unversehrt zu unserem Schiff in Akkon geschafft.«

Helenger schüttelte grinsend den Kopf. »Vernünftig mit Seldschuken sprechen – Ihr müsst mir unbedingt verraten, wie das möglich ist. Aber jetzt wartet erst mal die päpstliche Gesandtschaft auf Euch.«

»Sie sind schon eingetroffen?«, vergewisserte sich Siger und sah erschrocken zu Hildegard, Richardis und Elisabeth.

»Ja, sie haben es sich anders überlegt. Statt in Mainz wollten sie nun doch schon bei uns im Kloster übernachten«, berichtete Helenger. »So können sie gleich morgen früh mit den Verhören beginnen.«

Siger sah ihn irritiert an. »Verhöre?«

»Sie wollen einige Zeugen befragen, um herauszufinden, was es auf sich hat mit Hildegards *Visionen*.« Er betonte das Wort abfällig. »Folgt mir aber bitte, die anderen warten schon!«

»Ich versuche herauszufinden, was sie fragen wollen«, flüsterte Siger Elisabeth im Gehen zu. »Und heute Nacht sage ich es euch weiter.«

*

Ausgerechnet Bruder Helenger gab für die Gesandtschaft des Heiligen Vaters zur Begrüßung im Winterrefektorium des Männerklosters eines seiner selbst komponierten Lieder zum Besten. Abt Kuno hatte bereits bei Sigers erstem Aufenthalt vor fünf Jahren behauptet, sein Bibliothekar sei ein großer Dichter zu Ehren des Herrn.

Der ehrgeizige Helenger hatte den Anwesenden an diesem Abend schon dreimal – und das war für Sigers Begriffe genau dreimal zu viel gewesen – Kostproben seiner »Dichtkunst« zuteilwerden lassen.

Bei Sätzen wie »O Jesus, du mein Augenstern, ich habe dich für immer gern« hatte der junge Ritter ein Lachen unterdrücken müssen. Gab es etwas Schlimmeres als gänzlich unbegabte Menschen, die meinten, ihre künstlerischen Ergüsse der Welt darbieten zu müssen? Gott war der größte Künstler des

Weltgefüges – ihm solch süßlichen Stumpfsinn zu widmen hieß doch wahrhaft, seiner zu spotten.

Und da stand Helenger nun mit stolzgeschwellter Brust vor vier mächtigen Vertretern des Heiligen Vaters und sang. Nach einer scheinbaren Ewigkeit verneigte sich Kunos Adlatus mit übertriebener Geste, der Applaus der Gäste war eher höflich als begeistert. Lediglich Bruder Arnold aus Schwaben klatschte entzückt. »Bravo!«

Helenger lächelte seinen ehemaligen Lehrmeister voller Dankbarkeit an. Der Adlatus hatte den gebildeten Arnold laut eigenen Angaben von Anfang seiner Ausbildung in Rudesheim an tief bewundert. Helengers Lehrmeister kannte nicht nur alle biblischen Texte und jene des Augustinus, sondern auch die der Antike, hatte Helenger Siger vorgeschwärmt.

Da wandte sich Arnold an seinen Sitznachbarn, Primicerius Adelbert, einen großen, dürren Mann mit wirren weißen Haaren und spinnenartigen Fingern: »Ist er nicht großartig? Mein einstiger Schüler! Schreibt seine Lieder selbst.«

Abt Kuno nickte eifrig. »Ihr habt Bruder Helenger bestens ausgebildet, Bruder Arnold. Ohne ihn wüsste ich manchmal nicht, wo mir der Kopf steht.«

Bischof Albero von Verdun, ein ständig keuchender Dickwanst, schaute gelangweilt, Helenger hingegen strahlte über das ganze Gesicht ob des vielen Lobs.

»Was wollt Ihr Mater Hildegard denn morgen fragen?«, wandte sich Siger vorsichtig an Albero.

»Nun, es gibt einige Fangfragen, durch die findet man recht schnell heraus, ob jemand mit dem Teufel im Bunde ist«, raunte ihm der schwer atmende Mann zu.

»Und was sind das für …«, setzte Siger an.

Er wurde zu seinem Unwillen jedoch von Abt Kuno unterbrochen: »Herr von Wavra, wir wollen die Geschichte hören, wie Ihr den Seldschuken entkommen seid!«

Seufzend begann Siger zu erzählen. Es würde wohl sehr schwer werden, heute noch etwas über die Verhörmethoden der Gesandtschaft zu erfahren.

# 17. Kapitel

Am nächsten Morgen saßen Hildegard und ihre Schwestern unruhig im winzigen Refektorium ihrer Klause. Man hatte sie angewiesen, hier zu warten, bis sie eventuell als Zeuginnen ins Männerkloster geholt würden.

Als es klopfte, befürchtete daher jede der Nonnen, sie werde nun zur Aussage hinübergebeten.

Da betrat Volmar den Raum.

»Clementia«, wandte er sich an Hildegards Schwester. »Du sollst die erste Zeugin sein.«

Wenig später begann Pfalzgraf Hermann im Refektorium des Männerklosters, Clementia über Hildegards familiären Hintergrund auszufragen. Wie durch ein Wunder war es Siger in der vorigen Nacht gelungen, die Geistlichen zu überreden, ihn den Verhören beiwohnen zu lassen. »In Jerusalem wurde ich Zeuge vieler Befragungen von Ungläubigen«, hatte er betont, nachdem klar gewesen war, dass ihm niemand die geplanten Verhörmethoden offenbaren würde. »Ich habe immer schnell durchschaut, wenn sie gelogen haben. Vielleicht könnte ich von Nutzen sein.« In Wirklichkeit hoffte er jedoch, eingreifen zu können, falls sich eine oder mehrere der Nonnen um Kopf und Kragen redeten.

»Ihr seid die leibliche Schwester der Vorsteherin?«, fragte Hermann zunächst.

Clementia nickte. »Das bin ich.«

»Erzählt uns mehr über Eure Schwester, ihre Kindheit…«, forderte der Graf mit befehlsgewohnter Stimme.

»Meine Mutter hatte damals schon neun schwere Geburten hinter sich. Die letzten beiden Kinder, ein Zwillingspaar, waren gleich nach der Geburt gestorben. Und auch bei Hildegard gab es Schwierigkeiten. Sie lag falsch, die Nabelschnur hatte sich wie eine Schlinge um ihren Hals gewickelt, und um ein Haar hätte mein Vater unsere Mutter und das Neugeborene verloren. Er hatte Gott daher im Beisein meiner Mutter und der Hebamme geschworen, das Kind der Kirche einst als Zehnten zu übergeben. Weil sie sich bei der Geburt so kämpferisch gezeigt hatte, gaben ihr unsere Eltern den Namen Hildegard.«

»Wie passend für eine schwache Frau!«, meinte Hermann zynisch.

Siger wusste, dass der Name »Kampfkühne« bedeutete.

»Dann hat Hildegard außer Euch noch sechs lebende Geschwister?«

Clementia musste schmunzeln bei dem Gedanken an die bunt zusammengewürfelte Sippe derer von Hosenbach. »Wir haben noch drei Schwestern, Irmgard, Odilia und Judda. Und drei Brüder! Drutwin ist der Älteste von uns. Der kümmert sich seit Vaters Tod vor fünfzehn Jahren um unser Gut. Unser Bruder Rohrich ist Priester und Kanonikus in Tholey, und Hugo ist Domkantor an der Mainzer Kathedrale.«

Pfalzgraf Hermann war sichtlich gelangweilt über Clementias stolze Aufzählungen der hohen Posten ihrer adeligen Familie und wechselte das Thema. »Was ist das für eine Krankheit, die Eurer Schwester angeblich oft so starke Schmerzen bereitet?«

»Daran leidet sie schon von Kindesbeinen an. Sie kann nur selten ohne Schmerzen gehen. Vor allem eine Hälfte ihres Kopfes droht vor Schmerz oft fast zu zerspringen. Was ihr aber an äußeren Kräften fehlt, das gleicht sie durch innere Stärke und Weisheit aus. Hildegard ist etwas ganz Besonderes, das bemerkten unsere Eltern schon früh. Sie war nicht nur außergewöhnlich klug, sondern hatte auch andere, ganz sonderbare Fähigkeiten.«

Adelbert räusperte sich. »Ihr meint ihre Sehergabe.«

Clementia bejahte. »In ihrem dritten Lebensjahr sah Hildegard ein so großes Licht, dass ihre Seele erbebte, aber sie war ja noch ein Kind, deshalb konnte sie es keinem von uns richtig beschreiben. Schon mit fünf erkannte sie, dass sie regelrechte Visionen hatte.«

»Nun, viele Menschen, die an wiederkehrenden Kopfschmerzen leiden, sehen Lichter«, murmelte Bruder Arnold skeptisch. »Mit Gottesbotschaften hat das herzlich wenig zu tun.«

»Besitzt Hildegard diese Gabe heute auch noch?«, wollte Hermann von Clementia wissen.

»Da fragt Ihr sie am besten selbst. Von sich aus spricht sie nicht gern darüber. Sie ist eher schüchtern und bescheiden.«

Der Bischof von Verdun und der Primicerius warfen sich einen vielsagenden Blick zu und ritzten etwas in ihre Wachstäfelchen.

Nachdem die Gesandtschaft Clementia entlassen hatte, wurde die Mutter Oberin von Bruder Guntram hereingeführt.

»Deo gratias«, begrüßte Hildegard von Bermersheim die drei mit zitternder Stimme.

»Benedicte«, erwiderten Adelbert und der Bischof wie aus einem Mund, Pfalzgraf Hermann nickte nur kurz.

»Ihr wisst, warum wir hier sind, werte Jungfrau«, stellte der Bischof mehr fest, als dass er es fragte.

»Ja, Ihr sollt herausfinden, ob meine Gesichte vom Heiligen Geist kommen – oder ob es sich um teuflische Einflüsterungen handelt«, sagte sie und fügte dann zum Erstaunen der Kleriker und Sigers hinzu: »Eine solche Prüfung ist gewiss notwendig!«

Die nun folgenden Fragen ähnelten jenen, die Volmar laut Elisabeths Erzählung bereits vor fast zwanzig Jahren Hildegard gestellt hatte. Ihr Schreiber lächelte ihr bisweilen wissend und aufmunternd zu. Nein, sie geriet bei ihren Visionen nicht in Verzückung. Ja, sie hielt sich selbst für ungebildet. Nein, sie glaubte nicht, dass die Frau ungehorsam sein dürfe. Der dürre Primicerius, der dicke Bischof und der muskelbepackte Pfalzgraf wirkten äußerlich unbeeindruckt.

»Spricht die Stimme des Lichts zu Euch auf Deutsch oder Latein?«, fragte der Primicerius.

»Weder noch. Die himmlischen Wesen verständigen sich in einer ›lingua ignota‹. Eine Geheimsprache, die kaum ein Irdischer kennt und sprechen kann«, erläuterte Hildegard. »Durch den Heiligen Geist erschließt Gott gläubigen Menschen immer wieder die Heilsgeschichte und lässt sie Ihn sehen, und mir gewährte Er tiefe Einblicke in Seine Geheimnisse.«

»Könntet Ihr uns Eure jüngste Vision beschreiben?«, brachte der beleibte Bischof keuchend hervor.

»Gerade in diesem Augenblick habe ich eine Vision«, gestand Hildegard mit starrem Blick. Die Abgesandten beugten sich neugierig vor.

Hildegard beschrieb: »Ich sehe vor einer Schar weiß gekleideter Menschen einen großen und langen Drachen.«

Hermann, Adelbert und Bischof Albero warfen sich einen Blick zu, dann fragte der Primicerius: »Wie sieht dieser Lindwurm aus?«

»So schrecklich und wild, dass es kein Mensch genau beschreiben könnte«, sagte Hildegard, weiterhin scheinbar ins Leere schauend. »Er ist schwarz und borstig, voller Geschwüre und Blattern. Sein Leib trägt fünf verschiedene Farbstreifen vom Kopf über den Bauch bis zu den Füßen. Einen grünen, einen weißen, einen roten, einen gelben und einen schwarzen. Sie sind voll von tödlichem Gift.«

Irgendetwas in Hildegards Stimme, vielleicht ihre nüchtern beschreibende Art, ließ Siger erschaudern. Selbst Volmar wirkte verblüfft, diese Vision schien auch ihm völlig neu zu sein.

Hildegard atmete hörbar auf – so als habe sie etwas erblickt, das zur Beruhigung Anlass gab.

»Der Drachenkopf ist jetzt zerschmettert, seine linke Wange scheint schon auseinanderzufallen. Seine Augen sind blutunterlaufen, und sie glühen wie von einem inneren Feuer. Seine Ohren sind kugelrund und struppig, Nase und Maul sehen aber aus wie von einer Viper. Der ekelerregende Schwanz ist abgehackt. Um seinen Hals ist eine Kette gelegt. Die fesselt ihm auch die Vorder- und Hinterfüße. Der Drache ist an einen Felsen im Abgrund gekettet. So fest, dass er sich gar nicht bewegen kann. Er speit aber Feuer. Vier Feuerstrahlen – der eine züngelt bis in die Wolken, der zweite ergreift weltlich gesinnte Menschen, die dritte die Geistlichen, und die vierte Flamme lodert bis in den Abgrund hinunter. Durch das Feuer, das bis zu den Wolken lodert, sind die Menschen in Gefahr, die in den Himmel wollen.«

Hildegards Blick richtete sich wieder auf Irdisches – auf Siger, Volmar und die Gesandten, die sie verwirrt anstierten.

»Was soll das bedeuten?«, wollte Pfalzgraf Hermann wissen.

»Die weiß gekleideten Menschen versinnbildlichen die Gläubigen, der Lindwurm den Teufel. Seine Betrügereien liegen offen vor den Menschen wie dieser Drache. Aber das Ungeheuer ist am Boden zerstört – der Sohn Gottes hat es seiner Kräfte beraubt. Der Teufel bietet den Menschen offen und verführerisch Reichtum und Vergnügungen an. Deshalb sehe ich zu seiner Linken einen Marktplatz. Manche Menschen eilen an den vom Teufel angebotenen Waren nach kurzem Blick vorbei, andere bleiben stehen und beginnen, mit ihm zu feilschen. Dazu sagt Ezechiel: ›Der Gerechte erfährt Gerechtigkeit, der Gottlose erhält den Lohn der Gottlosigkeit.‹«

»Was bedeuten die verschiedenfarbigen Streifen auf dem Drachen?«, erkundigte sich Albero.

»Grün steht für die weltliche Trauer, Weiß für alberne Ehrfurchtslosigkeit, Rot für eitlen Ruhm, Gelb für beißende Geringschätzung und Schwarz für schändliche Täuschung. Aber zum Glück ist der Kopf des Lindwurms zerschmettert – dafür hat die Menschwerdung Christi gesorgt. Der abgehackte Schwanz symbolisiert, dass er nur eine kurze Zeit Macht haben konnte, bevor Jesus ihn besiegte. Gott hat Satan überwältigt – deshalb ist der grässliche Drache angekettet. Trotzdem versucht er, mit seinen Feuerstrahlen alle zu erwischen – die nach dem Himmel Strebenden, die Laien, die Geistlichen und die Treulosen, die ihm zustimmen.«

Dann lächelte Hildegard erleichtert. »Jetzt sehe ich eine große Schar hell leuchtender Menschen, die den Wurm vollends niedertreten. Das sind die Jungfrauen, Märtyrer und andere Gottesverehrer, die unter großer Anstrengung das Irdische mit Füßen treten und das Himmlische ersehnen. Kein Feuer oder Gift des Teufels kann ihnen etwas anhaben. Gott hat sie mit so großer Beständigkeit gefestigt, dass keine offene Leidenschaft oder heimliche Verführung des Teufels sie beflecken kann. Dank ihrer Tugenden lassen sie die eitlen Trugbilder hinter sich – und sie halten mit einem gerechten Leben an der Helligkeit fest.«

Hermann, Albero und Adelbert flüsterten miteinander, zeigten aber immer noch nicht, was sie von Hildegards Ausführungen hielten. Sie baten jedoch um sämtliche Niederschriften ihrer Visionen. Einige Tage wollten sie bleiben – um Hildegards klösterlichen Lebenswandel zu überprüfen.

*

Am letzten Abend vor der Rückreise kam Siger endlich wieder zu den Nonnen in die Klause.

»Wo warst du nur die ganze Zeit?«, fragte Elisabeth, die ihm die Tür geöffnet hatte.

Es ärgerte sie, dass der Besuch der Kommission ihr Wiedersehen mit Siger dermaßen verdorben hatte, und natürlich nagte die Sorge um Hildegard an ihr.

»Ich habe mit Engelszungen auf die Gesandtschaft eingeredet«, erklärte er. »Bei jeder Gelegenheit versichere ich ihnen, was für eine gottesfürchtige Frau unsere Hildegard ist. Und jetzt möchte sie der einzige weltliche Fürst von ihnen sprechen – ohne die anderen Kommissionsmitglieder.«

»Graf von Stahleck?«, vergewisserte sich Hildegard, die hinzugekommen war.

Siger nickte. »Er hat mich gebeten, Euch zu ihm ins Gästehaus des Männerklosters zu bringen.«

»Ist es ein gutes Zeichen, dass er sie allein sprechen will?«, fragte Elisabeth beunruhigt.

»Ich weiß es nicht«, gab Siger zu. »Es gibt Gerüchte über

Pfalzgraf Hermann. Die Schönburg in Oberwesel gehört zu seinem Besitz. Und die ist angeblich der Ort eines schweren Verbrechens geworden.«

»Dann darfst du nicht zu ihm«, riet Elisabeth ihrer Herrin ängstlich.

»Mir ist bekannt, was man über ihn munkelt«, erwiderte Hildegard. »Ich werde dennoch mit ihm sprechen.«

»Es geht um Eure Vision mit dem Drachen«, begann Hermann zögerlich, als Siger Hildegard in dessen Gästezelle geführt hatte. »Meint Ihr wirklich, dass auch die schlimmsten Sünden vergeben werden können?«

»Ich kann mir denken, worum es Euch geht«, sagte die Vorsteherin unvermittelt. »Man sagt, Ihr habt den Mitbewerber um Eure Pfalzgrafschaft, Otto von Rheineck, ermorden lassen.«

Hermann war über die Offenheit der sonst so kleinlauten Frau ebenso verblüfft wie Siger. Ihm war, als würde hier eine andere, großartigere Stimme sprechen.

»Es war nicht meine Idee. Ein junger Freund von mir, Albert von Edrich, hat mir den Mord eingeredet«, versuchte Herrmann einen Teil der Schuld abzuwälzen. »Er hat mir auch einen Landsknecht genannt, der das Verbrechen für uns durchführen würde.«

»Ihr glaubt aber selbst nicht, dass Euch diese Ausrede von Eurer Schuld befreit«, stellte Hildegard nüchtern fest.

Hermann senkte den Blick. »Kein Ozean der Welt könnte das Blut von meinen Händen waschen«, murmelte er schließlich. »Es würde sämtliche Meere rot färben.«

Hildegard bemerkte, dass der große Mann mit der schwarzen Mähne zitterte. »Wichtig ist, dass es Euch nicht deucht, Euer Herz sei weiß.«

»Mir fehlt die Würze aller Wesen – der Schlaf. Das selbst geschaffene Grauen quält mich Nacht für Nacht. Es macht mich und meine Gertrud ganz krank.«

Hildegard nickte ernst. »Hier muss der Kranke selbst das Mittel finden.«

»Ich will Eurem Kloster alles schenken, was Ihr wollt!«, rief Hermann schließlich und erwiderte Hildegards Blick flehend. »Wenn ich nur nicht im Jenseits bestraft werde – und endlich diese grässlichen Schuldgefühle loswerde.«

Die Vorsteherin seufzte. »Viele denken, dass selbst die schlimmsten Vergehen durch wertvolle Opfer wiedergutgemacht werden können. Aber viel wichtiger ist wirkliche Reue. Und der Glaube!«

»Dann gibt es Hoffnung für meine Gertrud und mich?«, fragte Hermann, der seiner Größe zum Trotz wie ein verängstigtes Kind wirkte.

Wie schnell in Gegenwart dieser geheimnisvollen Frau alle Mauern gefallen waren, staunte Siger.

Hildegard lächelte zuversichtlich. »Gott ist voller mütterlicher Barmherzigkeit.«

»Mütterlich?«, wiederholte der Graf ungläubig.

»Ganz genau«, beharrte die Nonne.

Siger furchte die Stirn. Ob es dem Urteil über Hildegard zuträglich war, auf der Behauptung zu bestehen, dass Gottes Barmherzigkeit weiblich sei?

*

Nachdem er Hildegard zur Frauenklause zurückgebracht hatte, sah Siger am Kamin des Gästehauses Bruder Arnold bei seinem ehemaligen Schüler Helenger sitzen. Die beiden

Geistlichen waren so sehr in eine Schriftrolle vertieft, dass sie den jungen Ritter nicht bemerkten.

»Kein Glaubender meine«, übersetzte Helenger gerade aus dem Lateinischen, »die himmlische Herrlichkeit mit der Unersättlichkeit des Bauches und dem Ausleben seiner Lüste zu erhalten.«

Arnold grinste. »Man könnte meinen, diese Hildegard weiß, wovon sie spricht.«

Helenger schüttelte angewidert den Kopf. »Was für ein unerträglicher Schwulst.«

»Adelbert und Bischof Albero sind aber völlig begeistert«, erwiderte Arnold. »Nach dem, was du mir über die Alte geschrieben hast, habe ich sie mir auch ganz anders vorgestellt. Größer … wie ein Ungeheuer, ein schwarzer Vogel …«

Der junge Adlatus nickte. »So kommt sie mir auch vor. Diese Überheblichkeit …«

»Immerhin hat ihr Bernhard von Clairvaux geschrieben«, warf Arnold ein und schenkte ihnen Wein aus einem Lederschlauch in zwei Becher.

Helenger machte eine abfällige Handbewegung. »Nachdem sie zweimal heuchlerische Bettelbriefe um Anerkennung geschickt hat. Und im Grunde hat er auch nur geantwortet, dass sie bescheiden bleiben soll. Außerdem – wer weiß, ob sie das Zeug wirklich selbst schreibt?«

»Wer sonst?«

Während Siger unbemerkt davonging, hörte er Helenger noch sagen: »Ihr Prior Volmar vielleicht. Was weiß ich? Man sollte es auf jeden Fall prüfen. Am besten noch heute Abend.«

Siger eilte zurück in Richtung Frauenklause, um Hildegard zu warnen.

# 18. Kapitel

Gerade als Siger Hildegard mit Richardis und Elisabeth in der Schreibstube fand, wo sie in ihr jüngstes Manuskript vertieft waren, betraten auch schon Arnold und Helenger den Raum. Er war zu spät!

»Entschuldigt die Störung«, sagte Arnold mit schlecht gespielter Höflichkeit, »Bruder Volbert sagte uns, dass wir Euch hier finden.«

»Ihr meint Bruder Volmar«, berichtigte Hildegard ihn. »Darf ich Euch meine Schülerin Richardis von Stade und meine Miniaturmalerin Elisabeth vorstellen?«

Helenger warf Richardis einen abfälligen Blick zu. Arnold nickte nur kurz gleichgültig und linste dann über Hildegards Schulter in deren Manuskript.

»Die Magistra schreibt großartig, nicht wahr?«, fragte Richardis herausfordernd.

Arnold wiegte unentschlossen den Kopf. »Ziemlich viele Lateinfehler …«

»Die korrigiert ihr Symmysta Bruder Volmar«, erwiderte Richardis. »Was zählt, ist der gottgesandte Inhalt.«

Arnold überging sie und wandte sich an Hildegard. »Ihr wisst sehr viel, gütige Mater. Aber auch Ihr kennt wohl kaum von allen Rätseln die Lösung.«

»Kein Mensch weiß alles, weder durch Weisheit noch durch Prophetie, noch durch Gottes Eingebung«, erinnerte ihn Hildegard.

»Nun, mich plagt ein ganz bestimmtes Rätsel«, erklärte Arnold. »Es war vor über zehn Jahren, als ich noch Priester in Schwaben war. Da betrat ich einmal bei Nachtanbruch unsere Kirche in Rudesheim, um im Heiligtum das Licht anzuzünden. Bruder Helenger, der damals noch mein Schüler war und mir beim Gottesdienst half, begleitete mich. Da erblickte ich über dem Altar zwei brennende Kerzen. Wir waren beide gleichermaßen entgeistert, Helenger hatte die Kerzen nämlich kurz zuvor vor meinen Augen gelöscht. Ich ging dann selbst zum Altar, um die Lichter erneut zu löschen. Da fand ich zu meinem Erstaunen das Altartuch auseinandergelegt wie zum Abendmahl. Darauf standen fünf in Kreuzform geschriebene Buchstaben aus Blut, in der Quere APH, in der Höhe K und D.«

Elisabeth ritzte das Zeichenkreuz nachdenklich in ihr Wachstäfelchen. Was konnte das nur bedeuten?

K

APH

D

Hildegard musterte den Geistlichen aufmerksam. »Waren die Buchstaben am nächsten Tag auch noch da?«

Arnold nickte. »Ja, erst nach sieben Tagen waren sie verschwunden. Ich teilte den wundersamen Vorgang vielen weisen Männern mit. Aber bis heute konnte mir niemand erklären, was das bedeuten sollte.«

Arnold sah gespannt zwischen Helenger und Hildegard hin und her.

»Vielleicht könnt Ihr die Buchstaben auf dem Tuch auslegen wie einst David die Zeichen an der Wand, Mater Hildegard«, sagte der Geistliche mit leicht spöttischer Stimme.

»Manche Wahrheiten will der Mensch gar nicht wissen«, äußerte Hildegard.

»Schlaue Antwort«, sagte Helenger spitz. Im entscheidenden Moment hüllte die alte Hexe sich in vage Aussagen, schien er zu denken.

»Sag es ihm doch, wenn er es unbedingt wissen will!«, forderte Richardis ihre Herrin kampfeslustig auf.

»Eure Schülerin hat recht«, stieß Arnold hervor, der Sigers Ziehschwester wohl für ein vorlautes Gör hielt und aussah, als würde er ihr am liebsten eine Ohrfeige verpassen. »Sagt es mir doch!«

»Es wird Euch aber nicht gefallen …«, warnte die Vorsteherin.

Arnold und Helenger beugten sich gespannt nach vorne.

»Die Buchstaben bedeuten: ›Kyrium Presbyter Deserit, Ascendat Paenitens Homo!‹«

Helenger errötete augenblicklich vor Zorn, aber auch Arnold war sichtlich betroffen. »Der Herr hat den Priester verspottet, er stehe auf als reuiger Mensch!«, murmelte er die Übersetzung der Zeilen.

»Wie könnt Ihr es wagen, Bruder Arnold so etwas zu sagen?«, tobte Helenger. »Gott ihn verspotten!«

Den Ausbruch des jungen Mönchs missachtend blickte Hildegard Arnold durchdringend in die Augen. Sein Verhalten ließ erahnen, dass die Worte ihre Wirkung nicht verfehlten. »Ich glaube, insgeheim wusstet Ihr immer, was Gott Euch sagen will. Ich bin nur sein Sprachrohr. Ein heißes Bad mit gekochten Endivien ist sehr hilfreich gegen zu feurige Lenden. Das solltet Ihr ausprobieren!«

Richardis, Elisabeth und Siger warfen sich einen erschrockenen Blick zu. Sicher hatte die päpstliche Abordnung nicht erwartet, von einer Braut Christi Belehrungen über Hausmittelchen gegen fleischliche Gier zu erhalten. Wieso sollte ausgerechnet sie – in ihrer Festung von Glauben und Keuschheit – sich damit auskennen?

Arnold hatte indes seine Fassung wiedergewonnen und wies Hildegard augenblicklich in ihre Schranken zurück: »Feurige Lenden? Was fällt Euch ein?«

Arnold und Helenger gingen aufgebracht hinaus, Richardis und Elisabeth schauten einander an.

»Was genau wirft Gott ihm denn nun vor?«, fragte Richardis.

»Ich habe von Anfang an gewusst, was die Buchstaben bedeuteten, das hat mich selbst überrascht. Ich verstehe die Geheimnisse, die mir offenbart wurden, oft selbst nicht. Aber ich habe gespürt, dass Arnold den für die Priester vorgesehenen Pfad der Keuschheit verlassen haben muss – und das Geheimnis auch mit seinem damaligen Schüler zu tun hat.«

Unzucht unter Männern, dachte Elisabeth, davon hatte sie gehört. Laut Schwester Trude schien das Gebot der Ehelosigkeit zahlreiche Sodomiten in katholische Priesterämter zu locken. Plötzlich sah sie Helengers Begeisterung für Siger in ganz anderem Licht. Und ein Blick in seine Richtung zeigte, dass ihm soeben ein ähnlicher Gedanke gekommen war.

Gerade fiel ihr ein, dass Hildegard neulich selbst ein heißes Bad mit Endivienblättern genommen hatte. Kannte sie die

Wollust etwa aus eigener Erfahrung? Und wer hätte die in ihr auslösen sollen?

In diesem Augenblick fragte die Vorsteherin verzweifelt: »Was werden sie jetzt nur dem Heiligen Vater über mich erzählen?«

*

Am nächsten Morgen arbeitete Elisabeth allein in der Schreibstube an der Illustration einer von Hildegards Visionen. Doch in Gedanken war sie nicht bei der Sache. Heute würde die päpstliche Gesandtschaft wieder abreisen. Noch immer hatte keiner von ihnen ein Gespür dafür, was die Mitglieder der Kommission von Hildegard und ihren Visionen hielten.

»Guten Morgen«, hörte sie aus Richtung der Tür Sigers Stimme.

Endlich waren sie zu zweit, und er eilte zu ihrem Pult, wo sie einander sehnsuchtsvoll küssten.

»Ach, mein Engel, jetzt haben wir uns kaum gesehen, und ich muss dich schon wieder verlassen«, flüsterte er schließlich bedauernd.

Sie sah erschrocken zu ihm auf. »Wieso das?«

»Albero hat mich gebeten, die Gesandtschaft zurück nach Trier zu begleiten – wieder zum Schutz gegen Wegelagerer«, erläuterte Siger. »Und ich denke, das sollte ich tun. Der Mönch Wibert von Gembloux hat mich schon mal in die Unterredungen eingeschleust. Vielleicht kann ich eingreifen, wenn die Kommissionsmitglieder dem Heiligen Vater die Unwahrheit über Hildegard erzählen.«

»Es wäre wohl wirklich nicht schlecht, wenn du dabei wärst«, gab Elisabeth zu.

»Natürlich komme ich gleich nach der Synode hierher

zurück«, versprach er. »Was auch immer sie entscheiden werden, ihr erfahrt es dann jedenfalls so schnell wie möglich.«

»Nicht auszudenken, wenn Papst Eugen Hildegards Schriften für Teufelswerk erklärt«, wisperte Elisabeth erschaudernd. »Das wäre ihr Ende. Auch Richardis, Volmar und ich würden dann wegen unserer Beteiligung daran verurteilt.«

Er nahm sie fester in den Arm, doch sie wusste, dass dieses kurzfristige Gefühl der Sicherheit enden würde, sobald er fort war.

*

Am nächsten Tag kamen Arnold, der Primicerius, der Bischof von Verdun und Hermann von Stahleck mit Siger zurück nach Trier. Dort gab es wenig später zum großen Ärger des merklich verstimmten Bruder Arnold eine Sensation: Papst Eugen kündigte an, höchstpersönlich aus den Schriften der geheimnisvollen Ordensschwester vorzulesen.

Der Erzbischof, achtzehn Kardinäle sowie Bischöfe und andere Geistliche aus aller Herren Länder saßen beisammen. Siger hatte sich von seinem Freund Wibert ein Mönchsgewand geliehen und saß bei ihm – etwas abseits der Kirchenoberen. Zwischen all dem Purpur, den goldenen Ketten und Ringen, von denen er umgeben war, trug der bärtige Papst Eugen III. nur eine weiße Kutte, ähnlich schlicht wie die des Bernhard von Clairvaux.

»Dies sind die Schriften der Jungfrau Hildegard vom Disibodenberg«, begann der Heilige Vater aus den gebundenen Pergamentblättern zu lesen – deutlich, aber nicht zu laut. Es wurde immer stiller in dem Raum.

»Der erste Teil der ersten Vision. Ich sah so etwas wie einen großen, eisenfarbigen Berg. Darauf thronte eine Gestalt von solchem Glanz, dass ihre Herrlichkeit meine Augen blendete. Zu ihren beiden Seiten erstreckte sich ein matter Schatten, ähnlich wie Flügel von wunderbarer Breite und Länge. Und vor ihr, am Fuße des Berges, stand eine Erscheinung, die war über und über mit Augen bedeckt. Ich konnte vor lauter Augen keine menschliche Gestalt erkennen. Und davor sah ich eine andere, kindliche Gestalt in farblosem Gewand und mit weißen Schuhen. Auf ihr Haupt ergoss sich ein solch heller Glanz von dem, der auf dem Berge saß, dass ich nicht in der Lage war, in ihr Antlitz zu schauen. Auch ging von ihm ein sprühender Funkenregen aus, der die Erscheinungen mit lieblichem Licht umgab. Im Berg selbst konnte ich viele kleine Fenster sehen, in denen teils bleiche, teils weiße Gesichter erschienen.«

Eine kurze Pause folgte, noch immer herrschte atemlose Stille in dem Raum. Siger sah, wie gebannt Wibert von dieser Vision zu sein schien. Dann las der Papst Hildegards Auslegungen vor.

»Eine Stimme vom Himmel erklärte mir, was ich da sehen durfte. Der Berg bezeichnet Stärke und ewigen Bestand des Gottesreiches. Vom allmächtigen Gott gehen blitzend verschiedene überaus starke Tugendkräfte aus. Sie beschützen die Gottesfürchtigen und die Armen im Geiste. Die Gottesfurcht wird durch die Augengestalt symbolisiert, die Armen im Geiste durch die kindliche Gestalt mit farblosem Gewand und weißen Schuhen. Die Fenster mit den unterschiedlichen Gesichtern zeigen an, dass die unterschiedliche Motivation der Menschen dem allwissenden Gott nicht verborgen sein kann. Salomon sagt dazu: ›Die lässige Hand macht arm, die Hand des Starken erwirbt Reichtum.‹ Das heißt: Schwach und arm macht sich der Mensch, der keine Gerechtigkeit übt. Wer aber die kraftvollen Werke tut und den Weg der Wahrheit geht, erreicht den sprudelnden Quell der Herrlichkeit, aus dem er die kostbarsten irdischen und himmlischen Schätze gewinnt. Wer immer Erkenntnis im Heiligen Geist und die Flügel des Glaubens besitzt, übergehe daher meine Mahnungen nicht, sondern sein Herz verkoste sie und nehme sie liebend gern entgegen.«

Nun schwieg auch Papst Eugen beeindruckt. Nach einer kurzen Pause klatschten die ihn umringenden Kleriker begeistert.

Die meisten Menschen hatten ein schlechtes Gewissen wegen zahlreicher Sünden, dachte Siger. Da machten die Geistlichen gewiss keine Ausnahme. Fast wirkte es, als sehnten sie sich nach einer Rüge und der Erinnerung daran, dass Gott die Intentionen der Menschen nie verborgen bleiben konnten.

Bernhard von Clairvaux sprang erregt auf. »Gütiger Heiliger Vater, ich bitte Euch inständig, lasst nicht zu, dass ein solch hell strahlendes Licht von Schweigen überdeckt wird. Der Herr will in Eurer Zeit eine Begnadung offenbaren. Bestätigt sie durch Eure Amtswürde!«

Siger sah sich erfreut unter den Klerikern um; wie glücklich würde es Richardis machen, von dieser Ehre für ihre Meisterin zu erfahren! Der junge Wibert von Gembloux gab wie viele andere der Geistlichen einen Ausruf entzückter Zustimmung von sich.

Da Papst Eugen seinerzeit als Zisterzienser selbst von Bernhard herangebildet worden war, gab er viel auf dessen Meinung. »So soll es sein. Lasset unsere Herzen im Lobe des Schöpfers erklingen und uns jubelnd der Gnade erfreuen, die er in der Vision dieser Jungfrau offenbart.«

Besonders Heinrich, der Bischof in Hildegards Erzbistum, applaudierte begeistert, wie Siger feststellte. Kein Wunder: Er würde daheim in Mainz einiges zu erzählen haben!

Nur Arnold blickte grimmig drein. Hildegard hatte dem Priester auf den Kopf zugesagt, dass Gott ihn verspotte und er Reue zeigen müsse. Diese Legitimation ihrer schriftstellerischen Tätigkeit durch den Stellvertreter Christi auf Erden bedeutete den Wendepunkt im Leben von Richardis' Vorsteherin, dessen war sich gewiss auch Arnold bewusst.

Siger konnte es kaum erwarten, zum Disibodenberg zurückzureiten und den Frauen die freudige Botschaft zu überbringen.

# 19. Kapitel

Eine Woche nach der Abreise der päpstlichen Gesandtschaft wurde es ungewöhnlich warm für die Jahreszeit, selbst der hartnäckige Schnee im Schatten der Gebäude begann zu schmelzen. Da Richardis und Elisabeth in der weiblichen Hälfte der Schreibstube vergeblich auf Hildegard gewartet hatten, waren sie auf der Suche nach ihr – und fanden sie im Klausengarten. Dort sang sie gedankenverloren das Lied *O virga ac diadema,* von dem Elisabeth wusste, dass sie es zu Ehren der Jungfrau Maria ersonnen hatte.

Die beiden Nonnen lauschten, überwältigt von der Schönheit der fremdartigen Melodie. Als Hildegard ihre Schülerinnen bemerkte, hielt sie verlegen inne.

»Sing weiter!«, bat Richardis. »Woher ist dieses Lied?«

Hildegard zögerte, was Elisabeth Jutta von Sponheims zorniger Reaktion auf ihre Eigenkompositionen seinerzeit zuschrieb. »Es ist mir – eingefallen …«

Richardis hingegen war begeistert. »Du musst es aufschreiben.«

»Ich habe den Gebrauch der Neumen doch nie beigebracht bekommen«, erinnerte die Vorsteherin.

»Ich schon«, erwiderte ihre Schülerin. »Ich kann dir helfen.«

Da kam außer Atem Siger von Wavra in den Garten gehetzt. Die Frauen durchfuhr es vor Schreck wie ein Blitz. Hildegard klammerte sich an Richardis' Arm.

Die verstand ihrerseits sofort. »Der Schiedsspruch des Heiligen Vaters!«

Hildegard bekreuzigte sich. »Heilige Muttergottes, steh uns bei!«

»Nun, was ist?«, drängte Richardis ihren Ziehbruder, der lächelte. Das machte Hoffnung! Er hielt ein Schreiben hoch.

»Von Papst Eugen höchstpersönlich.«

Hildegard und Richardis sahen einander angstvoll an.

»Er hat nicht auf Arnold gehört«, beruhigte Siger die Frauen.

Die Vorsteherin und ihre beiden Schülerinnen saßen wenig später in der Schreibstube und lauschten Volmar, der ihnen an Sigers Seite durch das Gitterfenster den Brief des Heiligen Vaters übersetzte. Darin genehmigte Papst Eugen Hildegards Schriften nicht nur feierlich, sondern forderte sie sogar ausdrücklich auf weiterzuschreiben.

Als Volmar mit dem Übersetzen fertig war, jubelte Richardis und küsste ihre Meisterin überschwänglich, Elisabeth und Siger warfen sich glückliche Blicke durch das Gitter zu. Hildegard selbst blieb starr und konnte das gerade Gehörte offenbar noch gar nicht fassen. Der Papst persönlich hatte ihre Visionen für gut befunden.

»Ich bin doch nur eine kleine Feder auf dem Atem des Herrn«, raunte sie überwältigt.

Elisabeth erkannte die Angst in dem ihr inzwischen so vertrauten Gesicht der Vorsteherin. Sie wusste, dass Hildegard sich wenig zutraute. Und doch war es wohl ebenjene Bescheidenheit, die – durch den Gegensatz zu ihren außerordentlichen Fähigkeiten – das Prüfungskomitee Papst Eugens von ihrer göttlichen Inspiration überzeugt hatte.

»Jetzt solltest du auch endlich deinen Plan verwirklichen«, sagte Richardis.

Volmar blickte argwöhnisch von ihrer Lieblingsschülerin zu Hildegard. »Was für ein Plan?«

Die Vorsteherin zögerte.

»Nun sag es ihm schon!«, forderte Richardis sie auf.

Durch den Brief Seiner Heiligkeit ermutigt und von Richardis gedrängt sprach Hildegard also endlich das Thema an, das ihr seit fünf Jahren Kopfzerbrechen bereitete.

»Ich habe den göttlichen Auftrag bekommen, mit meinen Nonnen von hier fortzuziehen.«

Volmar war von der ungeheuerlichen Ankündigung völlig überrumpelt. »Von hier fort? Aber wohin denn?«

»Dorthin, wo die Nahe in den Rhein fließt: auf den Rupertsberg gegenüber Bingen.«

»Aber dort gibt es doch nichts außer der alten Römerbrücke.«

»O doch, es ist heiliger Boden«, widersprach Richardis. »Der Herzogsohn Rupert hat mit seiner Mutter vor vielen Jahrhunderten eine Kirche nach der anderen gegründet. An der Nahemündung hat er schließlich eine Heimstatt für Kranke und Pilger errichtet. Er starb mit nur zwanzig Jahren; seine Mutter hat an seinem Grab ein Kloster gegründet.«

»Das haben doch schon vor vielen Jahren die Normannen verwüstet«, erinnerte Volmar. »Heute ist der Rupertsberg karg und unfruchtbar. Hildegard! Willst du von unseren fruchtbaren Feldern, Weinbergen und dieser lieblichen Gegend in ein trockenes Gebiet ziehen?«

Richardis widersprach dem Sekretär und Propst. »Es gibt genug Wasser dort. Und das Klima ist sogar milder als hier.«

Volmar überging diesen Einwand und wandte sich wieder an die Praeposita. »Gewiss hast du dich diesmal durch ein Trugbild täuschen lassen.«

Hildegard sah ihn gekränkt an. »Wer weiß besser als du, dass ich noch nie Trugbildern aufgesessen bin?«

»Ja, entschuldige.« Volmar senkte traurig den Blick. »Aber wir sehen dich eben ungern fortziehen.«

»Du sollst ja auch mitkommen!«

»Mitkommen?« Volmars Laune besserte sich augenblicklich. Elisabeth ging nicht davon aus, dass er auch nur einen Augenblick glaubte, Hildegards Idee wäre irgendwie zu verwirklichen – aber es schien ihm zu schmeicheln, dass er Teil ihres Umzugsplans war. »So, so, das hast du also beschlossen?«

»Nicht ich, sondern Gott.«

Richardis war weiterhin von Hildegards Idee überzeugt. »Deshalb musst du Abt Kuno deinen Plan sofort unterbreiten. Und ich begleite dich!«

Volmar seufzte resigniert. »Viel Glück. Ihr werdet es brauchen.«

»Ich bin mir ja selbst nicht sicher«, gab Hildegard zu.

In diesem Augenblick betrat Elisabeths Mutter die Schreibstube. »Herrin, draußen vor der Tür ist eine Magd des Winzers. Sie ist völlig verzweifelt, ihre Tochter Isolde ist verletzt…« Griseldis' Stimme stockte. »Das Mädchen hat versucht, sich zu erhängen.«

Elisabeth schlug vor Entsetzen die Hände vor den Mund.

Hildegard und ihre Helferinnen eilten vor die Klause, auch Volmar und Siger gesellten sich zu ihnen.

Kurz darauf blickten sie mit Grauen auf blaue Würgemale am Hals der Fünfzehnjährigen, die halb bewusstlos auf einer Schubkarre lag. Offenbar hatte ihre völlig verweint aussehende Mutter sie damit hergebracht. Diese presste mit schwacher Stimme hervor: »Zum Glück ist das Seil gerissen. Aber den Fuß hat sie sich beim Sturz verletzt, kann nicht mehr stehen.«

»Warum hast du das getan?«, raunte Hildegard der jungen Frau zu, während sie ihr mitleidsvoll den Kopf streichelte. »Hat der Winzer sich noch mal an dir vergangen?«

Das Mädchen nickte unter Tränen. »Wieder und wieder«, presste sie kaum hörbar hervor.

»Der Fuß ist gebrochen«, wandte sich Hildegard an die Mutter. »Euer Kind muss zur Behandlung hierbleiben. Sagt das Eurem Herrn!«

Angesichts der besorgten Miene der Mutter, die ansetzte zu widersprechen, schlug Siger kampfbereit vor: »Sollte der Winzer nicht einverstanden sein, könnt Ihr ihm sagen, er soll sich beim Ritter Siger von Wavra hier im Männerkloster melden.«

»Aber was wird unser Abt dazu sagen?«, gab Volmar zu bedenken.

Mit Blick auf den Hals des misshandelten Mädchens rief Hildegard voll ungewohnter Entschlossenheit in der Stimme: »Kuno hat gar nichts mehr zu sagen! Siger, bring mich bitte zu ihm! Er muss Gottes Willen anerkennen: Wir werden den Disibodenberg verlassen und ein größeres Haus bauen, für uns und jene, die Hilfe suchen!«

*

»Ein neues Kloster?« Kuno sah Hildegard entgeistert an, die ihm mit Richardis und Siger gegenüberstand, während er mal wieder mit fettbeschmiertem Ornat zu Tisch saß und der

Völlerei nachging. Wie seine Leibesfülle verriet, war er kein Kostverächter, nicht umsonst hatte er einen vier Meter hohen Backofen in den Küchentrakt des Männerklosters einbauen lassen. »Liebe Schwester Hildegard, da forderst du sehr viel von mir – und von dir.« Lustvoll schlug er die Zähne in einen Rebhuhnschenkel. Der Saft lief ihm über die Lippen, während er mit vollem Mund fortfuhr: »Du erfreust dich nicht eben der besten Gesundheit – weißt du, was ein solches Unterfangen für Unbill bedeuten würde?«

»Gewiss. Ich konnte ja drei Jahrzehnte lang die Bauarbeiten an Eurer Mönchsabtei beobachten«, erwiderte Hildegard mit bebender Stimme. »Es ist Gottes Wille, dass ich mir das zum Vorbild nehme.«

»Und wo soll das sein?« Kuno wedelte mit dem halb abgegessenen Schenkel. »Wir haben hier doch keinen Platz mehr.«

»Auf dem Rupertsberg«, erklärte Hildegard, während sich Kuno den Mund abrieb. »Ich habe den Auftrag, mit meinen zwanzig Nonnen an diesen Ort zu ziehen. Auch Bruder Volmar soll ich mitnehmen.«

Der Schenkel fiel Kuno aus der Hand. »Das ist fürwahr ein kühner Plan, werte Mater.«

Siger mischte sich ein. »Papst Eugen hat ihre Visionsgabe bestätigt.«

Kuno funkelte den Ritter wütend an, während er sich die fettigen Finger notdürftig an einem Stück Brot sauber wischte. »Ein Grund mehr, jetzt die Demut nicht zu verlieren.«

»Der Bau dieses Klosters ist aber doch nichts anderes als ein Akt der Demut gegenüber der Gnade des Herrn«, erwiderte Richardis.

Kuno sah sie gereizt an und erhob sich. Drohend stand er vor Hildegard. »Es ist völlig unmöglich. Gerade habe ich einen Brief vom Heiligen Vater bekommen, in dem er uns als deiner Erziehungsstätte zu deinen Schriften gratuliert. Du hast unser Kloster berühmt gemacht, alle schauen auf uns. Wenn ich es zulasse, dass du dich in dein Unglück stürzt, wird man mich zur Verantwortung ziehen.«

Richardis verlor vor Ekel über den habgierigen Abt die Beherrschung. »Und Ihr würdet all die neuen, spendenfreudigen Pilger wieder verlieren«, ergänzte sie dessen Ausführungen voller Hohn.

Hildegard sah ihre Schülerin erschrocken an, Kuno verzog empört das Gesicht. »Völlig gleich, welche Beweggründe Ihr mir unterstellt, ich werde diesen Wahnsinn nicht genehmigen.«

»Ist das Euer letztes Wort?«, fragte Richardis.

»Dazu ja«, knurrte Kuno. »Über dein unmögliches Verhalten werde ich mit deiner Mutter sprechen. Hüte in Zukunft deine Zunge, sonst verlässt du diese Gottesstadt!«

Richardis ließ sich von dieser Drohung nicht beeindrucken. »Wenn Ihr Hildegard kein eigenes Kloster erlaubt, verlasse ich Euch sowieso.«

Die Vorsteherin ging traurig und wortlos hinaus. Die von Jutta anerzogene Gehorsamkeit gegenüber den Männern war viel zu groß für weitere Widerworte. Richardis hingegen funkelte den Abt noch einmal kampfbereit an, bevor sie ihrer Mater folgte.

Zurück in der Nonnenklause wischte sich die Magistra kalten Schweiß aus dem blassen Gesicht. Richardis bemerkte in ihrer Wut den Zustand ihrer Meisterin nicht.

»Dieser gierige Halunke!«, rief sie zornig. »Warum hast du nur so schnell klein beigegeben?«

Statt einer Antwort brach Hildegard zusammen, Siger konnte sie gerade noch auffangen und ließ sie dann vorsichtig zu Boden gleiten. Richardis kniete in tiefer Sorge bei ihnen nieder. »Hildegard, was ist mit dir?«

*

Die Luft in der Zelle der Vorsteherin war stickig, das Fenster mit Tüchern verhängt. Clementia hatte vier kleine Löcher gegraben, an jeder Ecke von Hildegards Bett eines. Sie erhob sich und wischte sich den Schweiß von der Stirn. Elisabeth sah sie verständnislos an und fragte nach dem Zweck ihres Handelns.

»Hildegard hat mir das selbst einmal beigebracht«, antwortete die Schwester der Praeposita. »Leidet ein Mensch an Lähmungserscheinungen, so soll man links und rechts vom Kopf- und Fußende seines Bettes etwas Erde ausgraben und dabei einen Zauberspruch an die heilkräftige Erde sprechen.«

Sie schloss die Augen und sprach in beschwörendem Singsang: »Du, Erde, schläfst im Menschen Hildegard. Mache, dass sie die Kräfte zurückgewinnt, im Namen des Vaters, des Sohnes und des Heiligen Geistes, der ein lebendiger, allmächtiger Gott ist.«

Elisabeth war nicht überzeugt von der Wirksamkeit eines solchen Rituals. Clementias Verzweiflung über die schwere Erkrankung ihrer Schwester hatte die sonst so vernünftige Nonne wahrhaftig sehr verändert. Stammte die Anleitung für dieses merkwürdige Vorgehen wirklich von Hildegard? Für Elisabeth klang es – bis auf den kleinen Hinweis auf Gott am Ende – doch sehr nach einem heidnischen Brauch. In ihrem todesähnlichen Zustand konnte sich Hildegard jedoch gegen eine falsche Auslegung der von ihr gesagten Worte nicht wehren.

Elisabeth beschloss, es lieber bei der »guten alten« Fürbitte zu lassen: In der Stunde nach dem Mitternachtsgottesdienst der Nonnen begab sie sich in die Kapelle, wo sie Gott – und nicht die Erde – um Heilung der Vorsteherin bitten wollte. Dort fand sie auch Richardis im verzweifelten Gebet vor.

»Wie geht es dir?«, erkundigte sie sich fürsorglich bei der bleichen Grafentochter.

»Mein Bauch schmerzt vor Sorge um sie. Vorhin habe ich kurz versucht zu schlafen, da hatte ich einen schrecklichen Traum.«

»Was ist darin passiert?«

»Ich bin an einer klapprigen Leiter einen riesigen Thron hinaufgeklettert, er war höher als eine Kirche«, erzählte Richardis im Flüsterton. »Von dort aus habe ich nach unten geblickt, da stand Hildegard, und es sah aus, als würde sie nach mir rufen – ich hörte ihre Stimme aber nicht. Mir wurde schwindelig – und als ich schon fast auf der riesigen Sitzfläche des Throns angekommen war, ist plötzlich eine Strebe der Leiter nach der anderen durchgebrochen, und ich bin in die Tiefe gestürzt. Im Fallen hab ich noch bemerkt, dass jetzt statt der Leiter ein Kreuz an dem Thron lehnte – und der wirkte plötzlich ganz klein.«

Elisabeth dachte über die Bilder in Richardis' seltsamem Traum nach, als plötzlich ein schriller Frauenschrei durch die Räume der Klause hallte und sie erschrocken zusammenzucken ließ.

»Wie in der Nacht, als sich Jutta selbst gekreuzigt hat«, flüsterte Elisabeth zitternd.

Ängstlich traten sie auf den Gang hinaus. Sie entdeckten

eine unheimliche Gestalt im fahlen Mondlicht. Richardis nahm all ihren Mut zusammen und legte ihr die rechte Hand auf die Schulter. Ein erneuter Aufschrei, zu Tode erschrocken fuhr die Person herum.

»Trude!«, erkannte Elisabeth die kreidebleiche Nonne im Nachtgewand. Diese keuchte und zitterte vor Schreck.

Richardis nahm beruhigend ihren Arm. »Wir sind's doch nur. Was ist denn geschehen?«

»Ein … ein Gespenst«, stammelte Trude, die immer noch Todesangst im Blick hatte. »Da drüben ist ein Gespenst gelaufen. Eine weiße Gestalt, sie hat geleuchtet. So wie Juttas Körper damals nach ihrem Tod. Bestimmt ist sie zurückgekommen, um uns Hildegard zu nehmen.«

Richardis beruhigte die verzweifelte Nonne, und Elisabeth weckte die resolute Schwester Clementia. Gemeinsam durchsuchten sie das Gebäude, fanden aber nichts Verdächtiges. Sie kamen schließlich zu dem Schluss, dass Trude sich die Erscheinung eingebildet haben musste – die Sorge um Hildegard machte sie schließlich alle ganz wirr im Kopf.

Als sie jedoch noch einmal in die Zelle der Vorsteherin kamen, stellten sie zu ihrer Beunruhigung fest, dass die Decke der scheinbar leblosen Meisterin am anderen Ende des Raums lag.

»Wie … wie kommt die nach dahinten?«, fragte Richardis, nun ebenfalls etwas ängstlich.

»Der Wind vielleicht«, mutmaßte Clementia.

»Es regt sich doch kein Lüftchen«, widersprach Trude, deren Angst sofort zurückkehrte. »Das war Juttas Geist.«

Richardis und Elisabeth versprachen, in der nächsten Nacht gemeinsam mit Ritter Siger Wache zu halten.

## 20. Kapitel

Am nächsten Morgen brachte Elisabeth Hildegard das von Adelgundis zubereitete Frühstück. Sie fragte die Vorsteherin, ob sie bemerkt habe, wie ihr jemand die Decke weggenommen habe.

»Nein, aber ich habe auch so tief und traumlos geschlafen wie eine Tote«, murmelte Hildegard matt, »da kann es wohl möglich sein, dass mir etwas entgangen ist.«

Noch immer fühlte sie ihren Körper von einer derartigen Last niedergedrückt, dass sie sich nicht erheben konnte und mit heftigen Schmerzen daniederlag. Sie war der Überzeugung, diese Krankheit sei ihr von Gott auferlegt worden, da es ihr bisher nicht gelungen war, seiner Weisung gemäß auf den Berg des heiligen Rupertus zu ziehen.

In der nächsten Nacht sollte »Juttas Geist« gestellt werden. Richardis wachte oben vor der Zimmertür, Elisabeth auf dem Gang im Erdgeschoss, Siger vor dem Eingang des Gebäudes – bis in die frühen Morgenstunden geschah jedoch nichts Verdächtiges. Es dämmerte bereits, da hörte Elisabeth ein Geräusch von oben. Sie ging hinauf zu Richardis, die – mit einem großen Kreuz »bewaffnet« – am Bett der immer noch gelähmten Hildegard Wache halten sollte. Als Elisabeth die Kammer betrat, erschrak sie auf das Heftigste: Richardis lag leblos zusammengesackt auf ihrem Schemel – Hildegards Lagerstatt war leer.

Sie rüttelte die Nonne, die benommen erwachte.

»Was … oh … muss eingenickt sein …«

»Richardis, wie konntest du nur?«, jammerte Elisabeth vorwurfsvoll. »Hildegard ist verschwunden.«

»Was?«

In diesem Moment rief Siger nach ihnen.

Elisabeth und Richardis stürzten auf den Gang hinaus und eilten zur Eingangstür. Der Ritter zeigte auf eine weiße Gestalt, die durch das Zwielicht des Klostergartens lief.

»Was sollen wir jetzt tun?«, flüsterte Richardis angstvoll.

»Wir müssen vorsichtig sein«, meinte Siger.

»I wo!«, rief Elisabeth. »Mir ist nicht bang vor Juttas Geist.«

Gefahr drohte ihrer Meinung nach nur durch lebende Menschen. Vor allem durch neidische Männer! Wer wollte ihnen hier einen Streich spielen? Ehe Siger sie aufhalten konnte, eilte Elisabeth auf die Gestalt zu und packte sie an der Schulter. Sie drehte sich langsam um – und erstaunt sah Elisabeth in das verwirrte Gesicht ihrer Vorsteherin.

»Hildegard! Was machst du denn hier? Wieso kannst du laufen?«

Ohne eine Antwort brach die Schlafwandlerin zusammen.

Als ihre Freunde sie wieder in ihr Bett getragen und geweckt hatten, erinnerte sich Hildegard nicht mehr daran, wie sie in den Garten gekommen war. Auch konnte sie sich nicht mehr erheben, ihre Lähmung war so stark wie zuvor. Das Gesicht war ob der schier unerträglichen Schmerzen verzerrt.

»O du mein Gott und Herr, ich weiß, alles, wodurch du mich berührst, ist gut. Denn alle deine Werke sind heilig.

Dies alles habe ich wohl von meiner Kindheit an verdient«, murmelte sie fiebrig. »Aber ich vertraue darauf, dass du nicht zulassen wirst, dass meine Seele im künftigen Leben auch so gepeinigt wird!«

Richardis, Siger und Clementia sahen sich ratlos an. Hildegard konnte sich in wachem Zustand anscheinend wirklich nicht von der Lagerstatt erheben, so gern sie es auch wollte.

*

Am nächsten Tag eilte Elisabeth mit Neuigkeiten zu Richardis, die an Hildegards Bett saß. Doch zu ihrer Freude war inzwischen auch die Vorsteherin selbst wach.

»Siger hat erzählt, Abt Kuno ist wegen deiner Krankheit auf dem Weg hierher. Wie geht es dir denn inzwischen?«

Hildegard seufzte. »Schlecht. Jetzt sind auch noch meine Augen umdunkelt, ich kann kein Licht mehr sehen.«

Richardis wollte ihrer Freundin helfen – durch die Bekämpfung der mutmaßlichen Ursache dieser Krankheit. »Ich werde meine Mutter wegen deiner Umzugspläne zum Erzbischof schicken«, bot die junge Nonne an. »Sie wird er anhören. Sie ist eine große Überredungskünstlerin.«

Hildegards Hand tastete nach Richardis' Wange, streichelte sie. »Und sie hat eine großartige Tochter.«

Richardis drückte Hildegards Hand sanft.

»Ich setze den Brief gleich auf und gebe ihn Kunos Boten mit.«

Klosterschreiber Volmar, Abt Kuno und sein Gast Siger von Wavra befanden sich derweil in Begleitung eines jener menschlichen »Dämonen«, die Elisabeth als größte Gefahr für ihre

Schwester Hildegard betrachtete – neidische Männer, die sich darüber erbosten, dass sich eine Frau dermaßen in den Mittelpunkt zu spielen wagte, wie Hildegard es in ihren Augen tat.

»Ihr erinnert euch an Bruder Arnold?«, präsentierte Abt Kuno den drahtigen Mann mit dem zynischen Grinsen. Siger und Volmar schüttelten Arnold die Hand. Dieser verwaltete inzwischen für Kuno dessen kirchliches Landgut zu Weiler und betreute die dortigen Bauarbeiten. Dass er sich immer noch für Hildegards Fall interessierte, konnte nichts Gutes bedeuten, dachte Siger.

»Ist die werte Hildegard noch immer so aufsässig?«, fragte Arnold voll boshafter Verachtung.

»Bescheiden und demütig trifft es wohl eher«, berichtigte Volmar. »Aber überzeugt Euch selbst davon!«

Die drei Geistlichen gingen mit dem jungen Ritter den Gang entlang und die Treppen hinauf.

»Ehrlich gesagt hatte ich gehofft, bei Euch meinen alten Schüler Helenger zu treffen«, gestand Arnold, während ihre Schritte in den Gängen hallten. »Unser Briefwechsel ist nach unserem Treffen hier etwas abgeebbt – durch meine Schuld. Die Verwaltung Eures Gutes in Weiler lässt mir kaum Zeit.«

Kuno nickte verständnisvoll. Arnolds Vorgänger war mit sämtlichen Einnahmen ihres Gutshofes, einigen Tieren sowie der allerschönsten Magd nach Italien durchgebrannt. Helenger hatte Kuno dann kurz vor seinem eigenen Weggang nach Mainz empfohlen, den seiner Meinung nach absolut vertrauenswürdigen Priester aus Rudesheim mit dieser Aufgabe zu betrauen.

»Der Grund für Helengers Weggang war ein trauriger«, erklärte Kuno Arnold. »Seine Schwester ist gestorben.«

Arnold sah bestürzt aus. »Der Ärmste.«

Siger musste sich eingestehen, dass er sich Helenger immer nur als Mönch vorgestellt hatte; dass auch er natürlich eine Kindheit mit Eltern und Geschwistern durchlebt haben musste, war ihm bei dem strengen Geistlichen nie in den Sinn gekommen.

»Er will uns aber alle morgen auf unserem Gut zu Weiler treffen, um Hildegards Fall zu besprechen«, verkündete Volmar, der sich darauf nicht gerade zu freuen schien.

»Schön«, meinte Arnold. »Dann schauen wir doch mal, ob die Krankheit der Mater die Frechheit ausgetrieben hat... Oder ob sie wieder behauptet, Gott habe mich verspottet.«

»Wie geht es ihr denn heute?«, fragte Abt Kuno Siger.

»Noch keine Änderung«, berichtete der Ritter wahrheitsgemäß. »Die Füße versagen nach wie vor vollständig den Dienst. Sie liegt in ihrem Bett wie ein Felsblock. Zuweilen erhebt sie sich plötzlich von ihrem Lager und geht durch alle Winkel und Räume der Klause, kann aber überhaupt nicht mehr sprechen; kehrt sie dann in ihr Bett zurück, ist sie wiederum unfähig zu gehen, spricht aber wie früher. Und anscheinend hat Gott ihr verboten, hier auch nur noch ein Wort über ihre Vision zu sagen oder zu schreiben.«

»Das wird der Papst gewiss nicht gerne hören«, seufzte Volmar.

Abt Kuno ärgerte sich. »Ich kann ihre Lähmung nicht wirklich glauben. Das hört sich alles doch sehr nach einer Erpressung an.«

»Das finde ich allerdings auch«, fühlte sich Arnold bemüßigt hinzuzufügen.

Inzwischen hatte Siger die Geistlichen Kuno, Volmar und Arnold zum Krankenzimmer geführt. Richardis blickte traurig auf. Abt Kuno versuchte nun mit aller Kraft, Hildegard am Kopf hochzuheben, sie auf die eine oder andere Seite zu rollen; es gelang ihm nicht. Allmählich schien er es mit der Angst zu tun zu bekommen. »Was, wenn diese weltberühmte Frau hier in der mir unterstellten Nonnenklause stirbt? Das Volk ist schnell, wenn es darum geht, einen Schuldigen zu finden. Hierbei kann es sich nicht um ein menschliches Leiden handeln, das muss eine göttliche Strafe sein. Ich darf mich nicht länger seiner Weisung widersetzen. Sonst werde ich selbst bestimmt noch Schlimmeres erleiden.«

Arnold schüttelte heftig den Kopf. »Unsinn!« Er begann seinerseits, an Hildegard zu rütteln, sie bewegte sich nicht. Immer heftiger zerrte der Priester an der knochigen Magistra, Schweiß und ein Ausdruck fast irrer Wut traten in sein Gesicht. Erst als Hildegard vor Schmerz aufschrie und Siger ihn wütend am Arm packte, hielt der hemmungslose Geistliche inne.

»Töricht, wer ihren Worten Glauben schenkt«, zürnte Bruder Arnold. »Ich werde die anderen dazu bewegen, in dieser Sache hartnäckig zu bleiben.« Er warf noch einen abfälligen Blick auf die Magistra, dann wandte er sich zum Gehen. »Kommt, Abt Kuno, Bruder Helenger erwartet uns in Weiler.«

Nachdem sie sich entfernt hatten, rann eine Träne Hildegards Wange hinab. Richardis küsste sie bestürzt. Wie hatte dieser Arnold die Meisterin nur so beleidigen können?

»Die Zunge«, sagte Hildegard stockend, »die sich nicht scheute, so was hervorzubringen, wird verstummen, damit ihr eine Bestrafung in der Ewigkeit erspart bleibt.«

»Helenger hat mich ja ausdrücklich mit nach Weiler eingeladen. Außerdem werden die Geistlichen dankbar für Begleitschutz sein. Es gibt Gerüchte, dass wieder Wegelagerer unterwegs sind. Sie entführen Menschen und verkaufen sie in südliche Länder als Leibeigene«, berichtete Siger. »Ich werde für Euch und Euren Plan Partei ergreifen.«

Elisabeth war sich gar nicht so sicher, ob sie wirklich wollte, dass der Traum vom eigenen Kloster wahr wurde. Er war gefährlich, so viel konnte bei seiner Verwirklichung schiefgehen.

*

Abends saß Elisabeth mit Isolde am Kamin in der Küche, wo die Nonnen der jungen Winzermagd ihren Schlafplatz eingerichtet hatten.

»Tut der Fuß noch sehr weh?«, erkundigte sich Elisabeth.

»Ich konnte heute ein paar Schritte gehen«, berichtete Isolde. »Mit der Holzkrücke, die mir Mater Hildegard geliehen hat.« Dann verdunkelte sich ihr Gesichtsausdruck wieder. »Aber wenn ich besser laufen kann, muss ich wieder zum Herrn Georg zurück.«

»Vielleicht fällt Mater Hildegard ja etwas ein«, murmelte Elisabeth. »Meine Mutter und ich durften vor elf Jahren hierbleiben.«

In diesem Augenblick wurde laut gegen die Klausentür geklopft.

»Ich sehe nach, wer das ist«, sagte Elisabeth, die hoffte, Siger würde noch einmal nach ihr schauen.

Sie linste zunächst durch das Guckloch, doch draußen war niemand zu sehen.

Verwundert öffnete sie die Tür – und dann brach die Hölle los. Erschrocken wurde ihr klar, dass es die beiden Handlanger des Winzers waren, die sich heimtückisch geduckt hatten, um nicht von ihr gesehen zu werden – und jetzt die Klause stürmten. Der feiste Georg folgte ihnen auf dem Fuß.

»Sucht das Balg!«, brüllte er.

Elisabeth hörte einen spitzen Schrei aus der Küche – sie hatten Isolde offenbar bereits gefunden. Und dann kam einer der beiden Muskelberge zurück, das sich windende und kreischende Mädchen auf dem Arm.

»Lasst sie sofort los!«, schrie Elisabeth und stürzte auf den Mann zu, doch der Winzer packte sie an der Schulter und stieß sie unsanft zu Boden.

»Habt Ihr nicht gehört?«, erklang daraufhin eine laute Männerstimme aus Richtung der Klausentür. »Lasst sofort das Mädchen los!«

Elisabeth blickte auf und sah Siger im Eingangsbereich stehen. Einerseits war sie erleichtert über sein Eintreffen, anderseits wähnte sie ihn in großer Gefahr und sorgte sich sehr, da seine Gegner ja in der Überzahl waren.

Als die drei Männer ihn angriffen, zückte der junge Ritter sein Schwert. Isolde, die gezwungenermaßen losgelassen worden war, nutzte die Gelegenheit, in die Innenräume der Klause zu fliehen. Elisabeth stieß erschrocken den Atem aus, sie hatte Siger noch nie kämpfen sehen. Elegant wie ein Tänzer wich er den Schlägen und Messerstichen der tumben Männer aus, seine eigenen Schwerthiebe hingegen erwischten die Kerle genauso, wie er es zu planen schien: Er ritzte die Haut der Gegner immer tiefer an, fügte ihnen jedoch keinen schweren Schaden zu, obwohl er ganz gewiss dazu in der Lage gewesen wäre.

Das verstanden schließlich auch die drei Männer. Mit ihren Blessuren, die bestimmt recht böse brannten, traten sie den Rückzug an.

»Das büßt du mir«, knurrte der Winzer Georg im Gehen. »Du wirst es bitter bereuen, dass du dich mit mir angelegt hast. Und dann stirbst du – es wird langsam sein. Vielleicht schneiden sie dir auch deinen Zipfel ab.«

Als die Männer endlich fort waren, fiel Elisabeth Siger in die Arme.

»Und ich habe Isolde Hoffnungen gemacht, es gäbe eine Lösung«, warf sie sich verzweifelt vor.

Siger berührte sie am Kinn, und sie sah ihm in die Augen. »Ich lasse mir was einfallen«, versprach er.

Sie glaubte ihm.

*

Zwei Tage später ging Siger auf dem kirchlichen Landgut zu Weiler bei Bingen mit dem inzwischen etwas gebrechlichen Abt Kuno, Volmar und Bruder Arnold mit dessen früherem Schüler, Bruder Helenger, durch den Garten.

»Ihr haltet also gar nichts von Hildegards Ansinnen?«, fasste Kuno die Einstellung seiner Begleiter zusammen.

Arnold versuchte mit fahrigen Handbewegungen, ein paar Fliegen zu verscheuchen, die um sie herumschwirrten. »Lächerliches Gerede einer wichtigtuerischen Frau.«

»Aber der Papst hat ihre Visionen bestätigt und Abt Bernhard von Clairvaux ebenfalls«, gab Siger zu bedenken.

»Ja, ja, ich weiß, dabei war ich ja auch Zeuge«, meinte Arnold abwinkend. »Bernhard von Clairvaux war eben begeistert, dass ihm eine angeblich Gottgegrüßte so viel Demut entgegenbringt. Und Papst Eugen war einst sein Schüler – dass der ihm nach dem Mund redet, war nicht anders zu erwarten. Aber schaut Euch doch die Schriften dieser Irren einmal genau an! Die Texte sind voll von abwegigen Gedankensprüngen, kommen vom Hundertsten ins Tausendste. Und die Sprache ist so einfach, geradezu … bäuerlich!«

»Schon viele irdisch gesinnte Schlauköpfe haben Hildegards Schriftwerk verworfen«, mischte sich Volmar ins Gespräch. »Aber sie vermag mit ihrer Bildsprache ausdrucksstärker und lebendiger zu formulieren als die Schultheologen mit ihrem gekünstelten Latein. Hildegards Buch ist ganz und gar vom Geist der Heiligen Schrift durchdrungen. Gott spricht nun einmal nicht in der Sprache der Gelehrten, sondern in der biblischen.«

»Ach, was! Das Zeug stammt von einem armseligen Gebilde, das aus der Rippe geschaffen wurde – nie von Philosophen belehrt«, erboste sich Helenger hitzig.

»Aber man merkt doch, dass die fromme Mutter auch in der Tradition von Augustinus und Benedikt steht«, widersprach Kuno.

Bruder Arnold ergriff erneut das Wort. »Helenger hat recht, Vater Kuno. Wie das, was sie mir damals offenbarte, stammen all ihre angeblichen Schauungen nicht von Gott, höchstens von dürren Luftgeistern – und die haben schon so manchen irregeführt. Ich rate Euch …«

Da begann Arnolds Körper plötzlich heftig zu zittern und zu zucken. Seine Zunge schwoll so an, dass sie schließlich aus dem Mund trat und er röchelnd zu Boden fiel. Abt Kuno und Helenger gerieten in Panik. Bruder Arnold drohte offensichtlich zu ersticken.

»Arnold, was ist mit dir?«, rief Helenger voller Angst um seinen Freund.

»Vielleicht ein Bienenstich«, mutmaßte Siger. Er näherte sich Arnold, um dessen Zunge zu begutachten. Der nach Luft japsende Geistliche bedeutete mit Handzeichen, ihm etwas zum Schreiben zu bringen. Kuno wandte sich an einen jungen Mönch, der neugierig herangekommen war.

»Eine Feder, schnell! Beeilt Euch!«

Wenig später hatte der bereits blau angelaufene Arnold mit krakeliger Schrift etwas auf ein Stück Pergament geschrieben, das er Helenger zitternd entgegenhielt.

»Er will zur Kirche von St. Rupert gebracht werden«, las der Bibliothekar verwirrt.

Siger wunderte sich. Was hatte das nur zu bedeuten?

»Ich kann Euch dort hinbringen«, bot er an, woraufhin ihm Arnold mit Dankbarkeit im Blick die Hand schüttelte.

# 21. Kapitel

Noch am selben Abend waren Siger, Helenger und der immer schwächer werdende Arnold mit einem Fuhrwerk auf dem Rupertsberg angekommen. Bis auf einige alte Weinstöcke war der Hügel recht kahl. Außer der winzigen Grabkapelle St. Ruperts gab es nur eine Hütte, in der Gerüchten unter den Bingern zufolge ein uralter Hexer mit seinem Enkel hauste. Siger war sich nicht sicher, ob Hildegard mit ihren Nonnen auf diesem kargen Berg glücklich werden würde.

Arnold bat Helenger mit Handzeichen, ihn zu stützen, damit er den Weg zur Kapelle schaffte. Dann bedeutete er ihm, er wolle sie allein betreten, um dort zu beten. Helenger gehorchte nur unwillig und wartete dann unruhig vor dem baufälligen Kirchlein.

Siger wollte sich indes neugierig auf den Weg zur Hütte des angeblichen Hexers machen, doch nach erstaunlich kurzer Zeit kam Arnold wieder heraus, die Schwellung seiner Zunge war auf wundersame Weise zurückgegangen. Er überging den erleichterten Helenger und begann zu dessen Verwunderung, verdorrte Rebstöcke aus dem trockenen Boden zu reißen! Weder er noch Arnold bemerkten, dass Siger noch in Hörweite war.

»Was tust du da?«, verlangte Helenger zu wissen.

»Hier sollen die Gebäude für die Nonnen entstehen«, erklärte der Priester, ohne mit dem Roden der Weinstöcke aufzuhören. »Gott hat mich gerettet, damit ich das erkenne. Er verspottet mich nicht länger.«

Helenger wirkte erschüttert. »Es war doch nur ein Stich. Und der ist jetzt eben geheilt.«

Doch für eine vernunftgemäße Erklärung seiner raschen Genesung war Arnold nicht zugänglich. »Verstehst du nicht? Er hat zu mir gesprochen! Zum ersten Mal seit Rudesheim! Ich muss meine Sünden bereuen.«

»Es war keine Sünde, das wissen wir doch!«, rief Helenger verzweifelt. »Wie Paulus Timotheus geliebt hat!«

Arnold war anderer Meinung. »Und das Buch Leviticus? Wir sind Priester!«

Sigers Kenntnisse der Heiligen Schrift reichten nicht aus, um genau zu verstehen, worüber sich die beiden gelehrten Geistlichen da stritten.

»Wie kannst du dieser Hexe Glauben schenken?« Helenger wollte Arnold festhalten, doch der schob ihn sanft von sich. »Kehre zurück nach Disiboden, alter Freund. Ich werde Buße tun und im neuen Kloster der Herrin als Knecht arbeiten.«

Helenger war fassungslos. Siger glaubte Hass in seinem Gesicht zu erkennen – Hildegard hatte es schließlich geschafft, ihn von seinem geliebten Lehrer zu entfremden und diesen für ihre Ziele einzunehmen.

Je überzeugter sich Arnold von Hildegards Plan zeigte, desto unsicherer war sich Siger.

»Gott zum Gruße, junger Herr«, erklang plötzlich die Stimme eines alten Mannes hinter ihm.

Er drehte sich um und sah in ein Gesicht, das mehr Linien aufwies als eine Landkarte.

»Könnt Ihr mir sagen, ob die Gerüchte stimmen?«, fragte der weißhaarige Alte und deutete auf Mönch Helenger und Priester Arnold, die sich in einiger Entfernung ein Wortgefecht lieferten. »Ist es wahr, dass die Nonne Hildegard vom Disibodenberg mit ihren Töchtern hierherziehen wird?«

»Sie hat es vor, ja«, bestätigte Siger lächelnd. »Verratet Ihr mir im Gegenzug, ob die Gerüchte über Euch stimmen?«

»Was besagen die denn?«

»Dass Ihr ein über hundertjähriger Magier seid.«

Der Alte lachte auf. »Ich bin nur ein ehemaliger Winzer. Aber manchmal fühle ich mich in der Tat, als sei ich hundert Jahre alt. Tatsächlich weiß ich nicht mehr, wann ich geboren wurde. Magier nennen mich die Menschen wohl, weil ich manchmal mit selbst gemachten Heilmitteln erfolgreich war. Aber nicht so häufig, wie man es Mater Hildegard nachsagt.« Er senkte betrübt den Kopf. »Meine Tochter konnte ich letztes Jahr jedenfalls nicht retten. Genauso wenig wie mein Weib zehn Jahre zuvor.«

»Ihr lebt allein hier auf dem Berg?«, hakte Siger mitleidsvoll nach.

Der Alte schüttelte den Kopf. »Meine Tochter hat einen Sohn hinterlassen, er ist inzwischen fünf Jahre alt. Der Vater ist vor drei Jahren mit einem Kreuzritter nach Jerusalem aufgebrochen, um dort Reichtümer zu erwerben. Deshalb kümmere ich mich mehr schlecht als recht um den kleinen Ludger. Er ist ein wahrer Sonnenschein – und der Grund, warum ich nicht aufgegeben habe.«

Siger kam eine Idee, als der Alte nach kurzer Pause fortfuhr: »Ach, ich bin sehr unhöflich, ich habe mich noch gar nicht vorgestellt: Engelbert vom Rupertsberg.«

»Ich bin Siger von Wavra. Ich war Kreuzritter in Jerusalem. Doch jetzt erwäge ich, für Mater Hildegard den Weinberg dort drüben zu verwalten. Es kann aber noch einige Zeit dauern, bis wir herziehen können.«

»Ich würde gern dafür sorgen, dass ihr ihn gut bestellt vorfindet«, seufzte Engelbert. »Aber allein …«

»Ich habe Euch einen Vorschlag zu machen. Ich würde hier gern eine Magd des Winzers Georg und dessen junge Tochter als meine Vorhut ansiedeln. Ich will offen zu Euch sein: Ihr Herr hat das Mädchen missbraucht. Hier wird er nicht nach ihnen suchen. Würdet Ihr ihnen Obdach gewähren in Eurer Hütte? Zumindest, bis hier die ersten Gebäude entstehen.«

Engelbert schien das Wissen, gebraucht zu werden, mit einem großen Glücksgefühl zu erfüllen. »Das will ich meinen, Herr Siger von Wavra. Ich habe nicht viel, aber ich werde den beiden das sicherste Zuhause der Welt bieten, bis Mater Hildegard mit ihren Töchtern hierherzieht.«

»Wunderbar«, freute sich Siger. »Dann will ich dafür sorgen, dass Isolde und ihre Mutter nicht mit leeren Händen kommen.«

*

Eine Woche später stand Siger wieder mit Abt Kuno, Volmar und Richardis bei Hildegard, die sich seit zwei Tagen in einer Art Dämmerzustand befand.

»Bruder Arnold erkennt ihren Umzug jetzt als Auftrag des Herrn an«, berichtete Kuno zerknirscht.

Überhaupt standen die Zeichen für ein Erfüllen des Gottesbefehls inzwischen nicht schlecht.

Auch Richardis hatte Neues zu verkünden: »Meine Mutter hat Erzbischof Heinrich und anderen klugen Männern Hildegards Ansinnen mitgeteilt. Die erkannten, dass jeder Ort einzig und allein durch gute Werke geheiligt wird, und haben ihre Erlaubnis zum Umzug erteilt.«

Volmar wirkte nun doch etwas erschrocken, dass sie den Disibodenberg verlassen durften, falls Hildegard sich wieder erholen würde. »Der Rupertsberg gehört aber nur zum Teil den Mainzer Domherren«, gab er zu bedenken. »Das Grundstück mit der Kapelle des heiligen Rupertus ist, soweit ich weiß, im Besitz des Grafen Bernhard von Hildesheim.«

»Mit dem wird sich reden lassen«, meinte Richardis. »Eine Gesandtschaft treuer Leute soll vermitteln.«

Kuno trat seufzend an Hildegards Bett. »Im Namen des Herrn gebiete ich dir, aufzustehen und zu der Wohnung zu ziehen, die dir vom Himmel bestimmt worden ist.«

Richardis kniete vor Hildegards Lagerstatt. Sie lüftete das Bärenfell etwas und legte dann ihren Kopf an die Seite der Magistra. Da bewegten sich deren Zehen. Richardis schreckte hoch. Hildegard drehte die Füße, öffnete die Augen.

»Du bist wieder bei uns!«, rief Richardis unter Tränen der Erleichterung. Sie küsste die Magistra ein wenig zu überschwänglich auf den Mund. Siger bekam mit, wie Abt Kuno erstaunt die Stirn furchte.

Hildegard lächelte, strich mit zitterndem Zeigefinger die Augenbraue ihrer Zimmergenossin glatt. »Meine schöne Lilie… Durst!«

Sie trank aus einem Becher warmen Honigwein, den ihr die Grafentochter an die Lippen setzte. Hildegard legte ihre Stirn an Richardis' Stirn. Sie stellte sich aufrecht, schwankte, sodass Richardis sie halten musste, ging einige Schritte, nahm das Laken vom Fenster. Volmar eilte gut gelaunt aus dem Raum. Eine Windböe wehte frische Luft herein.

»Du warst zwei Tage wie tot«, berichtete Richardis.

Man hörte von draußen den Jubelgesang der Schwestern. Selbst Abt Kuno reichte Hildegard die Hände und gab zu: »Eure Genesung ist ein Wunder. Es scheint wirklich Gottes Wille zu sein, dass Ihr auf den Rupertsberg zieht.«

Hildegard seufzte erleichtert über dieses späte Zugeständnis des Abtes. »Amen.«

Da trat Volmar wieder ein und reichte Hildegard mit schimmernden Augen einen Stab.

»Den habe ich dir aus Kastanienholz geschnitzt – für dein neues Amt.«

»Stärkung der Adern und aller Kräfte«, erinnerte sich die Magistra an ihre eigenen Worte über die Kastanie. Es schien eine Ewigkeit her zu sein, dass sie diese ihrem Sekretär vorgesprochen hatte.

»Danke, Volmar. Komm mit, ich will in den Garten.«

Sie ging, auf ihren Symmysta und die neue Krümme gestützt, hinaus ins Licht.

*

Siger von Wavra saß mit einem Kelch voll Wein allein im Winterrefektorium des Männerklosters und dachte nach. Sein Vater hatte ihm erlaubt, einen eigenen Weinberg zu erstehen, die Frage war nur, wo. In der Nähe des Disibodenbergs? Dann würde er seine Elisabeth im Falle einer Hochzeit von Hildegard und all ihren Freundinnen trennen, sollten diese wirklich auf den Rupertsberg umsiedeln. Und er wollte ihr auch im Falle einer Eheschließung ihre geliebte Tätigkeit als Miniaturmalerin so lange wie möglich gönnen. Würde er aber, wie mit Engelbert besprochen, sein eigenes Gut in der Nähe des Rupertsbergs erstehen, und irgendetwas ginge bei den Umzugsplänen der Nonnen schief, wären sie in der gleichen misslichen Lage. In jedem Fall würde er weiterhin Isolde und ihre Mutter unterstützen, die inzwischen bei dem Alten in seiner Hütte lebten. Als er die beiden Frauen gestern hingebracht hatte, war Engelbert vor Freude in Tränen ausgebrochen.

»Am besten, ein Schritt nach dem anderen«, sagte Siger schließlich zu sich selbst. Er würde zunächst Abt Kuno bitten, so lange als Herrgottsgast bleiben zu dürfen, bis er den Nonnen als Begleitschutz bei ihrem Umzug dienen konnte. Als Nächstes wollte er dann bei Griseldis um die Hand ihrer Tochter anhalten.

Vor Kunos Arbeitszimmer angekommen hörte er Helengers scharfe Stimme und zögerte deshalb anzuklopfen.

»Ihr lasst sie wirklich gehen?«, rief der Bibliothekar wütend.

Kuno begann sich zu rechtfertigen: »Ich habe keine andere Wahl mehr. Ich weiß wohl, dass Euch das ärgert, Bruder Helenger.«

»Im Gegenteil – es wird unserem Kloster besser gehen ohne Weibsvolk. Der Allmächtige hat so etwas ohnehin nie gewollt.«

»Aber die Mitgiften weiterer Neuzugänge …«, wandte Kuno ein.

»Die stehen doch weiterhin dem Disibodenberg zu«, befand Helenger mit sachlichem Tonfall. »Etwas anderes wurde nie vereinbart!«

Siger glaubte, seinen Ohren nicht zu trauen.

Auch Kuno klang erstaunt: »Aber ohne diese Einnahmen bekommt Hildegard ihr Kloster ja nie fertig.«

Siger konnte Helengers Grinsen förmlich aus dessen Stimme heraushören, als er fragte: »Und wessen Nachteil ist das?«

Die hämische Zufriedenheit des Bibliothekars war verständlich: Wenn die Mitgiften von Hildegards Neuzugängen weiterhin an das Männerkloster und nicht an das der Frauen gingen, würde ihnen durch den Fortgang der Magistra zumindest wirtschaftlich kein allzu großer Verlust entstehen. Helenger wäre die verhasste Klausenvorsteherin los – ohne dass die Gottesstadt der Männer auf deren Erträge würde verzichten müssen. Nur auf Hildegard und ihre Töchter wartete in diesem Fall eine düstere Zukunft. Ohne die Mitgiften neuer Nonnen würde ihr eigenes Kloster nicht überleben. Siger eilte in Richtung Frauenklause, um sie zu warnen. Plötzlich spürte er einen heftigen Schlag am Hinterkopf. Und dann war da nur noch Schwärze.

Als er mit schrecklichem Schädelbrummen erwachte, wusste er nicht, wie viel Zeit vergangen war. Entsetzt stellte er fest, dass er dürftig bekleidet war und wie ein Tier in einem fahrbaren Käfig lag. Um ihn herum befanden sich Stroh und seine eigenen Exkremente. Wie lange lag er schon in diesem vergitterten Wagen, der von einem Esel gezogen wurde? Siger hatte Hunger und spürte seine Rippen. Hatte er so viel Gewicht verloren? Elisabeth! Hildegard! Er musste sie doch warnen! Er wollte um sich schlagen, an den Gitterstäben rütteln, schreien – aber dann verließen ihn seine wenigen Kräfte schon wieder, und er versank erneut in düsterer Bewusstlosigkeit.

# TEIL IV

## Anno Domini 1150–1158

## 22. Kapitel

Im November 1150, knapp drei Jahre nachdem Siger von Wavra spurlos verschwunden war, brach Hildegard mit Elisabeth, deren Mutter Griseldis, Volmar sowie Richardis, Clementia, Trude und den fünfzehn weiteren Nonnen endlich zum Rupertsberg auf. Man hatte die inzwischen zweiundfünfzigjährige Vorsteherin, die nun also Äbtissin – oder auf Lateinisch: *Abbatissa* – werden sollte, auf einen Maulesel gesetzt; wegen ihres geschwächten Zustandes hatten Volmar und Viehhüterin Griseldis Angst vor der Fallhöhe von einem Pferd gehabt.

Doch sobald der Rupertsberg in Sichtweite kam, kehrten Hildegards Kräfte erstaunlich rasch zurück.

Eine Fuhrwerkskolonne mit den notwendigen Gebrauchsgegenständen aus der Klause auf dem Disibodenberg begleitete sie. In Hildegards Reisetasche befanden sich auch, sorgsam zusammengeschnürt, die Pergamentblätter ihres Buches *Scivias.* Neun Jahre Arbeit steckten bereits in dem noch unvollendeten Werk. Und mit der bewährten Hilfe von Volmar, Richardis und Elisabeth würde sie es jetzt, da Gottes Wille erfüllt war, hoffentlich bald fertigstellen können. Doch selbst die Vertiefung in ihre Malerei für das Buch konnte nicht verhindern, dass Elisabets Gedanken ständig um Sigers unangekündigtes Verschwinden kreisten. So viele Fragen waren offen geblieben. Warum hatte er den Disibodenberg ohne jeden Abschied verlassen? War er plötzlich vom Verlangen gepackt worden, nach Jerusalem zurückzukehren? Aber weshalb hatte er dann neben dem Großteil der eigenen Kleidung auch sein Pferd im Männerkloster zurückgelassen? Auf eine schriftliche Nachfrage hin hatte Richardis sogar seinen kranken Vater Robert von Wavra angeschrieben und so erfahren, dass ihr Ziehbruder nicht einmal ihm mitgeteilt hatte, wo er sich aufhielt. Immer häufiger hatten Elisabeth und die Nonnen befürchtet, dass ihr geliebter Siger Opfer eines Verbrechens geworden war. Hildegard hatte den Winzer Georg im Verdacht gehabt, doch der behauptete, er wisse nichts von Sigers Verbleib. »Hier in der Gegend verschwinden die Menschen eben einfach. Mir hat ja auch keiner gesagt, wohin Isolde und ihre Mutter abgehauen sind.«

Zum Glück wusste der Weinbauer nicht, dass die beiden Frauen inzwischen ein glückliches Leben beim alten Engelbert und dessen Enkel auf dem Rupertsberg führten.

Die Ungewissheit über Sigers Verbleib zehrte sehr an Elisabeth. Wo sie nur konnte, stürzte sie sich in die Arbeit, und davon hatte es durch die Umzugsvorbereitungen mehr als genug gegeben. Durch die erneute Vermittlung der Markgräfin von Stade hatte Hildegard gut zwei Jahre zuvor den Rupertsberg und die kleine darauf befindliche Kirche für zwanzig Mark von deren gräflichem Besitzer erworben.

Dank der Hilfe des Pfalzgrafen Hermann war die Bautätigkeit gut in Gang gekommen und fortgeschritten. Gleich nach Errichtung der provisorischen Wohnräume hatte Hildegard zum Aufbruch gedrängt. Der Gesamtklosterbau und die Kirche waren zu diesem Zeitpunkt zwar noch nicht fertig, aber die Äbtissin hatte es eilig, ihre Vision zu verwirklichen, zumal der inzwischen recht kränkliche Abt Kuno immer mürrischer wurde, je näher der Auszugstermin rückte. Aber auch wenn er seine Zusage inzwischen wohl bereute, konnte er sie nicht mehr zurückziehen: Sogar Papst Eugen hatte nämlich in einem herzlichen Brief die Erlaubnis und seinen Segen für die Umsiedlung der Nonnen erteilt.

Und so hatte sich Hildegard mit ihrer kleinen Herde auf den Weg in dieses abenteuerliche Unterfangen gemacht.

Die Bürger des benachbarten Bingen strömten fröhlich plaudernd zusammen bei der Nachricht, dass die berühmte Äbtissin und Heilerin mit ihren achtzehn Nonnen unterwegs war. Die aufgebrachte Menge, offensichtlich aus allen Ständen, kam ihnen entgegen. Einfache Bauern und Handwerker, der Adel aus der Nachbarschaft und der Klerus – alle waren sie neugierig auf die Neuankömmlinge. Die Schaulustigen beteten und sangen voller Dankbarkeit.

Hildegard und ihre Nonnen schienen mitten ins Leben zu ziehen. Gegenüber dem Rupertsberg am südlichen Ufer der Nahe drängten sich die dicht gebauten Häuserzeilen Bingens hinter der erneuerten Stadtmauer. Überragt wurden alle Gebäude vom Turm der Kirche von St. Martin und der Burg, wo Erzbischof Heinrich von Mainz des Öfteren Hof hielt. Der Rupertsberg selbst sah im Augenblick jedoch weit weniger lebendig aus.

Die Ankunft beim »Kloster« gestaltete sich für die Nonnen recht enttäuschend. Zum Fluss hin wurde die steile Böschung zwar bereits durch eine Stützmauer abgefangen, und das Gelände dahinter war zu einer Ebene aufgeschüttet worden. Ansonsten gab es jedoch lediglich einige karge Gemäuer mit Baugerüsten, Holzhütten und Zelten – ein öder Anblick. Da traten die mittlerweile achtzehnjährige Isolde und deren Mutter aus den unfertigen Bauten und näherten sich mit gerührter Miene dem eintreffenden Tross. Ihnen folgten ein alter Mann mit weißem Rauschebart und ein etwa achtjähriger Knabe, der ein kleines Ferkel an einem Seil führte. Das mussten der alte Engelbert und sein Enkel Ludger sein, bei denen Siger den beiden Winzermägden unmittelbar vor seinem Verschwinden noch eine Zuflucht verschafft hatte.

»Nehmen uns die Nonnen den Berg weg, Großvater?«, hörte Elisabeth den Kleinen fragen.

Der Alte tätschelte ihm beruhigend den Kopf. »Aber nein. Segen wird uns die heilige Jungfrau bringen, Ansehen für die Gegend.«

»Und Arbeit für viele«, ergänzte munter ein riesenhafter Zimmermann, der nun hinter sie trat.

Der Wind heulte, von der Baustelle aus kam ihnen mit zerzaustem Haarkranz Bruder Arnold entgegen, der mit Kunos Erlaubnis tatsächlich Hildegards Baumeister geworden war. »Endlich seid ihr hier, gütige Mater. Leider kommen wir nur langsam voran, es fehlt an allem.«

»Das wird schon noch, Bruder Arnold«, versuchte Hildegard Zuversicht zu vermitteln, doch es klang wenig überzeugend. Er deutete auf den hünenhaften Mann neben Engelbert. »Das ist Linhart, der beste Zimmermann der Gegend.«

Hildegard nickte und richtete ihren Blick auf den alten Einsiedler und den Knaben mit dem Ferkel, der sie mit neugierigen Augen fixierte.

»Seid willkommen, gute Mutter!«, rief der Greis und drückte herzlich die Hand der Äbtissin. »Ich bin Engelbert vom Rupertsberg. Wir sind froh, dass Ihr neues Leben an diesen heiligen Ort bringt.«

Hildegard lächelte ihn freundlich an, der Enkel reichte

ihr schüchtern das Seil mit dem Ferkel als Willkommensgeschenk. Ehe sich Hildegard recht bedanken konnte, kam aus der kleinen Rupertskapelle aufgewühlt Trude angerannt.

»Das Johannesevangelium ist verschwunden«, haspelte sie außer Atem. In dem Andachtsraum hatte es eine alte Abschrift jenes Buches des Johannes mit schönen Miniaturen gegeben, von der Siger bei seinem ersten Besuch auf dem Berg erzählt hatte. Nun war sie offenbar nicht mehr am angestammten Platz. »Ein schlechtes Vorzeichen. Gewiss herrschen Dämonen auf dem Berg!«

Die und ihr ewiger Aberglaube, dachte Elisabeth. Aber selbst Richardis schien vor Enttäuschung den Tränen nah. »Wie heruntergekommen die Gräber des heiligen Rupert und seiner Mutter sind! Es ist eine Schande!«, flüsterte sie. »Das hier kann doch unmöglich alles sein.«

Es stimmte die Vorsteherin merklich traurig, dass sich ausgerechnet ihre Lieblingstochter so enttäuscht über den neuen Wohnort zeigte. Was würden erst jene Schwestern denken, die ihr nicht so bedingungslos ergeben waren wie die Grafentochter?

»Keine Angst, Gott lässt niemanden im Stich, der auf ihn vertraut«, sprach sie der Schülerin Mut zu.

Nachdem sie das Gepäck in den notdürftigen Zelten und Hütten verstaut hatten, begab sich Elisabeth in die Rupertskapelle. Wie so oft wollte sie dort für das Überleben und Wohl des verschwundenen Siger beten – und heute auch für eine sichere Zukunft der Nonnen, einen milden Winter. Als sie vorsichtig die Tür geöffnet hatte, sah sie, dass Hildegard ihr schon zuvorgekommen war.

»O Herr, verhindere, dass meine Töchter an mir zweifeln wie die Kinder Israels an Moses«, hörte sie die Äbtissin flehen.

Wo früher das in Leder gehüllte Johannesevangelium auf dem Altar gelegen haben musste, befand sich jetzt lediglich ein heller Fleck.

*

Elisabeths Gebete für einen milden Winter wurden nicht erhört, er kam mit gnadenloser, frostiger Gewalt. Schnee und Eis bedeckten das unfertige Kloster. Die kleinen Fensteröffnungen waren notdürftig mit hölzernen Rahmen, auf das geöltes Pergament gespannt war, zugestellt, um die kalte Schneeluft auszusperren. Das kostbare Glas war für die Kirche gedacht – die jedoch ebenfalls noch weit von ihrer Fertigstellung entfernt war.

An Juttas vierzehntem Todestag schlug die vor Kälte bibbernde Elisabeth auf Hildegards Bitte hin mit einer Harke ein Loch in das Eis des am Rande gefrorenen Flusses. Dann begannen die beiden Frauen zu angeln. Erst als es dämmerte, zog etwas an Elisabeths Angel. Das zappelnde Tier glitt ihr jedoch aus den klammen Fingern und fiel wieder ins Wasser. Vor Verzweiflung begann sie zu weinen, und auch Hildegard kämpfte mit den Tränen. Da bemerkten sie den alten Engelbert neben sich.

»Geht zurück ins Warme, Mater!«, wies er sie sanft an. »Ihr seid beide schon ganz blau gefroren. Ich werde für Euch weiterfischen.«

»Meine Nonnen hungern«, schniefte Hildegard, woraufhin Engelbert ihr ein Tuch zum Naseputzen reichte. »Und ich stelle mich beim Angeln so töricht an.«

»Dafür seid Ihr die bessere Menschenfischerin.«

Obwohl Engelbert tatsächlich drei große Fische gefangen hatte und zum ersten Mal seit Langem ein verführerischer Duft aus der Küche strömte, war die Stimmung schlecht. Der Wind zog durch die vielen Löcher und Ritzen, eisige Kälte kroch in die noch unfertigen Räume des »Klosters«. Hildegard saß mit Elisabeth und deren Mutter Griseldis sowie den Nonnen Richardis, Adelheid, Clementia, Trude, Mechthild, Gerlinde, Johanna, Beata und Donata zusammen mit ihrer Besucherin Isolde im Winterrefektorium, in das von unten ein wenig Wärme aus Schwester Adelgundis' Küche stieg. Trude sah mit traurigem Blick aus dem Fenster.

»Denkst du an den Disibodenberg?«, fragte Hildegard.

Trude drehte sich um und nickte. »Lass uns zurückkehren!«, bat sie mit müder Stimme. »Wozu sollen wir hier noch länger den kargen Boden pflügen? Sag doch, du bist dem nicht gewachsen!«

Hildegard verneinte. »Es wird bald besser, glaub mir!«

Trude seufzte. Jahrelang war sie Hildegards beste Freundin gewesen, doch seit der Ankunft von Richardis und Adelheid sprach die Mutter Oberin nicht mehr viel Persönliches mit ihr. Elisabeth wusste, dass dies Trude weit mehr zu schaffen machte als Hunger und Kälte.

»Wieso gewährst du eigentlich nur Frauen aus angesehenem und adeligem Geschlecht den Eintritt in dein Kloster?«, wandte sich die dunkelhaarige Novizin Gerlinde an die Äbtissin. »Die Umgebung hier ist für Adelstöchter doch ohnehin unpassend, warum also nicht gleich die Armen aufnehmen?«

Diese Frage war der Äbtissin schon des Öfteren gestellt worden. Erst kürzlich hatte die Vorsteherin Tengswich aus Andernach Hildegard deren ungerechte Haltung in einem Brief vorgeworfen. Jene Magistra war aufgrund ihrer weithin bekannten strengen Askese sehr beliebt, der Bischof musste deshalb die Zahl ihrer Nonnen auf hundert begrenzen.

Tatsächlich durften nichtadelige Mädchen allenfalls als freie Arbeiterinnen am Klosterleben auf dem Rupertsberg teilnehmen. Gerade in diesen Tagen, in denen viele die Armut wieder als Tugend des geistlichen Standes forderten, erschien Hildegards Haltung zu diesem Thema wenig zeitgemäß. Aber hatte Gott nicht durch sein Gesetz auch die Stände seines Volkes bestimmt? So hatte es Jutta Hildegard ja eingebläut.

»Gerlinde!«, rief Richardis empört. »Eine solche Frage geziemt sich nicht.«

Doch Hildegard winkte ab. »Lass nur, Richardis! Ich habe das Jutta auch einmal gefragt, und sie hat wie immer eine weise Erklärung gefunden.«

»Und wie lautet die?«, verlangte die aufmüpfige Gerlinde zu wissen.

»Welcher Mensch sammelt schon seine ganze Herde in einem einzigen Stall – Ochsen, Esel, Schafe, Ziegenböcke –, ohne dass sie auseinanderlaufen?«, zitierte die Äbtissin.

Dieser Vergleich leuchtete Gerlinde überhaupt nicht ein. »Wir sind doch keine Viecher. Außerdem – hat Jesus nicht gesagt: ›Was ihr dem geringsten meiner Brüder tut, das habt ihr mir getan.‹? Petrus hat doch den Heiden verkündet: ›Bei Gott gilt kein Ansehen der Person.‹ Und dann die Worte an die Korinther: ›Nicht viele Mächtige oder Vornehme, sondern das Niedrige und Verächtliche dieser Welt hat Gott erwählt.‹ Der Herr hat wohl kaum zufällig ausgerechnet arme Fischer für seine Urkirche ausgesucht.«

»Gewiss, Er liebt alle Menschen«, gab Hildegard zu. »Aber wenn man in unserer Zeit die Stände zusammenwirft, werden sie sich in gegenseitigem Hass zerfleischen – indem der höhere Stand über den geringeren herfällt und der niedere sich über den höheren stellt. Solchen Unfrieden können wir hier nicht brauchen.«

Auch Beata war mit der Erklärung nicht zufrieden. »Ist Armut nun eine Zierde oder nicht? Wenn nicht, wozu ertragen wir das entwürdigende Leben in dieser Ruine dann überhaupt? Hunger und Kälte sorgen für Unfrieden – egal, aus welchem Stand man kommt.«

Tatsächlich herrschten allenthalben Unmut und Unfrieden unter den Schwestern. Auch die Glöcknerin Donata war mit ihrem neuen Arbeitsplatz unzufrieden.

»Die neuen Glocken läuten viel zu leise«, ärgerte sie sich. »Gewiss wieder ein Denkzettel vom Disibodenberg – weil wir sie verlassen haben. Es ist wirklich eine Schande!«

»Heute ist ohnehin ein grässlicher Tag«, stimmte Trude in das Klagen mit ein, »das ganze Holz ist nass! Und außer in der Küche und im Refektorium hält man es vor Kälte nirgendwo aus.«

Hildegards Schwester Clementia, die einen Topf von festgebrannter Suppe und Ruß reinigte, nickte mürrisch. Es schien wirklich alles schiefzugehen.

Elisabeth wusste, wie wichtig es war, dass sich die Schwestern bisweilen bei der Vorsteherin ausweinen konnten. Es galt zwar, die Regeln Benedikts zu befolgen, doch – anders als ihre verstorbene Meisterin Jutta – war Hildegard der Meinung, dass die notwendigen Fragen untereinander besprochen werden sollten, damit nicht durch erzwungenes Schweigen Überdruss entstand.

Die folgende Mahlzeit wurde allerdings wortlos eingenommen – ganz wie es die Regel vorschrieb. Hildegard rührte ihr Stück Fisch nicht an, sah stattdessen unentwegt ihren

Töchtern mit ernster Miene beim Essen zu. Plötzlich rief sie Richardis und Gerlinde zu sich. Als sie ihren Namen hörten, zuckten die beiden Klosterschülerinnen erschrocken zusammen. Sie gingen zur Magistra und beugten sich zu ihr hinab. Die flüsterte ihnen zu: »Kinder, hütet Euch in nächster Zeit sorgsam vor jeder Sünde. Ich hatte eine Vision, dass Euch Unmäßigkeit in Lebensgefahr bringen könnte.«

Die Einzelheiten ihrer Schauung verschwieg sie ihnen.

Während die beiden jungen Nonnen zu ihrem Platz zurückkehrten, sahen sie sich beklommen an.

Nach dem Essen wollte Hildegard zur Kapelle aufbrechen. Elisabeth nutzte die Gelegenheit, sie abzufangen und zu fragen: »Was genau habt Ihr denn in der Vision gesehen?«

Die Äbtissin blickte sich erst vorsichtig um, bevor sie antwortete: »Richardis habe ich verhungert zusammengesackt auf einem goldenen Thron gesehen, Gerlinde erhängt an einem Baum.«

# 23. Kapitel

Tags darauf erklärte Baumeister Arnold die Schreibstube für eröffnet, was Richardis sogleich mit neuem Tatendrang erfüllte. Sofort nach dem Mittagsgottesdienst betrat sie mit zahllosen Federn und Reinigungsgerätschaften in den Händen die fast leere Vorratskammer, wo Elisabeth über den Bestandslisten der wenigen Nahrungsmittel brütete.

»Komm, Elisabeth, es ist dringend an der Zeit, die Schreibfedern zu reinigen. Und du solltest mal wieder nach deinen Farben sehen«, sagte die Grafentochter gut gelaunt.

Daraufhin gingen sie gemeinsam in Richtung des neuen Skriptoriums. Auf dem Gang kam ihnen Trude entgegen.

»Der Herr sei mit dir«, sprach Richardis sie an.

Doch statt der obligatorischen Antwort: »In Ewigkeit, Amen«, murmelte diese nur: »Grüß dich, Elisabeth.«

»Trude, stell dir vor, die Schreibstube ist fertig!«, rief Richardis dennoch fröhlich. »Endlich gibt es hier auch mal wieder etwas für den Geist zu tun!«

Trude rempelte Richardis im Vorbeigehen so heftig an, dass alle Schreibfedern zu Boden fielen. Sie machte keinerlei Anstalten, beim Aufsammeln zu helfen, und ging achtlos weiter. Richardis sah ihr wütend nach und begann mit

Elisabeths Unterstützung, die verstreuten Federn aufzuheben.

»Eifersüchtiges Biest!«, zischte Richardis.

Hildegards Gehilfinnen bereiteten im Skriptorium alles für eine Wiederaufnahme der Schreibarbeiten vor, doch zu ihrer großen Enttäuschung war in den folgenden Tagen daran nicht zu denken. Es wurde noch kälter, zwei Nonnen lagen mit Fieber auf ihrem Lager. Als Hildegard, Clementia und Elisabeth abends in der Salbenküche Heiltränke aus Kamillenblüten und Ingwerwurzeln brauten, baten Gerlinde und Trude um eine Besprechung.

»Bringt vor, was ihr zu sagen habt!«, bat Hildegard erschöpft. »Aber fasst euch bitte kurz, ich muss bald wieder nach Adelgundis und Donata sehen, ihr Fieber wird immer schlimmer.«

»Eben«, zischte die junge Gerlinde, und ihre schwarzbraunen Augen funkelten. »Dieser Ort bringt uns um.«

Hildegard seufzte. »Ich weiß, was ich tue. Manche von euch sind in ihren Eitelkeiten wie in einem Netz verstrickt. Gott hat mir aufgetragen, euch das erkennen zu lassen.«

Gerlinde verdrehte die Augen. »Das Einzige, was ich hier erkenne, ist, dass wir wegen deiner Vision das Paradies gegen die Hölle eingetauscht haben. Trotzdem zwingst du uns, auch bei der eisigen Kälte die nächtlichen Gebete durchzuführen.«

»Ich will euch nur Sicherheit und Schutz geben – und die Worte der Heiligen Schrift und die Zucht und Regeln dienen eben dazu. So hat es uns Jutta gelehrt«, entgegnete Hildegard.

In der Tat waren viele Klöster unter lascher Hand bereits in heillosem Durcheinander versunken, das wusste Elisabeth aus vielen verzweifelten Briefen von Vorsteherinnen und Äbten, die Hildegard um schriftliche Ratschläge gebeten hatten.

»Ich kann dein Gerede darüber nicht mehr ertragen«, keifte Gerlinde. »Merkst du es immer noch nicht? Wir erfrieren und hungern! Nicht nur körperlich, es steht uns ja auch hier wieder keine Bibliothek zur Verfügung.«

»Wir werden selbst Bücher bekommen«, versprach Hildegard.

»Ja, fragt sich nur, ob dann noch jemand da ist, der sie liest!«, rief Gerlinde spöttisch und ging zur Tür. Dort riss sie ihren Schleier herunter und warf ihn Hildegard vor die Füße.

»Ich kehre in die Welt zurück!«, rief die junge Nonne voller Abscheu. »Dein Sklavenhaus für reiche Töchter ist die Hölle. Und Beata will es mir gleichtun. Sie hat ihren Eltern bereits geschrieben, sie wird in ein anderes Kloster wechseln.«

Hildegard und Trude sahen ihr gleichermaßen entgeistert nach. Was sollte aus der jungen Frau werden? So einfach wie Beata würde es Gerlinde nach dem Fortgehen nicht haben. Ihre adeligen Eltern lebten nicht mehr, ihr Bruder war wie so viele verschollen auf dem Weg nach Jerusalem. Zudem befand sich ihr Vermögen in der Hand des Vaterklosters auf dem Disibodenberg.

»Und was hattest du mir zu sagen?«, wandte sich Hildegard schließlich an Trude.

Diese schüttelte jedoch den Kopf und sah schweigend zu Boden, bevor auch sie das Skriptorium verließ.

Elisabeth beschloss, ihr nachzugehen.

»Trude«, sagte sie, als sie die Nonne auf dem Weg zum Refektorium überholte. »Mir ist aufgefallen, dass einige von euch Nonnen nicht mehr mit den Stade-Schwestern sprechen. Die beiden leiden sehr darunter. Woran liegt das denn?«

»Ich ertrage es nicht mehr, wie die beiden hier bevorzugt werden. Vor allem Richardis.«

»Was genau meinst du?«

»Warum musste sie auch hier Hildegards Aushilfe im Skriptorium werden? Inzwischen können auch andere gut schreiben«, zischte Trude, vor Kälte zitternd. Sie hatte im Gegensatz zu Elisabeth offenbar Prior Volmar nicht bemerkt, der gerade aus der Kapelle zurückgekehrt war und das Gespräch ab diesem Zeitpunkt mitbekam. »Und wie sie ihr die innersten Dinge anvertraut.«

»Es ist ihre Entscheidung…«, warf Elisabeth halbherzig ein und versuchte mit dem Gesicht unauffällig in Richtung Volmar zu deuten, doch Trude setzte ihre Vorwürfe unbeirrt fort: »Uns quält sie trotz der Unbill dieses Ortes mit der Regel – aber ebendie besagt doch auch, dass eine Äbtissin niemanden bevorzugen darf.«

»Es sei denn, eine Nonne tut sich durch besondere Fähigkeiten hervor«, kommentierte Hildegard etwas später Trudes von Volmar zitierten Satz. Inzwischen saß er mit der Äbtissin und Elisabeth im ebenfalls viel zu kalten, nur halb fertigen Winterrefektorium. »Meine Handgelenke und die übrigen Knochen schmerzen, meine Augen werden schlechter. Wer könnte mir in meiner Hälfte des Schreibraums besser zur Seite stehen als Richardis? Sie beherrschte ja schon bei ihrem Eintritt Lesen, Schreiben und Latein.«

Volmar seufzte. »Natürlich ist Richardis begabt. Aber dein Umgang mit ihr ist trotzdem… unangemessen. Schwester Trude ist ja nicht die Einzige, die so denkt.«

»Ach?«, fauchte Hildegard. »Dann stimmst du also in den Chor der Eifersucht mit ein? Passt es dir nicht, dass ich

Richardis Zutritt in unsere traute Schreibsamkeit gewährt habe?«

Elisabeth und Volmar erschraken gleichermaßen über diesen Ausbruch. Nie zuvor hatten sie die sonst so demütige Vorsteherin derart erzürnt erlebt. Sie musste unter unerträglichem Druck stehen.

»Ich weigere mich, darauf zu antworten«, brachte Volmar mit vor unterdrückter Wut bebender Stimme hervor und ging.

Einen Augenblick lang überlegte Elisabeth, ob Hildegard bezüglich Volmars Gefühlen für sie den Nagel auf den Kopf getroffen hatte. Ging es ihm wirklich nur darum, dass die Äbtissin sich allen Nonnen gegenüber gerecht verhalten sollte – oder war er selbst eifersüchtig auf Richardis' Sonderstellung? Elisabeth verwarf den gefährlichen Gedanken rasch wieder.

»Ich muss in die Kapelle«, sagte Hildegard. »Bete bitte auch du dafür, dass der Schöpfer unser junges Kloster aus seiner Bedrängnis rettet, Lieschen.«

Diese Verniedlichung ihres Namens hatte Elisabeth viele Jahre nicht mehr gehört. Sie erinnerte die Cellerarin an die Zeit, als Hildegard sie und ihre Mutter gegen alle Widerstände aufgenommen und damit ihr Leben bereichert, wenn nicht gar gerettet hatte. Die vielen Streitigkeiten, die hier auf dem kargen Rupertsberg die einst so eingeschworene Klausengemeinschaft zu spalten drohten, ängstigten Elisabeth und machten sie traurig. In der Schreibstube auf dem Disibodenberg hatte sie oft mit Volmar, Hildegard und Richardis den göttlichen Geheimnissen nachgehen dürfen – sie selbst mit ihren Bildern, die anderen schriftlich. Es war friedlich und anregend zugleich gewesen. Der Raum hier war zwar größer, aber heute fühlte er sich kalt und einsam an. Einmal mehr überkam sie zudem das Gefühl des Verlustes, das sie seit Sigers Verschwinden immer wieder erfasste. Lebte er überhaupt noch? Und wenn ja, warum meldete er sich nicht?

*

Obwohl es erst Ende März war, blühte die Nelkenwurz bereits in leuchtendem Gelb. Siger lächelte wehmütig bei dem Anblick. Er würde die Blüten nicht aus der Nähe betrachten können, so weit reichten die Ketten um sein Fußgelenk und um seinen Hals nicht. Hildegard hatte ihm einst erzählt, dass Nelkenwurz gegen Zahnschmerzen, Blasenschwäche und sogar Erkrankungen des Gehirns half. Auch Entzündungen von Mund und Hals sowie Durchfall habe sie damit bereits behandelt. Außerdem könne jene Pflanze zur Steigerung der Lust verwendet werden. Doch selbst wenn er es wollte, wäre Siger selbst das Ausleben solcher körperlichen Freuden nie vergönnt – obwohl auf diesem Hof ein ständiges Kommen und Gehen von Dirnen herrschte, die sich bestens auf die körperliche Liebe verstanden. Diese waren allerdings nur der Kundschaft der Sklavenhändler zu Diensten. Mater Hildegard hatte die abergläubische Schwester Trude seinerzeit auf dem Disibodenberg auch mit der Aussage beruhigt, dass jene Blüten Dämonen vertrieben – wegen des Nelkengeruchs. Doch an dem Ort, an dem Siger hier gefangen war, fühlten sich zumindest die menschlichen Dämonen sehr wohl. Es handelte sich bei ihnen um Rousel und dessen jüngeren Bruder Perseval, die nicht nur besagte Dirnen feilboten, sondern Siger hier als einen von drei menschlichen Wachhunden gefangen hielten. Und er hatte noch Glück gehabt: Männliche Sklaven verkauften die Menschenhändler von Verdun meist ins Kalifat von

Córdoba. Dort gab es einen großen Bedarf an Eunuchen, weshalb jene Leibeigenen meist schon hier kastriert wurden.

Da die Sklavenhändlerclans verfeindet waren, gingen die skrupellosen Brüder Rousel und Perseval davon aus, dass ihr Gut irgendwann überfallen werden könnte. Deshalb hatte Letzterer nicht nur Siger, sondern auch dessen wertvolles Schwert von den Schergen des Winzers Georg erworben.

Nach seiner Ankunft waren die Brüder entschlossen gewesen, Siger zu entmannen und ihn ins Kalifat zu verkaufen. Doch bei seinem Versuch, sich zu befreien, hatten sie ihn kämpfen sehen – und dann war dem älteren der beiden Brüder, Rousel, die Idee gekommen, sich diesen geschickten und schlagkräftigen Ritter auf ihrem eigenen Gut als Wächter zu halten. Tatsächlich war es Siger gleich in seinem ersten Sommer hier trotz seiner Ketten gelungen, zwei Räuber am Eindringen zu hindern. Zur Belohnung hatte er eine immerhin kinnhohe Hütte mit mehr Stroh darin bekommen, die frühere war nur ein hüfthoher Verschlag gewesen. Anders als bei jenem war diesmal das Dach einigermaßen dicht, und es regnete nur selten herein. Entwürdigend war jedoch auch diese Unterkunft. Wie ein Tier den Menschenhändlern zu dienen, um nicht von diesen ermordet zu werden, markierte den absoluten Tiefpunkt in Sigers bisherigem Leben.

Da näherte sich ein blond gelockter junger Mann dem Tor, der eine große Ledertasche dabeihatte. Sofort war Siger in Habachtstellung, griff nach dem Messer in seiner zerlumpten Hose. Er war wirklich ein gut abgerichteter Wachhund geworden, spottete er in Gedanken über sich selbst und musterte den sich nähernden Mann genau: Wie Siger selbst war der Fremde muskulös und in seinen frühen Zwanzigern. In der Tasche war genug Platz für Waffen!

»Entschuldigt, ich bin Nikolaus von Verdun!«, stellte sich der Fremde vor. »Mein Pferd ist tot unter mir zusammengebrochen …«

»Was habt Ihr in Eurer Tasche?«, rief Siger argwöhnisch.

»Nur meine Arbeitsgeräte«, erklärte Nikolaus und öffnete den ledernen Deckel: Pergamente, Meißel, Hammer, Zangen, Pinsel und andere Gerätschaften waren zu sehen. »Ich bin Bildhauer, Goldschmied und Emailmaler.«

Ein künstlerisch begabter Handwerker also. Siger hatte sehr lang keinen mehr getroffen. »Tut mir leid, es ist meine Aufgabe, misstrauisch zu sein.«

»Ich bräuchte Hilfe, um nach Verdun zurückzukommen«, fuhr der Bildhauer fort. »Könnte ich vielleicht Euren Herrn sprechen?«

Siger näherte sich dem Hilfesuchenden, so weit es seine Ketten zuließen, und raunte ihm zu: »Ich würde Euch dringend raten, einen Hof weiterzugehen. Das dauert keine zwei Stunden, hier ist es zu gefährlich.«

»Oh …« Nikolaus schien sofort verstanden zu haben, dass die Sorge dieses menschlichen Wachhundes um ihn alles andere als unbegründet war.

»Ich würde Euch gern helfen, aber mein Herr ist Sklavenhändler und wirklich kein Menschenfreund.«

Kaum hatte Siger dies ausgesprochen, bemerkte er, dass der junge Bildhauer sich mit schmerzverzerrtem Gesicht den Bauch hielt.

»Ist Euch nicht gut?«

Nikolaus machte eine abwinkende Geste. »Ach, ich habe einen empfindlichen Magen, dieses Brennen lässt meist erst nach der Mittagsstunde nach.«

»Die Äbtissin meiner früheren Herzensdame hätte Euch da

helfen können«, meinte Siger wehmütig. »Sie hat schon viele von Magenschmerzen befreit.«

»Dann ist Euer Liebchen Nonne geworden?«, hakte Nikolaus nach.

Siger schüttelte den Kopf. »Nein, sie arbeitet nur als Verwalterin im Kloster. Wenn ich nicht entführt worden wäre, wir hätten wohl schon vor über zwei Jahren geheiratet.«

Er bemerkte das Mitleid im Blick des Künstlers. »Wie seid Ihr den Menschenhändlern in die Fänge geraten?«

»Ich hatte mich auf Disiboden mit einem Winzer angelegt, der seine Magd vergewaltigt hat, dafür hat er sich gerächt. Eines Tages wurde ich bewusstlos geschlagen und erwachte in einem Käfig – auf dem Weg zum Sklavenmarkt von Verdun, wie sich herausstellte.«

»Wie ist Euer Name?«

»Sig…«

Plötzlich ertönte eine scharfe Stimme. »He, Wachhund, mit wem redest du da?«

Da saß Perseval, der jüngere und gewaltbereitere der beiden Brüder, auf seinem Ross, Sigers gestohlenes Schwert an der Hüfte, die Peitsche in der Hand. Damit hatte er Siger schon häufiger geschlagen – oft ohne jeden Grund.

»Das ist Nikolaus von Verdun, ein Kirchenbildhauer«, beschwichtigte er den Menschenhändler daher rasch. »Sein Reittier ist tot zusammengebrochen. Ich habe ihn gerade zum nächsten Hof geschickt.«

»Recht so«, schnauzte Perseval und wandte sich an Nikolaus von Verdun. »Verschwindet sofort!«

Der Bildhauer warf dem menschlichen Wachhund einen letzten mitleidsvollen Blick zu, dann ging er zur Straße zurück.

Siger war erleichtert, als der Sklavenhändler in Richtung der Stallungen davonritt. Heute war er ohne willkürliche Peitschenhiebe davongekommen. Zumindest vorerst!

# 24. Kapitel

Das Kloster Rupertsberg war im Frühsommer bereits etwas wohnlicher. Am Eingang zum Garten wurde zunächst viel Farn angepflanzt – den mochte der Teufel laut Hildegards Visionen nämlich gar nicht. Die Basilika war zwar noch immer nicht ganz fertig, es wurde jedoch Tag und Nacht daran gearbeitet. Schließlich würde sie ja bald das Herz der Abtei darstellen. Dreischiffig sollte sie werden – und mit zwei hohen Türmen.

Elisabeth, Clementia und einige der anderen Nonnen packten trotz ihrer adeligen Herkunft bei den Bauarbeiten tatkräftig mit an.

»Wenn das so schnell weitergeht, kann nächstes Jahr die Einweihungsfeier stattfinden«, freute sich Bauleiter Arnold.

Richardis schleppte mit letzter Kraft einen schweren Sack heran.

Elisabeth, die eine von Adelgundis zubereitete Suppe verteilte, sah, dass Hildegard sich mit einem Vogel beschäftigte, der sich auf einen Steinhaufen gesetzt hatte. Er sang in seltsamem Einklang mit dem Hämmern der Bauarbeiter. Die Äbtissin begann mit dem zierlichen Tier zu singen.

Da strauchelte und stolperte Richardis, der Sack entglitt ihr und fiel zu Boden. Besorgt eilten Hildegard und Elisabeth hinzu und halfen ihr auf. »Geht es?«

Richardis nickte müde. »Ja, ja. Ist wohl ein bisschen viel alles. Ich bin eben doch keine Bauarbeiterin.« Sie versuchte ein Lächeln, es misslang.

»Auch der Kunst werden wir uns wieder widmen«, versprach Hildegard zum Trost. »Ich will mal nach den weißen Schleiern schauen, ob sie die Motten nicht zerfressen haben.«

»Werden wir die monatliche Kommunionsfeier wieder in unseren festlichen Gewändern begehen?«, freute sich Richardis.

Bisher waren die Nonnen in der ärmlichen Umgebung dazu nicht in der Stimmung gewesen.

»Das auch. Aber ich will zudem einige Töchter daran erinnern, wie wichtig die Demut ist. Ich werde ein Singspiel über die Tugendkräfte schreiben. Das können wir bei der Wiederweihe der Kirche im nächsten Jahr aufführen.«

Bei diesem feierlichen Ereignis sollte Erzbischof Heinrich einigen jüngeren Schwestern – unter anderem auch endlich Richardis' zierlicher Cousine Adelheid – den Schleier verleihen.

»*Ordo Virtutum*«, so verkündete Hildegard Richardis, »soll das Singspiel heißen. Wie die eine Vision in meinem Buch *Scivias* zeigt es einen Kampf zwischen den schön singenden Tugendkräften und dem Diabolus. Die Hauptfiguren sind Gottesfurcht, Glaube, Liebe, Hoffnung – und natürlich ihre Königin, die Demut. Du sollst die Keuschheit spielen – deine Stimme wird alle verzaubern. Und der Gegenspieler ist Diabolus, der alte Verführer. Dieser Durcheinanderwerfer kann natürlich nur krächzen.«

Richardis war von den Plänen begeistert. »Aber wer wird den Teufel spielen?«

Wem Hildegard diese Rolle zugedacht hatte, erfuhren Elisabeth und Richardis, als sie der Äbtissin wenig später in die Schreibstube gefolgt waren, wo diese Volmar ihre Pläne mitteilte.

»*Nein,* Hildegard!«, rief der Schreiber erbost. »Ich werde in deinem Singspiel *nicht* den Teufel spielen.«

»Aber du bist der einzige Mann hier«, jammerte Hildegard. »Zumindest der einzige, der des Lateins mächtig ist.«

»Wer sagt, dass die alte Schlange ein Mann sein muss?«, rief Volmar. »Außerdem kann ich nicht schauspielern und schon gar nicht singen.«

»Das kann der Teufel doch auch nicht«, versuchte die Äbtissin ihn zu beschwichtigen. »Er muss doch nur grässlich krächzen und brüllen.«

Volmar sah sie empört an. »Empfindest du so meinen Gesang im Gottesdienst?«

Elisabeth und Richardis konnten nicht umhin zu schmunzeln.

*

Hildegard, die seit dem Umzug nicht länger »von Bermersheim« genannt wurde, sondern den Nachnamen »von Bingen« führte, setzte ihren Willen erneut durch: Bereits wenige Wochen später probten sie ihr Singspiel *Ordo Virtutum* – mit Volmar in der Rolle des unmusikalischen Diabolus.

Hildegard stand neben Clementia, die mit offenen Haaren ungewohnt weich und jung aussah.

»Wiederholen wir diesen Teil noch einmal«, bat die Äbtissin.

Bis zur feierlichen Einweihung des Klosters im Mai nächsten Jahres musste alles einstudiert sein.

»Wir wollen uns doch nicht vor dem Erzbischof beschämen. Also noch einmal ab deinem Auftritt als Gottesfurcht, Donata!«

Von Hildegard unbemerkt sah Elisabeth Abt Kuno vom Disibodenberg hereinhumpeln.

Ihm folgten Hildegards Erzfeind Helenger mit einem großen und breiten, etwa vierzigjährigen Geistlichen, der einen braunen Pelzmantel und eine zweihornige Mitra trug, die typische Kopfbedeckung eines Bischofs. An dessen Seite ging ein schlankerer Mönch mit strohblonden Haaren im gleichen Alter.

Die Geistlichen bemerkten verblüfft die prächtige Kleidung der Nonnen. Diese standen mit herabwallendem Haar im Kreis und trugen als Schmuck leuchtend weiße Seidenschleier, deren Saum den Boden berührte. Goldgewirkte Kränze, in die auf beiden Seiten und hinten Kreuze und über der Stirn das Bild eines Lamms geflochten waren, schmückten ihre Häupter; an den Fingern glänzten goldene Ringe. Von oben fiel strahlendes Tageslicht auf sie herab. Hildegard gewährte ihren Töchtern diesen Aufzug am ersten Sonntag jeden Monats und an Kirchenfeiertagen – eben immer dann, wenn Kommunion gefeiert wurde.

Nun begannen die Christusbräute mit ihrem Spiel und dem engelhaften Gesang. Donata spielte die Gottesfurcht, jene Tugend, welche laut Benedikt die erste Stufe der zwölfstufigen Demutsleiter darstellte. Sie bereitete die seligen Töchter der Tugend darauf vor, dass sie den lebendigen Gott erblicken konnten und nicht zugrunde gingen. Die Glöcknerin und die übrigen Nonnen, die die Tugenden spielten, sangen mit betörenden und zugleich beruhigenden Stimmen. Hildegards Musik vermittelte himmlische Ruhe und machte alle irdischen Dinge vergessen, die Stimmen der Frauen schienen die höchsten Höhen zu berühren. Dann zerriss jedoch ein schauerlicher Schrei die Harmonie. Elisabeth sah, wie Abt Kuno vor Schreck zusammenzuckte. Der schwarz gekleidete Volmar sprang hervor. Er brüllte mit krächzender Stimme, dass die Gottesfurcht ein Nichts sei. Die Tugenden wüssten ja gar nicht, was sie da verehrten.

Abt Kuno und seine Begleiter verfolgten gespannt, wie die Tugenden dem Teufel entgegenhielten, er sei von Angst vor dem höchsten Richter erfüllt, weil er, gebläht vom Stolz, ins Tal von Gehenna geworfen worden sei. Elisabeth wusste inzwischen, dass jenes Tal in der Bibel für die Hölle stand.

Volmar lag bald am Boden, die Nonnen umstanden ihn.

»*Gaudet, o socii, quia antiquus serpens ligatus est!*«, sangen sie, und Elisabeth verstand durch die jahrelange Arbeit in der Schreibstube genug Latein, um den Musiktext im Geiste zu übersetzen: »Freut Euch, Gefährtinnen, denn die alte Schlange liegt gebunden.«

Es folgte noch ein wunderschön gesungenes Lob auf die Kraft Jesu Christi, die den Teufel besiegt hatte.

Abt Kunos schlanker Begleiter applaudierte begeistert.

Hildegard drehte sich erschrocken um. Erst jetzt bemerkte sie die vier Geistlichen. Den im wertvollen Pelzmantel schien sie zu kennen, sie strahlte ihn an und nahm erfreut dessen große Hände in die ihren.

»Hartwig, ich hätte dich beinahe nicht erkannt!«, rief sie. »Oder sollte ich besser sagen: Eure Exzellenz? Bischof von Bremen!«

Siger hatte Elisabeth einst erzählt, Hartwig sei in seiner Jugend wie ein Bruder für ihn gewesen. Wie traurig, dass er dessen Besuch hier nicht erleben konnte!

Als Nächstes wandte sich Hildegard an den Abt. »Vater

Kuno, wie schön, Euch wohlauf zu sehen. Geht es Euch besser?«

Er schüttelte mit säuerlicher Miene den Kopf. »Ich bin froh über jeden Morgen, an dem mich der Herr noch erwachen lässt. Schade, dass dein Singspiel nicht unserem Kloster zum Ruhm gereichen wird.«

Hildegard nickte auch Kunos Adlatus Helenger zu, was der jedoch ignorierte. In diesem Augenblick kam die junge Richardis herbeigeeilt. Sie umarmte ihren Bruder Hartwig herzlich. »Wie lange kannst du bleiben?«

»Eine ganze Woche, Schwesterchen, eine ganze Woche.«

»Das ist schön.« Die grazile junge Frau ignorierte Abt Kuno völlig und wandte sich an Helenger. »Dass auch Ihr Sehnsucht nach uns hattet, ehrt uns ganz besonders ...«, sagte sie bissig.

Helenger strafte sie mit einem missbilligenden Blick.

Kuno stellte Hildegard endlich den Fremden vor. »Das hier ist übrigens Bruder Philipp von Heinsberg, der Propst von Lüttich. Er ist selbst Musiker und von Euren Liedern völlig begeistert.«

Philipp strahlte. »Schönste Meisterin, ich kann mein Glück kaum fassen, Euch persönlich treffen zu dürfen«, berichtete der blonde Mann euphorisch. »Von dem Moment an, als ich Eure ungewöhnlichen Lieder das erste Mal hörte, war ich in sie verliebt. Daher habe ich meinen alten Freund Hartwig gebeten, mich hierher mitzunehmen. Würdet Ihr mir die Ehre erweisen, Eure Lieder einmal aus Eurem eigenen Munde zu hören?«

Hildegard lächelte geschmeichelt. Die Liebe in Philipps Augen war noch größer als die Volmars, wirkte aber äußerst erfrischend.

»Gern, in diesem Gotteshaus ist immer viel Gesang zum Lobe des Herrn.«

Die Äbtissin schien diesen feurigen Verehrer trotz seiner überschwänglichen Redeweise auf Anhieb zu mögen, dachte Elisabeth. Gewiss wollte er sich mit den Lobeshymnen für ihre Lieder bei ihr beliebt machen – nun, er war gut darin.

Auch Richardis schien Philipps verliebter Blick nicht zu entgehen, sie lenkte eifersüchtig die Aufmerksamkeit wieder auf sich. »Wie hat es dir heute gefallen, Mutter?«, wandte sie sich an die Klostervorsteherin.

»Ihr werdet immer besser«, sagte Hildegard bewegt. Sie sah voller Liebe an Richardis hinab, die in ihrem ungewohnten Aufzug von besonderer Schönheit war. Mit funkelnden Augen wandte sie sich an den Abt. »Sehen meine Töchter nicht wunderbar aus, Kuno?«

Dieser war natürlich weniger begeistert von der Aufmachung der Christusbräute. »Schon, aber …«

Da ergriff sein Adlatus Helenger für ihn das Wort: »Der erste Hirte Paulus hat solchen Schmuck verboten. Er mahnte die Frauen, sittsam zu sein. Sich nicht mit Haargeflecht, Gold und Perlen zu schmücken.«

Selbstverständlich kannte die Meisterin diese Gebote des Propheten. »Ich weiß, die Frau soll sich nur nach dem Willen ihres Mannes schmücken, um ihm zu gefallen. Ansonsten aber ihre Seelenschönheit verbergen, damit der Habicht des Hochmuts sie nicht raubt.«

Abt Kuno nickte eifrig. »Ja, richtig, so ist diese Vorschrift gemeint.«

»Das gilt aber nicht für die Jungfrau, die unberührt wie im Paradies ist – in der vollen grünenden Kraft ihrer Blüte«, erklärte ihm daraufhin die Äbtissin. »Die Jungfrau muss sich nicht wegen einer Vorschrift verhüllen – sie tut es freiwillig und in tiefster Demut. Die Jungfrauen sind schließlich mit dem Heiligen Geist verheiratet. Ihnen steht es zu, für die Kommunion ein leuchtend weißes Gewand zu tragen – als deutliches Zeichen ihrer Vermählung mit Christus.«

Kuno seufzte über Hildegards Spitzfindigkeit und lächelte hilflos dem ebenfalls grinsenden Bischof Hartwig von Bremen, Helenger und Philipp zu. »Was könnte ich dem noch entgegenhalten?«, fragte der Abt voller Hohn in der Stimme. »Möge Gott dieses neue Kloster beschützen!«

»Das tut er bereits, Abt Kuno, das tut er bereits«, berichtete die Klostervorsteherin stolz. »Wenngleich es noch an vielem mangelt, überströmt uns Gott mit seiner Gnade. Früher haben viele unser Unternehmen als nutzlos verachtet, jetzt kommen sie uns von allen Seiten zu Hilfe und bringen uns Segen in Hülle und Fülle. Außerdem lassen viele wohlhabende Christenmenschen ihre Toten ehrenvoll auf unserem Friedhof bestatten.«

Als sie Kunos neidischen Blick sah, schien Hildegard ihre hochgestimmten Worte sofort zu bereuen.

Der etwas entfernt stehende Volmar, der sich offensichtlich seines schwarzen Kostüms schämte, hatte den hohen Besuch mit Entsetzen im Gesicht bemerkt. Er wollte sich unbemerkt davonschleichen, doch Hartwig rief ihn belustigt: »Bruder Volmar, wollt Ihr uns nicht begrüßen?«

Mit hochrotem Kopf kam Hildegards Sekretär zu seinem Abt, Adlatus Helenger und Richardis' Bruder.

»Welch kecker Aufzug, werter Bruder«, neckte Hartwig grinsend, und Abt Kuno begutachtete das eng anliegende schwarze Teufelskostüm seines ehemaligen Mönches kopfschüttelnd aus der Nähe.

Zu Volmars Erleichterung rettete ihn nun ausgerechnet Helenger mit einem Themenwechsel: »Wenn ich Euch erinnern darf, Vater Kuno: Ihr wolltet noch über die Mitgift der drei Neuzugänge der Mater sprechen.«

Das ließ sich der Abt nicht zweimal sagen. »Allerdings. Die Erträge können wir auf Disiboden gut gebrauchen.«

Elisabeth sah die Enttäuschung in Hildegards Gesicht. Kunos Männerkloster erstickte im Überfluss – und jetzt behauptete er, er sei weiterhin auf die Schenkungen für ihre Nonnen angewiesen.

»Wir eigentlich auch«, flüsterte sie.

Kuno fragte laut: »Was sagst du?«

»Ach, nichts«, winkte Hildegard gottergeben ab. Was konnte sie schon tun? »Nur Gemurmel einer nichtswürdigen Frau.«

*

Am Sonntag nach dem Gottesdienst wollte Elisabeth ihre Mutter Griseldis in den Stallungen aufsuchen. Gestern waren mehrere Ferkel geboren worden, und sie musste die Bestandslisten entsprechend angleichen. Da sah sie Hildegard mit dem Propst von Lüttich durch den Klostergarten schlendern.

Hildegard trug ihr langes aschblondes Haar mit den weißen Strähnen auch nach der Kommunionsfeier noch offen, ihr Seidenschleier streifte beim Gehen die Grasspitzen, Philipp schien sich gar nicht sattsehen zu können.

»Eure Musik ist unvergleichlich«, befand er. »Ganz ohne die typische Einteilung in Strophen und den metrischen Aufbau. Ihr verwendet häufig mehrere Töne über einer Silbe. Auffällig ist auch, dass Ihr nicht jeden Melodieteil exakt wiederholt, da Eure Textteile unterschiedlich lang sind. Aber auch

Eure Kehrverse und Antwortgesänge unterscheiden sich in Länge und Schwierigkeitsgrad von allen anderen mir bekannten Kompositionen.«

»Ich plane das nicht bewusst, mir fliegt die Musik ja einfach zu. Diese Weltmusik, die *musica mundana,* ist zwar für andere unhörbar, aber sie entsteht nicht durch mich, sie erklingt durch jede Bewegung im Kosmos, zum Beispiel durch die der Gestirne. Durch die Visionsgabe bin ich in der Lage, sie wahrzunehmen«, erklärte Hildegard, räumte jedoch ein: »Ihr seid aber nicht der Einzige, der davon angetan ist. Früher habe ich ja nur für die Liturgie in unserem eigenen Kloster geschrieben, doch vor Kurzem erhielt ich einen Auftrag vom Kloster St. Matthias in Trier. Ich soll ein Lied über den heiligen Eucharius schreiben. Als vom Papst ernannte Prophetin habe ich eben auch die Aufgabe, den Menschen durch Musik an seinen Ursprung zu erinnern. Das bereitet mir großes Vergnügen – ein willkommener Ausgleich zur Knochenarbeit als Bauaufseherin.«

»Was sind Eure Lieblingsthemen beim Komponieren?«, wollte Philipp wissen.

»Ich komponiere dort, wo Gesänge fehlen«, erläuterte Hildegard lächelnd. »Besonders gern schreibe ich natürlich auch zu Ehren der Jungfrau Maria – und über die heilige Ursula. Meine Brieffreundin Elisabeth von Schönau hat mir ganz erstaunliche Visionen über sie und ihre elftausend Jungfrauen mitgeteilt.«

Elisabeth kannte die Legende der heiligen Ursula aus einer Erzählung Hildegards: Attila, der Hunnenkönig, hatte sie besitzen wollen. Zur Wahrung ihrer Keuschheit war sie in den Tod gegangen – und elftausend Jungfrauen waren ihr angeblich dorthin gefolgt. Elisabeth mochte die Geschichte nicht besonders – wer wollte schon zur Wahrung seiner Keuschheit in den Tod gehen?

Philipp kam wieder auf angenehmere Dinge zu sprechen. »Obwohl Ihr weder Neumen noch Gesang erlernt habt, verfasst und singt Ihr solch wunderbare Melodien – ohne Belehrung eines Menschen«, staunte er.

»Musik ist das Sinnbild vollendeter Schöpfung«, schwärmte die Magistra. »Nicht von ungefähr atmet der Mensch beim Hören eines Liedes tief und seufzt – es erinnert ihn daran, dass die Seele der himmlischen Harmonie entstammt.«

Philipp strahlte sie voller Zuneigung an. »Ja, sie ist wohl wirklich auf Gleichklang angelegt. *Symphonialis est anima.* Und wir sind zwei verwandte Seelen, liebste Hildegard«, sagte er und blieb stehen.

Er griff sanft nach Hildegards Händen und hielt sie fest. Sie erwiderte seinen verliebten Blick etwas verunsichert. »Die Liebe zu Christus verbindet uns miteinander.«

Fast zärtlich entzog sie ihm die Hände. Philipp seufzte. Er wusste wohl, dass dies das Ende des Gespräches war, in dem mehr verschwiegen als ausgesprochen worden war. »Ich … ich wünsche Euch, dass Ihr im Himmel glorreich den Mann schauen werdet, nach dessen ständiger Umarmung Ihr Euch sehnt.«

»Danke«, sagte Hildegard.

Elisabeth mochte Philipp. Er hatte Hildegards höfliche Zeichen verstanden und sie nicht gezwungen, deutlicher ablehnen zu müssen. Wie traurig, dass die Liebe nirgendwo auf fruchtbaren Boden fiel, dachte sie. Hildegard und Philipp durften sich nicht lieben, und sie selbst konnte nach Sigers Verschwinden nicht lieben. Eigentlich wollte sie endlich zu ihrer Mutter in den Stall gehen, doch dann sah sie Richardis im Säulengang neben ihrem Bruder Hartwig stehen. Die Grafentochter starrte mit düsterer Miene zu Hildegard und Philipp im Garten, sodass sie Elisabeth hinter sich nicht bemerkte.

Der Bischof von Bremen grinste. »Philipp scheint ja wirklich einen Narren an deiner Meisterin gefressen zu haben. Eifersüchtig?«, fragte Hartwig seine Schwester neckend.

»Unsinn!«, fauchte Richardis. »Es geziemt sich für einen Propst einfach nicht, wie ein minnesiecher Gockel herumzustolzieren.«

Sie wechselte rasch den Gesprächsgegenstand. »Aber jetzt erzähl schon! Was führt dich hierher? Du bist doch nicht ohne Grund gekommen.«

Hartwig nickte lächelnd. »Du kennst mich nur zu gut. Im Stift Birsim wird eine neue Vorsteherin gebraucht. Ich habe dich vorgeschlagen, Schwester.«

Richardis blickte ihren Bruder erstaunt, ja fast erschrocken, an. »In Birsim?«, versicherte sie sich. »Ich kann Hildegard jetzt nicht verlassen, wir schreiben noch immer an ihrem großen Visionenbuch.«

»Wie schon seit fast zehn Jahren«, murrte Hartwig. »Diese Bauerntochter und Volmar können ihr doch bei dem Buch helfen. Denk nur, wie oft wir uns sehen könnten, wenn du in der Nähe von Bremen wärst!«

»Natürlich wär das schön, aber außer Hildegard müsste ich dann auch Adelheid hier zurücklassen. Du weißt, dass sie mir wie eine Schwester ist.«

»Für Adelheid wird ohnehin auch bald ein Vorsteherinnenposten frei – im Stift Gandersheim liegt die Äbtissin im Sterben.«

Richardis' Gesicht verdunkelte sich. »Adelheid hat doch

noch nicht einmal ihren Schleier! Warum wollt ihr Hildegard ihre liebsten Töchter nehmen?«

»Es ist doch zu ihrem eigenen Vorteil«, meinte der Bischof. »Das Erbe der Magistra wird am besten gepflegt, wenn ihre fähigsten Schülerinnen es an verschiedenen Orten an die nächste Altersstufe weitergeben können. So sieht Abt Kuno das im Übrigen auch.«

»Ach, der«, erwiderte Richardis geringschätzig.

Hartwig fuhr unbeirrt fort: »Außerdem könntest du ruhig einmal an Mutter denken. Du weißt, sie hat nicht mehr lang zu leben, und deine neue Berufung würde ihr Herz mit großem Stolz erfüllen.«

Seine Schwester ließ ihren Blick über den Garten schweifen. Elisabeth wusste, dass Richardis diesen Ort liebte, den sie gemeinsam mit den anderen Nonnen aufgebaut hatte. Und sie liebte Hildegard. Ihr Bruder sah sie erwartungsvoll an.

»Natürlich fällt es mir nicht leicht, unsere todkranke Mutter zu enttäuschen, aber es wird nicht zu vermeiden sein«, sagte sie zu Elisabeths Erleichterung. »Ich werde Hildegard auf keinen Fall verlassen.«

Hartwig wirkte verstimmt. »Das sehen wir noch.«

# 25. Kapitel

Eine Woche später, die Gäste waren wieder abgereist, war Hildegards Hündin erkrankt. Griseldis zeigte ihrer Tochter Elisabeth das Tier, das schwach und wimmernd in einer Ecke des Stalls lag.

»Sie kann nicht mehr aufstehen und nichts mehr fressen«, berichtete Griseldis. »Ich hoffe, Astra stirbt nicht. Eigentlich ist sie noch zu jung dafür.«

»Hildegard und Richardis sind am Flussufer zum Kräutersammeln«, wusste Elisabeth. »Ich suche sie und sage ihnen Bescheid.«

Auf dem Weg zum Fluss wischte sich Elisabeth den Schweiß von der Stirn. Es war viel zu heiß – selbst für diese Jahreszeit. Der August ist wahrhaft ein Fürst, hatte Hildegard heute Morgen gesagt. Und er lässt die Pflanzen wachsen, die wir so dringend für die Kranken brauchen.

Zu ihrem Erstaunen sah Elisabeth von Weitem Richardis auf einem Felsen stehen – nackt!

Mit einem übermütigen Schrei sprang sie in die Tiefe. Da erblickte Elisabeth Hildegard, die sich nun ihrerseits dem Rand der Klippe näherte, um besorgt nach ihrer Lieblingsschülerin zu sehen.

»Komm auch herein!«, rief diese vom Fluss aus.

Hildegard zögerte. »Es wird ein Unwetter geben«, brachte sie hervor.

Elisabeth sah zum Himmel: Tatsächlich griff eine dunkle Wolke bereits wie eine bedrohliche Riesenhand nach der Sonne.

»Wir sollten zurück zum Kloster, Kräuter haben wir ja genug gesammelt – und die Vesper haben wir schon verpasst.«

»Alles Ausreden!«, rief Richardis unbeirrt.

Hildegard hatte Elisabeth einmal gestanden, nie richtig schwimmen gelernt zu haben. Richardis jedoch, die ja aus der Nordmark stammte, war eine richtige Wasserratte. Einmal hatte sie Hildegard ausgelacht, als diese ihr für die Naturkunde diktiert hatte, die Flüsse kämen aus dem Meer. Richardis wisse aus eigener Anschauung, dass es umgekehrt sei. Aber Hildegard war stur geblieben. Wenn Gott ihr mitteilte, dass das Meer die Flüsse speise, müsse das wohl auch stimmen.

»Seit wann bist du feige?«, fragte Richardis. »Es sieht uns doch keiner.«

»Einer sieht alles.«

»Der weiß doch am besten, wie du ohne Habit aussiehst.«

Hildegard sah sich um. Schließlich zog sie sich aus. Doch die Höhe des Felsens und das Wasser machten ihr offenbar Angst, sie zögerte. Wie aufregend das Leben bei ihnen geworden war, seit Richardis es betreten hatte, dachte Elisabeth kopfschüttelnd. Jeden Tag eine neue Herausforderung.

»Spring schon!«, ermunterte die Schülerin sie. »Es ist herrlich hier. Keine Angst, notfalls rette ich dich.«

Hildegard bekreuzigte sich und sprang. Elisabeth hielt den Atem an. Zum Glück tauchte die Äbtissin bald wieder auf. Sie prustete, Richardis nahm sie bei der Hand, langsam wurden Hildegards Schwimmbewegungen weniger hektisch. Sie lachte sogar ausgelassen. »Ich kann es doch.«

Richardis freute sich mit ihr. »Siehst du …«

Elisabeth beschloss, den beiden diesen freien Nachmittag zu gönnen. Hildegard würde noch früh genug erfahren, dass ihre Hündin krank ist.

Auf halbem Weg zum Kloster begegnete ihr ein blond gelockter Mann, der auf einem schwarzen Hengst ritt.

»Guten Tag«, grüßte er freundlich. »Gehört Ihr zum Kloster Rupertsberg?«

»Ja, seid Ihr dorthin unterwegs?«, fragte sie und stellte fest, wie hübsch der Fremde war.

»Genau, ich möchte zu Baumeister Arnold.«

»Ich bringe Euch gern zu ihm«, bot Elisabeth an.

In diesem Moment zuckte über das gesamte Firmament ein Blitz. Krachender Donner ertönte. Augenblicklich begann es wie aus Kübeln zu regnen.

»Steigt auf!«, sagte der Schöne. »Mit meinem Ross sind wir schneller.«

Und wenige Augenblicke später hielt sich Elisabeth am muskulösen Körper des jungen Reiters fest, während er seinem Hengst die Sporen gab und sich wahre Sturzbäche auf sie ergossen. Hoffentlich hatten Richardis und Hildegard inzwischen irgendwo Schutz gesucht!

Schließlich hatte der Fremde sein Pferd im Stall festgebunden, und Elisabeth schüttelte außer Atem ihre nassen Haare aus. Sie bemerkte seinen begeisterten Blick und musste zugeben, dass ihr dieser schmeichelte.

»Ich habe mich noch gar nicht vorgestellt. Mein Name ist Nikolaus«, sagte er und drückte etwas zu lang ihre Hand.

»Oh, dann seid Ihr der Bildhauer aus Verdun, auf den sich Meister Arnold so freut«, wurde Elisabeth klar. »Er sagt, Ihr seid ein großer Künstler, und er freut sich auf Eure Ideen für unsere Kirche hier. Mein Name ist Elisabeth, ich bin hier die Cellerarin. Vielleicht mögt Ihr mich in unseren Hauptbau begleiten, dort könnt Ihr Eure Kleidung trocknen und etwas zu Euch nehmen. Arnold wird bei dem Regen gewiss auch dort sein.«

»Das ist eine gute Idee«, stimmte er zu.

»Ich will nur noch rasch nach dem Hund unserer Äbtissin sehen, das Tier ist leider krank«, berichtete Elisabeth.

Er folgte ihr um die Ecke, wo Astra nach wie vor lag. Sie wimmerte zwar noch, wedelte bei Elisabeths Anblick aber leicht mit dem Schwanz.

»Es scheint ihr zum Glück schon besser zu gehen«, freute sie sich, während sie die Hündin streichelte.

Nikolaus tat es ihr gleich. Dabei berührten sich schließlich ihre Finger, woraufhin er lächelte; sie jedoch musste an Siger denken und zog ihre Hand zurück.

Als Elisabeth dem Gast und Baumeister Arnold wenig später im Sommerrefektorium das von Schwester Adelgundis zubereitete Essen brachte, zeigte der Bildhauer sich äußerst dankbar.

»Mein Magen macht mir seit einigen Monaten zu schaffen«, klagte er. »Morgens brennt er häufig sehr; erst wenn ich etwas esse, wird es besser.«

»Oh, dann wird unsere Äbtissin Hildegard Euch helfen können. Sie empfiehlt bei diesem Leiden, einen morgendlichen Aufguss aus Kamille zu trinken.«

Nikolaus sah sie überrascht an. »Eure Mater beschäftigt sich mit Heilkunde?«

»Ja, das hat sie schon in ihrer früheren Klause auf dem Disibodenberg getan, obwohl der Abt es ihr dort verboten hat«, erinnerte sich Volmar, der sehr aufgewühlt wirkte.

»Oh, Ihr stammt vom Disibodenberg. Gab es bei Euch einen…«, setzte der Bildhauer an zu sagen, wurde jedoch von Volmar gleich wieder unterbrochen: »Wo ist Hildegard eigentlich?«

»Sie ist noch mit Richardis am Fluss«, mutmaßte Elisabeth. »Die beiden werden sich wegen des Platzregens vorhin irgendwo dort untergestellt haben. Soll ich nach ihr sehen?«

»Und ob«, bestätigte Volmar. »Sag ihr, hier machen sich alle Sorgen um sie. Es wir doch gleich dunkel.«

*

So schnell, wie er angefangen hatte, war der Regenguss wieder vorbei gewesen. Die Abendsonne hatte sich rasch durch die abziehenden Gewitterwolken gekämpft und wurde von Bienen, Ameisen und allerlei anderem Getier begrüßt. Elisabeth schenkte dem Gewimmel jedoch kaum Beachtung, sie war ganz in Gedanken versunken. Dieser Nikolaus gefiel ihr ausnehmend gut. Zum ersten Mal seit dreieinhalb Jahren fand sie Gefallen an einem Mann. Doch obwohl es inzwischen kaum noch Hoffnung gab, dass Siger je zurückkehren würde, hatte sie ein schlechtes Gewissen ihm gegenüber.

Schließlich sah sie von Weitem Richardis mit der Äbtissin auf einer Blumenwiese am Fluss liegen, ihre Kleider trockneten an einem Baum. Wie so oft, wenn sie zusammen waren, schienen die beiden Nonnen die Zeit vergessen zu haben, die Abenddämmerung begann ja bereits.

Selbst zu solch später Stunde war die Grünkraft um diese

Jahreszeit besonders beeindruckend. Grillen zirpten, die Feldblumen versprühten die verschiedensten Wohlgerüche, über ihnen funkelten bereits die ersten Sterne am majestätischen Himmelszelt.

Richardis sah nachdenklich hinauf zu den Lichtern, die wie Edelsteine auf dunkelblauem Samt aussahen.

»Wie schnell Gott den Himmel von düsteren Wolken befreien kann …«

»Das Feuer in den Gestirnen bewegt sich und lässt sie funkeln«, sagte Hildegard tief beeindruckt. In diesem Moment fiel eine Sternschnuppe. Die beiden Nonnen lachten begeistert.

Elisabeth, die sich bei den beiden Frauen noch nicht bemerkbar gemacht hatte, fiel der Aberglaube ihrer Kindertage ein, dem zufolge man sich bei einem solchen Anblick etwas wünschen durfte. Siger soll unversehrt zu uns zurückkehren, dachte sie.

Richardis sah indes zur neben ihr liegenden Meisterin hinüber. »Glaubst du, sie zeigen uns an, was kommen wird?«

»Nein, es soll sich niemand anmaßen, die Zukunft zu erfragen. Es ist zum Heil der Seele besser, sie nicht zu kennen.«

»Aber du hast doch schon einige Prophezeiungen gemacht«, gab Richardis zu bedenken.

»Ja, aber nur aus Einsicht in die Ratschläge Gottes, bei denen gibt es keine Zeit, sie können sich auf Vergangenheit, Gegenwart oder Zukunft beziehen.«

»Ich wüsste trotzdem gern, ob unsere … unser Kloster Bestand haben wird«, murmelte Richardis, und Elisabeth zögerte, in diesem Augenblick der Zweisamkeit zu stören, hatte ein schlechtes Gewissen, Zeuge davon zu werden.

Hildegard wandte Richardis das Gesicht zu und lächelte.

»Keine Angst. Es wird sehr, sehr lange stehen – mindestens bis zum Ende unserer Tage auf dieser Welt.«

Unvermittelt nahm Richardis Hildegards Gesicht in ihre Hände und sah ihr flehend in die Augen.

»Wovor hast du Angst?«, fragte Hildegard besorgt.

Richardis Stimme klang seltsam belegt, als sie erwiderte: »Wovor hast *du* Angst?«

Sie küsste die Meisterin auf den Mund wie schon so oft – aber diesmal erschien es der erschrockenen Elisabeth nicht wie der übliche Kuss zwischen Tochter und Mutter. Hildegard schloss die Augen! Doch plötzlich musste ihr etwas eingefallen sein, und zu Elisabeths Erleichterung löste sie sich sanft von Richardis. Die *Abbatissa* sah ihre Schülerin voller Liebe an, schüttelte jedoch den Kopf.

»Komm, lass uns gehen! Unsere Kutten sind notdürftig trocken. Vielleicht schaffen wir es noch bis zur Matutin.«

Richardis sah immer noch besorgt aus. »Und wenn es jemand zerstört?«

»Keine Angst«, sagte die Äbtissin zuversichtlich. »Wer sollte das wagen?«

Elisabeth wusste, dass sie sich nun bemerkbar machen musste, da sie ohnehin entdeckt werden würde, sobald die beiden ganz aufgestanden waren.

»Mater Hildegard, Richardis, der Bildhauer aus Verdun ist eingetroffen!«, rief sie und bemühte sich, möglichst arglos zu klingen.

»Oh, wie schön«, sagte Hildegard. »Dann kleide ich mich wohl besser an, auch wenn der Habit noch nicht ganz trocken ist.«

»Nikolaus von Verdun leidet an Magenproblemen«, erklärte Elisabeth. »Ich glaube, er wäre für Hilfe dankbar.«

Volmar wartete mit Trude an der Klosterpforte. Bei seinem Anblick wusste Elisabeth schon von Weitem, dass er immer noch aufgebracht war. Schließlich war Hildegard noch nie derart lang ohne Vorankündigung dem Kloster ferngeblieben. Als die drei Frauen endlich vor ihm standen und Richardis frech fragte: »Womit haben wir denn so eine Empfangsversammlung verdient?«, hob er in einem für ihn völlig ungewohnten Gefühlsausbruch die Hand, um sie zu ohrfeigen. Er konnte sich gerade noch beherrschen. Trude stöhnte erschrocken auf. Volmar ging davon.

»Was habt ihr euch nur dabei gedacht?«, fuhr Trude die Äbtissin und deren Lieblingsschülerin an. »Er wäre vor Sorge fast wahnsinnig geworden …«

Hildegard und Richardis sahen sich schuldbewusst an. Elisabeth, die es hasste, wenn sich die Menschen in ihrer Umgebung stritten, wäre Volmar am liebsten hinterhergeeilt.

Doch im Sommerrefektorium wartete ja Nikolaus von Verdun, sie würde zunächst Hildegard zu ihm bringen.

Die Äbtissin und der Bildhauer verstanden sich blendend. »Und sobald Ihr den Trank im Magen habt, dreht Ihr euch auf dem Boden, sodass der Heilsaft jede Stelle seines Inneren erreicht«, riet Hildegard. »Das wiederholt Ihr jeden Morgen.«

»Wenn das wirklich gegen meine Schmerzen hilft, bin ich Euch auf ewig dankbar«, sagte Nikolaus lächelnd.

»Ist es nicht wunderbar, wie so ein paar Kamillenblüten helfen können?«, schwärmte Richardis, die sich mit an den Tisch gesetzt hatte, um zu speisen. »Gottes Schöpfung ist das größte aller Wunder.«

Hildegard nickte schwach, sah jedoch mit einem plötzlichen Anflug von Sorge im Gesicht aus dem Fenster in die

Nacht. »Aber die Kräfte der Welt werden sich erschöpfen, wenn wir nicht aufpassen. Der gottlose Irrsinn der rebellischen Menschen wird die grünende Lebenskraft der Elemente welken lassen. Alle Winde werden voll Moder sein, stinken wie die Pest, die Erde wird Schmutz ausspeien. Ebenso spuckt die Luft die zahlreichen Unreinheiten der Menschen aus, indem sie widernatürliche und unbekömmliche Feuchtigkeit aussendet, die alle Grünkraft und sämtliche Früchte dörren lässt.«

Elisabeth empfand bereits diese Vision als äußert beunruhigend, doch Hildegard ließ eine noch albtraumhaftere Beschreibung folgen. »Durch eine plötzliche, unerwartete Erschütterung werden die Bande der Elemente gelöst. Alle Geschöpfe geraten in Aufruhr. Feuer bricht hervor. Die Luft löst sich auf, das Wasser strömt über, die Erde bebt, Blitze zucken, Donner krachen, Berge spalten sich, Wälder stürzen, und was immer in der Luft oder im Wasser oder in der Erde sterblich ist, gibt das Leben auf. Das Feuer wird die ganze Luft in Bewegung setzen und Wasser die ganze Erde anfüllen.«

Richardis erschauderte. »Bis dahin ist hoffentlich noch sehr lange Zeit, meine düstere Prophetin.«

Offenbar waren der Grafentochter Nikolaus' Blicke in Elisabeths Richtung nicht verborgen geblieben, denn nun wandte sie sich an ihn: »Wenn Euch die Kunst zum Lobe des Herrn gefällt, solltet Ihr unbedingt Elisabeths Malereien für die Schriften unserer Äbtissin sehen.«

»Das würde ich sehr gern«, sagte er sofort.

Elisabeth war das Aufsehen um ihre Person ein wenig peinlich, doch Hildegard stimmte in den Lobgesang ein: »Sie fühlt sich in jede Vision sehr genau hinein. Hol doch eben ein paar Pergamente aus der Schreibstube.«

Als sie kurz darauf beim Skriptorium ankam, stürmte soeben Volmar aus der Tür zur männlichen Hälfte. Sie setzte an, etwas zu sagen, doch Volmar hob nur seine Hand. »Nicht jetzt!«

Der war ja wirklich nicht wiederzuerkennen! Elisabeth betrat die Schreibstube, um Bilder herauszusuchen. Durch das Gitter fiel dabei ihr Blick auf Volmars Schreibpult. Dort lag ein neuer Brief, der an die Markgräfin Richgard von Stade gerichtet war – Richardis' Mutter. Zu gern hätte Elisabeth gewusst, was darin stand.

## 26. Kapitel

Auch tags darauf war in der Schreibstube nur auf den ersten Blick alles beim Alten: Richardis saß neben Hildegard als Schreibassistenz, hinter ihr Elisabeth mit ihren Federn und Pinseln. Volmar hielt sich wie immer in der anderen Hälfte der Schreibstube auf. Doch was Hildegard heute diktierte, hatte nichts mit ihrem Visionenbuch *Scivias* zu tun, obwohl sie kurz vor dessen Vollendung standen. Das heutige Thema war wohl eher als Ermahnung für im Raum Anwesende gedacht!

»Ein Mann, der sich wie eine Frau mit einem anderen Mann vergeht, sündigt schwer gegen Gott und gegen jene Verbindung, mit der Gott Mann und Frau vereinigt hat. Daher erscheinen beide vor Gott entehrt, böse und furchterregend… und des Todes schuldig…«, diktierte sie exakt das, was ihr einst Jutta erklärt hatte. »Genauso erscheint eine Frau, die sich mit einer anderen Frau im männlichen Beischlaf zu vereinigen sucht, gemein in meinen Augen!«

Volmar hob irritiert eine Augenbraue, Richardis senkte den Blick. Hildegard diktierte weiter: »… und auch jene, die sich ihr zu so einer schändlichen Tat unterwirft.«

Richardis stürzte unvermittelt aus dem Raum.

Hildegard sah traurig aus – als hätte sie mit einer derartigen Reaktion gerechnet.

Elisabeth bat, sie kurz zu entschuldigen. Sie wollte nach Richardis suchen und sie trösten. Unterwegs dachte sie daran, dass die körperliche Versuchung wirklich eine allgegenwärtige Gefahr darstellte – und zu viele Nonnen waren ihr schon erlegen.

Was wohl zum Beispiel aus Gerlinde geworden war? Engelbert hatte erzählt, dass die abtrünnige Nonne schon vor Verlassen des Klosters zarte Bande mit einem verheirateten Ritter geknüpft hatte – und nun dessen Geliebte geworden war. Aber was konnte man auf solche Gerüchte schon geben? Vielleicht war sie auch längst tot.

Von Weitem sah sie schließlich Richardis in den Klostergarten eilen. In ihre trüben Gedanken versunken stieß diese um ein Haar mit einer abgezehrten Frau zusammen. »Mutter!«

Elisabeth blieb in sicherem Abstand auf dem Kreuzgang stehen. Nach einer Begegnung mit der überspannten Markgräfin stand ihr überhaupt nicht der Sinn.

»Richardis, da bist du ja schon«, erkannte Richgard ihre Tochter. Die fiel der Grafenwitwe um den Hals. Seit diese sich so für Hildegard eingesetzt hatte, schätzte Richardis ihre Mutter viel mehr als früher. Erschrocken bemerkte sie, wie dünn deren Gesicht geworden war. Es war noch bleicher als sonst, die Knochen traten hervor.

»Geht es dir noch nicht besser?«, fragte die junge Nonne besorgt.

Richgard schüttelte müde den Kopf. »Alles schmerzt, und die Geschwulst ist derart gewachsen, als sollte mir für die Fahrt in die Anderwelt eine dritte Brust wachsen«, klagte sie mit matter Stimme. »Ich lasse die Ärzte auch kein Blut mehr abzapfen, nützt ja doch nichts.«

Elisabeth ahnte nun, dass die Gräfin unheilbar krank war.

Davon hatte Richardis noch gar nichts gesagt, aber es war deutlich zu erkennen, dass deren früher so enges Kleid schlaff an ihrer Mutter herabhing.

»Aber lass uns von dir reden«, lenkte Richgard ab. »Ich höre, einige Schwestern haben Hildegard wegen der ärmlichen Umstände hier verlassen.«

Richardis seufzte. Ihre Mutter kam ja schnell zur Sache. Elisabeth hatte sich schon gedacht, dass die Gräfin nicht nur angereist war, um ihre Tochter noch einmal zu sehen.

»Du willst sagen, dass das hier keine Umgebung für mich ist«, meinte Richardis.

Die Markgräfin nickte. »Vor allem nicht bei dem Amt, das dir angeboten wird.«

»Es gibt Wichtigeres als weltlichen Ruhm, Mutter.«

Richgard lachte spöttisch, dann hustete sie. »O ja, die überirdische Liebe. Glaub mir, ich kenne das. Und ich muss dich zu deinem eigenen Besten warnen. Wenn die Liebe zu stark wird, ganz gleich, zwischen wem, dann ...«

»Was verstehst du schon davon?«, fauchte Richardis.

»Ich liebe dich auch, Kind«, erwiderte die Markgräfin. »Ob du es glaubst oder nicht. Und deshalb muss ich verhindern, dass du das beste Angebot deines Lebens ausschlägst – wegen einer jugendlichen Schwärmerei.«

»Genau das werde ich aber tun, Mutter«, sagte Richardis mit kalter Stimme. »Besser, du findest dich damit ab. Ich werde es mir nämlich nicht anders überlegen.«

»Das hatte ich befürchtet«, seufzte die kranke Gräfin. »Nun gut, dann eben anders. Du weißt, Abt Kuno kassiert weiterhin die Mitgift von Hildegards Neuzugängen ein. Ihr neues Kloster ist ohne Schenkungen verloren. Und du kennst meinen Einfluss. Wenn du also aus eigennütziger Verblendung bei ihr bleibst, wirst du sie damit in den Untergang treiben. Gehst du aber brav nach Birsim und wirst Äbtissin, sind alle Schwierigkeiten beseitigt. Ich werde den reuigen Pfalzgrafen Hermann überreden, Mönch zu werden und seinen Besitz Hildegard zu vermachen, Erzbischof Heinrich werde ich die Schenkung seiner Mühle aufschwatzen. Außerdem wird mein Gut bei Ockenheim Hildegards Kloster überschrieben nach meinem Tod – und bis dahin dauert es ja gewiss nicht mehr lang.«

Die von den beiden Frauen immer noch unbemerkte Elisabeth befürchtete, dass die einflussreiche Witwe tatsächlich die Überredungsgabe und die Macht besaß, über Gedeih und Verderb von Hildegards bedrohtem Kloster zu entscheiden.

Richardis sah ihre Mutter mit blankem Entsetzen an. »Das … das ist Erpressung.«

»Nein, mein Kind«, sagte die Markgräfin und erwiderte den Blick der Tochter scheinbar ungerührt. »Das ist Mutterliebe. Manchmal muss man eben Opfer bringen.«

*

Tags drauf waren Hildegard, Richardis, Elisabeth und Volmar am Ende des Buches *Scivias* angelangt. Die Äbtissin las noch einmal die letzten Zeilen vor, die ihr Schreiber berichtigt zurückgegeben hatte: »Lobet also Gott, ihr seligen Herzen! In all diesen Wundern, die der Herr in der weiblichen Gestalt der Schönheit des Allerhöchsten geschaffen hat, die er selbst vorausschaute, als sie zum ersten Mal in der Rippe des von Gott erschaffenen Mannes erschien. Wer aber scharfe Ohren zum inneren Verständnis besitzt, der lechze in leidenschaftlicher Liebe zu meinem Abbild nach diesen Worten und schreibe sie ins Gewissen seiner Seele ein. Amen.«

Sie faltete die Hände, Volmar lehnte sich in seiner Hälfte des Raumes aufatmend zurück. »Es ist vollbracht!«, freute sich der bärtige Mönch. »Was für ein wunderbares Buch dein *Scivias* geworden ist! Eine Glaubenskunde voller Schauungen und Mitteilungen des Lebendigen Lichtes.«

Elisabeth kannte die Denkwelt der Äbtissin inzwischen genau. Aus ihrer Sicht waren die Menschen zwar erlöst, aber dennoch von der Sünde bedroht. Und daher sollte ihr Buch allen die Wege des Herrn zeigen. Den Gottesfürchtigen und Demütigen wies das Licht den Weg in sein Reich und ließ sich von ihnen schauen. So wie sich Gott in Schöpfung und Erlösung aus Liebe in drei Gestalten offenbarte und doch eins blieb, so war jedes der drei Bücher ihres *Scivias* je einer seiner drei Formen gewidmet – und doch blieb es ein Buch, in dem sich die drei einzelnen Teile jeweils aufeinander bezogen.

»Danke, ohne euch hätte ich es nie geschafft«, sagte Hildegard mit feuchten Augen. Wie wohl jeder Künstler, der unter großen Mühen ein Werk vollendet hat, wirkte die Magistra erschöpft und erleichtert zugleich, als habe sie einen sehr hohen Berg bestiegen und sehe sie die Welt jetzt aus einem völlig neuen Blickwinkel. »Gott wird euch Lohn für die Mühen schenken.«

Sie streichelte Elisabeth liebevoll über den Kopf. Dann legte sie ihre unter die Haube fliehende Stirn an das Gitter. Volmar tat das Gleiche mit seiner Stirn, die bei ihm inzwischen bis zum Hinterkopf floh. Da bemerkte Hildegard, dass Richardis die Freude nicht zu teilen schien und äußerst besorgt dreinblickte. Sie ging zu ihr und küsste diese sanft auf die Wange. »Richardis«, sprach sie den Namen der Schülerin wie eine Liebkosung aus, »der Himmel hat dich mir zur rechten Zeit geschickt.«

Diese nickte ernst. Elisabeth ahnte, was nun kommen musste, die Grafentochter konnte es nicht länger hinauszögern. Das Ultimatum ihrer Mutter war ja mit Beendigung des Buches endgültig abgelaufen. Zu groß war der Druck vonseiten ihrer Familie – und zu viel stand auf dem Spiel.

»Es war ein Geschenk des Himmels für mich, Zeuge bei der Entstehung deines Buches zu sein …«, begann Richardis schweren Herzens.

Hildegard wirkte beunruhigt durch die ernste Stimme der Tochter. »Was ist mit dir?«

»Im Stift Birsim bei Bremen ist die Stelle der Vorsteherin unbesetzt«, berichtete Richardis zögernd.

Hildegard zuckte zusammen, als sei sie geohrfeigt worden; ihr Gesichtsausdruck versteinerte sich.

Richardis senkte den Blick. »Bis heute dachte ich an unser Buch, ich … Doch jetzt …« Sie konnte Hildegard nicht in die Augen sehen. »Mein Bruder und meine Mutter – sie ist doch todkrank …«

Die Äbtissin sprang unvermittelt auf, ihr Stuhl fiel polternd um. Elisabeth, Volmar und Richardis zuckten erschrocken zusammen.

»Weltliche Machtgier ist das! Die Annahme dieser Wahl widerspricht dem Willen Gottes!«, rief Hildegard mit sich überschlagender Stimme, stürzte aus dem Raum und stieß lautstark die Tür hinter sich zu. Die Zurückgelassenen sahen ihr bestürzt nach.

*

Enttäuscht ging Elisabeth am Spätnachmittag über die Baustelle. Eigentlich hatte sie sich den erfolgreichen Abschluss des Visionenbuchs immer als freudiges Ereignis vorgestellt, das alle in der Schreibstube noch enger zusammenführen würde. Doch durch Richardis' Ankündigung fortzugehen und Hildegards zornige Antwort darauf war am Morgen mit einem Mal alles zerstört worden.

Sie beschloss, die Kirche zu betreten, in der Hoffnung, auf Nikolaus von Verdun zu treffen. Tatsächlich war er dabei, eine Steinfigur des heiligen Rupert von Bingen zu bearbeiten.

»Er wirkt so lebendig«, sagte sie, nachdem der junge Bildhauer sie erfreut begrüßt hatte.

»So stelle ich ihn mir vor, wie er nach seiner Pilgerfahrt nach Rom auf dem Berg hier ankommt«, erzählte Nikolaus.

»Wie traurig, dass er nur zwanzig Jahre alt wurde«, meinte Elisabeth.

»Im Vergleich dazu habe ich Glück, ich bin schon zwei Jahre älter«, erklärte er.

»Ich bin auch älter, aber an ihn erinnert man sich heute noch. Mich werden in dreieinhalb Jahrhunderten ganz sicher alle vergessen haben«, war Elisabeth überzeugt.

»Aber Eure Bilder werden Euch überleben«, meinte Nikolaus. »Und so wird ein Teil von Euch ewig hier sein.«

Elisabeth sah ihn zweifelnd an. »Ich glaube, dafür sind sie nicht gut genug.«

»Ich denke, das sind sie doch«, widersprach er.

Da betrat Volmar die Kirche. »Elisabeth, gut, dass ich dich finde. Würdest du mir helfen, alles zusammenzustellen, um *Scivias* für eine Abschrift auf den Disibodenberg zu schicken? Hildegard und Richardis sind nicht auffindbar.«

»Natürlich helfe ich Euch«, beeilte sich Elisabeth zu sagen. »Entschuldigt mich bitte, werter Herr Nikolaus.«

Als Elisabeth wenig später in die weibliche Hälfte der Schreibstube zurückkehrte, ging dort Hildegard unruhig auf und ab.

»Ich werde Pfalzgraf Hermann, die Markgräfin und Hartwig zur Vernunft bringen!«, rief sie Volmar entschlossen zu, der gerade in der männlichen Hälfte an seinem Schreibpult Platz genommen hatte. Strähnen ihres hellen Haars hingen aus ihrer viel zu locker sitzenden Haube in ihr verschwitztes Gesicht.

»Dieser Ämterkauf kommt mir wie eine Verschwörung aller Förderer der jungen Richardis vor. Äbtissin!« Sie spie das Wort förmlich aus. »Das Kind! Ich muss es verhindern – ihr zuliebe.«

Volmar griff nach dem sie trennenden Gitter und beugte sich vor. »Aber was für eine Liebe ist das, Hildegard? Hast du mir nicht mal gesagt, dass Liebe geduldig ist? Gütig und ohne Neid? Und jetzt schau dich an – wo bist du hingekommen?«

Er zeigte auf einen Brief, der vor ihm lag. »Der ehrwürdige Erzbischof Heinrich hat auch erfahren, dass du Richardis trotz ihrer Wahl nicht nach Birsim gehen lässt. Er wird keine Ruhe geben, bis du gehorcht hast, das betont er ausdrücklich. Du bringst dich mit dieser Sache um Kopf und Kragen.«

»Richardis ist aber keine Sache!« Hildegard schien unbewegt, doch ihre Mundwinkel zitterten.

»Es gibt gute Gründe für ihre Erhebung zur Praeposita«, meinte ihr Sekretär.

»Die haben bei Gott kein Gewicht«, widersprach die Äbtissin. »Das werde ich Heinrich auch schreiben. Warum hat Kuno eine noch unerleuchtete Seele in so große Unbesonnenheit und Gottesverblendung hineinbefehlen müssen? Hätte er meine Tochter in Ruhe gelassen, so hätte sie der Herr auf das vorbereitet, was er an Ruhm für sie wollte.«

Elisabeth dachte über die Gründe des Abts vom Disibodenberg nach. Vielleicht hatte er Richardis sogar absichtlich weggelobt, um sich für Hildegards Umzug auf den Rupertsberg zu rächen?

»Ich werde mich an Richardis' Mutter wenden. Einer Wahl Gottes würde ich nie widersprechen. Aber wenn einer unruhigen Geistes danach verlangt, Meister zu sein, und dabei mehr nach Macht strebt, als auf den Willen des Allmächtigen zu schauen, ist dieser Amtsträger ein räuberischer Wolf.«

Hildegard hatte sich in Rage geredet, Volmar schwieg.

»Warum versteht mich nur keiner? Ich will doch bloß, dass ich und Richardis weiterhin Stärkung und Trost beieinander finden dürfen. Und wenn die Zeit reif dafür ist, kann sie meine Nachfolgerin auf dem Rupertsberg werden.«

Volmar seufzte. »In letzter Zeit bist du störrisch wie ein Esel. Was tust du, wenn deine Schreiben keinen Erfolg haben?«

»Dann werde ich mich eben an den Heiligen Vater in Rom wenden!«, rief Hildegard trotzig. Sie griff nach ihrem Becher mit Wein und nahm einen tiefen Schluck, woraufhin Volmar ihr einen tadelnden Blick zuwarf. »Hildegard, ich denke, du hast genug!«

Wie so oft in letzter Zeit, fügte Elisabeth im Geiste besorgt hinzu.

Die *Abbatissa* machte eine abwimmelnde Handbewegung. »Na und? Wein wirkt heilend und macht fröhlich!«, rief sie etwas zu laut.

»Ja, aber nur, wenn er nicht über das Maß hinaus getrunken wird«, erinnerte Volmar sie an ihre eigenen Worte. »Zu viel davon vernebelt den Geist und verfälscht die Urteilsfähigkeit.«

»Gott sei Dank«, murmelte Hildegard sich selbst zu und wandte sich dann laut an ihren Sekretär: »Schreib jetzt!«

Volmar schüttelte den Kopf. Die Vision hatte sich in eine Waffe verwandelt, mit der Hildegard für ihre Überzeugungen kämpfte. Allerdings waren diese »Zweckvisionen« meist nur ein flacher Abklatsch der großen Bilder in ihrem bisherigen Werk. Der Sekretär tat aber, wie ihm geheißen.

Hildegard las ihm von ihrer Wachstafel vor: »Ich beschwöre und ermahne dich, bringe meine Seele nicht derart in Aufruhr, dass du meinen Augen bittere Tränen entlockst und mein Herz mit grausamen Wunden verletzt. Es geht um meine viel geliebten Töchter Richardis und Adelheid. Noch sehe ich sie leuchten im Morgenrot, geschmückt mit einem Perlengeschmeide von Tugenden. Die Äbtissinnenwürde, die du für sie begehrst, ist sicher, sicher, ja sicher nicht von Gott. Wenn du also die Mutter deiner Töchter Richardis und Adelheid bist, so hüte dich, der Untergang ihrer Seelen zu sein. Gott erleuchte und stärke deinen Sinn und deine Seele in der kurzen Zeit, die du noch zu leben hast.«

Elisabeth war ein wenig erschrocken über Hildegards harsche Worte. War es barmherzig, die alte Freundin so kurz vor ihrem Tod dermaßen anzugreifen? Warum gönnte die Äbtissin Richgards Töchtern die hohen Ämter nicht? Hatte die Markgräfin sich denn nicht immer außerordentlich großzügig Hildegard und ihrem Konvent gegenüber gezeigt? Hatte Richgard im Leben nicht genug gelitten? Ihren Mann, den Grafen der Nordmark des Reiches, hatte sie früh verloren – ebenso drei Söhne … zwei davon durch Mordanschläge. Warum sollten nicht zumindest ihre Tochter und ihre Enkelin zu Ruhm gelangen dürfen? Die Gräfin würde im Gegenzug ja das Kloster retten, und zumindest Richardis hatte das Zeug zur Führerin. Immerhin hatte sie Hildegard zur eigenen Gottesstadt verholfen. Und mich hat sie zur Buchmalerin gemacht, fügte Elisabeth im Geiste hinzu. Sie hoffte zwar, Hildegard würde es sich noch anders überlegen und Richardis ihren Aufstieg gönnen – doch sie bezweifelte, dass dies geschehen würde. Die Äbtissin wusste ja nicht, dass ihre Lieblingstochter erpresst wurde. Elisabeth beschloss, mit Richardis darüber zu sprechen. Dazu musste sie ihr gestehen, dass sie das Gespräch mit der Markgräfin belauscht hatte.

»Anfangs war ich deiner Meinung«, sagte Richardis, als Elisabeth ihr im Klostergarten ihre Gedanken mitgeteilt hatte. »Ich habe es nicht ertragen, den hinter Zorn versteckten Schmerz in Hildegards Gesicht mitanzusehen. Ich wollte ihr von der Erpressung durch meine Mutter erzählen. Gemeinsam würden wir eine Lösung finden – wie es uns bisher bei allen Schwierigkeiten gelungen ist. Doch wann immer ich versucht habe, Hildegard anzusprechen, hat sie sich nur weggedreht.«

»Dann lass mich zwischen euch vermitteln«, schlug Elisabeth vor.

Doch Richardis schüttelte den Kopf. »Ich habe nachgedacht. Inzwischen bin ich mir sicher, dass unsere Versöhnung den Untergang des Klosters hier bedeuten würde. Wenn ich ihr verrate, dass meine Mutter dem Rupertsberg nur hilft, wenn sie mich gehen lässt, wird Hildegard das ablehnen. So verbittert, wie sie im Augenblick ist, riskiert sie lieber den Untergang des Klosters. Und das darf nicht geschehen. Wir können nicht um unserer Freundschaft willen ihr Lebenswerk zerstören.«

»Aber glaubst du wirklich, Hildegard würde das tun?«, fragte Elisabeth. »Sie ist doch nur so wütend, weil sie denkt, du würdest sie aus Machtgier verlassen.«

»Das redet sie sich selbst ein. In Wahrheit würde sie erst recht für mein Hierbleiben kämpfen, wenn sie wüsste, dass ich nicht aus freien Stücken gehe.«

»Aber das wäre doch Wahnsinn. Abt Kuno ist schwer krank, und alle gehen davon aus, dass Bruder Helenger sein Nachfolger wird. Die Mönche werden Hildegard nie die Mitgiften ihrer Töchter geben. Ohne die Hilfe deiner Mutter ist unser Rupertsberg verloren.«

»Sie wird lieber aufgeben und zum Disibodenberg zurückkehren, als mich zu verlieren. Und ich befürchte, daran bin ich mit schuld. Deshalb muss ich jetzt für uns beide denken. Und du musst mir hoch und heilig versprechen, ihr auch nichts von der Erpressung zu erzählen.«

»Aber …«

»Versprich es!«

Elisabeth seufzte resigniert. »Ich verspreche es.«

# 27. Kapitel

An jenem Abend wurde in der Kapelle des Rupertsbergs weiter für Hildegards Singspiel geprobt. Richardis hatte zuvor mehrfach versucht, mit der Magistra zu sprechen.

Als Richardis in ihrer Rolle als Keuschheit *Castitas* mit Üben an der Reihe war, beobachtete Elisabeth sie mit Sorge. Es war wohl der völlig neue, eiskalte Blick der Meisterin, der ihrer einstigen Lieblingsschülerin beim Singen die Tränen in die Augen trieb. Ihre Mundwinkel zuckten verräterisch. »*O Virginitas*«, sang Richardis, »*in reagli thalamo stas. O quam dulciter ardes in amplexibus regis, cum te sol perfulget ita quod nobilis flos tuus numquam cadet. O virgo nobilis, te numquam inveniet umbra cadente flore.*«

Elisabeth übersetzte im Geiste: Jungfräulichkeit, du bleibst im königlichen Gemach. Wie lieblich erglühst du in der Umarmung des Königs, wenn dich die Sonne durchglüht und doch deine edle Blüte nie verwelkt. Edle Jungfrau, nie wird dich der Schatten der fallenden Blüte treffen.

Bei den Worten »*cadente flore*« schien Richardis Hildegards ungewohnt missgünstigen Blick nicht mehr zu ertragen und musste aufschluchzen, was einen hässlichen Misston verursachte. Elisabeth kam die Freundin in diesem Augenblick selbst vor wie eine gefallene Blüte.

»Wie kannst du es wagen?«, schrie Hildegard, holte mit der flachen Hand aus und schlug Richardis schallend ins Gesicht.

Die Nonnen waren wie vom Blitz getroffen. Am meisten jedoch Hildegard selbst – und natürlich Richardis. Starr vor Entsetzen beobachtete Elisabeth, dass Hildegard unbewusst versuchte, Juttas Ring von ihrem Finger zu streifen – wie so häufig, wenn sie aufgewühlt war. »Hier geht es um das Lob des Herrn, streng dich gefälligst an! Auch wenn du kein hohes Amt dadurch bekommst«, brachte die Äbtissin zitternd hervor.

Richardis rannte hinaus. Volmar sah Hildegard voller Entrüstung an.

*

Am nächsten Tag saßen die Klostergründerin, ihre Buchmalerin und ihr Prior wieder in der Schreibstube. Von draußen hörte man Rufe und Pferdegetrappel. Elisabeth schwante Böses.

Volmar bestätigte ihre Befürchtung. »Richardis reist ab.«

Hildegards Stimme war tonlos: »Dann hatte der Brief an die Markgräfin keinen Erfolg.«

»Wie auch, Hildegard? Natürlich ist sie froh, dass sie in ihren letzten Lebenstagen sehen darf, wie ihre Tochter zur Vorsteherin wird. Deine unnachgiebige Reaktion wird sie ebenso wenig verstehen wie unser Abt Kuno oder der Erzbischof.«

Hildegard stand wie im Taumel auf und sah mit feuchten Augen aus dem Fenster.

»Sie hat sich gar nicht verabschiedet.«

»Wundert dich das? Seit Tagen hast du kaum ein Wort mehr mit ihr gesprochen. Weißt du, wie weh du ihr damit getan hast?«

Tatsächlich hatte Hildegard aus verletztem Stolz das Schweigegebot Sankt Benedikts missbraucht, um Richardis zu demütigen. Die Äbtissin rannte aus dem Raum. Aus dem Fenster der Schreibstube konnte Elisabeth beobachten, wie Hildegard, so schnell es ihre kranken Beine zuließen, zur Pforte lief. Richardis ritt mit zwei Begleitern davon. Hildegard humpelte aus dem Tor hinaus und rief ihrer abreisenden Lieblingsschülerin nach. Die aufgebrachte Klosterfrau stolperte und fiel auf die Knie. Richardis hatte sie wohl nicht bemerkt. Zu laut waren die Geräusche der Hufe. Elisabeth stellte sich vor, wie Richardis von Stade, die zukünftige Äbtissin von Birsim, mit Tränen in den Augen nach vorn schaute, dem Horizont entgegen. Das Kloster, das sie hinter sich ließ, würde durch ihr Fortgehen aufblühen. Manchmal muss man Opfer bringen …

*

Als Elisabeth am Abend die Kirche betrat, waren ihre Augen rot geweint. Sie vermisste Richardis mehr, als sie erwartet hätte.

»Was ist mit Euch?«, fragte Nikolaus besorgt, der ihren Zustand sofort bemerkte, als sie neben ihn an die Statue des heiligen Rupert trat. »Ist es, weil die Lieblingstochter der Äbtissin abgereist ist?«

Elisabeth nickte. »Ohne sie wäre ich nie zur Buchmalerin geworden. Sie hat die Fähigkeiten von uns Frauen stets erkannt und wollte sie zur Blüte bringen. Natürlich fanden die meisten Männer das ungezogen. Und jetzt opfert sie ihre Liebe für das Lebenswerk unserer …«

Ihre Stimme versagte. Nikolaus nahm sie in den Arm, und sie fühlte sich zumindest ein wenig geborgen. Schließlich küsste er sie sehnsuchtsvoll, und sie ließ es geschehen. Es musste irgendwo in all diesen ewigen Abschieden einen Trost geben. Zumindest für einige Augenblicke – denn sie wusste, dass auch Nikolaus bald abreisen würde. Immer gab es nur das Jetzt.

Plötzlich ließ der schöne Bildhauer von ihr ab und raufte sich die blonden Locken. Auch ihn schien nun etwas zu quälen.

»Was ist mit dir?«

»Andere opfern ihre Liebe«, sagte er aufgewühlt. »Und ich kralle mich selbstsüchtig an der meinen fest. Versuche Augenblick um Augenblick zu schinden. Dabei hätte ich längst alles erzählen sollen.«

Sie sah ihn hilflos an. »Ich verstehe nicht …«

»Im März ist in der Nähe von Verdun mein Pferd tot unter mir zusammengebrochen. Ich lief zu einem Gehöft, um Hilfe zu suchen. Dort traf ich auf einen jungen Mann, der wie ein Wachhund angekettet war. Er hat mich gewarnt, dass seine Herren Menschenhändler seien. In Verdun gibt es einen großen Sklavenmarkt.«

»Ja, das hat Bruder Volmar einmal erzählt.«

»Ich habe den Rat des jungen Mannes befolgt und auf einem anderen Hof um Hilfe gefragt«, fuhr Nikolaus fort. »Aber als ich hier bei euch angekommen war, wurde ich mehrfach an den armen Kerl erinnert.«

»Bei uns?«, wunderte sich Elisabeth. »Wieso das?«

»Ich dachte, der Mann komme aus den slawischen Gebieten jenseits der Elbe. Für gewöhnlich stammen die in Verdun verkauften Sklaven von dort. Ich hatte verstanden, er sei ›auf dessen Boden‹ entführt worden, als er sich mit einem Winzer angelegt hatte. Doch dann sprach hier jemand von ›Disiboden‹. Vielleicht habe ich mich also verhört. Plötzlich passte alles zusammen. Er hatte sich mit einem Winzer angelegt und ist auf Disiboden entführt worden.«

Elisabeths Knie wurden weich, und sie bekam einen sauren Geschmack im Mund.

»Die Frau seines Herzens arbeite für eine Äbtissin, hat er mir anvertraut. Er kam nicht mehr dazu, mir seinen vollständigen Namen zu sagen, aber er fing mit ›Sieg‹ an, das habe ich noch gehört. Ich habe damals gedacht, er hieße Siegfried.«

»Siger«, brachte Elisabeth noch hervor, dann schwanden ihr die Sinne.

*

»Ich darf doch Mater Hildegard nach Schwester Richardis' Fortgang nicht noch mehr Leid zufügen. Aber ich möchte auch unbedingt Herrn Nikolaus von Verdun in seine Heimat begleiten. Ich muss mich selbst davon überzeugen, ob Siger noch lebt.«

Volmar runzelte die Stirn. In ihrer Verzweiflung hatte sich Elisabeth an den Prior gewandt, denn Hildegard wollte sie mit keinen gefährlichen Reiseplänen belasten. Sie saß mit Volmar, Nikolaus von Verdun, Baumeister Arnold und Zimmermann Linhart im Sommerrefektorium.

»Ich freue mich natürlich, dass Siger möglicherweise noch lebt. Aber wen wollt Ihr als zusätzlichen Begleitschutz mitnehmen?«, gab der Sekretär zu bedenken.

»Bruder Arnold hat vorgeschlagen, dass ich mitgehe, wenn es die Mutter Oberin erlaubt«, berichtete der hünenhafte Linhart.

Der Baumeister fügte hinzu: »Es sind sechs Tagesritte nach Verdun, also werden die drei knapp zwei Wochen unterwegs sein. So lange kann ein Zimmermann aus Bingen für Linhart einspringen.«

»Und wie wollt ihr Siger von Wavra befreien, wenn er tatsächlich jener Wachhund ist?«, wandte Volmar ein.

»Nun, die Sklavenhändler von Verdun sprechen im Grunde nur eine Sprache«, meinte Nikolaus bitter. »Die des Geldes. Ich werde den Großteil meines Lohnes hier zur Verfügung stellen, um Siger von Wavra freizukaufen.«

»Das wird nicht ausreichen«, erklang plötzlich Hildegards Stimme von der Tür aus.

Elisabeth fühlte sich ein wenig, als habe die Äbtissin sie bei einer Verschwörung erwischt, und dem peinlich berührten Gesichtsausdruck der übrigen Anwesenden nach zu urteilen, schien es diesen ähnlich zu gehen.

»Meine Schwester Clementia hat einen Teil ihres Erbes für Notlagen zurückgehalten«, verriet Hildegard. »Ich bin mir sicher, wenn es um die Befreiung Sigers geht, wird sie gerne etwas davon abgeben.«

»Dann habt Ihr alles mitangehört?«, vergewisserte sich Elisabeth und fügte zur Sicherheit nochmals hinzu: »Ich wollte Euch wirklich nicht noch größeren Schmerz zufügen, indem auch ich Euch verlasse.«

»Oh, Richardis wird zu mir zurückkehren. Gerade war der Klosterbote aus Magdeburg hier. Die Markgräfin ist gestorben. Jetzt wird mich keiner daran hindern, Papst Eugen persönlich zu bitten, Richardis zu mir zurückzuschicken«, meinte Hildegard. »Und zweitens wirst nicht nur du den Rupertsberg verlassen, ich begleite euch nämlich.«

Die Anwesenden starrten die Äbtissin verblüfft an.

*

Knack! Jemand war auf einen Ast getreten. Sigers Dämmerschlaf in seinem Verschlag wurde durch das leise Geräusch jäh unterbrochen. Auch wenn er es sich ungern eingestand, inzwischen hatte er wirklich die Instinkte eines Wachhunds entwickelt.

Wie ein Pfeil schoss er aus seinem Hüttchen, zückte das ihm zugestandene Messer und bekam die fliehende Gestalt am Arm zu packen, deren Kapuze herunterfiel. Zu seinem Erstaunen sah er nun, dass es sich um eine junge und äußerst hübsche Frau handelte. Sie hatte sich offensichtlich sehr erschrocken. Wahrscheinlich war sie eine jener Gefangenen, die als Liebesdienerinnen verkauft werden sollten.

»Bitte, lasst mich gehen«, flehte sie unter Tränen. »Ich muss zurück nach Hause. Mein kleiner Sohn lebt bei meiner Großmutter. Die ist aber gebrechlich und hinfällig.«

»Seid Ihr nicht aus dem Land der Slawen?«, fragte Siger mit gedämpfter Stimme. »Bis dorthin schafft Ihr es ohne Geld niemals.«

»Nein, ich heiße Aveline und komme aus Longuyon, das ist nicht so weit«, erklärte sie hastig. »Den Weg schaffe ich in drei Tagen.«

Siger rang mit sich. Die Frau gehen zu lassen könnte ihn selbst das Leben kosten. Aber sie erinnerte ihn ein wenig an Elisabeth, daher war die Entscheidung im Grunde schon gefallen. »Also gut, lauft!«

Die Frau kletterte geschickt über eine Mauer und war verschwunden.

»Viel Glück«, raunte Siger ihr hinterher.

Ein schönes Fräulein allein unterwegs auf der Straße – das konnte durchaus gefährlich werden, selbst wenn ihre Flucht so spät entdeckt werden sollte, dass sie genug Vorsprung vor den Spürhunden der Sklavenhändler bekommen würde.

Da hörte er aber auch schon Schreie aus den Gebäuden des

Gehöfts. Schritte näherten sich. Viel zu früh! Die Flucht der Frau würde wohl leider misslingen.

»Ist hier eine junge Magd durchgegangen?«, fragte Perseval, als er mit gezücktem Schwert herangerannt war.

»Eine Magd?«, versuchte Siger möglichst arglos zu klingen. »Mitten in der Nacht?«

Nun kam auch Rousel mit zwei Handlangern herbeigeeilt.

»Der Hund sagt, hier war nichts«, klärte Perseval sie auf.

»Ach ja?«, entgegnete sein Bruder spöttisch, während er mit einer Fackel den Boden beleuchtete. »Dann schau dir mal die Fußspuren an, Brüderchen! Der Kerl lügt.«

Perseval starrte Siger hasserfüllt an.

»Tja, dann weißt du ja, was dir jetzt blüht.«

Das wusste Siger in der Tat. Sie würden ihn verdreschen, auspeitschen oder ihm sogar einen Fuß abhacken – und obwohl er dies nicht kampflos zulassen würde, war er keinesfalls sicher, dass er es überleben würde.

*

Eine knappe Woche hatten Hildegard von Bingen und ihre Freunde bis zur blühenden Fernhandelsstadt Verdun gebraucht. Sie selbst war mit Elisabeth und Bildhauer Nikolaus auf einem Fuhrwerk gereist, der hünenhafte Linhart war auf seinem Gaul vorangeritten. Sie kamen in Gästekammern nahe der Domkirche von Verdun unter, da Nikolaus mit dem hiesigen Bischof Albero befreundet war. Die Besucher waren tief beeindruckt: Die Basilika besaß zwei Chöre, zwei Querhäuser, zwei Krypten und vier Türme. Der östliche Chor wurde von zwei Portalen flankiert, dem Johannes- und dem

Löwenportal, die laut Nikolaus mit ihren westlichen Gegenstücken die vier Evangelisten symbolisierten.

»Papst Eugen hat die Kathedrale erst im November 1147 geweiht«, berichtete Nikolaus, nachdem sie ihre Zellen bezogen und sich gestärkt hatten. »Nach hundertfünfzig Jahren Bauzeit. Die Vorgängerkirche ist damals abgebrannt, dabei wurde der größte Teil der Bücher zerstört.«

»Was für ein Jammer«, sagte Elisabeth, die ja aus eigener Erfahrung wusste, wie lange es dauerte, ein Buch fertigzustellen.

Gleich nach dem Essen brachen sie zu jenem Gehöft außerhalb von Verdun auf, wo Nikolaus mit Siger gesprochen hatte.

Als sie den Marktplatz passierten, beobachteten sie einen in Lumpen gekleideten Wanderprediger, der vor einer Menschenmenge schrie: »Gott aber hat nur die reine Seele erschaffen, der Leib kommt vom Teufel! Deshalb sind die körperliche Liebe und die Ehe zu verneinen. Der Mensch tut fürderhin gut daran, ständig zu fasten, um seine Seele von der Sünde zu reinigen.«

»Was für ein gefährlicher Unsinn!«, kommentierte die Äbtissin auf dem Fuhrwerk. »Verzehrende Entsagung habe ich bei meiner geliebten Meisterin Jutta viel zu oft mitansehen müssen. Wer seinen Körper durch unvernünftige Enthaltsamkeit schädigt, der geht immer wie zornig umher. Aus dürrem Felsboden sprießen doch nur Dornen und Unkraut.«

»Leider gibt es solche Wanderprediger immer häufiger«, wusste Nikolaus. »Sie behaupten auch, Kindstaufe sei Satanswerk, und nennen sich die Gereinigten.«

»Ich sollte selbst möglichst viele Städte bereisen und dort die Wahrheit predigen«, sagte Hildegard nachdenklich.

Elisabeth hoffte, dass sich die mittlerweile dreiundfünfzigjährige Mater dies in ihrem hohen Alter nicht wirklich noch zumuten wollte. Zum Glück war Richardis mittlerweile in Birsim – ehrgeizig, wie sie war, hätte sie Hildegard sonst bestimmt überzeugt, tatsächlich derartige Predigtreisen anzutreten.

Kurz vor der Ankunft beim Gehöft der Sklavenhändler wurden sie von einem Pulk finster aussehender Reiter überholt. Die sechs Männer waren bewaffnet und hatten schnelle Pferde.

»Würde mich nicht wundern, wenn das Menschenhändler sind, die zu dem Gehöft unterwegs sind«, meinte Nikolaus.

Elisabeth wurde immer mulmiger zumute bei dem Gedanken, mit solchen Männern über die Freilassung Sigers zu verhandeln.

Doch die Reiter ließen das Gut links liegen und bogen in einen Feldweg dahinter ab.

Vor dem Eisentor des Hofes hielt Linhart sein Pferd an, Nikolaus brachte das Fuhrwerk zum Stehen.

Elisabeths Knie zitterten, als sie mit der Äbtissin und den beiden Männern auf das Gehöft zuging. Tatsächlich befand sich am Tor ein angeketteter menschlicher »Wachhund«, doch zu ihrer Enttäuschung handelte es sich nicht um Siger. Es war ein strohblonder Kraftmensch mit verfilztem Bart.

»Wir wollen Euren Herrn sprechen«, erklärte Nikolaus.

»Der steht hinter Euch«, hörten sie eine harsche Stimme.

Elisabeth und ihre Begleiter fuhren herum.

»Ich bin Rousel von Verdun, was ist Euer Begehr?«, verlangte ein großer, schlanker Mann in edler Kleidung zu wissen. Er sah aus wie ein Kaufmann, man merkte ihm nicht an, dass es sich bei seiner Ware um Menschen handelte.

»Wir sind auf der Suche nach dem Ritter Siger von Wavra«,

antwortete Hildegard. »Er ist ein guter Freund unseres Klosters.«

»Und wie kommt Ihr darauf, er könnte hier sein?«, fragte der Sklavenhändler mit abfälligem Unterton.

»Nun, ich habe ihn hier im Frühjahr gesehen. Da war er anstelle dieses Mannes da drüben Euer Wachhund«, entgegnete Nikolaus. »Lange dunkle Haare, etwa so alt wie ich.«

Rousel lachte auf. »Dieser Mann soll ein Ritter gewesen sein? Na, wie dem auch sei. Er ist nicht mehr bei uns. Vor einer Woche ist er zusammen mit einer Sklavin über Nacht entwischt. Wir haben seither keine Spur mehr von ihm. Deshalb ist er auch nicht mehr auf seinem Posten.«

Elisabeth, Hildegard und Nikolaus sahen sich zweifelnd an.

»Durchsucht gern den ganzen Hof, wenn Ihr mir nicht glaubt. Wir wissen nicht, wohin er geflohen ist«, bekräftigte der Menschenhändler.

Elisabeths Mut verließ sie. Sollten sie einander wirklich so knapp verpasst haben?

# 28. Kapitel

Werde ich je wieder laufen und sprechen können? Diese Frage stellte sich Siger einmal mehr, als er vergeblich versuchte, sich von seinem Krankenlager auf dem Dachboden des Gehöfts zu erheben. Nachdem ihn die Sklavenhändler und ein halbes Dutzend ihrer Handlanger vor einer Woche brutal bewusstlos geschlagen hatten, war er hier erwacht.

Cyrillus, der Arzt, der sich vor allem vor deren Verkauf um den Gesundheitszustand der Sklaven kümmerte, hatte ihm erklärt, dass sein linker Arm und der rechte Fuß gebrochen waren, außerdem brauche auch sein Kopf mit dem blau und schwarz geschwollenen Gesicht absolute Ruhe. Cyrillus war es laut eigenen Angaben gelungen, die Herren zu überzeugen, Siger und die wieder eingefangene Sklavin Aveline gesund pflegen zu dürfen.

»Euch entgeht gutes Geld«, hatte der slawische Arzt die beiden Brüder erinnert. »Ich bekomme die zwei ohne großen Aufwand wieder auf die Beine.«

Cyrillus war in seiner Heimat einst selbst von den Menschenjägern entführt worden und zeigte daher große Barmherzigkeit für seine Mitgefangenen.

Er gab Siger heimlich Mohnsaft gegen die Schmerzen und größere Nahrungsrationen, als erlaubt waren. Laut des Arztes ging es Aveline, die in der Kammer nebenan lag, schon wesentlich besser. Das konnte Siger von sich nicht behaupten: Sein Fuß schmerzte höllisch, wann immer die Betäubung durch den Mohn nachließ; oft war ihm zu den Kopfschmerzen schwindelig und übel.

Plötzlich hörte er aus Richtung des Eingangstors eine Stimme, die ihn erstarren ließ: Hildegard von Bingen fragte nach ihm! Er musste es einfach schaffen, aufzustehen und zum Fenster zu gelangen, seine Zunge war noch zu angeschwollen, um zu rufen. Vor Schmerz liefen ihm Tränen über das Gesicht, und ihm war so schlecht, dass er mit dem Brechreiz rang – doch schließlich gelang es ihm, die Schritte zurückzulegen, um hinauszusehen.

Da unten bei Rousel von Verdun standen nicht nur Mater Hildegard und der riesenhafte Zimmermann des Rupertsbergs mit Nikolaus, der im März wegen des toten Pferdes hier gewesen war, sondern auch Elisabeth! Voller Verzweiflung versuchte Siger erneut zu schreien, doch mehr als ein hilfloses Wimmern brachte er nicht heraus. Keine der Personen am Tor hörte ihn, Elisabeth und ihre Freunde gingen unverrichteter Dinge zu ihrem Fuhrwerk zurück. Mein Gott, sie waren eigens für ihn hierhergereist. Wusste der Himmel, wie sie seinen Aufenthaltsort herausgefunden hatten. Vielleicht durch Nikolaus? Und jetzt scheiterte das Wiedersehen daran, dass er nicht in der Lage war, sich bemerkbar zu machen. Er sah sich in der Zelle um, doch es gab keinen Gegenstand, den er rechtzeitig erreicht hätte, um ihn aus dem Fenster zu werfen. Hilflos musste er zusehen, wie der Wagen vom Rupertsberg wieder davonfuhr. Irgendwann waren sie außerhalb seiner Sichtweite, doch durch seine tränenverschleierten Augen erblickte Siger schließlich an der Mauer, die das Gehöft umgab, etwas absolut Erschreckendes. Männer, deren Gesichter mit dunklen Tüchern getarnt waren, warfen Säcke auf die Dächer der Gebäude, die beim Aufschlagen platzten – sie schienen Öl zu enthalten. Unmittelbar danach wurden brennende Fackeln hinterhergeschleudert, sofort stoben Flammen nach oben. Die Feinde der Brüder hatten offenbar vor, das Gehöft der unliebsamen Nebenbuhler niederzubrennen. Auch auf dem Dach, unter dem Siger eingesperrt war, breitete das Feuer sich rasend schnell aus. Selbst wenn er es bis zur Tür schaffen würde, in seinem jetzigen Zustand wäre es vollkommen unmöglich, sie aufzubrechen.

*

Elisabeth saß auf dem Fuhrwerk und kämpfte vor Enttäuschung mit den Tränen. Nun waren sie wieder auf Gebete angewiesen. Mussten den Herrn anflehen, dass Siger es nach seiner angeblichen Flucht allein zurück zum Rupertsberg schaffte – denn sich auf die Suche nach ihm zu machen war ein hoffnungsloses Unterfangen.

Wehmütig drehte sie sich um, wollte noch einmal den Ort sehen, wo sie sich so knapp verpasst hatten. Erschrocken bemerkte sie die dicken Rauchwolken, die von dem Gehöft der Sklavenhändler aufstiegen.

»Da brennt es!«, schrie sie. »Nikolaus, halte den Gaul an!«

Der junge Bildhauer tat, wie ihm geheißen, und daraufhin brachte auch Linhart sein Pferd zum Stehen.

»Was ist, wenn dieser Händler gelogen hat, und Siger ist doch noch dort?«, rief Elisabeth aufgewühlt.

»Wir sollten wirklich zurück und nachschauen, ob wir helfen können«, schlug Hildegard vor.

Als sie erneut bei dem Gehöft ankamen, bot sich ihnen ein schrecklicher Anblick. Sämtliche Gebäude standen in Flammen, immer dichtere Rauchwolken stiegen bis weit in den Abendhimmel hinauf. Zum Glück hatte jemand das Tor aufgeschlossen, so konnten einige Menschen der Feuersbrunst entfliehen. Die beiden Brüder lagen leblos am Boden, beide hatten Pfeile im Herzen.

»Wahrscheinlich gibt es eine Fehde mit anderen Sklaventreibern!«, schrie Nikolaus, um das Prasseln, Knacken, Fauchen und die furchtbaren Schreie aus den Gebäuden zu übertönen.

Ein Mann mit kahlem Kopf und hervorstehenden Wangenknochen kam aus dem vordersten Gebäude gestürzt. Er musste derart husten, dass er die Hände auf den Knien aufstützte.

»Ist noch jemand in dem Haus?«, rief Elisabeth ihm zu.

»Ja, ich habe dort zwei Verletzte gepflegt, ich bin Arzt«, ächzte der Mann. »Sie sind in den beiden Kammern im Dach eingesperrt.«

»Nach wem müssen wir rufen?«, fragte Linhart.

»Aveline und Siger«, brachte der Arzt keuchend hervor.

Elisabeth schrie entsetzt auf. Also doch! Sie rannte – Nikolaus' Warnschreien zum Trotz – in das brennende Gebäude. Im Dachgeschoss herrschte solche Gluthitze, dass sie Schwierigkeiten hatte zu atmen. Als sie vergeblich am Türgriff einer der Kammern rüttelte, verbrannte sie sich die Hände. Zu ihrer Erleichterung war kurz darauf Linhart hinter ihr. Er warf sich mit seinem gesamten Gewicht gegen die Tür, sie gab nicht nach.

Elisabeth erschrak, als nun Hildegard die Treppe heraufkam. »Ich habe dem toten Sklavenhändler seinen Schlüsselbund abgenommen.«

»Geht wieder nach unten, Mater, bitte, ich probiere aus, welcher von ihnen es ist.«

Zum Glück war es gleich der dritte Schlüssel, der passte. Sie riss die Tür auf.

Am Fenster sah sie eine Gestalt nach Luft schnappen. Der Mann drehte sich um, das Gesicht war blau und schwarz geprügelt worden, doch schließlich erkannte sie ihn – und keuchte auf. »Siger!«

Er versuchte, ihr entgegenzugehen, brach jedoch zusammen.

»Trag ihn nach unten!«, wies Elisabeth den Zimmermann an.

Selbst der starke Linhart kam mit dem verletzten Ritter auf dem Arm viel zu langsam voran. Zum Glück traf da Nikolaus ein, er packte Sigers Füße – zu zweit waren sie wesentlich schneller.

»Ich befreie noch Aveline!«, brüllte Elisabeth und ging zur zweiten Dachkammertür.

Plötzlich ertönte über ihr ein bedrohliches Krachen. Ein Teil der brennenden Dachfläche brach herein, und nun war sie durch eine Feuerwand vom Durchgang zur Treppe getrennt.

*

Siger von Wavra lag keuchend am Boden vor dem Flammenmeer, in das sich der Hof verwandelt hatte. Linhart und Nikolaus, die ihn die Treppe hinuntergetragen hatten, waren gleich wieder ins lichterloh brennende Gebäude gerannt. Er verfluchte den Umstand, dass er selbst nicht laufen konnte, um zu helfen. Hildegard untersuchte seine Brandwunden, die zu den anderen hinzugekommen waren. Der Arzt stand schützend vor ihnen und verscheuchte mit einer Mistforke das Vieh, das brüllend umherlief und den wehrlos am Boden Liegenden sonst sicher niedergetrampelt hätte. Siger schenkte dem jedoch kaum Beachtung, er starrte wie gebannt auf die Tür des vorderen Baus. Schließlich kam der riesige Zimmermann aus dem Haus, auf dem Arm hielt er eine halb verbrannte Frau, deren blonde Locken ihr ins entsetzlich entstellte Gesicht hingen. Elisabeth! Siger wollte schreien, doch er brachte nur ein Wimmern hervor.

Cyrillus eilte zu der Frau und kniete gemeinsam mit Hildegard bei ihr nieder.

»Ihre brennenden Kleider haben sich in die Haut gefressen«, stellte der Arzt erschüttert fest.

Hildegard legte ihre Hand auf die seinen und schüttelte den Kopf. »Sie ist jetzt bei Gott.«

Siger stieß ein kehliges Heulen hervor, er wollte auf der Stelle selbst tot sein. Elisabeth, seine geliebte Elisabeth, war gestorben bei dem Versuch, ihn zu retten. Ach, wäre sie ihm doch nie begegnet! Sein Blick verschwamm vor Tränen.

Jemand streichelte ihm die Hände, küsste vorsichtig seine Wange. Er wischte sich die Tränen aus den Augen. Allmählich klärte sich der verschwommene Blick, und er stellte fest, dass es nicht Mater Hildegard war, die da weinend bei ihm kniete, sondern: Elisabeth! Für einen Augenblick blieb ihm die Luft weg, er sah zu Hildegard und Cyrillus hinüber, die noch an dem entstellten Frauenleichnam trauerten. Es musste sich bei der Toten um Aveline handeln! Kurz dachte er voller Mitleid an ihre arme alte Großmutter und das Kind, doch auch wenn er sich dafür verachtete: Er war so unendlich erleichtert, dass Elisabeth wohlauf zu sein schien. Der Ritter nahm seine Kräfte zusammen, um sich aufzurichten und sie in seine Arme zu ziehen.

Er kämpfte mit seiner geschwollenen Zunge. »Du has... mi... ...rettet.«

»Endlich habe ich dich gefunden«, sagte sie mit brechender Stimme.

Siger bekam mit, wie Elisabeth Nikolaus einen entschuldigenden Blick zuwarf. Er zwinkerte ihr lächelnd zu. Siger fragte sich gerade argwöhnisch, was zwischen den beiden vorgefallen war, als Hildegard bei ihm niederkniete und ihm sein Schwert reichte. »Das habe ich bei dem toten Sklavenhändler gefunden, es ist unverkennbar deins.«

Er nickte gerührt. Endlich hatte er dieses wertvolle Geschenk seines Vaters zurück.

Cyrillus kam zu ihnen herüber. »Herr von Wavra, nun müsst Ihr mich kurz Elisabeths Wunden anschauen lassen.«

Erst jetzt, da sein Blick wieder gänzlich frei war, bemerkte Siger erschrocken, dass zwar Elisabeths Gesicht unversehrt geblieben war, sie an den Armen und an der Schulter aber sehr wohl Verbrennungen erlitten hatte. Hildegard begann sofort, mit dem slawischen Arzt über heilende Salben zu fachsimpeln. Bei den beiden waren wohl alle Verletzten in guten Händen.

*

Nachts saßen alle noch im Gästehaus der Kathedrale von Verdun zusammen und gedachten der verstorbenen Aveline.

»Sie wird hier auf dem Friedhof ein würdiges Begräbnis erhalten«, versprach Nikolaus. »Ich werde Bischof Albero bitten, es höchstpersönlich zu veranlassen.«

Dank Hildegards Kamillentrank war die Schwellung an

Sigers Zunge so weit zurückgegangen, dass er wieder sprechen konnte. Cyrillus bewunderte sie sehr dafür.

Sigers Stimme klang zwar noch etwas verschliffen, aber einigermaßen verständlich: »Ich möchte, dass wir vor der Reise zum Rupertsberg noch nach Longuyon fahren – nach ihrer Großmutter und dem kleinen Sohn suchen. Sie rechnen sicher ohnehin nicht damit, dass Aveline noch lebt. Aber ich würde ihnen durch meinen Vater gern etwas Geld schicken, ich bin ja gerade mittellos.«

»Das können wir einfacher haben«, meinte Nikolaus. »Ich hatte einen Monatslohn für Euer Lösegeld zur Verfügung gestellt...«

»Und mir hat Clementia etwas dazugegeben«, ergänzte Hildegard.

»Dann können wir Avelines Großmutter also gleich Geld für sich und den Kleinen geben«, freute sich der Bildhauer.

»Es ist sehr freundlich, dass Ihr Euren Lohn für meine Freiheit gegeben hättet«, bedankte sich Siger bei ihm.

Inzwischen wusste er, dass Elisabeth nur ihn liebte und dass Nikolaus ihre Verbindung unterstützte – ganz gleich, was er selbst vielleicht für sie empfand.

»Ich hatte damals im März schon ein schlechtes Gewissen, Euch dort zurückzulassen«, sagte der Bildhauer.

»Was wird denn aus Euch, lieber Cyrillus?«, erkundigte sich Hildegard bei dem slawischen Arzt.

»Ich weiß es nicht«, gab dieser zu. »Ich war zwar der Gefangene der Brüder, aber immerhin hatte ich dort Essen und ein Dach über dem Kopf.«

»Wollt Ihr uns nicht auf den Rupertsberg begleiten?«, bot die Äbtissin an. »Ich möchte im Kloster ein Siechenhaus nach dem Vorbild des Johanniterspitals in Jerusalem eröffnen.

Einen erfahrenen Arzt wie Euch könnte ich dort gut gebrauchen.«

»Es wäre mir eine außerordentliche Ehre«, antwortete Cyrillus überwältigt.

»Da Ihr gerade den Rupertsberg erwähnt habt: Wollte Richardis gar nicht mitkommen?«, fragte Siger. »Für gewöhnlich ist sie bei heiklen Unternehmungen doch immer die Erste, die mit dabei sein will.«

Elisabeth und Nikolaus warfen sich einen besorgten Blick zu.

Hildegard antwortete eisig: »Richardis hat mich verlassen. Blinder Ehrgeiz hat sie dazu gebracht, Äbtissin in Birsim zu werden.«

Siger wusste nicht, was ihn mehr erschreckte: die Tatsache, dass Richardis den Rupertsberg verlassen hatte, was nicht im Geringsten ihrem Wesen entsprach, oder Hildegards kalte und fast hasserfüllte Stimme. Die beiden waren doch immer ein Herz und eine Seele gewesen. Was war nur in dem neuen Kloster geschehen in seiner Abwesenheit?

»Wir müssen dir leider auch noch etwas über deine Ziehmutter sagen«, fügte Elisabeth nun zögerlich hinzu. »Sie ist ihrer Erkrankung erlegen.«

Richgard von Stade war tot? Siger konnte es kaum fassen, dass diese lebensfrohe und machtgewohnte Frau nicht mehr da sein sollte. Der Herr schien ihm mit aller Deutlichkeit vor Augen führen zu wollen, wie zerbrechlich das Leben war. Es war keine Zeit zum Zögern und Zaudern. Entschlossen sah er Elisabeth an. Er würde diese Frau endlich heiraten!

*

Tatsächlich gelang es den Reisenden dank des Priesters von Longuyon, dort Avelines Großmutter und den fünfjährigen Sohn Nouel ausfindig zu machen. Die beiden fristeten in einer sehr baufälligen Hütte ein karges Dasein. Zimmermann Linhart wartete mit dem Heiler Cyrillus beim Fuhrwerk, während Siger, Hildegard und Elisabeth anklopften. Die Frau in Hildegards Alter, die denselben Namen wie ihre verstorbene Enkeltochter Aveline trug, kämpfte nach der Todesnachricht tapfer mit den Tränen.

»Der Kleine denkt sowieso schon, seine Mutter sei im Himmel, meine Tränen sollen keine Wunden wieder aufreißen«, erklärte die alte Aveline Hildegard und Elisabeth mit stockender Stimme, während Nouel mit Bauklötzchen spielte – ein Geschenk von Nikolaus. Außerdem hatte er über Nacht zwei Krücken für Siger hergestellt, was ihn und Elisabeth sehr rührte.

»Ich bin mir sicher, wir haben den Künstler nicht das letzte Mal gesehen«, hatte Siger seiner Elisabeth auf dem Fuhrwerk versichert, nachdem sie abgefahren waren und sie etwas melancholisch gewirkt hatte. Dankbar dafür, dass ihr Verlobter ihr die Freundschaft zu dem Bildhauer gönnte, hatte sie ihn liebevoll geküsst.

»Wovon lebt Ihr denn?«, erkundigte sich Siger bei der alten Aveline.

»Ich bin Näherin. Ich schlage mich mehr schlecht als recht mit Handarbeiten durch.«

»Wir haben für Euch und den Jungen etwas …«, setzte Siger an zu sagen, während er in seiner Tasche nach dem Geld kramte.

Doch Hildegard unterbrach ihn und wandte sich selbst an Aveline: »Eigentlich wollten wir Euch in Gedenken an Eure

Enkelin etwas Geld für den Jungen geben. Aber jetzt ist mir eine andere Idee gekommen.«

Siger und Elisabeth sahen die Äbtissin erstaunt an.

»In meinem Kloster am Rhein müssen die jungen Neuzugänge natürlich auch Handarbeiten lernen«, erklärte Hildegard. »Aber meine Finger schmerzen sehr, und die vielen anderen Aufgaben hindern mich daran, den Unterricht selbst zu geben. Ihr würdet mir sehr helfen, wenn Ihr bereit wäret, uns als Handarbeitslehrerin zu begleiten. Natürlich wäre Euer Enkelsohn auch willkommen dort.«

Die alte Aveline war vor Glück ganz außer sich. »Ich soll den Nonnen etwas beibringen dürfen?«

»Sieht so aus, als wäre unser Fuhrwerk auf dem Heimweg recht voll«, meinte Siger und schmunzelte seit sehr langer Zeit erstmals wieder.

»Ja, wir bringen liebe Bewohner auf den Rupertsberg, einen guten alten Bekannten und drei neue«, freute sich Hildegard. »Außerdem werde ich dem Heiligen Vater schreiben. Er soll bestätigen, dass Richardis zu uns zurückkehren muss.«

Elisabeth war diesbezüglich weniger zuversichtlich. Jetzt, da die Markgräfin tot war, würde Richardis sich verpflichtet fühlen, den Letzten Willen ihrer Mutter zu erfüllen und Äbtissin zu bleiben. Sie konnten nur hoffen, dass Richgard vor ihrem Tod noch dafür gesorgt hatte, ihren Teil der Abmachung ebenfalls einzuhalten. Wenn nicht, kämen Cyrillus, Aveline und ihr Urenkel in ein untergehendes Kloster.

# 29. Kapitel

Auch ein Jahr später war noch kein Antwortbrief vom Heiligen Vater auf dem Rupertsberg angekommen. Immerhin bestand zum ersten Mal Hoffnung auf ein Überleben ihres Klosters, und diesbezüglich war Hildegard ihrem Ziel so nahe wie noch nie: Von der Markgräfin war dem jungen Frauenkloster auf dem Rupertsberg ein ertragreiches Landgut hinterlassen worden. Außerdem hatte auf Richgards letzten Wunsch hin auch Erzbischof Heinrich den Nonnen etwas geschenkt – eine Mühle mitsamt Wasserfall. Und seit seiner feierlichen Weihe der Klosterkirche im letzten Mai war die Abtei bei reichen Spendern in aller Munde.

Dennoch wirkte Hildegard schwermütig und kraftlos. Elisabeth und Siger, der von seinen Verletzungen geheilt war, bemerkten die Gemütslage der Äbtissin mit Sorge. Er hatte inzwischen bei Elisabeths Mutter Griseldis erfolgreich um die Hand ihrer Tochter angehalten und wollte, dass bei ihrer Hochzeit alle glücklich waren.

Deshalb erklärte er eines Morgens im Oktober 1152 seiner zukünftigen Gemahlin, als sie im Vorratskeller die Bestände überprüfte: »Ich werde persönlich nach Birsim reisen und Riri überreden zurückzukehren. Hartwig hat mir geschrieben, dass er uns bald besucht – auf seinem Weg zur Reichsversammlung in Würzburg. In dem Brief hat er auch erwähnt, dass Richardis ihre Hildegard furchtbar vermisst.«

»Das liegt daran, dass sie nicht freiwillig gegangen ist«, sagte Elisabeth mit bedrückter Stimme.

»Was meinst du?«, hakte ihr Verlobter nach.

»Ich habe damals ein Gespräch mit ihrer Mutter belauscht«, verriet Elisabeth nun endlich. »Die Gräfin hat sie erpresst. Richgard wollte Hildegards Kloster nur unter der Bedingung retten, dass Richardis die Wahl zur Äbtissin von Birsim annimmt. Ansonsten würde sie den Rupertsberg dem Untergang weihen, und Hildegards Lebenswerk wäre zerstört.«

Siger schüttelte wütend den Kopf. »Das sieht meiner Ziehmutter ähnlich.«

»Richardis hat mir vor ihrer Abreise das Versprechen abgenommen, Hildegard niemals zu verraten, dass sie nur gegangen ist, um das Kloster zu retten. Sie hatte Angst, dass unsere Mater dann aufgibt und zum Disibodenberg zurückkehrt – nur damit sie Richardis zurückbekommt.«

In diesem Augenblick kam aufgeregt Volmar herein.

»Siger, dein Ziehbruder ist eingetroffen«, berichtete Hildegards Prior. »Der Bischof von Bremen!«

Wenig später brachte Elisabeth dem Gast einen Krug mit Honigwein in das Winterrefektorium. Siger saß bei Richardis' Bruder Hartwig und stellte sie vor: »Das ist meine Verlobte Elisabeth. Sie ist Hildegards Cellerarin.«

»Freut mich für euch, dass ihr einander gefunden habt«, sagte der Bremer Bischof mit einem etwas bemühten Lächeln.

»Ich werde morgen zu einem Besuch bei unserer Riri aufbrechen«, verkündete Siger.

»Dann grüße sie herzlich von mir«, bat Hartwig.

»Du siehst sie nicht so häufig, wie du ihr anfangs zugesichert hast, als sie Äbtissin werden sollte, oder?«, hakte Siger nach.

Hartwig schüttelte den Kopf. »Ich war das letzte Mal im Februar bei ihr, um ihr den Tod unserer Schwester Luitgard mitzuteilen.«

Elisabeth erinnerte sich noch gut, als Richardis' Nichte Adelheid, die ihrerseits Nonne bei ihnen war, die Nachricht vom Ableben ihrer Mutter erhalten hatte. Am 29. Januar waren sie und ihr Mann ermordet worden. Welch eine Ironie des Schicksals! Nach der Scheidung vom dänischen König, der aus lauter Verbitterung über das Scheitern der Ehe Mönch geworden war, hatte Richardis' Mutter ihre ältere Tochter Luitgard mit dem Grafen von Winzenburg verkuppelt. Und was hatte all das machtgierige Ränkeschmieden gebracht? – Heimweh, Tod, Trauer und geistige Armut.

»Ja, mir tat damals besonders Adelheid leid. Das arme Mädchen hat binnen kürzester Zeit Mutter und Großmutter verloren – und Richardis selbst war ja auch nicht mehr an ihrer Seite«, fasste Siger mitleidsvoll zusammen. Er sorgte sich um die junge Frau. »Hat der Erzbischof ihr am Tag der Kirchweihe auch den Schleier überreicht? Das war doch so geplant.«

Hartwig zuckte mit den Schultern. »Adelheid ist ja dank ihrer neuen Aufgabe schnell erwachsen geworden. Zum Glück hat Mater Hildegard erkannt, dass die Kleine viel zu jung und unschuldig für weltlichen Machthunger ist. Ihr hat sie keine solch widersinnigen Vorwürfe gemacht.«

Tatsächlich hatte Hildegard Richardis' junger Nichte im März ohne Widerstand erlaubt, ihre Weihe im Stift Gandersheim zu empfangen. Sie war jetzt dort Äbtissin.

»Schleier und Äbtissinnenstab am selben Tag! Das hätte

Mutter noch erleben sollen«, höhnte Siger. »Ich will versuchen, Richardis zu einer Rückkehr hierher zu überreden.«

»Bist du verrückt?«, rief Hartwig empört. »Du kannst doch nicht Mutters Letzten Willen missachten.«

»Sie hat sich gewünscht, dass eine Tochter Äbtissin wird. Das ist Adelheid jetzt ja. Die hat geschrieben, dass sie wider Erwarten ganz glücklich mit ihrem Amt ist. Von Richardis wirst du das wohl kaum behaupten wollen! Sie ist ohne Hildegard genauso verzweifelt wie unsere Mater hier ohne sie. Das schadet beiden Klöstern.«

»Trotzdem wird sie den Letzten Willen unserer seligen Mutter nicht umgehen«, gab sich Hartwig überzeugt.

Als er sich schließlich in sein Gästezimmer zurückzog, wirkte der Bremer Bischof spürbar verstimmt.

»Wirst du Hildegard erzählen, dass du Richardis zurückholen willst?«, fragte Elisabeth ihren Verlobten, als sie allein waren. »Vielleicht sollten wir vorerst keine Hoffnungen bei ihr wecken. Es kann ja sein, dass Richardis am Ende doch nicht zurückkehrt.«

Siger nickte. »Da hast du recht. Ich werde ihr nur sagen, dass ich Riri in Birsim besuche, nicht zu welchem Zweck. Komm, wir gehen zu ihr.«

Sie fanden die Äbtissin in ihrer Schlafkammer vor. Sie hatte soeben Richardis' Lagerstatt auseinandergenommen und war gerade dabei, den großen Seidenvorhang abzuhängen. Sie schien wohl endgültig die Hoffnung auf eine Rückkehr ihrer Lieblingsschülerin aufgegeben zu haben und sah entsprechend niedergeschlagen aus. Als Siger ihr seine Reisepläne offenbarte, drückte Hildegard mit feuchten Augen Richardis' Schaffelldecke an sich.

»Ich werde dir einen Abschiedsbrief für sie mitgeben«, verkündete die Äbtissin und wandte sich an Elisabeth: »Würdest du ihn ins Reine schreiben? Volmar will ich damit nicht belasten.«

Wenig später diktierte Hildegard ihr die äußerst persönlichen Abschiedsworte an Richardis, die sie ihr nicht mehr hatte von Angesicht zu Angesicht sagen können.

»Nun sage ich wiederum: Weh mir Mutter, weh mir Tochter! Warum hast du mich wie eine Waise zurückgelassen? Ich habe den Adel deiner Sitten geliebt, deine Weisheit und deine Keuschheit, deine Seele und dein ganzes Leben, sodass viele fragten: ›Hildegard, was tust du nur?‹«

Elisabeth spürte Tränen des Mitleids für die Äbtissin in sich aufsteigen. Siger musste einfach Erfolg bei seiner Mission haben!

*

Zehn Tage später traf der einstige Kreuzritter im Kloster Birsim ein. Es lag in einer Gegend, die wesentlich ruhiger war als das Binger Umland mit seiner atemlosen Geschäftigkeit. Es gab nur wenige kleine, weit verstreute Siedlungen in der teils sandigen, teils sumpfigen Landschaft, die nächste größere Stadt Bremen war eine knappe Tagesreise entfernt.

Man teilte Siger mit, dass seine Ziehschwester erkrankt sei und sich in ihrer Zelle ausruhe. Als er diese betrat, fand er Richardis ins Leere starrend an ihrem Schreibtisch vor. Sie drehte sich um, und ein Hauch ihres alten fröhlichen Lächelns huschte über ihr ausgemergeltes Gesicht. Doch ansonsten war er erschrocken über ihren Anblick – wie bleich und dürr die einst so schöne Nonne geworden war! Sie schien um Jahre gealtert, und ihr Äbtissinnengewand wirkte viel zu groß.

»Elisabeth hat mir geschrieben, dass sie dich endlich wiedergefunden hat«, hauchte Richardis mit schwacher Stimme, nachdem Siger sie vorsichtig umarmt hatte.

»Dir geht es nicht gut«, stellte er fest.

Richardis machte eine abweisende Handbewegung. »Nicht der Rede wert. Nur eine Erkältung.«

»Hartwig schrieb mir, du seist auch sonst nicht glücklich hier«, beharrte Siger.

Richardis nickte müde. »Mir wurden diese Töchter anvertraut, und sie sind so lieb zu mir, aber ich bin ihnen keine gute Mutter. Sicher, ich erfülle meine Aufgaben, so wie ich es bei Hildegard gelernt habe – aber ohne Herzblut. Ich sehne mich ständig nur nach dem Rupertsberg zurück. Neulich wollten die Schwestern hier mir eine Freude machen und haben für mich Hildegards Lied *O virga ac diadema* vorgetragen. Und ich dumme Kuh fing an zu weinen. Konnte gar nicht mehr aufhören damit. Mittlerweile bin ich krank vor Heimweh geworden.«

»Nun, unsere starrköpfige Mater Hildegard hat auch noch nicht aufgegeben, dich zurückzuholen!«, warf ihr Ziehbruder ein. »Sie hat in deiner Angelegenheit inzwischen tatsächlich an den Papst geschrieben und erwartet täglich seine Antwort.«

Hoffnung erhellte Richardis' Gesicht. »Vielleicht befiehlt der Heilige Vater ja meine Rückkehr auf den Rupertsberg? Mutter kann Hildegards Kloster ja jetzt nichts mehr anhaben.«

»Ach ja, ich habe einen Brief von der Äbtissin für dich dabei«, fiel Siger wieder ein.

Richardis wollte das Pergament entgegennehmen, doch ihre Finger zitterten zu sehr. »Kannst du ihn mir bitte vorlesen?«

Etwas verlegen darüber, ein solch vertrauliches Dokument offenbart zu bekommen, begann Siger die Worte Hildegards vorzulesen. Mit jeder Zeile wurde der einstige Ritter gerührter. Als gegen Ende der Satz kam: »Nun sollen alle mit mir klagen, die wie ich einen Menschen liebten, der ihnen plötzlich entrissen wurde«, drohte seine Stimme zu brechen. Wie hatte ihre Familie seine Ziehschwester nur zu solch weltlicher Überheblichkeit zwingen können? Was hatten sie angerichtet? Richardis schloss die glasig wirkenden Augen.

Siger trug schließlich die letzten Worte Hildegards an ihre einstige Lieblingsschülerin vor: »Gottes Engel schreite vor dir her, es schütze dich Gottes Sohn, und Seine Mutter behüte dich. Gedenke deiner armen Mutter Hildegard, auf dass dein Glück nicht dahinschwinde.«

Richardis öffnete die Augen, ihr Gesicht war nass geweint. Ihr Ziehbruder sah mitleidig zu ihr hinab.

»Niemals hätte ich Hildegard so viel Kummer bereiten dürfen«, flüsterte sie. »Manchmal denke ich, es wäre besser, ich hätte sie nie gesehen, nie ihr mütterliches Herz gefühlt.«

Siger legte eine Hand an Richardis' Stirn – und erschrak. »Mein Gott, du glühst ja, du musst wieder ins Bett.«

»Hildegard hätte meine Krankheit mit ihrem Wissen bestimmt rasch zu heilen vermocht«, erwiderte seine Ziehschwester. »Ich kann nur beten, dass Gott mir auch hier Heilung schenkt, sodass ich zu ihr zurückkehren kann.«

»Da bin ich sicher«, redete Siger mehr sich selbst als Richardis ein. »Ich werde heute Nacht an deinem Lager wachen.«

»Wie früher, wenn ich krank war«, entgegnete sie mit mattem Lächeln.

Die Nacht war äußerst unruhig, das Fieber der Kranken wurde immer schlimmer, in ihrem Dahindämmern fantasierte sie und rief verzweifelt nach Hildegard.

Schließlich nickte Siger auf seinem Stuhl ein. Es graute bereits der Morgen, als er von einer Nonne mit verweinten Augen geweckt wurde.

»Herr von Wavra, es geht zu Ende«, wisperte sie, und Siger war sofort hellwach.

Erschüttert sah er zu Richardis' Lagerstatt. Ein Priester hatte sich über die Todkranke gebeugt, damit sie ihm etwas zuflüstern konnte. Es musste sich um ihre letzte Beichte handeln!

»Ihr könnt sie jetzt mit Öl salben«, raunte der Geistliche der mit den Tränen kämpfenden Nonne neben Siger zu.

Der wollte lauthals aufbegehren – seine geliebte Ziehschwester brauchte doch noch lange keine Letzte Ölung! Sie musste schließlich nach Hause zu Hildegard auf den Rupertsberg! Aber dann sah er ihr seltsam spitz wirkendes, bleiches Gesicht, hörte ihren schwachen, pfeifenden Atem. Er kannte diese Vorgänge gut von den Sterbenden seinerzeit im Johanniterspital. Ein verzweifeltes Schluchzen entrang sich seiner Kehle, als ihm klar wurde: Richardis von Stade lag tatsächlich im Sterben.

»Ich empfehle mich dem Herrn durch die heilige Maria und den heiligen Johannes«, wisperte sie kaum hörbar. Sie versuchte mehrfach, sich zu bekreuzigen, beim dritten Mal fiel ihre Hand leblos herunter. Siger wurde plötzlich von flammender Wut ergriffen! Mochte ja sein, dass seine Ziehschwester jetzt in vollkommenem Glauben und Liebe zu Gott starb – er würde den Herrn von diesem Moment an hassen!

*

Als Siger von Wavra am 5. November 1152 Hildegard von Bingens Schreibstube betrat, sprang die Äbtissin überglücklich von ihrem Pult auf. Bruder Volmar sah neugierig durch das Gitter. Elisabeth, die erschrocken sitzen geblieben war, ahnte sofort, dass ihr Verlobter schreckliche Nachrichten haben musste. Im Gegensatz zur Äbtissin hatte sie sogleich bemerkt, wie ernst und steif Siger dastand.

Aufgeregt und glücklich wie ein Kind rief Hildegard: »Siger, liebster Siger, meine Gebete wurden erhört. Papst Eugen hat mir wieder geschrieben. Und höre, was er am Ende bezüglich Richardis anordnet: ›Sie soll die Regel in Birsim beobachten oder aber zum Rupertsberg zurückkehren.‹ Jetzt muss sie zurückkommen, wenn es selbst der Heilige Vater sagt.«

Das war natürlich eine recht freie Auslegung der Zeilen. Elisabeth hatte bereits gelesen, dass Papst Eugen im Hauptteil des Briefes Hildegard sogar ausdrücklich vor Hochmut gewarnt hatte. Auf Richardis war er lediglich in einem kleinen Postskriptum eingegangen, in dem stand, dass diese nur dann zurückkommen müsse, wenn sie in Birsim gegen die Regeln des heiligen Benedikt verstoße. Aber das war bei der fleißigen jungen Frau ja nie zu beobachten gewesen.

Die Kunde, die Siger zu überbringen hatte, machte jedoch all dies ohnehin bedeutungslos. Wie konnte er es Hildegard nur auf schonende Weise beibringen? So wie er jetzt musste sich einst der Bote des Hiob gefühlt haben.

»Richardis wollte ohnehin aus freien Stücken zu dir zurückkehren. Dann wurde sie aber sehr krank«, sagte Siger, und Hildegard ließ sich mit starrem Blick auf ihren Stuhl sinken.

Nein!, was Elisabeth ihre innere Stimme schon jetzt über die folgende Nachricht aus Birsim mitteilte, durfte nicht wahr sein! Doch ihr geliebter Siger fuhr traurig fort: »Sie ist vor einer Woche gestorben.«

Er schien zu wissen, welch zerstörerische Wirkung seine Worte hatten. Elisabeths Lippen wurden augenblicklich taub. Sie spürte, wie ihr der Geschmack von Asche die Kehle zuschnürte. Sie hatte Siger verstanden, konnte die Bedeutung der Worte jedoch nicht erfassen. Die Worte »Richardis« und »gestorben« wollten im Zusammenhang einfach keinen Sinn ergeben. Sie wusste nicht, was sie sagen oder tun sollte. Schließlich stand sie auf und fiel benommen wie in einem bösen Traum ihrem Verlobten in die Arme.

Hildegard hingegen verließ nur wortlos die Schreibstube. Kein noch so heftiger Weinkrampf hätte Elisabeth derart erschrecken können wie diese äußerlich völlig unbeteiligte Reaktion.

# 30. Kapitel

Mehrere Wochen verließ Hildegard ihre Zelle nicht. Sie verweigerte alle Speisen und wurde immer dürrer. Eines Tages konnte Volmar sie überreden, dass es bestimmt in Richardis' Sinn wäre, wieder etwas zu schreiben.

Er hatte Trude zur neuen Gehilfin der Äbtissin im Skriptorium ernannt. Wie lange hatte sie davon geträumt! Doch nun warteten sie, Elisabeth und Volmar vergeblich auf Hildegards Diktat. Die Mutter Oberin saß nur stumm da und starrte vor sich hin. Trude hielt den Anblick der ausgemergelten Meisterin schließlich nicht mehr aus und rannte hinaus.

Elisabeth wusste, dass von der geistesabwesenden Äbtissin keine Reaktion zu erwarten war, und eilte deshalb Trude hinterher, um sie zu trösten. Sie fand sie in der Küche.

»Ich hasse mich so für meine Eifersucht. Wie bösartig ich Richardis gegenüber war!«, schluchzte die Nonne. »Jetzt würde ich alles opfern, sie Hildegard zurückgeben zu können. Sie so leiden zu sehen …«

Da kam mit betretener Miene Volmar herein und murmelte: »Keine Träne hat sie um Richardis geweint. Sie ist selbst wie tot.« Der Prior vergrub das Gesicht in den Händen. Alle schienen nach dem tragischen Ende der Lieblingsschülerin unter Schuldgefühlen zu leiden.

»Der Traum vom blühenden Kloster auf dem Rupertsberg ist zu Ende«, sagte der Schreiber schließlich. »In ihrem jetzigen Zustand wird Hildegard nicht länger in der Lage sein, ihre frierenden und hungernden Schwestern hier zu halten.«

*

An Jutta von Sponheims sechzehntem Todestag war Hildegard von Bingen verschwunden! Irgendwann hatten die Nonnen und Volmar mit Siger, Elisabeth und dem Arzt Cyrillus, der hier seit mehr als einem Jahr beim Bau des Siechenhauses half, alle vollendeten und alle unvollendeten Gebäude nach der Äbtissin durchsucht – vergeblich.

»Wer hat Hildegard nach dem Mittagsgottesdienst noch gesehen?«, fragte Elisabeth schließlich in das Stimmengewirr der besorgten Klosterbewohner hinein.

»Mir ist sie am Tor begegnet«, berichtete daraufhin Zimmermann Linhart. »Sie wirkte etwas durcheinander, hat wirres Zeug vor sich hin geredet.«

»Habt Ihr etwas davon verstanden?«, fragte Elisabeth hastig.

Der Riese nickte. »›Spring schon! Es ist herrlich hier. Keine Angst, notfalls rette ich dich.‹ Und dann hat sie auch noch mit der verstorbenen Richardis gesprochen. ›Du hattest recht, der Fluss fließt ins Meer, aber das Meer nährt auch den Fluss.‹ Das hat sie gemurmelt. Hat nicht wirklich Sinn ergeben.«

Da war Elisabeth anderer Meinung. »O Gott. Ich glaube, ich weiß, wo sie ist.«

Und dann rannte sie so schnell in Richtung Klostertor, dass Siger ihr kaum hinterherkam.

Durch den Schnee hastete sie in Richtung Rheinufer – und dort bestätigte sich ihre schlimme Befürchtung: Hildegard von Bingen stand trotz Eiseskälte ohne Fellmantel auf jenem Felsen, unter dem sie im Sommer letzten Jahres von Richardis schwimmen gelernt hatte. Die vor Trauer völlig abgestumpfte Äbtissin starrte wie gebannt auf den eisigen Fluss hinunter. Und dann – Elisabeth wusste nicht, ob Hildegard gestolpert oder gesprungen war – stürzte sie vom Felsen. Sie schlug im Fluss auf und trieb davon.

Da erblickte die schockierte Cellerarin den alten Engelbert, der beim Eisfischen war. Ohne Zögern watete der Alte in den eisigen Fluss und wollte die leblose Nonne herausziehen, er schaffte es jedoch nicht allein. Bevor Elisabeth selbst den Strom erreichte, kam ihr Siger zuvor. Er lief, von der Kälte unbeeindruckt, ins Wasser und trug die Äbtissin aus dem Fluss ans Ufer.

»Lebt sie?«, rief Elisabeth, während sie herbeieilte.

»Ja«, antwortete Siger mit klappernden Zähnen. »Sie muss aber schnell ins Warme, sie ist völlig unterkühlt.«

»Kommt mit in mein Haus!«, schlug der alte Engelbert vor.

Seine einstige Hütte an der unteren Klostermauer war auf Hildegards Anweisung hin mittlerweile von Linhart zu einem hochwassersicheren Steinhaus umgebaut worden. Dort lebte Engelbert mit Aveline, der nunmehr zwanzigjährigen Isolde, deren Mutter und den beiden Jungen, dem sechsjährigen Nouel und dem zehnjährigen Ludger, die inzwischen wie Brüder füreinander waren.

Siger legte Hildegard auf einer Bettstatt in der Nähe des offenen Kamins ab, die ihm Engelbert zeigte.

»Ludger, lauf bitte so schnell du kannst zum Kloster und hol Herrn Cyrillus von Verdun!«, wies Siger den Älteren der Knaben an. »Sag ihm, Mater Hildegard ist in den Fluss gefallen und unterkühlt.«

Engelberts Urenkel rannte sogleich los, Siger wandte sich an Elisabeth und Isolde: »Könntet ihr der Magistra ihre nasse Kleidung ausziehen und sie in warme Decken wickeln?«

Die beiden Angesprochenen nickten eifrig und schlossen die Männer aus. Zum Glück hatte die benommen wirkende Äbtissin inzwischen die Augen wieder geöffnet.

Eine Stunde später saß Elisabeth in tiefer Sorge an der Lagerstatt Hildegards, die in einem Leinennachthemd unter einem Berg von Decken und Fellen gewärmt wurde, und flößte ihr heißen Kamillenaufguss ein.

»Seid Ihr gestolpert oder wolltet Ihr springen?«, wagte Elisabeth schließlich zu fragen.

»Ich weiß nicht mehr, was ich wollte. Ich war plötzlich wieder im Sommer«, sagte Hildegard hilflos. »Ich hoffe, mich hat nicht der Wahnsinn gepackt. Der treibt Kranke zum Selbstmord, sie stürzen sich ins Feuer oder ins Wasser. Vielleicht habe ich uns alle in die Irre geführt.« Sie furchte dir Stirn und sah sich um. »Ist diese Stimme wirklich? Hörst du sie auch?«

Elisabeth horchte auf und war erleichtert, dass sie nun ebenfalls die leise Stimme einer jungen Frau hörte.

»Als er das gesagt hatte, spuckte er auf die Erde, machte daraus einen Brei und strich den Brei auf die Augen des Blinden«, las jemand stockend und leise im Zimmer nebenan. »Und er sprach zu ihm: Geh zum Teich Siloah und wasche dich! Da ging er hin und wusch sich und kam sehend wieder.«

»Da liest jemand aus der Heiligen Schrift vor«, erkannte Elisabeth.

»Ja, die Stelle, an der Jesus den Blinden heilt«, erkannte die Äbtissin.

Elisabeths Protesten zum Trotz befreite Hildegard sich von dem, was sie aufs Lager drückte, und folgte der Stimme. Noch etwas wackelig auf den Beinen ging sie in das Nebenzimmer. Dort saß Isolde. Sie schrak auf, als sie Hildegard und Elisabeth bemerkte. Hastig versuchte die junge Frau, ein in Leder gebundenes Pergament hinter ihrem Rücken zu verbergen.

»Ist das die alte Abschrift des Johannesevangeliums aus der Rupertskapelle?«, fragte Hildegard.

Isolde fiel verzweifelt auf die Knie. »Bitte bestraft mich nicht! Keiner hat die Abschrift vermisst, und es regnete immer schlimmer hinein in die Kapelle. Bevor Ihr kamt, hat sie ja niemand mehr benutzt. Ich wollte nur so gern Latein lernen. Ich weiß, dass ich als Rebenhilfe nicht das Recht dazu habe.«

Doch Hildegard schien in Gedanken ganz woanders, flüsterte vor sich hin. »Du hast das Buch für mich dem Pförtner abgetrotzt.«

Dann brach sie endlich in Tränen aus. Es war, als speisten plötzlich alle Flüsse der Welt das Meer von Trauer in Hildegards Augen.

Isolde verunsicherte die heftige Reaktion der Äbtissin noch mehr. »Werdet Ihr mich töten lassen?«

Hildegard schüttelte den Kopf und fiel dem Mädchen weinend um den Hals. »Dies sollte ein Ort der Bildung sein, doch ich lasse meine Kinder durstig zurück. Ich war größenwahnsinnig.«

In diesem Augenblick kam der alte Engelbert mit Cyrillus, Clementia, Volmar und Trude in den Raum.

»Verzeiht mir!«, sagte Hildegard in die Runde ihrer besorgten Familie. »Durch Richardis' Ableben wollte Gott mir zeigen, dass auch ich hochmütig war.«

Die Äbtissin nahm Isolde sanft das Buch weg. »Gott hat die Stände wohl geordnet, Frauen sollen nicht lesen. Und schon gar nicht, wenn sie nicht adelig sind …«

Clementia wirkte wütend, und auch Elisabeth hasste es, dass Hildegard erneut Juttas alte Worte zitierte. War das die Lektion, die der Herrgott ihrer Mater hatte beibringen wollen? Es war doch nicht Richardis, die ihren Geist vergiftet hatte.

»Ihr habt lang genug unter meinem Ehrgeiz gelitten«, betonte die Äbtissin, »wir werden reumütig zu Abt Kuno zurückkehren. Jutta hatte recht, unser Platz ist unterhalb des Mannes.«

Clementia, Volmar und Trude schauten erstaunt. Ein Kloß bildete sich in Elisabeths Hals. Nie zuvor hatte sie der Äbtissin widersprochen, schon gar nicht in Gegenwart anderer. Doch nun platzte es aus ihr hervor: »›Die Frau bedeckt mit ihrer Kunstfertigkeit den Mann‹«, erinnerte sie Hildegard mit bebender Stimme an ihre eigenen Worte. »›Denn sie ist ja aus Fleisch und Blut geschaffen, während der Mann aus Lehm war. Deshalb blickt der Mann zum Weib auf, um sich von ihm bekleiden zu lassen.‹ Das ist von dir!«

»Genau. Von der Feigheit der Frau stand da nichts«, donnerte Clementia. »Du bist zu feige weiterzukämpfen, zu feige zu trauern!«

Mit diesen Worten verließ Hildegards leibliche Schwester den Raum; in der Tür stieß sie mit Siger von Wavra zusammen. Der sah verblüfft in die Runde der betretenen Gesichter.

»Mater Hildegard, Ihr seid schon wieder auf den Beinen«, stellte er erleichtert fest. »Es ist ein Gast eingetroffen: Richardis' Bruder.«

Elisabeth wusste, dass Bischof Hartwig von Bremen der

Äbtissin seinen Besuch vor ein paar Tagen in einem Brief angekündigt hatte.

»Ich könnte ihm sagen, dass er sich bis morgen gedulden muss«, schlug Siger unsicher vor.

Doch Hildegard schüttelte den Kopf. »Hartwig soll nicht länger unter seinem schlechten Gewissen leiden. Ich werde mit ihm sprechen. Ich schaffe es zum Kloster hinauf – wenn Elisabeth mich stützt.«

»Natürlich bin ich an deiner Seite«, sagte Sigers Verlobte mit belegter Stimme. Sie bereute ihren Ausbruch ein wenig, zumal er Clementia so aufgewühlt zu haben schien.

Wenig später führte Elisabeth Hildegard, die einen trockenen Habit mit einem warmen Mantel darüber trug, an der Seite des Erzbischofs von Bremen durch den verschneiten Klostergarten. Sie waren auf dem Weg in die Kapelle, wo sie Kerzen für Richardis anzünden wollten. Auf Hildegards Wunsch trug Elisabeth das von Isolde entwendete Johannesevangelium. Die Äbtissin hatte die wohlduftenden Wachskerzen ausgewählt, die sie ihrer eigenen Bienenzucht verdankten und die im Gegensatz zu jenen aus Talg nicht stanken und troffen.

»Schön, dass du trotz der Kälte gekommen bist, Hartwig«, sagte die noch müde wirkende Äbtissin. »Dein Gesicht erinnert mich auf so liebliche Weise an unsere selige Richardis.«

»Ich habe es dir doch in meinem letzten Brief versprochen«, sagte Hartwig. »Da Richardis' Rückkehr durch ihren Tod verhindert wurde, wollte ich statt ihrer zu dir kommen. Ich weiß, das ist ein geringer Trost.«

»Dass mich Richardis verlassen hat, tat mir so weh, dass ich ungerecht gegen euch alle wurde«, gestand Hildegard zu seiner Beruhigung. »Dieser Schmerz hatte jedes Vertrauen in mir getötet. Aber ich werde ihn aus meinem Herzen verbannen. Ich habe Richardis vorgeworfen, sie habe die Demut vergessen. Doch was ist mit mir? Dieses Kloster war doch letztlich eine Frucht meines eigenen Ehrgeizes. Es ist eben besser, auf den Herrn zu hoffen als auf einen Menschen. Der muss ja doch irgendwann verwelken wie eine Blume. Und genau diesen Fehler habe ich begangen – aus Liebe zu einem besonders edlen Menschen.«

Hartwig nickte. »Ja, du hast sie geliebt, als sei sie unser beider Schwester, meine dem Leibe nach, deine dem Herzen nach. Die Ehre, die ich ihr gegen deinen Willen verschafft habe, hat sie gering geschätzt. Sie hat bittere Tränen über das Verlassen deines Klosters vergossen, dafür gibt es viele Zeugen.«

Sie waren inzwischen beim alten Grabkirchlein des Rupertus und seiner Mutter Berta angekommen, das dem Friedhof an der Südwestecke des Klosterareals als Kapelle diente. Die Äbtissin hatte sie als Andachtsraum wieder instand setzen lassen. Hildegard ging an Elisabeths Arm hinein, gefolgt von Hartwig. Die Miniaturmalerin legte die wertvolle Abschrift des Johannesevangeliums zurück an den angestammten Platz.

Bewegt zündete jeder von ihnen eine Kerze an.

»Ich bitte dich, liebe sie weiterhin so sehr, wie sie … dich geliebt hat«, brachte Hartwig mit feuchten Augen hervor. »Betet für sie in eurem Konvent!«

»Das tun wir«, versicherte Hildegard.

Hartwig sah betrübt in die Flamme. »Warum ausgerechnet sie?«

»Die Welt liebte Richardis' Schönheit und Klugheit, doch Gott liebte sie noch mehr«, meinte Hildegard und drückte sanft Hartwigs Hand. »Darum wollte er seine Geliebte nicht dem feindlichen Liebhaber, der Welt, überlassen. So hat er allen menschlichen Ruhm von ihr abgeschnitten.«

Die Äbtissin bemerkte, dass dem Bischof Tränen in die Augen stiegen, und wollte ihn trösten. »Sie wäre glücklich zu sehen, was du für gute Werke tust. Deine zahlreichen Almosen für unser Kloster …«

Durch ein schlecht vernageltes Loch im Dach tänzelten Schneeflocken in die winzige Kirche.

»Ich fürchte nur, trotz aller Almosen fehlt es euch hier am Notwendigsten«, entgegnete Hartwig.

»Ja, die Menschen sagen: ›Was nützt es, dass adelige und reiche Nonnen von dem Ort, wo es ihnen an nichts mangelte, wegziehen zu einer Stätte solcher Armut?‹ Zwei weitere Schwestern sind fortgegangen. Diesmal habe ich mich wohl wirklich geirrt. Ich werde das Kloster aufgeben müssen. Morgen beginne ich den Brief an Kuno.«

Hartwig sah sie erschrocken an. »Oh … da … wird sich der Abt gewiss freuen, dich kurz vor seinem Ableben wieder bei sich zu begrüßen …«, stammelte er.

Elisabeth wollte nicht glauben, was sie da hörte. Verstanden die beiden denn nicht, was Richardis' besondere Gottesgabe gewesen war?

»Dann war Richardis' Tod umsonst«, stieß sie hervor.

Hildegard und Hartwig wandten den Blick von der Flamme der Kerze ab und blinzelten in ihr Gesicht. »Wie meinst du das?«

Etwas im Blick des Bischofs erinnerte Elisabeth in diesem Augenblick auf fast unheimliche Weise an dessen verstorbene Schwester.

Und plötzlich war ihr klar: Sie musste das Versprechen, das sie Richardis gegeben hatte, brechen. Schließlich hatte sie es ihr seinerzeit nur abgenommen, um Hildegards Kloster zu retten. Doch jetzt war die Lage ja eine ganz andere.

»Dass Richardis dich verlassen hat, war nicht ihre Idee. Daran war nur ihre selige Mutter Richgard schuld.«

»Was soll das heißen?«, fragte Hildegard aufgewühlt.

»Unsere Mutter hat sie erpresst«, setzte nun Hartwig kleinlaut Elisabeths Offenbarung fort. »Sie drohte, weitere Schenkungen an dein Kloster zu verhindern, wenn Richardis nicht Äbtissin in Birsim wird. Aber es stimmt nicht, dass Mutter allein schuld ist.«

Elisabeth hatte erwartet, Sigers Ziehbruder wäre empört über ihre Enthüllung, doch es schien eher, als habe er sich nach seiner nun folgenden Beichte gesehnt: »Die Idee mit der Äbtissinnenwürde kam von mir, und ich habe Mutters Erpressung unterstützt. Nicht unsere geliebte Richardis war dem irdischen Ehrgeiz verfallen gewesen, sondern wir – ihre Familie.«

»Das war es also«, murmelte Hildegard bestürzt. »Oh, meine arme Lilie.« Dann sah sie Elisabeth fragend an. »Und du wusstest, dass sie Richardis erpresst haben?«

»Sie hat mir das Versprechen abgenommen, dir nichts davon zu sagen«, bestätigte Elisabeth. »Sie hat befürchtet, du würdest notfalls das Kloster aufgeben, um sie zurückzubekommen. Und obwohl sie dich mindestens genauso vermisst hat, wollte sie für euch beide denken. Sie hat für den Fortbestand deines Klosters ihr Glück bei dir geopfert – und am Ende sogar ihr Leben. Und dieses Opfer wäre vergeblich, wenn du jetzt aufgibst.«

»Aber wie soll ich es ohne sie schaffen weiterzukämpfen?«, fragte Hildegard verzweifelt.

»Indem sie weiter bei uns ist, oder das, was sie ausgemacht

hat«, entgegnete Elisabeth, von der zum ersten Mal im Leben alle Schüchternheit genommen war. »Richardis hatte eine große Gottesgabe: Sie hat Begabungen erkannt und uns durch ihr störrisches Vorbild den Mut gegeben, unbequem zu sein, dafür zu kämpfen. Bei mir hat sie dafür gesorgt, dass die Tochter eines Stallknechts wunderbare Visionenbücher illustrieren darf. Bei dir hat sie gleich ganz viele Talente unterstützen müssen: Komponistin, Schriftstellerin, Seelsorgerin, Heilerin. Und natürlich hat sie alles für den Ort getan, an dem du dies unbehelligt tun kannst – zum Wohl möglichst vieler Menschen. Und auch wenn viele Männer das behaupten, es ist nicht gegen den Willen des Allmächtigen, wenn wir seine Gaben ausleben – im Gegenteil! Wir gedenken Richardis am besten, wenn wir gegen Widerstände kämpfen. Die eigenen und die äußeren. Dann ist sie bei uns – unsere innere Richardis.«

»Die spricht gerade aus dir, glaube ich«, sagte Hildegard bewegt, und zum ersten Mal seit dem Tod ihrer großen Liebe schaffte sie – wenn auch unter Tränen – ein Lächeln.

»Hartwig, ich muss dich kurz allein lassen, verzeih«, bat Hildegard. »Ich will mich bei meiner Schwester Clementia entschuldigen. Die war vorhin zu Recht enttäuscht von mir.«

»Gut, ich begleite dich zum Kloster.«

Auf dem Rückweg durch den verschneiten Kräutergarten wandte sich Hartwig an Elisabeth, und sie befürchtete eine Hasstirade, wie man sie von Bruder Helenger kannte. »Ich bin sehr glücklich, dass Ihr durch die baldige Hochzeit mit meinem Ziehbruder ein Teil unserer Familie werdet.«

»Oh, danke.« Damit hatte sie nun wirklich nicht gerechnet. Und auch in der Salbenküche, wo Clementia mit Cyrillus an neuen Heilmitteln forschte, standen die Zeichen auf Versöhnung.

»Du warst zu Recht enttäuscht von mir«, wandte sich Hildegard an ihre leibliche Schwester. »Wer gehen will, soll gehen, ich werde weiterkämpfen.«

Es war einer der seltenen Anlässe, bei denen die burschikose Clementia gerührt wirkte. »Keine der Töchter wird dich mehr im Stich lassen, deine Vision war kein Trugbild.«

Die Schwestern umarmten sich. »Es hat mich übrigens gewundert, dass du meine Schriften so gut kennst…«, bekannte Hildegard.

Clementia senkte grinsend den Blick. »Wenn ich ehrlich bin, war das gegen die Männer das Einzige, was ich so richtig verstanden habe.«

Die drei Frauen und der Arzt lachten herzlich, und für Elisabeth war eines ganz sicher: Vor ihnen mochte die Hölle liegen, aber ab jetzt würden sie um ihre Gottesstadt kämpfen – gemeinsam!

# 31. Kapitel

Selbst im September Anno Domini 1154 litt Hildegards Kloster noch Not. Aufgrund des Mangels an Nahrung waren die Nonnen häufig krank, und ihr Baumeister Arnold war nur knapp dem Tode entronnen, nachdem er aus Hunger verdorbenes Fleisch gegessen hatte. Hildegard stand mit Elisabeth, Clementia und Müller Hubert vom Binger Loch in der goldenen Spätsommersonne bei einigen Säcken, die der alte Engelbert von einem Wagen lud.

»Vielen Dank für das Getreide, Hubert«, sagte Hildegard. »Wir können es gut gebrauchen.«

Clementia verzog mürrisch das Gesicht. »Das kann man wohl sagen. Jetzt wohnen wir schon über drei Jahre hier – und immer noch reicht das Essen kaum zum Überleben. Besser, wir verstecken dieses Getreide gut – nicht, dass uns Abt Kuno in seiner Gier auch das noch nimmt.«

Hildegard brachte Clementia mit einem strengen Blick zum Schweigen.

Hubert versprach: »Ich werde schon dafür sorgen, dass Euer Kloster gedeiht. Erzbischof Heinrich hat gesagt, dass unsere Mühle das einträglichste Geschenk für Euch werden soll. Eine Schande, dass man ihn an Pfingsten abgesetzt hat.«

Die Äbtissin öffnete einen der Säcke. »Dinkelmehl«, stellte sie nüchtern fest.

Sie wollte bereits einen zweiten Sack öffnen, doch der Müller verkündete Beifall heischend, dass in allen Säcken Mehl von derselben Sorte sei.

Hildegard verzog auf diese Auskunft hin zu seinem Erstaunen das Gesicht.

»Behagt Euch das nicht, Mutter Oberin?«, wunderte sich Hubert. »Ich dachte, Ihr habt geschrieben, dass …«

»Jaja, gewiss, der Dinkel ist ein gutes Getreide; aber seit ich das geschrieben habe, reden alle nur noch davon. Es fehlt an allem, nur an Dinkel ersticken wir. Gerade mal ein halbes Dutzend Zeilen habe ich ihm in meiner Naturkunde gewidmet, trotzdem will mir seither jeder eine Freude mit den seltsamsten Dinkelgerichten machen.«

Der Müller lachte. »Nicht, dass man Euch noch in ›Dinkelgard‹ umtauft.«

Clementia und Elisabeth schmunzelten.

»Ich schaue mal bei Arnold vorbei, wie er mit dem Bau vorankommt«, kündigte Hildegard an, als Hubert davongefahren war.

»Ich begleite dich. Siger ist dort, wir wollten noch über die Hochzeit sprechen«, verriet Elisabeth.

Am ersten Samstag im Oktober wollten sie endlich heiraten, Bruder Volmar sollte sie trauen. Es wurde höchste Zeit, denn Elisabeths Monatsblutung war ausgeblieben. Sie waren eigentlich vorsichtig gewesen, doch in jedem Fall waren sie sich in letzter Zeit zu nahegekommen. Immer wieder war ihre Hochzeit jetzt durch schlimme Ereignisse aufgeschoben worden, doch wollten sie ihre Liebe endlich ohne Reue vollständig ausleben. Siger hatte Freude daran gefunden, Winzer zu sein. Gemeinsam mit Engelberts Familie hatte er den Weinberg beim Kloster wieder zum Leben erweckt.

Auf dem Weg zur Baustelle kam ihnen Volmar entgegengeeilt. »Rate mal, von wem dieser Brief ist!«, rief er außer Atem.

»Deiner Aufregung nach zu urteilen wieder vom Heiligen Vater«, mutmaßte Hildegard.

Volmar schüttelte den Kopf. »Nein, vom weltlichen König! Von Friedrich. Du sollst ihn auf seiner Pfalz in Ingelheim besuchen.«

Hildegard starrte ihren Sekretär ungläubig an. »Was will er nur von mir?«

Auch Elisabeth war verblüfft. Welchen Grund mochte der König haben, ihre Mater zur Audienz zu bitten? Ob diese Einladung noch mit Friedrichs seligem Onkel und Vorgänger Konrad zu tun hatte? Der kürzlich verstorbene Monarch hatte Hildegard seinerzeit brieflich um Fürbitte für seine beiden Söhne ersucht.

Volmar zuckte mit den Schultern und grinste. Er war offenkundig sehr stolz auf seine Freundin. »Nun, sicher wird er es dir sagen.«

Hildegard, selbst aus adeligem Haus, hatte bisher keine Angst vor berühmten Personen gehabt. Sie stand ja mit vielen bekannten Männern und Frauen in Briefkontakt, doch diese Einladung war wohl selbst für sie überwältigend. Vielleicht hatte Abt Kuno sie bei Friedrich angeschwärzt? »Muss ich zu ihm? Ich bin krank und schlecht zu Fuß.«

»Als ob dich das je gestört hätte! Dem König kannst du kaum den Gehorsam verweigern«, entgegnete Volmar.

Hildegard seufzte.

»Ich werde dich begleiten«, bot Siger an, der hinter Elisabeth getreten war, die Arme um sie legte und zärtlich ihren

Nacken küsste. »Ich kenne Friedrich noch aus meiner Zeit in Jerusalem.«

Da kam ein Reiter auf einem edlen Rappen daher. Elisabeth seufzte erschrocken auf: Es war kein Geringerer als Bruder Helenger, der da herbeiritt. Er umkreiste Siger, die Nonnen und ihren Probst mit seinem Pferd.

»Was führt Euch zu uns, Bruder?«, fragte die Äbtissin.

»Bruder Volmar, ich hörte, Bruder Arnold ist krank«, überging der Geistliche Hildegard und wandte sich an ihren Prior.

»Oh, da kann ich Euch beruhigen«, meinte dieser grinsend. »Aus lauter Hunger hatte er zwar verdorbenes Fleisch gegessen, aber die Tinktur unserer klugen *Abbatissa* hat ihm geholfen. Er ist schon wieder bei der Arbeit. Drüben am Westflügel.«

»Wir bringen Euch hin«, bot Hildegard an. »Wir wollten ohnehin zu ihm.«

An der Baustelle brütete Bruder Arnold über einem Plan. Er bemerkte Helenger erst, nachdem dieser vom Pferd gestiegen und zu ihm gekommen war. Sein Herzschlag schien kurz auszusetzen, als er seinen ehemaligen Schüler erkannte.

»Komm, ich zeige dir ein wenig von unseren Erfolgen hier. Mater Hildegard, entschuldigt uns kurz«, bat er, ohne Helenger aus den Augen zu lassen.

»Sie hat dich wirklich zum Bauarbeiter gemacht«, hörte Elisabeth den Adlatus des Abts vom Disibodenberg höhnen.

»Ich bin glücklich«, verkündete Arnold, und es klang überzeugend. »Was führt dich zu uns?«

Helenger fixierte ihn schweigend, doch Arnold kam von selbst auf die Antwort und blieb in Hörweite Elisabeths stehen. Er lächelte erkennend. »Meine Krankheit? Du hast dir Sorgen gemacht.«

Er strahlte den Bibliothekar an. »Dann bin ich dir nach allem doch nicht gleichgültig, mein alter Schüler …«

Helenger wirkte ertappt.

»Das ist doch schön«, sagte der Baumeister. »Wenn du nur verstehen könntest, was mir das hier gibt. Es ist so wunderbar, lass es dir erklären!«

»Ich will es nicht hören«, knurrte Helenger und entfernte sich von Arnold. Und dann ging alles so schnell, dass Elisabeth es kaum recht erfasste: Ein donnerndes Krachen und Poltern, und Arnold wurde unter Bauschutt begraben. Wäre Helenger nicht rechtzeitig weggegangen, auch er läge nun dort. Ein Gerüst war zu schwer mit Steinen belastet worden und zusammengebrochen. Helenger und Elisabeth starrten erschüttert auf die Stelle, wo eben noch Arnold gestanden hatte.

*

Hildegard und Cyrillus hatten nichts mehr für den treuen Baumeister tun können. Er lag, übersät von Blutergüssen und offenen Brüchen, auf einer Bahre, die von Siger und Zimmermann Linhart fortgetragen wurde. Trude stand wimmernd neben der erschütterten Clementia, die blutverschmierte Verbände in ihren zitternden Händen hielt, und starrte der Leiche hinterher. »Ein böses Vorzeichen ist das, ein böses Vorzeichen.«

Clementia verzog das Gesicht. »Trude, tu mir einen Gefallen! Halt den Mund!«

Helenger richtete seine rot geweinten Augen hasserfüllt in Richtung Hildegard, die just in diesem Augenblick von Volmar zu ihm herüberkam.

»Wollt Ihr zu Arnolds Beisetzung hierbleiben?«, schlug sie ihm vor.

Statt einer Antwort sah Helenger sie nur mit bebenden Mundwinkeln an.

»Die Wege des Herrn sind unergründlich«, sagte sie sanft. »Glaubt mir, ich kann Euren Verlust verstehen.«

Helenger zuckte zusammen. »Ihr?«

Er ging bedrohlich einen Schritt auf Hildegard zu, zitternd vor Trauer. Fast sah es so aus, als wollte er auf sie losgehen, da schritt Volmar dazwischen. »Solange ich hier Prior bin, rührt niemand die Mater an!«, zischte er außer Atem.

Helenger ließ den Blick jedoch nicht von Hildegard. »Ihr könnt meinen Verlust nicht verstehen, aber das werdet Ihr noch.«

Abt Kunos Adlatus ging aufgewühlt davon, nicht, ohne Hildegard noch einen giftigen Blick zuzuwerfen.

Die Vorsteherin sah ihm traurig nach. »Dieser Schmerz kann ihn ins Verderben stürzen. Wenn er mich nur von meiner eigenen giftigen Trauer bei Richardis erzählen ließe.«

»Du solltest Barbarossas Einladung annehmen«, riet ihr Volmar. »Ich befürchte, du wirst bald mächtige Freunde brauchen …«

Hildegard schüttelte den Kopf. »Jetzt werden wir erst mal ein würdiges Begräbnis für den armen Arnold vorbereiten. Und wir brauchen einen neuen Baumeister.«

»Ich kümmere mich darum«, schlug Siger vor.

Elisabeth seufzte traurig. Ihre Hochzeit stand wirklich unter keinem guten Stern.

*

Zwei Tage später, Bruder Arnold war unter großer Anteilnahme aller Klosterbewohner und der Nachbarn beigesetzt worden, wurde die Vorsteherin des Rupertsbergs von drei Reitern und einem Pferdewagen des Königs abgeholt. Siger durfte sich dem Tross als ihr persönlicher Leibwächter anschließen. Hildegards Töchter waren mindestens genauso aufgeregt wie sie selbst. Nun sollte ihre geistliche Mutter also den mächtigsten Mann der Welt treffen! Vielleicht würde es ihnen dann endlich wieder richtig gut ergehen, und das Betteln hätte ein Ende. Sie wünschten der Meisterin alles Gute und winkten ihr und dem Ritter nach.

Das Verlassen des Klosters und die Fahrt durch ihre schöne Heimat schien Hildegard längst vergessene Kräfte zurückzubringen. Sie begann beschwingt zu singen, die geharnischten Reiter, die zu Beginn so mürrisch dreingeblickt hatten, schmunzelten irgendwann und stimmten erst zögerlich, dann immer fröhlicher in tiefem Bass mit ein.

Schließlich tauchte die Pfalz Ingelheim am Horizont auf. An den Wächtern vorbei wurde Hildegard durch das Tor vor den großen Landsitz gefahren. Man hob sie vom Wagen, und zahlreiche Edelleute und Ritter strömten neugierig aus dem Haus. Da erschien schließlich König Friedrich, ein kräftiger, rothaariger Mann von zweiunddreißig Jahren. Siger wusste, dass dieser wegen seines kupferfarbenen Bartes in Rom den Spitznamen »Barbarossa« erhalten hatte.

Friedrich begrüßte Siger herzlich, nahm verschmitzt lächelnd Hildegards Hände und beugte sich daraufhin zum Boden nieder. Ein erstauntes Raunen ging ob dieser fast anstößigen Geste der Unterwürfigkeit durch die Menge.

»Friedrich, durch Gottes Gnade König und ständiger Mehrer des Reiches, entbietet Frau Hildegard von Bingen seine Gunst und alles Gute«, sagte er feierlich.

Er erhob sich, und die Äbtissin erwiderte sein schelmisches Grinsen.

»Ihr seid gewiss hungrig und durstig«, mutmaßte der König und musterte die berühmte Nonne. Wahrscheinlich fand er sie recht ausgemergelt, dachte Siger.

»Unsere volle Tafel wartet schon auf Euch. Es gibt alles, was Ihr Euch nur wünschen könnt.«

Hildegard nickte dankbar. »Solange es kein Dinkel ist.«

Er sah sie verblüfft an. »Was habt Ihr gegen Dinkel?«

»Das erzähle ich Euch bei Tisch«, versprach die Äbtissin und lächelte geheimnisvoll. Der König schmunzelte.

Auch an der Tafel mit den zahlreichen Edelleuten wirkte Hildegard sicher und entspannt; sie kannte sich im höfischen Alltag ja noch durch ihre Kindheit aus. Sie plauderte mit ihrer Tischnachbarin, einer etwas eingebildeten Gräfin. Siger schloss aus dem Gespräch, dass sie eine Freundin von Richardis' Mutter gewesen war.

Barbarossa hatte sich offenbar vorgenommen, die Klosterfrau ein wenig betrunken zu machen, und bot ihr von seinem Lieblingsschnaps an. Sie kippte das Getränk hinunter, ohne eine Miene zu verziehen.

»Nicht schlecht, aber er brennt in den Eingeweiden«, urteilte sie fachkundig.

»Verdammt Ihr den Alkohol?«, erkundigte sich Barbarossa neugierig.

»Nicht grundsätzlich. Bier etwa gibt dem menschlichen Antlitz eine schöne Farbe – wegen des guten Getreidesaftes.«

»Wollt Ihr ein Bier?«, fragte der König.

Hildegard sah sich auf dem üppig gedeckten Tisch um und griff nach einer Karaffe mit Wein. »Ich ziehe den Rebensaft vor, wenn Ihr erlaubt«, sagte die Äbtissin und schenkte sich ihren Becher voll. Sie tunkte zum Erstaunen des Königs ein Stück Brot hinein. »Einen edlen Frankenwein sollte man mit Brot oder Wasser mildern«, meinte sie. Hildegard verschwieg, dass ihr seit ihrem Zusammenbruch nach Richardis' Tod die Suchtgefahr des Rebensaftes zu groß war. Sie wollte den Wein nie wieder zur Vernebelung ihres Geistes missbrauchen.

Barbarossa berichtete grinsend: »Der Tropfen ist aus dem Hunsrück, der ist nicht so schwer.«

Nach dem Essen saß Hildegard mit Siger und König Friedrich in dessen Arbeitszimmer unter einem kunstvollen Mosaik auf schimmerndem Goldgrund, das die Heldentaten Karls des Großen darstellte. Die letzten Lichtstrahlen der Abendsonne stahlen sich in den Raum, ein Leuchter mit angenehm duftenden Bienenwachskerzen brannte jedoch bereits.

»Darf ich fragen, warum Ihr einer schwachen Frau wie mir eine Zusammenkunft gewährt, Majestät?«

Siger wunderte sich über ihre Offenheit.

»Erzbischof von Selenhofen hat mir von Euren erstaunlichen Visionen vorgeschwärmt«, erklärte König Friedrich. »Göttliche Zeichen haben Euren größten Zweifler zu einem feurigen Bewunderer gemacht.«

Also steckte der neue Mainzer Erzbischof hinter dieser Einladung!

»Ja, oft wandelt Gott die Herzen meiner Gegner zum Besseren. Der Herr hat viel zum Sinneswandel unserer Exzellenz beigetragen«, sagte die Äbtissin mit ihrer angenehm ruhigen

Stimme. »So wie Gott den Pharao, der die Söhne Israels einholen wollte, im Roten Meer ertränkt hat.«

Barbarossa hob eine Augenbraue. Sie verglich seinen Günstling von Selenhofen mit dem Pharao, den es zu ertränken galt! Siger war besorgt, dass dies den König erzürnen könnte. Dieser wollte offenbar ein wenig die politische Gesinnung der Christusbraut prüfen. »So freut Ihr Euch sicher für von Selenhofen, dass ich ihn zum neuen Erzbischof von Mainz ernannt habe?«

Hildegard zuckte mit den Schultern. »Gott empfängt diese Wahl nicht mit seiner Liebe, aber sie ist ihm auch keinen Zorn wert. Er erträgt sie wie vieles andere, das mit seiner Zulassung geschieht.«

Der König verengte die Augen. »Wie ich gehört habe, habt Ihr beim Papst in Briefen um Gnade für von Selenhofens bestechlichen Vorgänger Heinrich gebeten.«

»Ja, als ich erfuhr, dass Heinrich letztes Jahr an Pfingsten auf dem Fürstentag zu Worms abgesetzt wurde, hatte ich tiefes Mitleid mit ihm.«

Der König reagierte gereizt über den stummen Vorwurf, der in ihrer Aussage lag. Es war ja bekannt, dass er selbst die Absetzung Heinrichs gefordert hatte – aus gutem Grund. »Er hat kirchlichen Besitz veruntreut.«

Die Äbtissin nickte. Davon hatte sie natürlich gehört. Auch mit Papst Eugen hatte sich Heinrich überworfen und sich im März 1148 geweigert, auf dessen Synode zu kommen. Im Exil des welfisch gesinnten Einbeck war der machthungrige Erzbischof dann am 3. September gestorben.

»Sicher, er ist schuldig geworden. Dafür hat Gott ihn ja letzte Woche zu sich geholt«, räumte Hildegard ein. »Doch Ihr selbst hattet noch andere Gründe, ihn abzusetzen, seid ehrlich!«

Barbarossa hob argwöhnisch eine Augenbraue. »Wie meint Ihr das?«

»Wie man mir sagte, hat sich Erzbischof Heinrich bei Eurer Königserhebung in Frankfurt der Stimme enthalten«, erinnerte die Äbtissin ihn. »Kann es sein, dass Ihr auch daher so schlecht auf ihn zu sprechen wart?«

Der König sah sie baff an, und Siger wurde immer besorgter. Sie wagte es tatsächlich, ihm das ins Gesicht zu sagen! Zu Sigers Erleichterung wurde Barbarossa jedoch nicht wütend, sondern sagte nach einer kurzen Pause grinsend: »Vielleicht habt Ihr sogar recht. Aber Heinrichs Stimmenthaltung zeigte ebenso wie seine Veruntreuung, dass er seines Amtes eben unwürdig war. Wie dem auch sei, jetzt ist er tot, und von Selenhofen erfüllt sein Amt hervorragend.«

Der neue Erzbischof, hatte Siger gehört, war jedoch auch kein unumstrittener Mann. Von Barbarossa zum Reichskanzler ernannt hatte er versucht, die kirchlichen Besitztümer wieder in feste Hand zu nehmen, was zu Auseinandersetzungen zwischen ihm und dem benachbarten Pfalzgrafen Hermann von Stahleck, dem Mann von Barbarossas Tante Gertrud, geführt hatte. Hermann war in das Erzbistum eingefallen und hatte Kirchen geplündert, Burgen und Gutshöfe zerstört. Erst durch das Eingreifen Friedrich Barbarossas hatten Frieden und Ordnung wiederhergestellt werden können. Der wilde, aber gebildete Pfalzgraf Hermann, der nach anfänglicher kritischer Überprüfung von Hildegards Schriften als einer ihrer größten Förderer galt, war vom König zur Strafe des Hundetragens verurteilt worden. Inzwischen war Hermann auf Empfehlung von Sigers seliger Ziehmutter Richgard von Stade Mönch geworden.

Friedrich wechselte das Thema. »Man nennt Euch ›Prophetissa Teutonica‹, die ›Sibylle vom Rhein‹ – könnt Ihr mir etwas über meine Zukunft sagen?«

Hildegard hatte Siger einmal erklärt, dass sie es nicht schätzte, als Hellseherin missbraucht zu werden. Ihre von Gott vermittelten Einsichten deckten eher das im Inneren der Schöpfung und Geschöpfe Verborgene auf – und dies allein ermöglichte dann eventuell Schlüsse zu deren Bedeutung oder künftiges Handeln.

»Das steht mir nicht zu«, sagte sie. »Der wahre Prophet sagt nur so viel aus, wie Gott ihm auf wunderbare Weise zeigen will.«

»Aber Reich und Kirche sind in Spannung, der König bedarf Eures weisen Rates, ehrwürdige Mater«, beharrte Friedrich.

»Ja, es ist fürwahr eine weibische Zeit. Der Reichtum der Kirche wird verschleudert, der geistliche Stand ist wie vom Wolf zerfleischt.«

»Eine weibische Zeit?«, wiederholte Barbarossa ihre Wortwahl belustigt. »Und was sollte ich tun, damit eine männliche Zeit anhebt?«

»Gott will, dass Herrschaft in Eintracht mit den Untergebenen ausgeübt wird. Und er hat Euch dafür den besten Schatz gegeben, einen lebendigen Schatz.«

»Welchen denn?«

»Euren Verstand. Durch sein Gesetz befiehlt der Herr, den in guten Werken auf Zins anzulegen. Hütet Euch vor Hochmut«, riet die Äbtissin, »denn Ihr werdet bald einen großen Apfel erhalten – größer noch als der, den Ihr jetzt in Händen haltet.«

»Ein größerer Apfel«, murmelte Barbarossa versonnen. »Kaiser also und nicht mehr nur König?«

Hildegard sprang unvermittelt auf. »Genug geredet, kommt, zeigt uns Eure Pfalz!«

Er lachte darüber, wie sie bestimmte, wann der Gesprächsgegenstand zu wechseln war, nahm ihren Arm und ging mit ihr in den Hof hinaus. Da Siger sie nun nicht stützen musste, folgte er König und Äbtissin in höflichem Abstand. Die Kaiserpfalz erwies sich als beeindruckender Palast mit vielen Säulen. Es gab verschlungene Pfade und zahlreiche Tore zu den verschiedenartigsten Bauten mit vielen Wohnungen darin.

In der Kapelle zierten schöne Malereien zum Ruhme der herrlichen Werke Gottes die Wände, die Hildegard mit großer Begeisterung betrachtete.

»Das sollte unsere Elisabeth sehen«, sagte sie zu Siger, der lächelnd nickte.

Ihre Künstlerin! Er wurde von großer Sehnsucht nach seiner Verlobten erfasst. Dass sich ihre Hochzeit immer wieder verschob, konnte einen fast abergläubisch machen. Er würde heute Abend für ein gesundes Wiedersehen und ihre baldige Vermählung beten. Es durfte sie einfach nichts mehr trennen.

## 32. Kapitel

Am nächsten Morgen teilte Hildegard Siger mit, dass es an der Zeit sei, wieder zu ihren Töchtern auf dem Rupertsberg zurückzukehren. Sie wollte diesmal selbst in den Sattel. Nur er sollte sie begleiten, sie wünschte kein Fuhrwerk.

»Dass Ihr bei Eurem Gesundheitszustand reitet«, wunderte sich Barbarossa, als sie ihm beim Frühstück ihren Wunsch mitgeteilt hatte.

»Ach, wisst Ihr, vom Reiten wird man nicht so mitgenommen wie vom Gehen – obwohl man auch bei solcher Bewegung in Luft und Wind müde wird«, erläuterte Hildegard. »Man muss sich eben zwischendurch um seine Füße und Schenkel kümmern und sie durch Beugen und Strecken in Übung halten.«

König Barbarossas Augen funkelten vergnügt. »Ich werde es mir merken. Ich will Euch wiedersehen, liebe Mutter. Ihr sagt ohne Schmeicheleien, was Ihr denkt. Das schätze ich sehr. Kann ich Euch und der Gemeinschaft eine Freude machen? Vielleicht … etwas Dinkel?«

Er warf ihr ein schelmisches Lächeln zu, Hildegard erwiderte es belustigt.

»Vielen Dank, Majestät. Es fehlt uns wirklich an allem.«

Barbarossa war über diese Behauptung erstaunt. »Wie kann

das angehen? Eure adeligen Töchter bringen doch bei ihrem Eintritt gewiss reiche Mitgift …«

»Ja, für das Vaterkloster auf dem Disibodenberg!«, unterbrach ihn Hildegard nicht ohne Hohn in der Stimme. Wieder das leidige Thema!

»Mater Hildegards Kloster wird unter Abt Kunos Habgier verwelken, noch ehe es aufgeblüht ist«, mischte sich Siger ins Gespräch.

»Und das lasst Ihr Euch gefallen?«, wandte sich der König wieder verwundert an Hildegard.

Die zuckte mit den Schultern. »Was kann ich schon tun? Ich bin doch nur eine Frau …«

»Das sagt ausgerechnet Ihr, die Ihr mit Eurer Kraft schon so vielen Männern eine Stütze wart?«

»Das hat meine selige Tochter Richardis auch immer gesagt. Aber ich bin nicht nach der Art des Bären, sondern schwach und kränklich«, widersprach die Äbtissin.

Friedrich schien der guten Mutter Oberin nicht abzunehmen, dass sie wirklich so unterwürfig war, wie sie vorgab zu sein. »Ihr mögt eine schwache und kranke Frau sein, aber Ihr seid ein Mensch. Und der vernunftbegabte Mensch verwirklicht seine Wünsche und Sehnsüchte irgendwie. Das ist es doch, was uns vom Tier unterscheidet.«

Hildegard und Siger sahen den König erstaunt an. Rief er sie hier etwa zum Aufstand gegen ihre männlichen Vorgesetzten auf?

»Aber was soll ich gegen meinen eigenen Abt tun?«

»Macht Eurem Namen Ehre und kämpft!«, ermutigte sie der König. »Ich werde Eurem Kloster eine Schutzurkunde ausstellen, um seine Bedeutung hervorzuheben. Überlasst Kuno den größten Teil der bisherigen Mitgiften und fordert nur die künftigen ein. Dazu gebt ihm noch eine hohe Geldsumme, dann wird es keinen wirklich berechtigten Anlass zur Klage mehr geben.«

Hildegard und Siger sahen einander nachdenklich an.

*

Zu Hause auf dem Rupertsberg angekommen fielen sich Elisabeth und Siger erleichtert in die Arme. Hildegard wurde von ihrem Prior Volmar begrüßt, natürlich durften sie einander nicht umarmen, doch er schien nicht minder erfreut und erleichtert über ihre Rückkehr zu sein.

Sie vertraute ihm ihre Pläne an. »Das Lebendige Licht hat mir befohlen, dass wir von nun an auch ernten sollten, was wir selbst gesät haben. Die Brüder auf dem Disibodenberg mögen uns an unnötigen Schmausereien und Reichtum übertreffen, keinesfalls aber im Glauben. Wir sind längst mehr als deren Anhängsel. Aber während wir hier fleißig die versteppten Felder roden, weigern sich unsere ehemaligen Mitbrüder, die Erträge unserer Liegenschaften herauszugeben.«

Volmar versuchte, Hildegard zu beschwichtigen. »Bring dich doch nicht in Gefahr! Die selige Markgräfin von Stade hat uns das wertvolle Landgut in Ockenheim vermacht, deine Geschwister haben weitere Teile des Familienbesitzes gespendet, und dann sind da ja noch die Einkünfte von Huberts Mühle beim Binger Loch drüben, die uns Heinrich verschafft hat. Ganz zu schweigen von den Ländereien und den üppigen Mitteln für die Einrichtung, die uns Juttas Bruder zur Verfügung gestellt hat. So schlecht geht es uns doch nun gar nicht mehr. Zumindest wird es uns wohl kaum besser gehen, wenn wir dem Disibodenberg den Krieg erklären.«

Sicher hatte Hildegards Sekretär recht. Barbarossa hatte

leicht reden gehabt. Er war es gewohnt, seinen Willen durchzusetzen, besaß die dazu notwendigen Vorrechte. Hildegard war aber kein Mann – und schon gar kein König.

*

Aus Liebe wurde selten geheiratet. Adlige, Kaufleute oder Handwerker verehelichten ihre Kinder meist zum wirtschaftlichen Vorteil der Familie. Bei Siger und Elisabeth war jedoch bekannt, dass ihre Hochzeit die Erfüllung einer jahrelangen Sehnsucht war – und alle Bewohner des Rupertsbergs freuten sich mit ihnen. Die Festkleidung der beiden war durch Pelzbesatz, Silberschmuck und Stickereien reich ausgestaltet. Die Braut trug für die Hochzeitsfeier noch einmal ihr langes blondes Haar so wie eine unvermählte Frau: offen und über Schultern und Rücken herabfallend.

Auf dem Kopf trugen sowohl Elisabeth als auch Siger ein sogenanntes Schapel, das war ein Stirnreif aus Edelmetall, der mit Perlen und Steinen besetzt war. Früher war die Eheschließung eine eher weltliche Vereinbarung gewesen, doch seit einigen Jahren wurde sie mehr und mehr auch ein kirchliches Ritual, deshalb legte Hildegards Priester Volmar in der großen neuen Basilika die Hände der beiden Eheleute ineinander. Strahlend vor Glück stülpte Siger Elisabeth den Ehering über den Finger.

Dem Brauch nach leiteten die Hochzeitsgäste das Paar nach dem ersten Abend der insgesamt dreitägigen Feierlichkeiten in das Schlafgemach. Dort mussten sich die beiden Eheleute gemeinsam unter dem Zeugnis der anwesenden Gäste auf das Bett unter die Decke legen, allerdings noch bekleidet – um Sitte und Anstand zu wahren. Schließlich ließen die Gäste das

Paar allein, im Gehen lachten und feixten sie, einige anzügliche Bemerkungen waren zu hören.

»Wenn die wüssten, dass das, worüber sie so lachen, längst vollzogen wurde«, amüsierte sich Elisabeth, während sie ihren frisch angetrauten Gatten in ihre Arme zog.

»Das werden sie sich spätestens denken, wenn der Nachwuchs zwei Monate zu früh kommt«, entgegnete Siger und küsste sie sanft.

*

Es war, als wolle ihr Kind den Ruf seiner Eltern wahren und möglichst spät zur Welt kommen, denn Elisabeth lag schon seit drei Tagen in den Wehen. Siger saß völlig zermürbt vor ihrer Kammer, die Schreie seiner Frau ließen ihm vor Mitleid übel werden.

Hildegard und Clementia hatten in der Salbenküche einen Aufguss aus Fenchel und Haselwurz gebrüht, der helfen sollte, endlich die Geburt einzuleiten. Als sie diesen zusammen mit einem Sack weiterer Gerätschaften zur Geburtshilfe brachten, hielt ihnen Siger die Tür auf.

Elisabeths Kammer roch säuerlich, die Laken waren nass geschwitzt, die Kissen zerfleddert. Sie bäumte sich schreiend auf.

Ihre Mutter Griseldis und Isolde hielten sie fest.

Hildegard legte die noch heißen Kräuter des Aufgusses um Elisabeths Oberschenkel und den Rücken; dann wickelte sie das geplagte Weib vorsichtig in ein Leintuch.

Sie forderte sie auf, ihr nachzuatmen, und begann, die Gebärende zu massieren. Sie solle sich entspannen, wies die Magistra Elisabeth an, strich weiter mit weich kreisenden Bewegungen über den straffen Bauch. Immer schneller, immer heftiger kamen die Wehen. Hildegard legte ein Büschel Haare auf Elisabeths Bauch – und wenig später umfasste sie endlich den verschmierten kleinen Kopf des Neugeborenen. Sie zog das Kind aus dem Mutterleib. Der ganze Körper war über und über mit Blut und Schleim bedeckt. Ein Mädchen! Es war zwar bereits blau angelaufen, schrie jedoch, nachdem Clementia ihm einige Klapse gegeben hatte.

»Jetzt spürt es die Dunkelheit der Welt«, sagte Hildegard, »kein Wunder, dass es so klagend schreit.«

»Das weint, weil es eins hinten draufgekriegt hat«, stellte Clementia richtig, während sie mit der frischgebackenen Großmutter Griseldis den Säugling wusch.

Hildegard ließ sich erschöpft auf einen Schemel fallen und schloss die Augen. »Arme Tochter Evas«, murmelte sie. »Aber der lebendige Geist zieht aus, wird grünender Leib und bringt seine Frucht: Das ist das Leben.«

Elisabeth war erschöpft, aber überglücklich. Auch Siger weinte vor Freude, als er sein Töchterchen zum ersten Mal in den Arm nahm. Was für ein Wunder dieses perfekte kleine Wesen war! Das Paar war sich längst einig, nach wem sie das Mädchen benennen würden.

Schließlich ließen sie auf Clementias harsche Anweisung hin Mutter und Säugling Hildchen zurück, um den beiden die wohlverdiente Ruhe zu gönnen. Siger wollte sich vor der Tür gerade noch einmal bei seiner Schwiegermutter, Hildegard und deren Schwester bedanken, als Volmar den Gang entlanggeeilt kam.

»Na, kommst du, um Siger zu beglückwünschen?«, fragte Hildegard lächelnd, da bemerkte sie, dass Tränen über das von Kummer umwölkte Gesicht des Mönches rannen.

»Was ist mit dir?«, wollte die Äbtissin wissen.

»Abt Kuno hat geschrieben«, murmelte Volmar tonlos. »Er befiehlt, dass ich zum Disibodenberg zurückkehre.«

Hildegard geriet augenblicklich in Atemnot. Das war gewiss Helengers Rache! Die Hiobsbotschaft, kaum drei Jahre nach Richardis einen weiteren wichtigen Menschen – und vor allem auch noch ihre wichtigste geistliche Stütze – zu verlieren, traf die Äbtissin wie eine riesige Faust. Ehe die Umstehenden es verhindern konnten, stürzte sie zu Boden und schlug hart auf.

*

Hildegard war einmal mehr vor Kummer krank geworden. Wie immer, wenn Unterwürfigkeit und Harmoniesucht die Durchsetzung ihrer Visionen verhinderten, war die Äbtissin bettlägerig. Schließlich erwachte sie und sah in die erleichterten Gesichter ihrer Schwestern.

»Geht es dir besser?«, erkundigte sich Elisabeth aufgewühlt. »Du hast im Schlaf nach Volmar geschrien – und Richardis.«

Hildegards geflüsterte Antwort verwirrte sie. »Sie ist mir erschienen und hat gesagt: Es darf nicht umsonst gewesen sein. Nur, weil ich erneut wie Jona gezögert habe, bin ich todkrank geworden. Ich will aber nicht wie Jutta in der Asche liegen. Ich will endlich an den sprudelnden Quell gelangen, der für uns vorgesehen ist. Bringt mich ins Oratorium!«

Mithilfe von Clementia und Trude trug Elisabeth die ausgezehrte Äbtissin, die durch ihre Krankheit federleicht geworden war, in die Kapelle. Nach der kräftezehrenden Geburt war das nicht ganz leicht für die junge Mutter. Schließlich warf sich Hildegard vor dem Altar zu Boden und betete. »O mein Schöpfer, ich gelobe, dorthin zu gehen, wo du befiehlst, wenn deine Strafe nachlässt.«

Besorgt eilte Trude mit den Worten hinaus: »Ich hole Vater Volmar, hier ist gewiss ein Dämon am Werk.«

Wenig später kehrte sie mit dem Prior zurück, und er musterte Hildegard mitleidsvoll.

Aus eigener Kraft erhob sich nun die Sechsundfünfzigjährige. »Setzt mich auf mein Pferd!«, forderte sie von ihren Töchtern und Volmar. »Ich muss zum Disibodenberg.«

Der Schreiber, Elisabeth und die Nonnen sahen sich ratlos an – doch was sollten sie tun? Die *Abbatissa* schien von einer völlig neuen Autorität beseelt. Also gehorchten sie und hoben die gebrechliche Frau bei den Stallungen in ihren Damensattel.

Clementia und Elisabeth hielten die Äbtissin an den Händen, während das Pferd vorwärtsschritt. Kaum war Hildegard eine kurze Strecke geführt worden, schienen ihre Kräfte zurückzukehren. Sie straffte ihre Körperhaltung.

»Lasst los, ihr zwei!«, rief sie freudig. »Ich bin auf dem rechten Weg.« Sie zwinkerte Elisabeth zu. »Die sollen meine innere Richardis kennenlernen.«

»Sollte ich nicht besser mitkommen?«, hakte Volmar nach. »Es ist doch gefährlich da draußen für euch Frauen.«

»Auf keinen Fall kannst du mit«, sagte Hildegard bestimmt. »Am Ende nutzt Kuno die Gelegenheit noch und behält dich gleich da. Es scheint, er wird immer wirrer – jetzt, da es bald mit ihm zu Ende geht. Da ist ihm wohl alles zuzutrauen. Ich nehme besser Siger mit. Komm, mein Junge! Wünscht uns Glück!«

Der Propst seufzte und strich sich nachdenklich über den inzwischen fast weißen Bart. Elisabeth, die sich mit einem innigen Kuss von ihrem Mann verabschiedet hatte, war ihrerseits besorgt. Wenn das nur gut ging…

Den Fluss entlang ritten Siger und Hildegard durch die schöne Junilandschaft in Richtung Disibodenberg. Nach sechs Stunden kam ihr ehemaliges Heimatkloster zwischen Nahe und Glan in Sicht. Durch den Anblick wurden beide an wichtige Wendepunkte ihres Lebens erinnert und waren entsprechend gerührt.

Kurz vor der Ankunft am Kloster bemerkte Hildegard eine Taube, die vor ihnen aufflog.

»Schau, Siger, mein Junge«, sagte sie erfreut. »Ein Willkommenszeichen.«

Genau in diesem Augenblick durchbohrte ein sirrender Pfeil die Taube. Hildegard stöhnte auf, der sterbende Vogel fiel vor ihnen auf den Weg.

Aus dem Wald tauchte ein schnaubender berittener Hengst auf. Seinen Reiter, der in einem kostbar verzierten Sattel saß, wies ein prunkvolles Jagdgewand aus feinsten Stoffen als wohlhabenden Geistlichen aus. Er mochte etwa vierzig Jahre alt sein, wirkte schmal, aber muskulös, und sein kahl rasierter Kopf glänzte in der Sonne. Bruder Helenger! Seine nussbraunen Augen funkelten, als er sein Pferd anhielt. »Darf ich fragen, was Euch nach Disiboden zurückführt?«

»Ich muss einige Dinge der Klosterverwaltung mit Abt Kuno besprechen«, sagte Hildegard vage.

Helenger stieg vom Pferd und verstaute die tote Taube in seiner Tasche, in der schon zwei erlegte Rebhühner lagen – ohne den Blick von Hildegard zu lassen. »Abt Kuno hat nicht mehr lang zu leben. Ihr solltet ihn in Ruhe lassen.«

»Das kann ich nicht.« Die Äbtissin bedeutete Kunos Adlatus mit Handzeichen, er solle vorausreiten. »Nach Euch, hier haben wir ja wohl denselben Weg.«

»Das bezweifle ich«, erwiderte der Mönch schmallippig.

Siger bemerkte, dass Hildegard trotz ihrer selbstsicheren Worte zitterte.

Guntram, der alte Bruder Pförtner, war sichtlich überrascht, als die Äbtissin mit Siger und dem grimmig dreinblickenden Helenger an das Klostertor klopfte.

»Ich muss Abt Kuno sprechen«, sagte Hildegard knapp.

Der verdutzte Mönch führte die Äbtissin und ihren Winzer in die Vorratskammer, Helenger ging hinterher.

Abt Kuno saß dort geschwächt zwischen seinen Brüdern und brütete über einer endlos langen Lebensmittelliste.

»Hildegard! Wie schön, dass wir uns noch einmal sehen.«

Er sieht wirklich sehr krank aus, dachte Siger, völlig abgemagert und uralt. Graue Ränder hatten sich unter die gelblichen Augen des Abtes geschlichen.

»Gütiger Vater Kuno, wir werden uns irgendwann in der Ewigkeit wiedersehen – mit unversehrten Körpern«, versprach ihm Hildegard. »Aber heute muss ich dir von einer neuerlichen Vision erzählen. Mir wurde darin erklärt, dass mein neues Kloster vom Disibodenberg losgelöst werden muss.«

Abt Kuno stöhnte. Nicht schon wieder, schien sein Blick zu sagen. »Ach, Hildegard. Was für Einfälle du wieder hast. Dich von uns Männern lossagen …«

»Natürlich schulden wir euch Dienern Gottes Gehorsam und Unterwürfigkeit. Aber trotzdem ist unsere Unabhängigkeit Sein Wille. Das hell strahlende Licht ermahnt dich, du sollst wie ein Vater für das Seelenheil seiner Töchter sein, nicht deren Gutsverwalter.«

Helenger, der Hildegard die ganze Zeit gereizt angestarrt hatte, schnauzte wütend: »Wer seid Ihr, dass Ihr Eurem todkranken Abt solche Dinge sagt?«

Die Anwesenden sahen ihn erschrocken an. Hildegard hingegen beachtete ihn gar nicht, sondern wandte sich scheinbar unbeeindruckt an Abt Kuno. Sie deutete mit einer ausladenden Geste über die Nahrungsvorräte, die bis unter das Dach gestapelt waren.

»Uns fehlt es am Nötigsten – und ihr erstickt hier im Überfluss. Aber die Schenkungen für meine Schwestern gehören weder dir noch deinen Brüdern.«

Da brauste auch Kuno trotz seiner körperlichen Schwäche auf. »Jetzt gehst du aber zu weit, Mater! Es ist unser gutes Recht…«

Hildegard unterbrach ihn lautstark. Siger erkannte die Stimme der Magistra gar nicht mehr, so eisern hörte sich diese an. »Der Herr sagt, ihr seid die schlimmsten Räuber! Und nur, weil euch hier die Mönche ausgehen, wollt ihr uns auch noch Volmar wegnehmen. Ihr seid nicht besser als die Söhne Belials – Gottes Strafgericht wird euch vernichten!«

Siger wusste, dass Belial einer der biblischen Namen für den Teufel war. Es war also recht gewagt, die Mönche als dessen Söhne zu bezeichnen!

Dementsprechend riss Helenger denn auch vor Empörung und Zorn die Augen auf, ergriff zum Entsetzen aller Anwesenden Pfeil und Bogen und zielte auf Hildegard.

Siger war sofort in Habachtstellung und griff nach seinem Schwert.

Helengers Arme zitterten, während er den Pfeil auf die Äbtissin richtete. »Gottes Strafgericht! Euch wird es vernichten, wenn Ihr Eurem Vaterkloster die Besitzungen stehlen wollt. Verschwindet, alte Hexe, sonst geschieht ein Unglück«, zürnte er.

Kuno hob verzweifelt die Hand. »Bruder Helenger, bitte!«

Die Äbtissin blickte ihn ohne Furcht an. Siger wusste es von Elisabeth: Hildegard hatte einst dem Bären getrotzt. Dieser Mut schien auf ihre alten Tage zurückgekehrt.

Schließlich ließ Helenger zur Erleichterung aller den Bogen sinken. Doch sein Blick verriet, dass er die Äbtissin nicht so einfach davonkommen lassen würde.

Hildegard war ihrerseits stur. »Wenn ihr weiter in eurem Widerstand verharren und mit den Zähnen knirschen wollt, seid ihr nicht besser als die Amalekiter und Antiochus. Von denen steht nicht umsonst geschrieben, dass sie den Tempel des Herrn beraubt haben!«

Die Mönche, die Helenger und Kuno umstanden, waren über den Aufruhr sichtlich erregt, doch der alte Abt zuckte lediglich die Schultern. »Meine Tage sind gezählt. Ich werde Euer Anliegen an meinen Nachfolger weiterleiten«, versuchte er die Verantwortung abzuwälzen.

Diese Ausrede ließ Hildegard jedoch nicht gelten. »Gerade, weil deine Tage in dieser Welt dahinschwinden, solltest du so handeln, dass deine Zeit in der Ewigkeit glückselig weiterläuft – damit du als Erlöster unter den Gerechten stehst. Lass mich heute zumindest das Güterverzeichnis mitnehmen!«

Kuno furchte die Stirn. In jenem Verzeichnis wurde über alle Schenkungen genau Buch geführt, hatte Hildegard Siger auf dem Weg hierher erzählt. Die Äbtissin fügte ironisch hinzu: »Dann können wir deinem Nachfolger Arbeit ersparen.«

Der Abt seufzte. »Ich lasse eine Abschrift erstellen. Ich schicke sie …«

»Wir warten«, fiel ihm Hildegard ins Wort. »Notfalls schreibe ich die Liste selbst ab.«

Kuno sah die Äbtissin kopfschüttelnd an. »Wie du dich verändert hast, Hildegard. Du erinnerst mich so sehr an sie.«

# 33. Kapitel

Es ist ein Wunder«, sagte Volmar im Brustton der Überzeugung.

Er saß in der männlichen Hälfte der Schreibstube und las Hildegard und Elisabeth durch das Verbindungsgitter eine Einladung des Mainzer Erzbischofs Arnold von Selenhofen auf den Disibodenberg vor. »Er will dort in zwei Wochen mit dir und Abt Helenger die Besitzurkunden durchgehen – sie sollen endlich die Unabhängigkeit deiner Abtei regeln!«

Die Äbtissin und ihre Helferin stießen unvermittelt einen Freudenschrei aus.

»Aber wie ist das möglich?«, rief Elisabeth fassungslos.

Als nach Kunos Tod ausgerechnet Bruder Helenger zum Abt des Klosters Disibodenberg gewählt worden war, hatten Hildegard und ihre Freunde eigentlich jede Hoffnung verloren. Tatsächlich war inzwischen bereits der Mai Anno Domini 1158 angebrochen, seit drei Jahren zog sich der Streit um Hildegards Besitztümer also bereits hin.

»Na ja, der gute Vater Helenger muss das tun, was unser zuständiger Erzbischof sagt«, erklärte Volmar zufrieden grinsend. »Und Arnold von Selenhofen ist der beste Freund von König Barbarossa. Der wurde ja vor drei Jahren in Rom zum Kaiser gekrönt, ist also mächtiger denn je.«

Elisabeth verstand. »Und er hat einen Narren an unserer Mater Hildegard gefressen. Dieser Erzbischof scheint ein sehr vernünftiger Mann zu sein, auf den König zu hören.«

»Von Selenhofen war früher Propst von Aschaffenburg«, berichtete Volmar. »Er kommt aus dem neuen Stand der Ministerialen.«

»Und was sind diese Ministerialen?«, erkundigte sich Elisabeth.

»Das sind Gemeine, die aufgrund ihrer Tüchtigkeit im Dienst adliger Herren zu eigenen Freiheiten und Rechten aufgestiegen sind«, klärte Volmar sie auf. »Dass der König Hildegard so schätzt, ist aber nicht der einzige Grund, warum von Selenhofen ihr das geben will, was ihr zusteht. Er hat mir kürzlich in Mainz erzählt, wie sehr er ihre Hilfsbereitschaft bewundert, von der alle reden. Erinnerst du dich an Pfalzgraf Hermann aus der Gesandtschaft des Papstes damals? Er ist kurz vor seinem Tod noch Mönch geworden. Seine Witwe ist Barbarossas Lieblingstante, und auf ihren Wunsch hin hat Hildegard ihr geholfen, ein Kloster für ihren Lebensabend zu finden.«

»Außerdem ist unser guter Freund Philipp von Heinsberg inzwischen zum Domdekan von Köln ernannt worden«, ergänzte Hildegard, »der hat dem Erzbischof ebenfalls von unserem Kloster vorgeschwärmt – und Gerechtigkeit angemahnt.« Sie lächelte wehmütig. »Wie sehr würde sich unsere Richardis über diese Wendung freuen.«

»Aber wer soll dich auf dem Weg nach Disiboden beschützen?«, gab Elisabeth zu bedenken. »Siger ist doch bei seinem kranken Vater in Wavra. Er wird in zwei Wochen wahrscheinlich noch nicht zurück sein.«

»Ich möchte Linhart mitnehmen, der sieht schön bedrohlich aus«, meinte Hildegard. »Und dich.«

»Mich?«, wunderte sich Elisabeth.

»Ja, schließlich musst du als meine Kellermeisterin über alles Bescheid wissen. Um eure beiden Kinder kann sich in der Zeit ja deine Mutter kümmern.«

Elisabeth konnte in der Tat stolz sein, als Verwalterin eines solchen Klosters zu dienen – und vielleicht würden sie in zwei Wochen sogar endlich alle Mängel und Sorgen los sein.

Nun sprach Hildegard durch das Gitter in die Männerhälfte: »Und du kannst diesmal auch mitkommen, Volmar. Es besteht wohl keine Gefahr mehr, dass sie dich dabehalten.«

Der Prior seufzte. »Dein Wort in Gottes Gehör.«

*

Am 22. Mai 1158 saß Hildegard mit Volmar, Elisabeth, Abt Helenger und dessen Herrn, dem Oberhirten von Mainz, im Sommerrefektorium des Männerklosters Disibodenberg.

Erzbischof von Selenhofen las eine beeindruckend lange Liste von Besitzungen vor – sie alle wurden in der Urkunde Hildegards Kloster zugesprochen: »Hufen in Appenheim, Bergen, Bermersheim, Hargesheim, Langenlonsheim, Weitersheim mit zwanzig Hörigen; Weinberge bei Bingen, Büdesheim, Münster bei Bingerbrück, Sarmsheim, Allod bei Mühlenwerth im Binger Loch, ein Hof in Ockenheim und die Flur Wolfsgruobe bei Welgesheim. Ach ja, und von Roxheim steht Euch zudem ein Sechstel des Kirchenzehnts zu.«

Elisabeth hielt den Atem an, während die hohen Herren die Besitzurkunde unterzeichneten. Endlich war es mit der Armut ihres Klosters vorbei! Richardis' großes Opfer hatte letztlich doch zum Erfolg ihrer Gottesstadt am Rheinufer geführt.

Abt Helenger vom Disibodenberg wirkte natürlich weniger begeistert, schwieg jedoch bisher beharrlich.

»Ihr wollt noch immer keinen Vogt, der Euch zur Seite steht?«, versicherte sich der Erzbischof.

Hildegard lachte auf. »Einem Weltlichen werde ich nach all den Kämpfen gerade noch Macht über die Geschäfte unseres Klosters zugestehen, das hätte mir noch gefehlt! Nein, nein, meiner Elisabeth und Volmar traue ich vollkommen.«

»Das ist ja ganz entzückend, aber ein Vogt kann das Kloster und seinen Grundbesitz vor Feinden schützen und gegebenenfalls vor Gericht vertreten«, warb Selenhofen.

»Vögte mögen gewiss ursprünglich einmal recht nützlich gewesen sein«, räumte die Äbtissin ein. »Aber inzwischen haben die meisten von ihnen viel zu viel Macht – sie sind ja auch in der Verwaltung und als Richter in der kirchlichen Grundherrschaft tätig.«

Hildegard hatte Elisabeth erzählt: Manch ein Abt war eben der Meinung, es sei nicht mit der Würde eines Geistlichen zu vereinbaren, sich um die Abrechnungen zu kümmern – und die damit häufig einhergehende blutige Sühne zu üben. So war es gekommen, dass weltliche Vögte sich allzu oft zu Nutznießern der ihnen anvertrauten Klöster gemacht hatten. Auch im Männerkloster Disibodenberg hatte laut Volmar schon seit über zehn Jahren ein solcher Vogt seine Finger im Spiel.

»Ein wenig hat die gute Mater wohl sogar recht, was, Vater Helenger?«, gab der Erzbischof zu. »Es kommt ja seit einiger Zeit wirklich häufiger vor, dass Vögte zu den eigentlichen Herren der Gottesstädte aufsteigen – und sogar die Abtswahl bestimmen. Viele Kirchen leiden unter diesem Missstand, und einige sind daran zugrunde gegangen.«

»Genau deshalb will ich keinen Wolf in meine Schafherde

lassen«, antwortete Hildegard dem Mainzer Oberhirten. »Ich habe dieses Kloster durch Schenkungen von Gläubigen frei erworben, deshalb soll es ab jetzt auch für immer frei bleiben. Es wird kein anderer Schutzherr als Ihr über uns wachen, Eure Exzellenz.«

Der Erzbischof aber warf ein: »Und was ist mit den Verpflichtungen gegenüber Eurem Vaterkloster?«

In diesem Punkt war die Äbtissin durchaus zu Zugeständnissen bereit – zumindest aus ihrer Sicht. »Nun, in Fragen, die das Leben nach der Regula und die monastische Profess betreffen, da wollen wir uns eher an die Mönche von Disiboden als an andere wenden; wenn Volmar irgendwann nicht mehr kann, sollte unser Frauenkloster von dort auch unseren Priester erhalten.«

»Wie großzügig!«, sagte Abt Helenger mit bitterer Ironie, doch Hildegard fuhr unbeirrt mit der Darlegung ihrer Pläne fort.

»Den Priester werden wir nach eigener freier Wahl erbitten, er soll uns dann bei Seelsorge und Gottesdienst und bei der Verwaltung der weltlichen Güter unterstützen. Natürlich muss das alles auch urkundlich festgelegt werden.«

Erzbischof Arnold von Selenhofen schmunzelte belustigt.

»Aber natürlich. Alles muss seine Ordnung haben.«

Am Abend saßen Abt Helenger, der Erzbischof von Selenhofen sowie Hildegard mit ihren Begleitern Volmar und Elisabeth im Winterrefektorium zu Tisch. Obschon es bereits Mai war, waren die Nächte für das nicht beheizbare Sommerrefektorium zu dieser Jahreszeit noch zu kalt.

»Fühlt Ihr Euch hier denn noch ein bisschen zu Hause?«, wollte der Mainzer Erzbischof von der Äbtissin wissen.

Sie nickte. »Dieser Ort weckt viele schöne Erinnerungen in mir. Aber ich empfinde keine Wehmut. Als ich heute zum Beispiel die Bibliothek besichtigt habe, war ich heilfroh, dass ich in meinem Kloster nicht erst um Erlaubnis bitten muss, Bücher lesen zu dürfen.«

»Das habt Ihr Euch wohl schon immer gewünscht«, meinte Helenger spöttisch. »Ein Kloster, in dem Ihr tun und lassen könnt, was Euch gefällt.«

»Was Gott gefällt«, berichtigte ihn Hildegard und lächelte den kahlköpfigen Abt undurchsichtig an.

Der wandte gereizt den Blick ab und richtete das Wort an den Erzbischof. »Wie ich höre, bereitet Euch der Pöbel von Mainz Kopfzerbrechen, Eure Exzellenz.«

Von Selenhofen nickte seufzend. »Das kann man wohl sagen. Die Mainzer sind ungehorsam, wehren sich gegen die Steuern. Aber unser König Friedrich braucht das Geld für seinen zweiten Feldzug gegen Italien. Wenn die Mainzer weiter so starrsinnig bleiben, werde ich sie wohl mit dem Kirchenbann belegen müssen.«

»Ja, eine Zeit des Krieges ist gekommen«, sagte Hildegard ernst. »Die Menschen haben ihre Gottesfurcht vergessen. Ich rate Euch dringend, Eure Exzellenz, lasst alle Gefühle von Zorn hinter Euch – Ihr könnt doch nie wissen, wann Ihr Gott persönlich begegnet und Rechenschaft ablegen müsst.«

»Das wisst Ihr auch nicht«, murrte Abt Helenger, und Elisabeth erschauderte angesichts des Hasses, der in seinen Augen zu erkennen war.

*

Zu Hause! Elisabeth war glücklich, als sich das Fuhrwerk, auf dem sie mit Hildegard und Volmar saß, der ausladenden

Klosteranlage auf dem Rupertsberg näherte, die mittlerweile an eine Burg erinnerte. Die zweitürmige, dreischiffige Kirche überragte die anderen Gebäude der noch wachsenden Gottesstadt.

Am Tor kam ihnen aufgeregt der elfjährige Nouel entgegen. »Meisterin, Siger von Wavra ist zurückgekehrt!«

»Wo ist er? Bring mich zu ihm!«, forderte Elisabeth voller Vorfreude und sprang vom Wagen.

Sie rannte dem Kleinen mit pochendem Herzen hinterher, der den Klostergarten ansteuerte. Dort stand der Zweiunddreißigjährige, schön und imposant wie eh und je. Er hatte ihren im März geborenen Sohn Robert auf dem Arm, und bei den Kräuterbeeten spielte ihr mittlerweile drei Lenze zählendes Hildchen mit Bauklötzen. Was für ein schönes Bild das war! Siger bemerkte seine Gattin, und ein glückliches Strahlen machte sich auf seinem Gesicht breit. Sie rannte auf ihn zu und umarmte Ehemann und Sohn glücklich. Auch Hildchen kam so schnell herangeeilt, wie es ihre kurzen Beine zuließen.

»Trude sagte, ihr wart auf dem Disibodenberg wegen Hildegards Gütern. Wie lief es denn?«, fragte Siger, während Elisabeth ihre Tochter auf den Arm nahm.

»Wunderbar. Sie hat alles zugesprochen bekommen. Mit der Not unseres Klosters ist es vorbei.«

»Endlich«, sagte er, doch es klang seltsam nachdenklich.

Elisabeth ahnte, worum es ging. »Dein Vater! Ist er …?«

Siger schüttelte den Kopf. »Er lebt noch. Seine Lähmungen machen ihm immer mehr zu schaffen, aber er ist ein zäher Bursche.«

Elisabeth war erleichtert. »Das freut mich.«

»Er hat allerdings einen letzten Wunsch an mich – oder uns«, fuhr Siger nun mit beunruhigend ernster Miene fort.

»Er möchte den letzten Lebensabschnitt mit seinen Enkelkindern verbringen.«

Elisabeth verstand sofort, warum ihr Gemahl so besorgt gewirkt hatte. Und er sprach ihre eigenen Gedanken aus, als er sagte: »Aber wenn du mich begleitest, verliert Hildegard noch einmal ihre Lieblingstochter. Ausgerechnet jetzt, da die Armut ihres Klosters ein Ende findet. Wird sie das überstehen?«

»Das wird sie«, erklang in diesem Augenblick hinter ihnen die überzeugte Stimme der Äbtissin.

Sie drehten sich zu ihr um.

»Natürlich werde ich euch furchtbar vermissen. Aber ich begehe diesmal nicht dieselben Fehler wie bei Richardis. Eine Mutter muss ihre Kinder irgendwann gehen lassen.«

»Natürlich werden wir nicht vor deiner Geburtstagsfeier fahren«, versprach Siger mit betretener Miene. Sie hatten aus Anlass von Hildegards sechzigstem Wiegenfest im Hochsommer ein großes Überraschungsfest in der Abtei geplant.

»Darauf müsst ihr nicht warten. Für deinen kranken Vater zählt jeder Tag, mein Geburtstag ist im Vergleich dazu doch unwichtig«, befand Hildegard.

Siger streichelte liebevoll ihre Wange. »Ihr nehmt eine große Last von mir, Mater.«

»Für meine Mutter wird es schwer werden«, befürchtete Elisabeth. »Einerseits liebt sie ihre Enkel, andererseits will sie ihre Arbeit als Herrin eurer Stallungen und Viehjungen nicht mehr missen. Ich werde sie suchen und es ihr möglichst schonend beibringen.«

»Ich begleite dich«, schlug Hildegard vor. »Griseldis soll wissen, dass ich nicht böse bin, wenn sie euch begleiten möchte. Und falls sie im Kloster bleiben will, halten wir als tapfere Mütter zusammen, die ihre Kinder in deren neues Leben entlassen.«

Bei den Stallungen trafen die Äbtissin und ihre Helferin auf einen der Viehjungen und fragten nach Griseldis. Der Knabe deutete auf eine Holztür.

Im Inneren des Tierhauses befanden sich ein Ochse, ein Maulesel, Hühner, ein Hahn, eine Katze und Hildegards inzwischen zwölfjährige Hündin Astra sowie mehrere Schafe. Sie hielten sich ohne Trennwände friedlich beieinander auf.

Elisabeths Mutter Griseldis schaute vom Eiersammeln auf. Sie umarmte ihre Tochter erfreut.

»Vertragen sich unsere Tiere auf so engem Raum miteinander?«, wunderte sich Hildegard.

»Gewiss«, sagte Griseldis. »Die sind lammfromm, solange es nur genug zu futtern und zu saufen gibt.«

Während Elisabeth ihrer Mutter von der erfolgreichen Reise auf den Disibodenberg einerseits und dem bevorstehenden Umzug nach Wavra andererseits berichtete, blickte die Äbtissin nachdenklich auf das idyllische Bild, das sich ihr bot. Ein Sonnenstrahl fiel auf die Futterkrippe mit dem Stroh, Hildegard lächelte bei dem Anblick.

»Ich glaube, ich möchte lieber hier bei der Mater im Kloster bleiben«, verkündete Griseldis schließlich schweren Herzens. »Ich werde meine Enkel furchtbar vermissen, aber für den kleinen Nouel und Ludger bin ich ja auch so etwas wie eine Mutter. Ohne mich tanzen die beiden doch der alten Aveline und Engelbert zu sehr auf dem Kopf herum. Und das Vieh… Ich glaube, ich bin zu jung, um in der Ferne nur Großmutter zu sein.«

»Ich freue mich sehr, dass du hierbleibst«, bekannte Hildegard. »Du hast es noch nie gescheut, Verantwortung zu übernehmen. Elisabeth hat mir einmal erzählt, du hast früher davon geträumt, auch mit Christus vermählt zu sein.«

Griseldis sah die Klosterleiterin erstaunt an und antwortete vorsichtig: »Ja, aber ich bin ja nicht adelig. Ich weiß, wo mein Platz ist.«

Hildegard schmunzelte. »So bescheiden war ich vor Richardis auch immer. Wir dürfen aber träumen. Also?«

Griseldis senkte den Blick und nickte. »Natürlich. Nichts wollte ich lieber, als Nonne zu werden.«

»Dann wirst du eines Tages den Schleier bekommen. Und ich wünsche mir, dass du dann mein zweites Kloster leitest.«

Elisabeth und ihre Mutter sahen die Äbtissin ungläubig an. Sollte das ein Scherz sein?

»Zweites Kloster?«, wiederholte Siger nicht minder überrascht.

Hildegard nickte. »Inzwischen leben ja bereits über fünfzig Christusbräute in unserer Abtei. Wenn wir nicht die alte Enge der Klause auf dem Disibodenberg riskieren wollen, müssten wir in Zukunft all die hoffnungsvollen Anwärterinnen abweisen. Sobald mir das Lebendige Licht also den Ort dafür offenbart, werde ich ein Filialkloster gründen. Und diesmal wird auch nicht adeligen Frauen der Zutritt gewährt, das werde ich erkämpfen.«

Elisabeth konnte nicht umhin zu lächeln. Eine zweite Gottesstadt errichten, die Standesgrenzen niederreißen – Hildegards »innere Richardis« zeigte sich in letzter Zeit wirklich besonders angstfrei und mutig! »Wenn das Vater Volmar erfährt …«

»Davon sagen wir ihm besser noch nichts«, riet Hildegard.

»Es könnte zu viel für sein armes altes Herz sein. Er ist ja schon besorgt genug darüber, dass ich im Sommer auf Predigtreise gehen möchte.«

Elisabeth hakte verblüfft nach: »Du tust *was?*«

»Ich hatte eine neuerliche Vision«, begann die Äbtissin. »Diesmal wurde mir gezeigt, ich solle einige klösterliche Gemeinschaften aufsuchen und ihnen mahnende Worte mitteilen, die mir Gott offenbart hat. Die Häuser des Herrn sind voll von Unzucht und Gier. Kein Wunder, dass die Irrlehrer auf den Marktplätzen Zulauf haben. Und denen glaubt man dann noch ihren Unfug, der menschliche Körper sei Teufelswerk.«

»Aber reichen deine Kräfte für solche Reisen aus?«, gab Siger zu bedenken.

»Tatsächlich ging es mir seit der Vision nicht gut«, gab Hildegard zu. »Doch kaum habe ich Volmar erzählt, dass ich die Reisen antreten werde, hat meine Schwäche ein wenig abgenommen.«

Elisabeth konnte es immer noch nicht fassen: Sie hatte ein schlechtes Gewissen gehabt, die greise Äbtissin hier zurückzulassen, doch diese wollte selbst hinaus in die Welt!

# Epilog – 1163

Am Horizont stiegen düstere Rauchwolken in den grauen Himmel empor.

»Da scheint es einen Großbrand am Rheinufer zu geben«, mutmaßte Siger von Wavra mit gefurchter Stirn.

Nach einer mehrtägigen Reise von seinem Geburtsort aus hatten er und seine Frau Elisabeth mit ihrem Fuhrwerk das Kloster Rupertsberg fast erreicht. Sie wollten Hildegard zu deren fünfundsechzigstem Geburtstag mit ihrem Besuch überraschen, nachdem sie den sechzigsten seinerzeit durch ihren Umzug verpasst hatten. Ihr achtjähriges Hildchen und der kleine Robert, der erst fünf Lenze zählte, waren zu Hause beim Großvater in Wavra geblieben. Dieser blühte durch die Anwesenheit der kleinen Familie derart auf, dass man ihm seine Enkelkinder getrost für zwei Wochen überlassen konnte. Außerdem stand ihm Sigers alte Amme hilfreich zur Seite.

»Hoffentlich ist kein Feuer in Hildegards Kloster ausgebrochen«, sagte Elisabeth bang.

Siger gab dem Pferd die Zügel, und sie fuhren mit erhöhter Geschwindigkeit in Richtung der Rauchwolke. Elisabeth fühlte sich mit Grauen an den Großbrand des Sklavenhändlerhofes in Verdun vor fast zwölf Jahren erinnert. Noch heute hatte sie des Öfteren Albträume von jenem schrecklichen Erlebnis. Die Vorstellung, dass ein Feuer liebe Menschen in Hildegards Kloster töten könnte, ließ sie erschaudern.

Sie war erleichtert, als sie entdeckten, dass der Brand in einem Kloster diesseits des Rheins gewütet hatte. Somit war der Rupertsberg auf der anderen Flussseite hoffentlich in Sicherheit.

Sie fuhren auf die Ruine zu, die beinahe vollständig zerstört war, das Feuer glomm nur noch an einigen Stellen.

»Das war das Doppelkloster Eibingen«, erkannte Siger.

»Stimmt. Es wurde vor sechzehn Jahren von einer Rüdesheimer Edelfrau gegründet«, fiel Elisabeth ein. »Ich kenne sie, Hildegard hat die Dame einmal zu einem Besuch empfangen. Die Augustiner haben es zum Blühen gebracht. Und nun so ein trauriges Ende.«

Ein wenig beklommen setzten sie ihre Fahrt in Richtung der Fähre über den Rhein fort, da sahen sie am Wegesrand einen Mönch mit einem großen Sack über der Schulter gehen.

»Gott zum Gruße, Bruder!«, rief Siger ihm zu. »Ist es Euer Kloster, das dort abgebrannt ist?«

Der Augustiner bestätigte dies mit traurigem Blick. »Ich habe versucht, noch ein paar Gegenstände zu retten. Aber das meiste wurde zerstört.«

»Wie ist das Feuer denn ausgebrochen?«, fragte Elisabeth.

»Die Truppen Kaiser Barbarossas haben es gelegt! Ist wohl Teil seines Rachefeldzugs gegen die Mainzer«, mutmaßte der Mönch.

»Sind Brüder oder Schwestern dabei ums Leben gekommen?«, fragte Siger bestürzt.

»Das nicht, aber die meisten von uns sind natürlich so verängstigt, dass wir nie wieder hierher zurückkehren wollen.«

»Wofür hat der Kaiser sich denn an den Mainzern rächen wollen?«, erkundigte sich Elisabeth.

»Sie haben vor drei Jahren seinen besten Freund Erzbischof Arnold von Selenhofen gelyncht«, wusste der Mönch zu berichten.

Dann hatte sich Hildegards Warnung also als berechtigt erwiesen, dachte Elisabeth. »Wieso haben sie das getan?«

»Na ja, der Erzbischof hatte die Mainzer mit hohen Steuerforderungen für Kaiser Barbarossas Feldzüge erdrückt – und als sie sich verweigerten, den Kirchenbann über ihre Stadt verhängt«, klärte sie der Augustiner auf. »Diese Exkommunikation hatte von Selenhofen zwar noch am Palmsonntag, kurz vor seiner Rückkehr aus Italien, wieder aufgehoben. Aber das war wohl leider zu spät! Am 24. Juni 1160 haben die Mainzer ihn vor dem Portal der Klosterkirche St. Jakob brutal ermordet. Er wurde regelrecht zerfetzt, wie wilde Tiere sind sie über ihn hergefallen. Und jetzt tobt dafür Kaiser Friedrichs Zorn durch ihre Diözese.«

Elisabeth und Siger sahen sich entsetzt an. Er fragte den Mönch: »Wo wollt Ihr denn jetzt hin?«

»Zum Kloster Rupertsberg auf der anderen Rheinseite«, antwortete der Augustiner. »Mater Hildegards Schwestern pflegen in ihrem Spital meine Brandwunden und die einiger bettlägeriger Brüder.«

»Dann haben wir denselben Weg«, entgegnete Siger lächelnd. »Steigt auf!«

Dankbar verstaute der Mönch seinen schweren Sack auf dem Fuhrwerk und setzte sich in den hinteren Teil.

»Zum Glück hat der Kaiser Hildegards Kloster den Schutzbrief ausgestellt«, meinte Elisabeth, während Siger das Pferd weitertraben ließ.

»Wer weiß, wie lange Barbarossa in seiner blinden Wut noch zu seinem Wort steht«, erwiderte Siger bitter.

*

Die Wiedersehensfreude war überwältigend. Weder Elisabeths Mutter Griseldis noch Hildegard hatten etwas von dem Besuch geahnt, die Überraschung war gelungen.

»Wir sind auch erst vor einigen Tagen von unserer dritten langen Predigtreise zurückgekehrt«, erklärte die Äbtissin dem befreundeten Paar. »Diesmal waren wir in Boppard, Andernach, Siegburg, Köln und Werden.«

»Anstrengend ist das, täglich eine riesige Wegstrecke – zu Fuß, mit dem Schiff oder zu Pferd«, murrte Volmar.

Elisabeth wusste aus Briefen der *Abbatissa,* dass deren erste Predigtreise von 1158 bis 1159 nach Mainz, Wertheim, Würzburg, Kitzingen, Ebrach und Bamberg gegangen war. Die zweite hatte 1160 über Trier und Metz nach Krauftal geführt.

»Hier ging es gestern gleich anstrengend weiter – mit den Verwundeten aus Eibingen«, ergänzte die Äbtissin wütend. »Eine Schande, was Friedrich da angerichtet hat. Kaiser Barbarossa hat zwar am 18. April endlich die versprochene Schutzurkunde für unser Kloster ausgestellt und uns Steuerfreiheit und persönlichen Schutz zugesagt – aber es ist unglaublich, was er sich seit unserem Treffen erdreistet hat. Er ist verantwortlich für das Schisma, das verfluchte Doppelpapsttum, eine schlimmere Sünde kann es kaum geben.«

»Bedeutet das, es gibt zwei Päpste?«, vergewisserte sich Elisabeth, die auf dem Gut Robert von Wavras kaum mehr etwas von den Intrigen der Reichspolitik mitbekommen hatte.

Hildegard nickte mit bitterer Miene. »Im September vor

vier Jahren ist Papst Hadrian IV. gestorben. Die Gegensätze innerhalb des Kardinalskollegiums führten zu einer Doppelwahl. Barbarossa erkannte nur seinen Befürworter Kardinal Octavian an, den man seither Papst Viktor IV. nennt. Die Wahl des Kardinals Roland zu Papst Alexander III. beurteilte Kaiser Barbarossa als ungültig, der hatte ihn nämlich auf politischer Bühne mehrmals beleidigt und sich dafür nie persönlich entschuldigt. Barbarossa hat Alexander dann im Januar vor drei Jahren mit dem Kirchenbann belegen lassen. Daraufhin exkommunizierte der wiederum den Kaiser und Viktor IV., musste jedoch nach Frankreich fliehen, wo man ihn, ebenso wie in England, als den wahren Papst anerkennt.«

»Was für ein Durcheinander«, seufzte Volmar.

»Der Kaiser missachtet die Gesetze, mit denen Gott sein Volk ordnet«, urteilte Hildegard. »Töricht und böse. Ich werde dem Rotbart einen gepfefferten Brief schreiben und ihn warnen.«

»Ist das wirklich eine so gute Idee?«, fragte Volmar besorgt. »Statt den Kaiser zu rügen, sollten wir lieber mit der Niederschrift der Gottesbotschaften fortfahren. Wenn wir trotz der *Regula Benedicti* zwei Stunden am Tag schreiben können, ist das viel. Wir müssen endlich dein Buch der Lebensverdienste beenden. Also hör nicht wegen deiner Körperschwäche auf, Gottes Befehl zu erfüllen. Außerdem hat Er dich angewiesen, die Geheimsprache der Engel niederzuschreiben. Das schieben wir auch schon viel zu lange vor uns her. Wir sollten uns darum kümmern. Du bist so oft todkrank – wer soll die himmlische Sprache der Welt vermitteln, wenn du selbst einmal zum Herrn gehst, *Korzinthio?*«

Hildegards Geheimsprache hatte Elisabeth von jeher sehr fasziniert. *Korzinthio* etwa hieß »Prophetin«, und laut Bruder

Volmar gebrauchte keine andere Sprache dafür ein Wort, das diesem auch nur im Entferntesten ähnelte. Über ein Drittel des gesamten geheimen Wortschatzes entfiel auf neue Namen für Pflanzen – die Sprache schien direkt aus der Schöpfung zu stammen.

Hildegard seufzte überfordert. »Die Sprache des Himmels auf die Erde holen – diese Kleinigkeit hatte mein lieber Sohn Volmar also als Nächstes vor –, dabei haben wir schon den halben Tag mit Textkorrekturen verbracht. Heute erledigen wir das ohnehin nicht mehr. Wir müssen auch noch zwei Anwärterinnen absagen, die hier Novizinnen werden wollten.«

»Da haben wir endlich genug zu futtern für unser Kloster«, beschwerte sich Clementia, »und dann fehlt der Platz für neue Schwestern.«

Tatsächlich platzte das Kloster mit den mittlerweile sechsundfünfzig Nonnen aus allen Nähten, das hatte Hildegard kürzlich in einem Brief an Elisabeth mitgeteilt.

»Siger, ich habe für dich noch eine kleine Kröte zu schlucken«, sagte Volmar etwas verlegen. »In Werder haben wir zufällig Abt Helenger vom Disibodenberg getroffen. Als ich ihm unter vier Augen verraten habe, dass wir dich und dein Weib als Geburtstagsüberraschung für die *Abbatissa* eingeladen haben, war er außer sich vor Freude. Er wollte dich unbedingt wiedersehen, deshalb will er vorbeischauen, während ihr hier weilt. Er wird wohl heute um die Mittagszeit eintreffen.«

»Der ist ja richtig verliebt in Euch«, warf Clementia ein, und Elisabeth ahnte, dass es nicht nur scherzhaft gemeint war.

»Mich wird er gewiss nicht sehen wollen«, war Hildegard überzeugt.

»Keine Angst, ich werde mit Bruder Volmar an der Pforte plauschen und Helenger abfangen«, bot Siger an. »Ich unterhalte den Abt mit Reiseabenteuern aus dem Heiligen Land, davon bekommt er immer gute Laune. So wird er dich gewiss weniger piesacken.«

»Danke, das ist sehr fürsorglich von dir. Dann entführe ich dir kurz dein Eheweib«, schlug die Äbtissin vor. »Kommst du mit auf den Friedhof, Elisabeth? Ich würde dir gern den Gedenkstein für Richardis zeigen, den wir errichtet haben.«

»Wie ist das möglich?«

Elisabeth starrte fassungslos auf die sandfarbene Steinplatte, die Hildegard im vorangegangenen Winter an Richardis' zehntem Todestag hatte anfertigen lassen. Darauf war als Relief ein Bild eingemeißelt, das die frühere Buchillustratorin einst selbst von der Grafentochter gemalt hatte.

»Wir haben letztes Jahr Besuch von Nikolaus von Verdun bekommen. Er war sehr traurig, dass du und Siger nicht mehr hier lebt. Und der gute Mann hat sich bereit erklärt, dein Bild von Richardis als Bildhauerei in diesen Gedenkstein einzuarbeiten.«

»Sie wäre stolz darauf«, sagte Elisabeth gerührt.

Zahlreiche Edelleute hatten sich hier schon bestatten lassen, doch keiner von ihnen besaß einen derart schönen Stein. Die beiden Frauen sahen wehmütig auf das Gesicht der verlorenen Freundin, da bemerkten sie, dass Hildegards Schatten sich zu bewegen schien.

Elisabeth erschrak ein wenig, als Helenger aus dem Zwielicht trat.

»Willkommen, Herr Abt, möchtet Ihr das Grab von Meister Arnold besuchen?«, fragte sie, als sie sich gefangen hatte.

Er nickte. In einiger Entfernung kam, hilflos mit den Schultern zuckend, Siger herangeeilt.

»Ich führe Euch hin«, bot Hildegard an.

Elisabeth blieb dezent zurück, konnte die beiden aber noch hören, da sich Arnolds Grab in der Nähe der Gedenkplatte befand. Siger trat an ihre Seite und nahm ihre Hand.

Helenger sah sichtlich bewegt auf den Stein.

»Er wollte, dass diese Gottesstadt hier das himmlische Jerusalem auf Erden nachbildet«, sagte Hildegard leise. »Ich bin mir ganz sicher, dass er nun das Vorbild kennt, er hat es wahrlich verdient.«

»Meint Ihr?«, fragte Helenger mit einem müden Lächeln.

»Ich weiß es sogar«, entgegnete die Äbtissin bestimmt.

»Ihr habt das von Erzbischof von Selenhofen gehört?«, fragte er.

Hildegard nickte. »Natürlich, es war entsetzlich.«

»Eure Warnung an ihn, er könne bald seinen Schöpfer treffen, war also zutreffend. Ich scheine wohl verflucht zu sein, alle mir wertvollen Menschen sterben«, murmelte der Abt.

»Unter diesem Fluch leidet Ihr nicht allein«, sagte Hildegard bitter und blickte zu Richardis' Stein hinüber.

Elisabeth glaubte, ihren Ohren nicht zu trauen, als Helenger nun sagte: »Es ist ein sehr schöner Gedenkstein für Eure Tochter.«

»Wollt Ihr nicht einmal Euer Filialkloster genauer besichtigen, alter Freund?«, fragte Siger. »Arnold hatte sich gewünscht, dass Ihr es seht.«

Helenger schien zu zögern.

»Ich muss nicht dabei sein«, sagte Hildegard. »Siger kennt sich aus.«

»Aber er war fünf Jahre nicht hier. Ich denke, Ihr solltet

mitkommen, wenn ich durch Euer Reich geführt werde«, entgegnete der Abt zur Verblüffung der drei Freunde.

Und so begannen sie zu dritt, Helenger alles zu zeigen.

An die Kirche, die von Westen nach Osten lag, stieß das dreiflügelige Hauptgebäude. Der Ostflügel der Abtei war das eigentliche Wohnhaus.

Zuerst führten sie den Abt in den Innenhof, den man im Kloster Klaustrum und Kreuzgang nannte. Dort sangen einige Nonnen das Lied *O Ecclesia*. Elisabeth schloss verträumt die Augen. Wie lang war es her, dass sie diese himmlischen Gesänge gehört hatte! Kaum zu glauben, dass die Verfasserin der ungewöhnlichen Visionenbücher auch diese himmlische Musik geschrieben hatte.

»Schön, oder?«, fragte Siger den Abt, der ein wenig leidend aussah.

»Zu schön«, gab Helenger zurück. »Es gab einmal einen Knaben, der leidlich begabt zum Singen und Dichten war – zumindest verglichen mit denen, die noch in seinem Kuhdorf lebten. Als er dann jedoch als ehrgeiziger Jüngling in einem Kloster zum ersten Mal wahrhaft göttlich inspirierte Musik hörte – ausgerechnet von einer Frau komponiert –, war er von Neid zerfressen. Bis er in ein Amt mit viel Verantwortung gewählt wurde. Dadurch reifte er endlich zum Mann und verspottete sich selbst für seinen früheren Neid.«

Siger klopfte ihm leicht auf die Schulter. »Guter Mann.«

»Was möchtet Ihr vor dem Haupthaus noch besichtigen?«, fragte Elisabeth. »In dem von der Kirche am weitesten entfernten Westflügel sind die Keller und Vorratskammern untergebracht. Vielleicht weniger aufregend. Hinzu kommen noch zahlreiche Nebengebäude. Das Gästehaus dort kennt Ihr ja schon, im Gebäude daneben ist das Gesinde untergebracht.«

»Dort drüben ist das Siechenhaus, wo die Kranken gepflegt werden«, ergänzte Hildegard. »Zurzeit haben wir einige verletzte Augustiner vom Brand in Eibingen hier. Daneben befindet sich die Apothekenkammer.«

»Dort bei der Mauer ist die Klosterschule, drüben über dem Weinberg steht unser Kelterhaus«, fuhr Siger fort. »Neben der Blumenwiese befinden sich die Bienenstöcke. Außer Honig liefert das umgebende Land den Nonnen Flachs, Obst und Gemüse, außerdem Getreide zum Backen und Bierbrauen.«

»Fisch gibt es im Fluss, und Wolle, Eier, Milch und Fleisch kommen von unseren eigenen Tieren«, fügte Hildegard hinzu. »In die Klostermauern eingebaut sind die Ställe und Scheunen, Mühlen und zwei Backhäuser.«

»Ja, man riecht das frische Brot bis hierher«, stellte Helenger fest. »Aber der Spitalbau würde mich als Nächstes interessieren.«

Und so betraten sie den großen Raum voller durch Zwischenwände getrennter Lagerstätten. Clementia und Cyrillus kümmerten sich um drei Augustinermönche und deren Brandwunden, außerdem waren ein am Bein verletzter alter Knecht sowie eine junge Magd mit gebrochenem Arm zur Behandlung aufgenommen worden. Hildegard sprach ein paar ermutigende Sätze mit allen, hatte für jeden ein freundliches Wort. Dann wandte sie sich auch kurz an ihre Spitalhelfer.

»Mater Hildegard sagt immer, die von Gott zur Verfügung gestellten Heilpflanzen sind das eine«, berichtete Elisabeth. »Aber genauso wichtig sei der liebevolle Umgang mit den Kranken.«

Helenger hob nur eine Augenbraue. Es war ihr unmöglich, zu erraten, was er dachte.

Als Nächstes besichtigten sie das Haupthaus, das an den großen Kräutergarten angrenzte.

»In fast allen Räumen gibt es fließend Wasser. Es wird aus den Zisternen gespeist«, erläuterte Siger.

Im Erdgeschoss befand sich der Kapitelsaal, im ersten Stock waren Schlafräume. Der Südflügel beherbergte die große Küche und den Speisesaal, darüber lagen die Arbeitsräume.

»Dort sind die Schwestern mit dem Anfertigen von liturgischen Gewändern und anderen Handarbeiten beschäftigt«, erläuterte Elisabeth. »Die alte Aveline aus Verdun ist ihre Lehrerin.«

»An Werktagen leben wir getreu dem Apostelwort ›Wer nicht arbeitet, soll auch nicht essen!‹«, ergänzte Hildegard.

Wie um dies zu belegen, führten sie den Abt anschließend in das große Skriptorium, wo drei Nonnen Bücher abschrieben. Hildegard zeigte Helenger das vollständige Original ihres ersten Buches *Scivias.*

Inzwischen war die Nachfrage nach dem Werk so groß, dass Volmar befreundete Klöster gebeten hatte, in deren Skriptorien bei der Anfertigung von Abschriften zu helfen.

»Ich kenne es«, gab Helenger zu. »Ich habe in letzter Zeit öfter in unserer Abschrift auf dem Disibodenberg gelesen.«

Die Äbtissin sah ihn überrascht an.

»Und hier nebenan ist die Bibliothek«, verkündete Elisabeth.

»Leider hat Richardis die Schenkungen der Bücher nicht mehr erlebt«, berichtete Siger, als sie den Raum betraten. »Sie wäre sehr glücklich darüber gewesen.«

»So wie sie seinerzeit um Isidor von Sevillas *Etymologiae* gekämpft hat, glaube ich das gern«, entgegnete Helenger mit dem Anflug eines Schmunzelns.

Nun kamen sie in die zweigeteilte Schreibstube. Volmar saß in seiner Hälfte über einem Manuskript. Als er Helenger erblickte, kam er herausgestürmt, um den Abt zu begrüßen.

»Eure neue Schreibstube ist größer als die alte«, stellte Helenger fest, nachdem er dem Prior die Hand geschüttelt hatte. »Könntet Ihr unserem Kloster einen großen Gefallen tun, Mater Hildegard?«

Sie sah ihn argwöhnisch an. »Ja?«

»Würdet ihr die Vita des heiligen Disibod für uns schreiben?«

Volmar wollte protestieren. »Die *Abbatissa* hat sehr viele andere …«, doch Hildegard unterbrach ihn.

»Es ist mir eine Ehre, dies für Euch zu schreiben, Abt Helenger. Was mein lieber Prior sagen wollte, ist nur, dass wir nicht sofort damit beginnen können. Morgen fahren wir nämlich mit Siger und Elisabeth nach Eibingen.«

Volmar sah sie verständnislos an. »Nach Eibingen? Warum denn das?«

*

Am nächsten Tag überquerten Siger, Elisabeth, Hildegard und Volmar mit der Fähre den Rhein, um auf Wunsch der Äbtissin die leer stehende Ruine des Doppelklosters Eibingen zu besichtigen. Als sie übergesetzt hatten, bemerkten sie eine Frau in Lumpen, die auf das Schiff zukam. In den Armen trug sie einen nicht minder verwahrlosten Knaben. Sie näherte sich Hildegard mit verzweifelter Entschlossenheit und flehte unter Tränen: »Mein Sohn ist erblindet. Bitte, liebste Mutter Gottes, legt ihm Eure heiligen Hände auf!«

»Lasst die Magistra in Ruhe, sie ist selbst gebrechlich und krank!«, wies Volmar sie an.

Doch Hildegard betrachtete voller Mitleid die zugeschwollenen Augen des Knaben genauer. Schließlich nickte sie wissend und griff in ihre Tasche. Sie begann eines ihrer selbst komponierten beruhigenden Lieder zu singen, nahm etwas Salbe aus einem irdenen Topf und verstrich sie unter den Augen des fasziniert lauschenden Jungen. Dann träufelte sie einige Tropfen aus einer kleinen Flasche hinein.

»Ich überlasse Euch den Topf mit der Salbe und das Fläschchen«, erklärte Hildegard der verwirrten Mutter. »Streicht ihm jeden Abend vor dem Schlafengehen etwas von der Salbe unter die Augen, von den Tropfen jeweils beim Aufstehen zehn direkt in das Auge träufeln.«

Elisabeth wusste, dass Hildegards Überzeugung nach kein noch so gutes Heilmittel ohne Gottes Hilfe wirken konnte, es ohne »Heil« keine »Heilung« geben konnte. Daher schöpfte die Medizinerin nun mit der Hand etwas Wasser aus dem Fluss und segnete das blinde Kind. »Gehe an den Teich Siloah und wasche dich! *In nomine Patris et Filii et Spiritus Sancti!*«

Sie sprengte dem Knaben das Wasser über die Augen.

Danach ging die Äbtissin mit ihren Freunden auf die Ruine zu. Im Nieselregen sah diese sehr trist aus, Nebelschwaden hingen zwischen den zerstörten Gemäuern. Es roch nach Moder, Fäulnis und immer noch nach kaltem Rauch.

»Unter der niedergebrannten kleinen Kirche ruhen die Reliquien des heiligen Giselbert«, wusste Hildegard.

»Unheimlich ist das«, fand Elisabeth. »Trude würde gewiss befürchten, hier irren die Geister der Mönche umher, die man einst auf dem kleinen Friedhof dort bestattet hat.«

»Warum führst du uns an diesen Ort der Zerstörung, Hildegard?«, wollte Volmar wissen.

»Weil er hervorragend geeignet wäre, ihn von unseren

überschüssigen Anwärterinnen besiedeln zu lassen«, antwortete die Äbtissin und maß die Ruine mit den Augen. »Das Filialkloster wird zwar kleiner, reicht vielleicht für dreißig Schwestern – aber es liegt idyllisch inmitten der Weintrassen hier und bietet einen freien Blick auf den Rhein. Ich werde die Rüdesheimer Edelfrau fragen, ob sie uns das Grundstück verkauft.«

»Noch ein Kloster? Wie willst du das verwalten?«, rief Volmar. »Selbst du kannst dich doch nicht zweiteilen.«

»In gewisser Weise schon«, meinte Hildegard. »Ich werde eben zweimal in der Woche nach Rüdesheim herüberfahren, um hier nach dem Rechten zu sehen.«

Siger schüttelte den Kopf und schmunzelte. »So hast du dich also längst entschieden.«

»*Gott* hat entschieden, ich gehorche nur«, entgegnete Hildegard. »Und deshalb werde ich auch nicht adelige Nonnen zulassen. Ich habe vor drei Jahren das St.-Marien-Stift in Andernach besucht, da bereitet die Vermischung der Stände den Schwestern keine Schwierigkeiten. Unsere Stallverwalterin Griseldis träumt ja schon lange davon, den Schleier zu nehmen. Sie soll die Leitung bekommen! Heute war ich bei Isolde und habe ihr die alte Johannesabschrift aus der Kapelle gebracht, damit sie damit wieder Latein üben kann. Wir haben von Erzbischof Heinrich vor seinem Tod ja eine vollständige Heilige Schrift bekommen. Das Mädchen soll hier irgendwann die Bibliothek leiten.«

Nachdem sie die Ruine ausführlich besichtigt und miteinander erste Ideen für den Wiederaufbau geteilt hatten, gingen die Freunde zurück ans Ufer. Während sie auf das Ablegen der Fähre warteten, glitzerte der Rhein in der Abendsonne, der Nebel hatte sich endlich verzogen.

Da kam erneut die Mutter mit dem Knaben auf die Äbtissin zugerannt, fiel vor ihr auf die Knie und küsste ihre Füße. »Ihr habt mein Kind geheilt!«, rief sie unter Freudentränen. »Heilige Jungfrau! Nach nur so kurzer Zeit ist die Schwellung etwas zurückgegangen. Er sieht schon jetzt wieder ein wenig.«

Zu Hildegards offenkundigem Unbehagen entstand ein großer Aufruhr unter den Menschen am Ufer. Alle wollten in die einen Spaltbreit geöffneten Augen des geheilten Knaben schauen, sprachen von einem Wunder und baten die Äbtissin um Fürbitte.

»Das muss ich unbedingt in deine Vita schreiben«, sagte Volmar begeistert. »Man wird dich heiligsprechen.«

Hildegard lachte herzlich. »Die Genesung des Knaben ist nicht mein Wunder. Kamille, Ringelblumen und abgekochtes Wasser gegen eine dauerhafte Entzündung der Augen, Gottes Pflanzen und sein Segen. Dass Er seine Schöpfung so großartig geplant hat, mit Pflanzen zur Heilung menschlicher Leiden – *das* ist das Wunder.«

Bei der Rückfahrt über den Rhein sah Elisabeth noch einmal zur Klosterruine zurück. Der Abendhimmel war so rot, als brenne er. »Im Licht kann man sich das neue Kloster schon vorstellen.«

Hildegard nickte. Wie so oft, wenn sie in Gedanken versunken war, zerrte die Äbtissin an ihrem Ring mit der Aufschrift »Dolores«, den ihr die sterbende Jutta vor fast drei Jahrzehnten übergestreift hatte. Doch diesmal ließ er sich auf Anhieb lösen! Elisabeth sah verblüfft, wie das Schmuckstück in Hildegards Handfläche glänzte.

»Leb wohl, Jutta!«, hörte sie die Magistra flüstern.

Diese warf das alte Schmuckstück in hohem Bogen in den

Rhein – zu den anderen Schätzen vergangener Zeitalter, die auf dem Grund des mächtigen Stroms liegen mochten.

»Was war das?«, fragte Volmar seine alte Freundin.

Hildegard von Bingen lächelte zufrieden.

»Etwas, das nicht mehr zu mir passt.«

ENDE

# Nachwort und Danksagung

1996 übernachtete ich in der Wohngemeinschaft meines Bruders Lars in Hamburg. Ich durfte das Zimmer seines Mitbewohners »DJ Stachy« alias Rafael Stachowiak nutzen, der in jener Zeit verreist war. Als ich am CD-Spieler auf »Play« drückte, kamen nicht wie erwartet moderne Tanzrhythmen aus den Boxen, sondern sphärische Klänge, die an Gregorianik erinnerten, vorgetragen allerdings von hohen Frauenstimmen. Ich fühlte mich augenblicklich in eine andere Welt, eine andere Zeit versetzt. Von wem stammten diese ungewöhnlichen Kompositionen? Das mit geheimnisvollen mittelalterlichen Zeichnungen verzierte Booklet zur CD *A Feather on the Breath of God* verriet es: Diese Vokalmusik war im zwölften Jahrhundert von der deutschen Äbtissin Hildegard von Bingen geschrieben worden. Die Aufnahme aus dem Jahr 1981 hatte das britische Vokalensemble Gothic Voices mit der englischen Sopranistin Emma Kirkby eingespielt. Im Büchlein befand sich auch eine Kurzbiografie der Komponistin. Der Lebenslauf der natur- und heilkundigen Universalgelehrten Hildegard von Bingen faszinierte mich auf Anhieb genauso wie ihre Musik. Wie konnte es sein, dass die aufregende Vita dieser Benediktinerin noch nicht Stoff eines großen Filmes geworden war?

Zu jener Zeit befand ich mich in den Endzügen meines Studiums der Germanistik und Anglistik und bereitete mich auf ein Aufbaustudium Drehbuch an der Filmakademie Baden-Württemberg vor. Mir war klar, dass Hildegard von Bingen die Protagonistin meines Bewerbungsdrehbuchs an jener Hochschule werden musste – und meine Mediävistikdozentin Prof. Dr. Helga Schüppert bestätigte mich darin. Auch als ich mich in den folgenden Jahren in Rahmen von Studium und später Beruf mit ganz anderen Geschichten auseinandersetzte, blieb die Faszination für Hildegard erhalten, ich recherchierte immer weiter und reiste zu ihren Reliquien im nach ihr benannten Benediktinerinnenkloster in Eibingen bei Rüdesheim.

Bei den Versuchen einer Veröffentlichung meiner Geschichte hatte ich jedoch zwei Rückschläge zu verkraften. Zunächst befand ich mich durch die Hilfe der erfahrenen Lektorin Annalisa Viviani, die wie ich freiberuflich im Metzler Verlag arbeitete und der ich an dieser Stelle herzlich danke, kurz vor Vertragsabschluss mit einem Schweizer Belletristik- und Sachbuchverlag. Doch 1998 markierte das neunhundertste Jubiläum der Geburt Hildegards, und viele Autorinnen und Autoren waren mir mit einer wahren Bücherflut zuvorgekommen. Angesichts dessen zog sich der Verlag vor der Unterzeichnung zurück.

Ähnlich ging es mir einige Jahre später beim Versuch, eine Drehbuchversion »meiner« Hildegard zu platzieren. Nach ersten Gesprächen mit Sat.1 über ein mögliches Event Movie fürs Fernsehen kam die Nachricht, dass die Regisseurin Margarethe von Trotta einen Hildegard-Kinofilm nach eigenem Buch drehen würde. Ihr Werk *Vision* war unauffällig und ruhig inszeniert und bot mit Hannah Herzsprung als Richardis und Barbara Sukowa als Hildegard charismatische Hauptdarstellerinnen. Ein Film, der mich fürs Erste meinen Frieden mit dem Projekt finden ließ. Meine eigene Version hatte zwar nicht das Publikum erreicht, aber viele Kinozuschauer erfuhren nun dennoch von Hildegards erster Klostergründung und ihren Talenten – also auf zu neuen Geschichten! Doch es liegt in der Natur eines Filmes, dass er nur Ausschnitte eines Lebens erzählen kann, und Margarethe von Trotta war es laut eigenen Angaben aus Budgetgründen nicht möglich gewesen, einige der großen Bilder zu erzählen, die Hildegards Leben und Vision bieten.

Mehr als ein Jahrzehnt nach dem Kinofilm unterhielt ich mich mit meiner Literaturagentin Anna Mechler, deren Vermittlung ich seit 2017 Buchpreise und *Spiegel*-Bestseller verdanke, über Ideen für einen möglichen Beitrag zur Reihe »Bedeutende Frauen, die die Welt verändern« bei meinem »Hausverlag« Piper. Da fiel mir Hildegard wieder ein. Inzwischen gab es neue Forschungsergebnisse über die berühmte Äbtissin, außerdem hatten sich nach einem Vierteljahrhundert meinerseits natürlich Weltsicht und Erzählstil geändert – deshalb erstellte ich 2022 eine komplett neue Version des Romans.

Ich danke meiner Lektorin Greta Frank, Redakteurin Kerstin von Dobschütz sowie der Programmleiterin des Piper-Verlags, Andrea Müller, sehr dafür, dass nun endlich meine ausführliche und aktuell recherchierte Version von Hildegards wichtigster Lebensphase das Licht der Welt erblicken darf.

Auch bei diesem Roman freue ich mich über Johannes Wiebels wunderbare Covergestaltung. Und wie bei meinen vorherigen Büchern erhielt ich in der Recherche- und

Schreibphase Rückhalt von Erika Precht, Elias und Marlis Konradi, Martina Sturm, Karin Friesch mit Familie, den Precht-Aicheles sowie Andreas Bühler.

Wertvolles Feedback zur Drehbuchversion von meinem Autorenkollegen Axel Melzener sowie von Jasmin Gurewitz und Roger Spottiswoode floss in den Roman mit ein. Zur vorliegenden Fassung gab es viele schöne Anregungen von Anna Mechler, der Historikerin und Autorin Marita Grimke, ebenso von Dr. Dorit Kupka (danke auch für das Rezept der Hildegard-Kekse!), Jana Scheunert und Martina Resch. *Gratias tibi ago!*

Liebe Leserin, lieber Leser, ich hoffe, für Sie war die Reise ins Mittelalter so spannend und anregend wie für mich beim Schreiben.

Herzlichst,
Ihr Jørn Precht

# Literatur und Quellen


**Beuys, Barbara**: *Denn ich bin krank vor Liebe. Das Leben der Hildegard von Bingen,* München/Wien 2001.

**Führkötter, Beata** (Übers. u. Hrsg.): *Hildegard von Bingen, »Nun höre und lerne, damit du errötest…« Briefwechsel nach den ältesten Handschriften übersetzt und nach den Quellen erläutert,* Freiburg 2008.

**Heieck, Mechthild** (Hrsg.): *Hildegard von Bingen: Das Buch vom Wirken Gottes. Liber divinorum operum. Erste vollständige Ausgabe,* Augsburg 1998.

**Kaiser, Paul**: *Die naturwissenschaftlichen Schriften der Hildegard von Bingen,* Berlin 1901.

**Koschyk, Heike**: *Hildegard von Bingen. Ein Leben im Licht,* Berlin 2012.

**Kotzur, Hans-Jürgen** (Hrsg.): *Hildegard von Bingen 1098–1179,* Mainz 1998.

**Ribbe, Marko**: *Heiraten und Hochzeit im Mittelalter,* auf: www.lost.legends.de, Heilbronn 2022. URL: https://www.lostlegends.de/heiraten-und-hochzeit-im-mittelalter/.

**Ricossa, Luca**: *Hildegard von Bingen: Ordo Virtutum. Vollständige kommentierte Ausgabe,* Genf 2013.

**Riethe, Peter**: *Hildegard von Bingen. Das Buch von den Pflanzen. Nach den Quellen übersetzt und erläutert von Peter Riethe,* Salzburg 2007.

**Riha, Ortrun** (Übers.): *Hildegard von Bingen. Werke Band II. Ursprung und Behandlung der Krankheiten. Causae et Curae,* Beuron 2012.

**Riha, Ortrun** (Übers.): *Hildegard von Bingen. Werke Band V. Heilsame Schöpfung – Die natürliche Wirkkraft der Natur. Physica,* Beuron 2012.

**Sauser, Ekkart**: *Jutta vom Disibodenberg.* In: *Biografisch-Bibliografisches Kirchenlexikon (BBKL). Band 17,* Bautz, Herzberg 2000.

**Staab, Franz**: *Reform und Reformgruppen im Erzbistum Mainz. Vom »Libellus de Willigisi consuetudinibus« zur »Vita domnae Juttae inclusae«, Anhang II,* in: *Quellen und Abhandlungen zur mittelrheinischen Kirchengeschichte, Bd. 68: Reformidee und Reformpolitik im spätsalisch-frühstaufischen Reich – Vorträge der Tagung der Gesellschaft für mittelrheinische Kirchengeschichte vom 11. bis 13. September 1991 in* Trier, 1992.

**Stolz, Susanna**: *Die Handwerke des Körpers,* Marburg 1992.

**Storch, Walburga** OSB (Übers. u. Hrsg.): *Hildegard von Bingen: Scivias. Wisse die Wege. Eine Schau von Gott und Mensch in Schöpfung und Zeit.* Augsburg 1990.

**Stühlmeyer, Barbara** OblOSB (Übers.): *Hildegard von Bingen. Werke Band IV. Lieder. Symphoniae.* Beuron 2012.

**Termolen, Rosel**: *Hildegard von Bingen. Biografie,* Augsburg 1997.

**Ulrich, Ingeborg**: *Hildegard von Bingen. Mystikerin, Heilerin, Gefährtin der Engel,* München 1990.

# Entdecken Sie weitere inspirierende Geschichten!

**Laura Baldini, Lehrerin einer neuen Zeit**
(Maria Montessori), ISBN 978-3-492-06240-4

**Laura Baldini, Ein Traum von Schönheit**
(Estée Lauder), ISBN 978-3-492-06299-2

**Laura Baldini, Der strahlendste Stern von Hollywood**
(Katharine Hepburn), ISBN 978-4-492-06258-9

**Eva-Maria Bast, Die aufgehende Sonne von Paris**
(Mata Hari), ISBN 978-3-492-06259-6

**Eva-Maria Bast, Die vergessene Prinzessin**
(Alice von Battenberg), ISBN 978-3-492-06260-2

**Eva Grübl, Botschafterin des Friedens**
(Bertha von Suttner), ISBN 978-3-492-06286-2

**Petra Hucke, Die Architektin von New York**
(Emily Warren Roebling), ISBN 978-3-492-06238-1

**Agnes Imhof, Die geniale Rebellin**
(Ada Lovelace), ISBN 978-3-492-06217-6

**Agnes Imhof, Die Pionierin im ewigen Eis**
(Josephine Peary), ISBN 978-3-492-06270-1

**Lea Kampe, Der Engel von Warschau**
(Irena Sendler), ISBN 978-3-492-06215-2

**Lea Kampe, Die Löwin von Kenia**
(Karen Blixen), ISBN 978-3-492-06268-8

**Romy Seidel, Die Tochter meines Vaters**
(Anna Freud), ISBN 978-3-492-06254-1

**Yvonne Winkler, Ärztin einer neuen Ära**
(Hermine Heusler-Edenhuizen), ISBN 978-3-492-06309-8

**Weitere Infos unter**
**piper.de/bedeutende-frauen**